2023 中国年选系列

中国作协创研部 选编

2023年中国中篇小说精选

长江出版传媒　长江文艺出版社

图书在版编目（CIP）数据

2023年中国中篇小说精选 / 中国作协创研部选编. -- 武汉：长江文艺出版社，2024.1
（2023中国年选系列）
ISBN 978-7-5702-3379-3

Ⅰ. ①2… Ⅱ. ①中… Ⅲ. ①中篇小说－小说集－中国－当代 Ⅳ. ①I247.5

中国国家版本馆CIP数据核字（2023）第218590号

2023年中国中篇小说精选
2023 NIAN ZHONGGUO ZHONGPIAN XIAOSHUO JINGXUAN

责任编辑：梁碧莹　王洪智　　　　　责任校对：毛季慧
封面设计：胡冰倩　　　　　　　　　　责任印制：邱　莉　胡丽平

出　版：长江出版传媒　　长江文艺出版社
地　址：武汉市雄楚大街268号　　邮编：430070
发　行：长江文艺出版社
http://www.cjlap.com
印　刷：武汉鑫竞诚印刷有限公司

开本：680毫米×980毫米　　1/16　　　印张：18.75
版次：2024年1月第1版　　　　2024年1月第1次印刷
字数：296千字

定价：42.00元

版权所有，盗版必究（举报电话：027—87679308　87679310）
（图书出现印装问题，本社负责调换）

编选说明

每个年度，文坛上都有数以千万计的各类体裁的新作涌现，云蒸霞蔚，气象万千。它们之中不乏熠熠生辉的精品，然而，时间的波涛不息，倘若不能及时筛选，并通过书籍的形式将其固定下来，这些作品是很容易被新的创作所覆盖和湮没的。观诸现今的出版界，除了长篇小说热之外，专题性的、流派性的选本倒也不少，但这种年度性的关于某一文体的庄重的选本，则甚为罕见。也许这与它的市场效益不太丰厚有关。长江文艺出版社出于繁荣和发展文学事业的目的，不计经济上一时之得失，与我部合作，由我部负责编选，由他们负责出版，向社会、向广大读者隆重推出这一套选本，此举实属难能可贵。

这套丛书的选本包括：中篇小说选、短篇小说选、报告文学选、散文选、诗歌选和随笔选六种。每年一套，准备长期坚持下去。

我们的编辑方针是，力求选出该年度最有代表性的作品，力求选出精品和力作，力求能够反映该年度某个文体领域最主要的创作流派、题材热点、艺术形式上的微妙变化。同时，我们坚持风格、手法、形式、语言的充分多样化，注重作品的创新价值，注重满足广大读者的阅读期待，多选雅俗共赏的佳作。

我们认为，优良的文学选本对创作的示范、引导、推动作用是非常重要的，对读者的潜移默化作用也是十分突出的。除了示范、引导价值，它还具有文学史价值、资料文献价值、培育新人的价值，等等。我们不会忘记许多著名选本对文学发展所起到的巨大作用，我们也希望这套选本能够发挥它应有的作用。

这套书由中国作家协会创作研究部编选，具体的分工是：

中篇小说卷由何向阳、聂梦同志负责；

短篇小说卷由贺嘉钰、贾寒冰同志负责；

报告文学卷由李朝全同志负责；

散文卷由王清辉同志负责；

诗歌卷由李壮同志负责；

随笔卷由纳杨、刘诗宇同志负责。

中国作协创研部

目 录

季老六之梦	王　蒙 / 001
遭遇"王六郎"	梁晓声 / 042
卫煌	吴清缘 / 080
别来无恙	储福金 / 122
苍姨的蜘蛛湾	残　雪 / 152
九重葛	邵　丽 / 178
渔火	沈　念 / 211
老药工和他的女儿	南　翔 / 250

季老六之梦

王　蒙

写下的标题是《季老六之梦》，把文稿输给 ChatGPT 之后，得出来的结论是《艺术人季老六 A+狂想曲》，看来 AI 也听命于标题党了，可咋办呢？

一

二〇一九年九月七日，朋友们为某市文联老主席、画家季乐绿、昵称季老六先生举行盛大聚餐，祝贺老六公八十八"米寿"，人们举着酒杯欢呼："得米望茶！"然后争论茶寿到底是多大，有说是九十八的，后来统一为对于季公一百零八岁的共同期许。

"您的第一阶段任务，一百单八岁！哈哈哈哈哈……"

二〇一九年九月十日，米寿宴后三日，农历八月十二，中秋节前三日，季公跳了一夜舞，另加唱了大半夜歌，圆润饱满，歌曲多样不仅限伴舞曲子。

他的罗圈腿变直变长，他的步伐潇洒老练，他的身躯摇曳自得，他的笑容典雅有致，他的声音温柔敦厚，他的音质音量音频经营得心应手。他的舞伴，不知其名，不知其来历，不知其如何进入了他的怀抱，也轻轻淡淡地搂住了他。她的存在似乎只是一股春风、一道月光，是一支古琴曲、一幅书法，是一个任意的随想挂念。她挨着他跟着他随着他，无形无体无碍无阻如无存无物无形。他风她就风，他飘她就飘，他转她就转，他绊蒜拧麻花她就绊蒜拧麻花，他在地板上滑干冰她就滑干冰。她是诗，她是蓝色多瑙河，她是快乐的寡妇，她是彩云追月，她是娱乐升平，她是步步高，她更是西班牙情歌王子胡里奥·伊格莱西亚斯爱唱的歌曲《鸽子》：

  天上飘着，金色的彩霞明亮，
  亲爱的姑娘，你靠在我身旁。
  我愿与你亲爱的，同去远方，
  像鸽子在海上，自由地飞翔。

  转瞬间老六公的大腿小腿腿肚子膝关节都优美如米开朗琪罗雕塑的《大卫》，舞步如拉美舞蹈大师，身姿如西班牙宫廷画。他好梦成真，焕然一新，惊人惊己，飘飘成神。
  老六的舞伴眼睛大、眼窝深，眼睛像广东人；鼻子尖高，略略翘起，鼻子像新疆维吾尔族同胞。不是美女，胜似美女，不是仙人，远逾仙神。如果在《论语》里，这些绝对无关"颜值"，而应该称之为"容色"。而五笔型与"容色"一词重码的乃是"宝黛钗"三字，三人成妙趣，五笔信有神。现时舞伴如宝黛钗风姿不凡，自是如此。此伴一直处于微笑与带笑和未笑之间。她更神奇的是上善若水，与之共舞的感觉是满怀清泉，随心就范。
  而他俩的跳舞，就是对于快乐、爱情、幸福、健康与生命的解证。老六在前所未有的舞步轻盈之中，他一面跳舞一面就着领下的无线麦克风发出从"阉人男高音"到温柔"低音炮"的独唱、独奏，嗖喽，甜妮尔，贝斯、奏鸣曲、室内乐、街头狂吼。
  果然，连续五十五分钟的乐队伴奏停止了。他的麦克风也不再扩音。主持舞会的赵老厅长突然用中文与英语、法语宣布：已经有线上三百万网民参与投票，再经终审委员会评议，著名文艺家、画家、歌唱家、魔术家、舞蹈家委老七先生与他的舞伴——名媛花胜花娜娜夫人，得票数远胜其他尊敬的舞伴，成为本届最优国标舞蹈拉美舞蹈兼北美街舞绝顶无敌冠军。
  鼓乐齐鸣，掌声如雷，欢声笑语，海啸山呼，好评如潮。欧盟式消费，中华式敬老，巴西式热情，韩国式的表演与争先，淋漓尽致。委老七？他本来大号季乐绿，昵称季老六呀，为什么在这个舞会上变成委老七了呢？他到底姓委还是姓季？老六还是老七老八老九一直到老一千零一？

他想着王蒙的一句新词儿："生活乃是谜面。"

老弟有两下子。

更精彩和动人的是，哈哈，他的仙姿舞伴名——花胜花娜娜，神了，绝了，妙了，季老六更名委老七，舞伴是著名的花胜花娜娜，格丽特豌豆腐，英语：伟大而且神奇！

于是鼓乐与欢呼的热浪把他们二位拥抬吹捧起来，闻听已斩获冠军头衔，他抱起花胜花娜娜，共同翩翩飞翔在舞场半空。他像一只大鸟，她像一只夜莺，二人像一对蝴蝶，他们像四川老成都六扇门一样般配。他也像一个安装了弹头的纸鸢，她像一个智能新产品空中舞蹈示范人形。花胜花娜娜又像一条鱼，像一只小鹿，享受着如醉如痴、如仙如梦的圆满幸运的无极与太极，冠军与新科技，艺术与体育竞技舞蹈，智能机器人与仙女。万岁！乌拉！哇塞！布拉娃同时布拉沃！喝彩的国际化西班牙语。

这时，全部灯光突然熄灭，他与花胜花娜娜同时砰的一声落在地板上，只觉全身粉碎性骨折，奇痛奇痒剧痛晕麻，掌声中泪如雨下。他与她坚韧不拔，没有发出不美的声音响动。

舞厅门口发出了一百只老牛低闷的嘶吼，像是用二战期间德国制造口径600毫米的巨型卡尔炮筒，做成了第三帝国铜号管乐器，用巨型吹风器，吹出了苍凉有力的历史性阶段性巨响，全体舞会嘉宾，通通失去一切感觉，陷入德国天文学家卡尔·史瓦西发现的引力强大的、无可逃逸的热力黑洞。

然后枪声大作，赤橙黄绿青蓝紫，火光纵横。斜刺旋转，交集摩擦撞击混合，于是一群恐怖鬼魂般的杀手黑影进入舞厅，95式、G36、S55、FN FNC，各种名牌枪支火力炸响成一片雷电。

委老七突然想起，自己本来已经被爱戴亲切地称为季老六，学名乐绿，延伸为老六，至于从姓季改成姓委，奥妙不详。自己一生走南闯北，杀敌锄奸，转战应对，进退咸宜，身手矫健，立场坚决；岂有瑟缩怯懦怕疼，窝囊毁灭于社交舞会上之理？风萧萧兮易水寒，壮士一去兮不复还！我自横刀向天笑，去留肝胆两昆仑！来日方长显身手，甘洒热血写春秋。他大喊号召，挺身而出，虎啸龙吟，元气澎湃，骨节联结，骨质凝聚，屹立大厅正中，同时即刻全身中弹，打成筛子，血溅八方，骨碎成粉，扬洒六合，奋不顾身，英勇就义，四海翻腾，青松矗立，如塔里木盆地的千年不倒、万年不死、亿年不腐的张骞通西域时的上古胡杨，也如一座顶天立地的铜像，由荣膺法兰西艺术院通讯院士的雕塑艺术家、中国美术馆馆长吴为山先生创作完成。今晚舞会遇险后，铜雕被激活，获得了满腔生命。

此时，灯光恢复，渐趋明亮，鬼魅蒸发，音乐奏响，黑影淡逝，长号、小号、钢琴、双簧管、班卓琴、长笛、萨克斯、打击乐器，等等，奏出了一个他久违了的曲调。这曲调又温柔、又明亮、又真挚、又圆润、又伤感、又幼稚、又陌生、又热烈如火、又犀利如刀刃。

同时他大嚼潮州菜芋泥白果、炭烧海螺，佳肴抚心，美味冲顶，如歌如舞如扫尽一切恐怖恶魔分子。

这一切的一切，究竟是怎么回事？

二

不太规范，也不太合理，哪有老迈如此，还做这样热闹的小儿科萌萌哆哆之梦的？这是装嫩，这是自欺欺人，这是违反君子慎独自律，这是将计就计，请君兼牵己入瓮，这是编造，这是丢人现眼。这又是充实、充沛、充满能量、才思、灵感、想象、激情，还有沉醉与小说技巧满满。人生难满百，岂可无情思？大梦如焰火，熊熊亮翠微。花胜花娜娜，乌寻乌飞飞，枪林弹雨后，舍我牛吹谁？

季老六，你当真以为你是高龄少年吗？你当真以为你是越活越年轻的吗？你当真以为自己是艺坛的常青藤萝蔓、花盆儿中的"死不了""万年青"吗？

季老六嫉妒古今中外写梦境的文字，他其实喜欢写过梦境的意大利作家卡尔维诺。至于乐绿老六自己的梦，从前多半是破碎不全质量可疑的。他的梦不鲜明、不完整、不连贯、不合乎情理，缺少情节线性逻辑与悬念层次。

那么米寿三天后的今晚，难道是他发了功力、内力、气功，吃了高丽参，做了一个颇有火力的梦？在吃过盛大的生日晚餐之后，一直激动发烧到今。

昨晚第一个梦是从舞蹈冠军到反恐英豪，之后，他醒了，看看表，凌晨三点四十四分。

他在梦里仍然有相当的力量,这绝非坏事,他没有服老。干脆说,他没有老,并非偶然,能在梦里年轻化的人生,可贵,在生活里肯定不会急于老去。在老年人中,他的肌肉仅仅比不上钟南山院士。他的混乱的奇梦仍然有相当的格局、有相当的忠勇与献身,也仍然有少年的身段、荆轲的情怀、项羽的躁动、谭嗣同的献身激情,嗯,还有,甭客气,老爷子还有情种的天真烂漫自作多情。哔哩哔哩,哇啦哇啦,呼哧呼哧。

但是他的梦太文学了,受了作家卡尔维诺加歌唱家帕瓦罗蒂唱响了的拿波里民歌的影响。在生活里他首先是画家,在梦里他首先是舞蹈家、歌唱家,一不小心成了身无长技的散文家与诗人。他开始怀疑,自个儿是不是超越了某些分寸,他是不是夸张与过分地修饰了自己的创造性梦境,他是不是不自觉地膨胀了噵瑟了自己的、堪怜的老境。谁人长不老?谁人老不衰?三年两载后,照样病歪歪。加上艺术的虚构遐想、添油加醋、涂脂抹粉,硬是梦话梦化梦画了自己的生活意识下意识。一句话,他涉嫌轻薄、轻佻、轻浮。九十(年)一觉扬州梦,留得顽童幼稚名。

不可能让艺术人取得十成的公信力,艺术离不开虚构,艺术需要的不是信以为真,而是倾倒沉醉。虚构略略外溢,恶果自见——您就找倒霉吧,您!

这个想法出现,竟然立即使他添了堵,他噎得慌。

正像他的米寿派对聚会,两桌,吃了烤鸭鳜鱼对虾石榴鸡孚豆干……关键在于涉嫌奢靡的"佛跳墙",还喝了装在细嘴小茶壶里的松露牛肝菌羊肚菌鸡汤。过了分,过分了。不好意思,广东话是"冇意稀"。

朋友们的颂扬话也说得过分了。说说健康长寿、说说精神奕奕,也就差不多了,您哪。非打赌说他会比周有光活得更久,非联名要写信给一个能滔滔不绝地作报告的领导,建议次年为他举行书法展、画展、贡献展和歌舞朗诵独唱晚会……还有人用了"大师""才华""神人"等词,使他进入了不只涉嫌,而是现行狂躁不安癔症梦境。

这,这可以说是活活要他老家伙的命啊。近日发生的所有这一切歪曲了干扰了他的脑血管、脑神经、心脏与循环系统,脾胃肝胰系统,肾、膀胱、前列腺泌尿外科系统与血糖血脂内分泌系统,他才做出了自丧妻以来二十多年没有做过的惊世奇梦,这样的梦带有不正常感、不祥感、闹事感,劈叉、扭腰、拧巴与椎间盘突出压迫神经感。他有点慌乱。

艺术人，从来不会每临大事有静气，而是会每遇小节照样折腾。不安大发了，出诗，出画，出散文，不安三十年五十年了，就该出长篇小说了。

　　艺术家成千上万，曹雪芹只此一位。

　　而且昨晚后半夜狂舞狂作飞翔就义吃潮州菜之后醒来或其实未醒来，边胡思乱想，边听到了真实住房中传来的从未有过的混乱噪音。天降神奇噪音，天惩噪音狂热，全室响起了上周做过的核磁共振神乐：呜呜呜、哎哎哎、乒乒乒、嗞儿嗞儿嗞儿、汪汪汪、喊喊喊、嗖嗖嗖……这是高龄性、科学性、机械性加听觉性元宇宙完全颠倒错乱的乱弹琴。他认定，在核磁共振与午夜噪音之中，他季乐绿主席可能变成烟花，爆炸，他的能量终将破躯而放，恰如俄制可控战术性核武器加英制贫铀弹。

　　我要炸？喀拉嘿！对，佛教大势至菩萨的心咒是"巴扎黑"，藏语，惊叹词。

　　然而忽然，匪夷所思，石破天惊，柳暗花明，疑无路，又一村，忿极生喜，旱极甘霖，家贫出孝子，愤怒出诗人，老迈已极乃成赤子……而疯狂神经病，成就凡·高的向日葵和持刀弄棒割掉自己的耳朵。

　　噪音中，季老六即梦中的委老七的自我，人体特异功能，应运而生，熠熠发光，循循善诱，和风细雨，水到渠成。水潺潺，草青青。在各种呼啸击打爆裂切割的末日混声嚣张之际，靠艺术人保留住的耳朵，听出了出现了与五笔字型中与"混声"二字百分百重码的"温馨"一词。他心知肚明，他想，"哈哈，我又接续地做上TMD梦了，我做梦的本事惊天动地、出神入化、融解坚冰、暖和心肺，是温馨的老调儿，听着核磁共振的噪音，做上温馨天真的旧梦，想着温馨甜蜜的旧梦，应战核磁共振的钉脑门吸脑浆噪音。我享受着的是温馨的返魂草，我感到的是抚摸与滋润，我得闲得到了的是儿时抚慰入睡的妈妈的手。"妈妈的手最温柔"，这是三十年前央视的一个广告用语，不知道是你是谁为什么当年听起来有肉麻反应。

　　有阵子，听"毒蛇""披着羊皮的豺狼"太多了，忽然攻上来一只妈妈的软塌塌的手，也怪吓人的。

　　耄耋米寿的季老六，自然跟随，顺藤摸瓜，顺调显词，他明明白白，他听到的是少年时代的流行歌曲，是前一个梦中战胜了恐怖分子以后演奏了序曲的美丽的大众流行歌曲。是的，天塌地陷的杂乱混响之中隐藏着一曲小调、一条细线、一种哀柔、一种邀宠、一声讨好、一些爱恋、一丝笑意与自嘲……

我要接着睡了，我会遇到更亲切更美丽的梦，感到的是幸福，摸到的是温暖，碰到的是趣味，抱住的是昨天；噪音是浪涛，隐线是月光，梦是游船，年龄是美容扩容增值增税数据万万千。

美丽的姑娘见过万万千，
唯有你最可爱……

不好……太好……好极了……世人有几个人能活得像我一样，幸福闪电，芙蓉塘外有轻雷（李商隐），一春梦雨常飘瓦（李商隐），柳絮池塘淡淡风（晏殊）？

三

欣赏完噪音中的小曲以后，于是老六或老七开始跑马拉松，过去叫作11号（大腿）车比赛，没有跑出速度，一跃上了F1赛车法拉利。飞驰的汽车停在进口博览会金字牌坊前，他接着骑上碳纤维山地越野自行车，走艰难的上坡路……

然后是手动大轮，迅速行进在机动车道的残疾人轮椅，速度追过了越野山地，直奔F1。骑车时发现丢了法拉利，开法拉利时发现丢了山地越野自行车，转轮椅时全市车辆暂停，交警维持秩序，给他让道，他非常不安，也非常感激这样的礼遇。一些工作人员帮他找回了车，清洁了也修理了两部不同的车，他发红包感谢朋友们……

一宵三梦汇老七，各有天机甚离奇，混乱掺和成一体，奋发鼎沸吉祥极。

从半睡半醒到起床穿衣，委老七使出了九牛二虎之力，分析自己一夜三梦的内涵与线索：惭愧！一个梦说不定是受好莱坞的浸润影响感染中招，另一梦带有忆旧与通俗冰激凌加果冻的甜了吧唧的味道。还有一个梦让他晕……晕……晕眩……

不论受到了什么SARS、甲流、新冠旧冠、奥密克戎感染，也不论是一夜三梦还是三十梦，他断然肯定，他仍然是季乐绿活生生的自己。

……恐慌困惑，没有得出梦的结论，梦而无解难圆。有些烦躁。想得多了，走向九十的老汉反而产生了硬话：

"光脚的不怕穿鞋的""活该""够本儿""死不死""随他去"，堪称无畏、大度与自信。"活人不怕尿憋"，"为贼"不怕"老而不死"，耳聋不怕噪音，迷上跳舞以后怎会怕杀手无人机加机枪扫射，以及三种极端势力？风高放火夜，月黑杀人天！老六奋身起，挡在墙外边！

第二天风轻云淡，天高气爽，家和万事兴，他想起了头年查体时他的肺活量达到了3750毫升，据说他的肺活量超过了欧盟中老年标准。他的血氧则是99，不可能再充满，满到氧爆炸的程度。

唯一奇特的是三梦次日傍晚，十七点半，他收到拼多多快递而来的香港名牌"美心"月饼、深圳西点月饼，各一盒。十七点四十二分即十二分钟以后，收到顺丰快递送来的厦门风狮爷手工红豆麻薯月饼、芋泥肉松超大月饼各一。然后是浙江五芳斋与德芙巧克力、金帝巧克力、西部荞麦燕麦杂粮厚朴月饼、云腿月饼，零售自来红、自来白、红冰糖……都叫月饼，英语叫月亮蛋糕。月到中秋分外明，饼香醉月五洋惊，先祖盛唐饼已月，如今更有花如风。

前前后后，他收到了十几种上百块月饼了，他已经分不清哪款、哪盒、哪块、哪角月饼出自何方、何友、何人、何关系、何目的、如何飞来降落软着陆于季家或委家的了。快递从不写清发货的姓名地址电话，这是极不负责极不局气的表现。

想想他过过多少年每月粮食定量二十八市斤的凭票儿岁月，现在呢，他至少拥有二十八的一半即十四种月饼，供他颐指气使、挑三拣四。改革开放初期，一个细软的莲蓉、一个金色的蛋黄，港式月饼的说法，即使尚未入口，也会让他血压升降、胰腺胆汁增减。现在呢，剑走偏锋，物以稀为贵，他最感兴趣的只剩下了风味独特的正宗宣威云腿与粗粮黑面紧接地气之西安月饼了。当初古长安，可有过这样讲究的月饼？人生得意，岂有尽欢？撑则辟谷，缺必加餐，三高三低，呜呼甚欢，吹牛必倒，贪婪放翻，成灾成祸，月饼如山！请社会注意防范吧！

他警告自己，梦大发了，不祥。月饼来大发了，可笑，低级，过犹不及，以至于危险。他不过是二十年前一个才刚从县级市提升成省辖市的文联主席，就他那个干巴小样儿如何陪伴得起包装精美宏大、色彩高端艳丽、汉字英文中西合璧、招牌"搂狗"牛气冲天的高端食品？他如何与满室炫目扑鼻的海峡两岸暨港澳外带全球唐人街中秋月饼和谐共存？他能不自惭形秽、愧对云腿醇香、承认人不如饼、饼不如月，小小乡土城市经济与美术都发展超速，怎么办？怎么办？怎么办？要不他把现在未吃掉的月饼重新打包，送到红十字会或慈善总会去？

他还想起来写过著名抗日长诗《黄河大合唱》的大诗人加文艺领导，可敬可亲的中顾委委员、恩师张光年，笔名光未然同志，庆祝过了米寿不太久，心力衰竭去世的事。他有幸参与了恩师寿筵，祝寿时在座的文艺人，人人高兴得要命，诗人受过伤、受过挫、得过癌、开过刀、报过不止一次病危，米寿餐上充满了信心，干脆声明要向百岁冲击。

然后干净利索地走了。

小小的老六老七呢？

他立即感到了自己的罪过：老了，富了，身体居然不错，吃吃喝喝、吹牛放炮、大言不惭、你好我好、抬爱恭维、彼此吹捧，梦里牛成了魔王，席上吃成猪八戒，睡着听起了流行曲，哼着歌吹着口哨骑车开车转车11号长跑，醒了没事儿偷着乐。是暴发户心态？是土豪、炫福（倒还不是富）、压桌、"砖家"、李刚、妈宝，还戴上了上万元的劳力士天崩地裂表？这样的人多了就会出现祸殃。大诗人师长怎么没说好就走了呢？他季老六必须反思，叫作"反求诸己"，子曰。

他还必须自省。子曰："未之思也，夫何远之有？"生与生的结束曰死亡，原来相离得这样近。棠棣之花与应有的美德，相距得本来更近，为什么不注意反省呢？为什么做不好慎独呢？自己要负责，细思极恐。

仅仅是月饼的包装：纸盒、木盒、布袋、铁盒、彩塑盒，加上快递业对于包装的包装，一层层塑料膜与硬纸箱，诸盒如山的排场与体量，已经使季乐绿口干气短太阳穴蹦蹦跳。他断定，一年年的月饼包装，堆放在一起，几十年过去，已经堆起了好几座泰山。

他想起了五年前去北京与王蒙一起吃涮羊肉。王边吃边神湍，他说："世界上的事情千头万绪，简明地区分一下，也就是两类：一个是饿出来的麻烦，一个是撑出来的闹腾。抢劫、盗窃、乙肝、邪教、恐怖常常是与饥馁造成的痛苦愚昧局限有关。而霸权、扩张、侵略、征服、抑郁、空虚、反人类……又与一种撑得难受的感觉有关。"

当然，只不过是聊供一笑，小说家言而已。

但亦不无道理，去医院看看，撑出病来的、撑死人的病例多了去啦。到上海提篮桥监狱与北京团河监狱做调查研究，就更明晰了。饿出来的毛病，所剩无几了。

于他得到了启发，他的奇梦异梦老不死的梦，会不会是饱极撑出来的？吃多了月饼，将会出现怎样撑出来的家国个人男女老幼的灾难呢？很幸福，但不一定吉祥。非常重要，幸福不一定永远带来吉祥，背运也不一定意味着凶恶的预告。现在要警惕的主要偏向不是饥馑营养不良，而是过食过饱超糖超脂。林黛玉奉大表姐贤德妃贾元春旨作诗曰："盛世无饥馁，何须耕织忙？"二百年后，老六读了，不是滋味。

四

那支摸不清原委的歌曲，在给梦做出初步小结之后，在反省自责恐惧警惕月饼来得太多之后，一分钟之内，全部水落石出。乐绿老六公想起了往事。

一九九〇年，季乐绿主席应邀去了北京，九月二十二日晚间，在北京工人体育场坐在小马扎上，季主席参加了亚运会开幕式。当香港参赛运动员队入场时，铜管军乐队奏出了光明快乐甚至是雄伟豪迈的铿锵旋律：

哆哆瑞米（嗦），嗦法米瑞米（瑞），

嗦哆米瑞（米），法米瑞西哆（哆哆、哆……）

久违了，《少年的我》，久违了，"我的少年"！季老六含泪于目。

……亚运会后过了三十年，再没有想到过这支无关痛痒的歌曲，他把这支歌雪藏久久如旧。三十年后呢，莫名其妙，如真似梦，生硬矫情，生拉硬扯，他在昨夜星辰昨夜风中无端听到了、或许也可能是附近楼层确实有的、夜间施工装修出声大吵大闹，那是混乱已极、震耳欲聋的噪音。有噪音，不足为奇，每天的任何时间，都有十三种以上理由，让你听到大千世界的噪音。邪门在于，他无中生有、道法自然、绝无预设地从噪音中随随便便听出了温馨自如的《少年的我》旋律,那是一九四八年,对现时二〇二〇年来说,是七十二年前,他偶有接触、相当喜爱的歌曲。至于一九九〇年,即对于二〇二〇年来说,是三十年前,忽然在一九四九年后四十一年再次听到俨然不同的演奏,想起来,他忍不住笑了再笑。如今二〇二〇年,天真无邪的《少年的我》,又包装上震耳欲聋的噪音,进入他的耳鼓,则不是他的智力所能分析厘清的缘分了。

一支小曲八十年,浅词俗调非徒然,春花秋月南唐恨,此岸彼音今世缘。

噪音中隐含着《少年的我》。在噪音中硬是听出一首小歌来,这是季老六主席的独门特技,他的对付噪音、耐受无恙的怪招。

"将军别来无恙乎?"是华容道上曹操对堵截他的关羽的问候,问了这句话,立马化敌为友、义薄云天、平安幸福,曹相保命一时,关公美名千载。那么,"艺术人季公,闻噪音刺激而无恙乎?"则是现代生活对季老六的提问。那么让季公把窍门告诉你吧:听到如山如海的噪音以后,请试试从噪音中体贴温存地找出你喜爱你迷醉的歌曲旋律声调来!噪音如海,小歌是鱼,海再无边无涯、风疾浪高,鱼儿仍然活泼灵动、摇头摆尾、自美自俊、自得其乐,自带形象、活力、价值,美得无法抵御、无涯淡定,活活爱煞人,活活乐坏了你,喜得你只想哭一鼻子!

什么是噪音?噪音是七八部交响乐合在一起鸣响。天地无聒噪,天地有妙音,音有噪中美,噪中美生春。每天每日的噪音中,包容着、隐蔽着天地人作曲的歌曲器乐曲山歌民乐爵士乐蓝调情歌重唱对唱千余种,庄子称这为天籁。噪音原非噪,赖汝听之清,浊清皆禅意,一曲放光明。你如果会听,连购票去音乐厅听卡拉扬、托斯卡尼尼、小泽征尔、捷杰耶夫指挥的交响乐的钱都省下了!

从噪音中听音乐,这是全世界唯季乐绿艺术人能做到的绝门暗技。不信你试试。

这日起床后,无意中又吃了一角月饼,在海潮般涌来的月饼陪伴中,他往电脑里输进了几行字:"春天的花,是多么地香,秋天的月,是多么地亮……"然后,《少年的我》的歌名出现了,好啊,就像少年的季老六复活了一样。

于是他的思路从一九九〇年跳跃回一九四八年,即逆行到四十二年以前。一九四八年，是二十世纪中国人民革命大获全胜前夜，他沉浸在胜利的高潮里，他听到了人民的凯歌正从四方响起，他从没有四面楚歌的酸楚，他的青年时代天天是四面凯歌的喜庆节日。他沉浸在"解放区的天是明朗的天"轮唱、秧歌腰鼓、中式扭摆、农民集体行进舞的高亢里。也许，贫雇农感受到自己的力量是从扭集体大秧歌开始的。

一九四八年，他已经成为大学地下党的发展对象，他整天唱着反叛的《跌倒算什么》《古怪歌》与向往光明的《延安颂》，他唱响革命歌曲迎接人民解放军铺天盖地而来。

这时传来了据说是来自香港更早是上海的上口、舒适、真切、纯朴的《少年的我》：

> 春天的花，是多么地香，
> 秋天的月，是多么地亮，
> 少年的我，是多么地快乐，
> 美丽的她，不知怎么样？
>
> 宝贵的情，像月亮，
> 甜蜜的爱，像花香，
> 少年的我不努力，
> 怎能够使她快乐欢畅？

这个歌迷住了他，使他不好意思，使他惭愧。在革命大高潮的时候怎么能唱这样空空洞洞的小资产阶级小儿科过家家小曲呢？

后来他平和了一些，忽然想到，雄伟英勇的极革命之歌，产生于千姿百态的民族音乐人类音乐大锅杂烩资源汤料料汤之中。

时隔四十二年，他在亚运会入场式上听到了香港运动员入场时，军乐队演奏的近乎"特区之歌"的《少年的我》。到今天，他在梦里噪音里、莫名其妙里重新拾起"嗨嗨嗨嗨"的她的"快乐欢畅"。也就是说，一听这个歌儿，他硬是似乎有一点点自己没有得到少年的快乐之遗憾了，同时季老六以会唱这么老而纯情的歌而满足着获取着得意感。

比遗憾更多的是幽默，是趣味与鲜活，是歌儿的长青积翠。一首署名李七牛、其实也就是黎锦光——语言学家黎锦熙、音乐家黎锦晖的弟兄，作词、曲的这样一首好唱小曲，竟然影响了他季乐绿的命运，影响了、成全了他的人生"艺术人"方向；当然，最终仍然说明了他的幸运与皮实——经拉又经拽，经铺又经盖，经洗又经晒，经蹬又经踹。大量的月饼吹响集结号就是明证。

万岁，正道的人生坚强，坚强的人生快乐，快乐的人生皮实，皮实的人生中用。正道、坚强、快乐、皮实、中用，您还想要什么呢？

想到自己是一个中用的人，他变得气定神闲。定神以后，他明确了"我是谁"的难题。美国精神病学家埃里克森提出了全球化带来的失落自我意识问题，因为许多发展中国家，只知道用西方化实现发展和现代化。季乐绿碰到的问题与全球化无关，是人事部门在十一届三中全会后与他讲的一个事件：在考虑提名他担任市文联主席前，上级人事部门在他的档案中发现了一个动乱时期对于名为委老七的人的思想言论的揭发材料，这个材料稀里糊涂进入了他的人事档案，进入了档案袋也进入了他的档案目录，还有那十年中曾经担任过他所在单位的头头的一个家伙的批示："拟控制使用，存档"，七字加一标点。

问题是他姓季名乐绿，而揭发材料揭发的是委老七。那么，第一，这个材料确实是针对他季老六的，但是揭发人可能A：连他的名字也没有弄清楚；或B：揭发人基本文盲，分不清季与委，还有六与七；C：揭发得极匆忙，竟然写岔了季字与委字、六字与七字的姓名；D：揭发人是被迫揭发，故意写错了被揭发人的姓名。"三言""二拍"中有类似的故事。

第二，更合理的解释是另有委老七一名人物，此委老七就是委老七，全然或大体不是季老六，更不是季乐绿；而管档案的有关人员没有验明正身，档案员识字能力有限或眼科视力有不理想处，于是将错就错，把对于委老七的揭发材料错纳入季乐绿的档案中，一错再错至今。

第三，十一届三中全会后，这个揭发材料对于季老六或委老七，对于非季老六或非委老七，都丧失了意义，宜粗不宜细，团结起来向前看，毁掉也罢。

直到二十世纪末，各有关上级核查后认为此"案"荒唐无意义，再加上季乐绿同志实际上已经担任了文联主席与市政协常委，领导指示，应将此种无意义的垃圾材料撤出销毁。

就这么一件来无影、去无踪的小曲，相隔多年，突然从梦后噪音中露头演绎，构成了他的当夜第二轮梦魅亦是美梦。这也是一种"混声"二字，向着五笔字型同码"温馨"二字的转变。幸好坚强皮实中用快乐正道的季老六，始终没有不安与为之失眠。反正他日益倾心的是艺术。没有走更好地升级与当领导的"仕途"，他丝毫未觉亏欠。越老，他其实是越重视自律了，不能放肆，不能官迷，满招损，谦受益，虚室生白，吉祥止止。他倾向于相信，他并没有做过放肆的梦。这两天他做的"做梦闹腾"之梦，本身正是一个并不存在的梦，梦中之梦，影中之影，虚中之虚，实无此梦此事此胡扯此虚典。

要知道，梦的特点是，梦在梦中消融，梦足以证解梦自身之伪，梦之真恰恰可以证明梦之非真，越有梦就是越无梦。四大皆空，人生在意的不可能是梦。

五

但梦后月饼成灾，撑得他做梦无边。然后是如老六所感，月饼祸殃迎面而来，季老六连连败兴背运。

一周后季老六空腹查血，他的血中含葡萄糖 8.87mmol/L，远远超过了 6.1mmol/L 的上限，正式定性为 2 型糖尿病。医生怀疑他的右眼底轻微出血与糖尿病有关。老文联主席深为紧张，月饼月饼，见恶效如神。看到月饼的豪华包装，如花似锦色彩，精细雅致材质，高尚创新原料，谁能不得意？谁能不垂涎？谁能不忆往颂今，心花怒放？左吃一角，右吃一牙，尝尝品品，小康大嚼。于是，一次中秋节，2 型糖尿病，寿未必即辱，馋立竿见影。甜甜自染疾，富富必遭惩。吹牛不上税，上税要你命！

他的女儿的公公去年已近百岁，血糖标准合格，老亲家得意扬扬，动不动吃馆子时候点甜甜的八宝饭、菠萝粥、粘饽饽、枣泥、豆沙。在家里则喜吃蛋糕、巧克力、豌豆黄、芸豆卷、黄山烧饼、绿豆糕。去年一次刚吃完甜品就头晕眼花、皮肤瘙痒、喘不过气来，结果周围人人认定会胜利期颐的他的老亲家，因莫名其妙的飞来突袭的糖尿病，恶性发展，不久离世。季乐绿老六，哪怕更名委老七也罢，他清醒地认定了不可以在健康上自吹自擂，不可相信哄慰性的舆论造势，不要当仁不让接受美言温馨高帽子祝寿，更不可妄自吹牛放话，妄自海吃甜点，猖狂作死自戕。

他东查西问，通电话、上网络、找病友，并想起七个月前的狂妄梦境而忏悔多多，更加体会到谦虚使人活命，骄傲使人吹灯、拔蜡、嗝儿屁着凉大海棠。他迅猛改变了自己的饮食习惯，视他爱吃的元宵粽子切糕枣泥馅为洪水猛兽，视面条米粥烙饼为蛇蝎寇仇，他与一批早已不食米面的老伙计交换文案计谋，开始了自己膳食的一百八十度大转变。

他注意体力活动，做到健步如飞。一天从三十多层高的楼上要下楼，发现电梯故障停运，他硬是在照明不完全的人行楼梯上走路下楼，歪歪斜斜，跟跟跄跄，走到第十一层的时候撞着了鼻子，撞出血来了。

他没事儿就拨弄手机，他本来得意扬扬，自以为在同龄群体中他的手机是玩得最溜的。二十世纪以来手机带给他多少惊喜欢呼，同时带给他多少麻烦焦虑。前五年，他平均每两周丢失寻找手机三次。心慌意乱，头晕眼花，"手机丢了？"已经成为他平均每日三四次的心理活动模式，成为他的焦灼、悬念、抑郁心结。与邻人见面，互相问"吃过了吗？"的习惯正在与时俱进，他张口说出的与竖耳听到的问话常常是："你的手机还在吧？"

直到后来，养成了将手机放到口袋里随时统计走步数量的习惯以后，情况好了一点。

微信发展了，最要命的是将微信错发给他人。你转发了一个微信、一个表情、一个段子、一句悄悄话，然后你常常误以为下一个微信的目标处该是接收你的转发内容的友人，但偏偏手机的程序是微信指向又回到转发内容的原拥有者，即你会把发给你绝段子的主动人视作你发给他微信的收信人，这是怎样的坑人程序啊。你动辄将第一个向你发信的人错当作第二个接收你的转发的人，这该多么害人！因为人们常常是惦记你的被动接收段子与微信者，胜过主动给你提供你不知道的信息的主动发信人。你把原发信人当成后来的你的信息的接收人，必然会造成你本无意的窘迫至少是莫名其妙。

吃过大量月饼以后，季乐绿的手机又假遗失多次。发错对象的微信，前后十余桩，大多令他尴尬狼狈懊悔不已。

再回想一下，多吃月饼以后蓦地时时看见手机荧光屏上有链接网站给手机机主奉送现金的提示，未免奇怪。有结合着快递行业扬言奉送，想必是赠购物券之类，可以理解的，送你八十元，得知了你的姓名手机号微信身份证号，也许一个月内拉上你八百元的生意。有说是奖励健步走路的，说不定与小米华为智能安卓苹果阿里官方手环的推销有关，但他也不敢轻举妄动。几十年来，他深知千万不可贪小便宜，不论何时何地，世界上不但不会掉馅饼也不会掉饼渣。

终于，有一个国营电信大企也出来说话了，说是白白奉送用户七八块钱，他们的App给了用户一个公式N-B，N是你应交话费，B是那说不清的要赠送阁下的数元钱，帮助你用流量，用彩信，也不管还用什么什么，5T8D6N，都在赠送之列。也许B其实到不了七八块钱，也许只有两三元人民币，反正死活到不了十元。拥有了此链接，他就能够做到本来应该交N元RMB（人民币）如今只消交N-B了。季主席很快就忘记了钱数了，证明他毕竟还是随着不舍昼夜地逝去的光阴而添了人们又重视又害怕的年龄的。

然后，季老六不行、委老七不行、王老五也没门儿，杨四郎、李小三、魏老二、田老大全都不灵。是否安装？手机向你提出了哀的美敦式决定性一问。你答应"Yes"，却不知道要安装什么，反正不是定时炸弹或地雷引爆装置。你开始准许App主人"访问"你的文件图片数据收藏，你开始准许它的这个那个哪个别个另个多个，总之它问你什么你就"Yes"什么。于是开始要求访问。谁的访问？怎样访问？是找你谈话还是搂上你跳舞，乃至过度亲热亵渎？还是需要你的情报？你已经答应了十一个同意同意、接受接受再"Yes""Yes"了，你难道会在第十二个什么什么上突然变脸变色拒绝出丑洋相多疑抛出No来吗？这是一个心理学的连连Yes定理，当代大心理学专家弗洛伊德、冯特（科学心理学之父）、彼特拉克（人文主义创始人）、荣格……谁都没有发现与概括出此Yes定理，把心理学发展空间留给了季乐绿一立方毫米。

Yes定理的真谛是，越Yes你就越Yes。你堂堂一个艺术人文化人主席专家老革命领导，你贪图几元钱？你已经露怯搞笑小心眼儿泄气了，知识精英……你难道还要进一步嘀咕、磨叽、犹豫、哆嗦、欲进还退、胆小怕事、拉抽屉吃后悔药吗？

反正最后，老六不知怎样获得了数元钱奉送的许诺，前提是他每个月花在通讯信息微信电话上网支付上的月钱必须超过 NN 元，超过 NN 元了，NN 元以上的超用部分，它可以奉送你 BB 元，但你超过的部分超过了 BB 元了，二次超过的部分当然还得你付，理所当然，赠送 B 元不等于赠送 B+B+B+B+B+B 元。而最令人叹服鞠躬作揖鼓掌的是，如果你的手机使用月钱低于 NN 元的话，你必须自愿多付你的使用低于 NN 元的部分 CC 元。

他必须保密，他不能再多说多想了，他只想给电信公司老板与策划人画几张肖像漫画，雕几具黄金白金百分百比例人像，必要时为他们设计一些小丑面具。冲此小事，他也承认医院此次给自己下的查体结论，糖尿病、"慢阻肺"、疝气、椎间盘突出、缺钙、缺锌、缺铁还缺肌肉的判断都是正确的，他保证，再也不做不精准、不现实、不大气的 B 元梦了。

他想起了四十年前孩子在北美留学时的经历，孩子得到通知，说是通过电话号码的电脑抽彩，孩子获得了头奖两万刀。经过激烈的争论与"思想斗争"，孩子开始上钩，先是汇报一切个人信息，然后奉命购买一种他根本用不着的化妆品，然后又购买了什么什么，孩子为了两万刀开始投入了数百刀。越投入越要继续投入，这里有一种加码定律：越加得多越必须接着加，半途而废当然是自己活该吃亏。有一种可怜可爱的好奇心，有一种一不做二不休的勇敢坚强傻帽儿精神……言而总之，最后孩子得到了一个去夏威夷的旅行卡，他只消再交三千刀，就可以享受天知道的原本定价两万刀的旅游服务，就是说，他可以花一万刀去享受两万刀的贵族级旅游。法克，法克，法克油（以上为不雅骂人话语）！

他总结自己，有灵气，有悟性，不低级，不无一点清高，手上能出点活儿，三观是正的；然而，在市场经济的今天，他未能免俗，未能免噪音，未能免上当丢人。他感叹社会风气不够理想，他自省自己的低级庸俗化苗头。

六

月饼与手机赠金的作乱终于平安度过了，光阴在核酸检测、健康码、疫苗接种、偶封后放、周围没有太多的病人呓扭的情况下度过。随便吧。快到二〇二一年春节了。酣睡中出现了新环境新提问新课题："跳还是不跳？"他上了太平洋上的峭壁峰顶，他的眼下是深不见底的海洋。

> 深深的海洋
> ……你真实地告诉我
> 可知道少年的她
> 如今去到了哪里

南斯拉夫的民歌。南斯拉夫解体为斯洛文尼亚、克罗地亚、波斯尼亚和黑塞哥维那、北马其顿、黑山、塞尔维亚，以及情况不明的科索沃。夫复何言？

季乐绿少年时代偏于柔弱，后来情况有了进展，原因是他练习了跳水，自己把自己活活从悬崖上抛到深水里。多年以后，他已经想不起自己决心跳水的原因：应该是与老爹有点关系。老爹是"五四"一代，是洋派，一辈子追求自由恋爱、追求西餐奶酪制品、追求英语法语卷舌音小舌音清辅音，还羡慕欧美人打网球、坐飞机与开汽车。这些是老爹梦，梦中诸项目，老爹本人几乎没有一项做到了做成了，但是竟其终生，老爹毕竟游了上百上千次大泳。老爹爱说，过去旧社会，游泳是阮小二、阮小五、阮小七、浪里白条张顺、混江龙李俊这些匪类的事，而二十世纪初出生的老爹，不用冒险加入水匪帮，就继承了分享了原水匪后来是国际海盗的游泳乐趣。

为了追求游泳，每年"五一"一过，老爹就在河沟窑坑里凫水，然后口头上数十年始终如一地歌颂与描绘跳水。他给儿子乐绿讲镰刀式与燕飞式花样跳水，讲一米跳板、三米跳板、五米跳台、十米跳台的各式跳水，讲得风生水起，石破天惊，电闪雷鸣，云开日现。

儿子乐绿老六问："您在哪儿跳呢？"老爷子不回答，问急了他说是在画报上看见过照片，还梦见过跳水。就是说老爹并没有当真跳过水。季老六为上一辈人历史的沉重与更新的艰难而鼻酸。梦？老六疑惑了。老爹感慨，说是，无梦则蔫，无梦则萎，无梦则食欲减退，情欲佝偻，人生枯干，人形拧巴。那么，如果有梦而且只有梦呢？老爹突然含泪，说："我们这一辈子，盼望了一直缺少的幸福与解放，也盼望着能做更解放与更幸福的梦。"

老爹的一辈子是二十世纪初到八十年代，老爹也做了一辈子梦。而到了季老六这一代,已经天翻地覆慨而慷了。

季老六这一代,革了命、入了党、上了学、唱了歌、画了画、写了诗、受了批评、平了反、娶了媳妇、生了孩子、游了泳、跳了水、金了婚、送了终,嘛也没耽误,全活、十成,还有多。

一代一梦又一生,千年难遇大葱茏,山河绘遍风光善,跳跃横空喜未穷。

七

嘭的一声从五米高山顶七百二十度转体空翻,跳入大洋。委老七跳入太平洋、大西洋和印度洋,委老七击碎了北冰洋、南冰洋(南极海)的许多冰块。水花四溅,冰花如雪,遍扫方圆九十九平方米。委老七这才明白,曾经的跳水规则以不溅浪花取胜,但是堂堂季乐绿季老六兼委老七,此番创立了水上运动的新思路新学派新项目体系,谁能折腾谁能爆炸谁能掀波倒海谁能成为水雷溢出,谁占先谁惊人谁算老大。为人性僻耽佳跃,体不惊人死不休!(杜甫:为人性僻耽佳句,语不惊人死不休。)

高高跳起,急上抛、缓上升、停止、改升为降,先上升后下降,出现两个方向的正负加速度,宇宙、群山、群楼、上行逆行,一声"跳",然后在一个特定的点上,他的身体运动加速度数据是零,他获得了静止静默停摆一刹那。佛经梵语"刹那"万岁!中印文化交流万岁!

他的一声"起",天崩地裂,身体粉碎,能量升空,能量沸腾,翻江倒海,啊、哇、停、静、飚、咔嚓、嚓、嚓、嚓、嘘、嘘、吱……他终于成了鱼、成了海豹、成了海龟、成了鲸精海马龙蛇鬼怪,他在海水中穿梭,他在浪头里飞跃,他一蹦,跃出水面三米零三十厘米,他在海底挖洞,他在海面扫荡。他成了第三次世界大战前沿候选新式海洋魔头。

他改变各种泳姿:狗刨、蝶臂、牛吼、青蛙、蜉蝣、蜷缩、伸展、正面、侧面、仰面、打滚、抽风、直上、直下、斜刺、前冲、旋转、深钻,无姿不泳,无姿不冲、不横、不愣头青。他看到了自己身上长鳞、眼球突出、手掌阔大、脚跟巨蹼,一张嘴将海水喷出了五公里。

更重要的是瞬间拉起了队伍,他他她她,龙龙蛇蛇,男男女女,虫虫狗狗,胸胸腰腰,臀臀脚脚,上半身下半体,各人都自带颜料、自带色彩、自带线条、自带结构、自带形体、自带官能、自带旋律、自带五线谱蝌蚪，刹那间染花、染活、染闹，染飞了浩海大洋，红杏出墙春意闹，主席入海花样雄，乘风破浪。多彩变成了多声部，嗷嗷嗷，委老七、季老六、王老五、上下四方、动物植物、男男女女、你你我我，热烈拥抱，高调吟诗，再一回首，天空海洋，远山群相，近处折腾，远处火并，好一幅过去梦也没有梦过的元宇宙巨画！

他哼哼着、念叨着、喘息着，似乎又是一个好梦，一次梦迷，半次梦醒，吐出一口大气。

他又要从悬崖上跳水了，他有过二十余年从水库边上跳水的英豪体验，然后体炮发射，目标击向大洋。

他清醒地空前，沉着地绝后，明白地全身透亮，微笑如初夏向日葵。

他慢慢睁开眼睛。首先，他确认，老伴已经仙去，老伴的笑容与甜美声音一直陪伴着他，与季同在。女儿在外域。他健健朗朗、端端正正地是一名光杆司令。

其次，近年确有老顽童逆生长现象，例如梦比过去多了，做得越来越浪漫了，梦的内容形式都有发展突破转化。岂见九旬浪漫人？梦中花月正青春。平生甘苦皆滋味，加上浑圆一梦醇。

季老六深为自己的狂梦的日益知识化而安慰。近年他日益为人们知识的某些退化而忧虑，为生活闲淡的迅速而焦急。你再不加点知识，可拿后代怎么办呢？

近年他获得新知识日进半斗，半生不熟，心乱如麻。做梦可以休整、满足、消化新知新说新调，做梦可以调节安排自我意识、信息欲望，还有欲望信息。他懂，抑郁躁狂型精神情绪型患者，那些情绪型老年心理疾患的征兆，恰恰是夜来无梦待黄粱。

他是：夜来有梦待黄粱，醒后难眠恨夜长。忆事连连悲即美，新知片片泪成行。

第三，这些年他个人过得昂首阔步，好事连连，心满意足，太平安适，更要谦虚谨慎，恪守礼义，竭尽所能，做好万项千般。

第四，今天是春节除夕，多数机关单位工厂公司放假了，而其他政法服务公安市政行业必须加倍拼搏。

就在此时，得到讯息，本地疫情再现严重性，宣布了一些规定。

一件最具体的事，他做东的一顿晚餐，今晚是否举行？不断来电话询问，他都回答：晚上聚会，不变。心里说，不怕！

八

最后，这顿饭还是黄了。

谁想到一疫就折腾了两年，二〇二一年又起浊浪，重演二〇二〇年大年三十晚上订好的聚餐黄了之闹剧。季老六强调优良传统，思维方式是孔夫子提倡的一切反求诸己，他一直从自己的经验中寻找对于当前事态的认知与评估。过往的事态渐渐出现在季老六的回想里，一九四九年十月中华人民共和国成立之前，察哈尔省已经闹起了鼠疫，后来闹大，毛主席给斯大林发电报求援，后来在苏联医疗专家帮助下克服了疫情。至于二〇〇三年的SARS非典型性肺炎，更是记忆犹新。

我能做什么？我要戴口罩，我要打疫苗，我要做核酸，我要劝慰一切焦躁与疑虑……

很少有像季乐绿这样积极接种疫苗的人，听说他的公费定点医院的医疗人员、勤杂人员都打了疫苗，他立即向医院申请接种。院方说，这种疫苗还没有完成报批审核手续，如果他坚决要求接种，他只能算志愿接受接种试验人员，他必须填写志愿人员登记表，签名画押，自己承担一切可能出现的后果。他照章办理，愉快接种。他在微信群里介绍接种经验，声称接得如何舒适成功，立即被一位在美国留过学的海归严正指出，你的反应好不等于人人反应好，你反应好又不等于疫苗生产地防疫的成效好。如此这般，他知道了某些人的逻辑，道不同，不相为谋。

我要注意了，我要注意了。注意着、奋斗着、想着、写着、画着、说着、坚持着，有时紧张着。他的脑子里出现了疫情、传染、高烧、窒息、呼吸机等字眼……头昏脑涨。又同时出现了抢救、医疗、献身、方舱、口罩、奋斗、战胜、祝捷等字眼，叮叮咣咣当当。大静默，大格局，大拼搏，大胜利。没有挑战就没有功业，没有疫病就没有全民卫生防疫的阵仗雄奇，万众一心，众志成城。没有拼搏就没有中华人民共和国，没有断然措施就没有一切丰功伟绩。决心，最重要。

两个月后他去打第二针，护士问："对第一针反应怎么样？"乐绿原老主席回答:"轻松愉快。"护士问:"有什么愉快吗?"答:"只觉得每一个细胞都具有了十成的免疫力。"

他考虑自己的人生节奏、工作节奏、自省节奏。时间一天一天过去,一月一月过去,乃至一年又一年过去,疫情时松时紧,紧多松少,措施有时清冷,核酸盛景,却又声势空前,风急浪大,有时热烈,有时秋风扫落叶,有时做完核酸得到居委会奖励的一包鲜菜,有时取消了饭局堂食,有时取消了电影放映,有时办理了戏剧演出退票,尤其是使他不知如何是好的是停止了、恢复了、又停止了游泳池的开放。他的原来计划的几次画展、讲座、艺术巡游也都被停止。他想,我们要时刻准备着,准备开动,准备加油,准备停止,准备取消。我们能够做到,一定做到。他一定顺势应对,例如,取消游泳情况下,增加了健步走路预期标准。从日行五千步到六千步,到八千步,到万步左右。虽然,他有时也怀疑取消游泳有没有泳池工作人员躺平卸责的成分。

为此他收到了多少至亲好友的警告劝告请求进言:"亲爱的朋友(同志、大哥、老弟、舅舅、姑父……),你已经老了,你不是中学生,你应该休息,再休息,完完整整,安安静静。生命在于静止,乌龟缩在墙角,一动不动,乃成长寿大仙,千年王八万年龟,你应该当一个老老实实的期颐小王八。"

听了这些话,体验了各种防疫便宜举措,季老六更加亢奋紧张起来,空前的挑战与机遇,来啦。至于闭嘴到墙角练小王八静默功,他为难。

他紧张地迎接着享受着默前、默后、默中的读书、作画、打电脑、接电话,仍然健步如行军,一天八千八。他画了远征武汉的白衣天使,他画了梦中的舞会与醉人的舞姿,他画了梦中的神秘如春风秋雨的花胜花娜娜,疫情的严峻使他益发追求美妙的突破,左冲右撞,南砍北杀,横扫寰宇,情如烈火同,思如闪电亮。他又画了一个五年前自己曾受邀,却没有参加,没有参加却快快乐乐地画出来了的,在维也纳霍夫堡皇宫举行的中国春节迎新舞会,是奥地利奥中友协主办组织的。他看到了许多图片资料,霍夫堡屡经修缮扩张,现包括四千多座厅室,大街上它像张开的欢迎的两臂,等待着与你拥抱。宫室里吊灯多半保持着百千蜡烛的造型。每年过大年,中国央视转播奥地利维也纳金色大厅举行的以施特劳斯一家父子三人作品为主的新年音乐会。春节,奥地利皇宫,则有中国年的舞会翩翩、交谊翩跹。

少有的大静默何等如艺术瑰宝般宝贵！他来劲了，疫情削减了许多聚会、会议、仪式、讲话、饭局。他的绘画激情乘虚而出，白热化。他疯狂地画了梦中的高台跳水。尤其是，他犹豫再三，酝酿再三，来劲再三，冲动再三，画了一幅半写实半抽象、半传统半现代的名为"海魂之恋"的大幅油画。绘此画作的三个多月，他吃喝尽忘，睡眠不安，自言自语，他把梦中的委老七闹海盛况，全画出来了。

对这幅画有不同的见解，最大的问题是很多人的反映是"看不懂"三个字。如果你画的是马，他看出是马来了，他就认为自己看懂了。如果你画的是没有打开的伞，他看出是没有打开的伞来了，当然也是他懂了。如果他把没有打开的伞看成手杖，把马看成驴或者骡子或者鹿了，说明，一个是你画得不像，一个是导致了他的看不懂。

还有一批公认为也自认为很懂画的美术家或美术评论家，则称赞他画得虎虎有生气，乃至感觉是乐绿公在爆发，在抗御新冠敌对势力。但他们也都劝告他，抗疫期间，注意影响，先画抗疫绘画岂不更好？你又当过文联主席。你说你画的是抗疫，人们会说大闹龙宫怎么会是抗疫主题呢？你毕竟不能是自己画给自己。

是的，是的。他想是的。他又想，对于疫情，有的担当者是盯着它抱住它跟它摽跤，有的人是接受了进行了配合了各种举措，然后该干什么干什么：厨子必须做好饭，警察必须取缔违章违法加上抓住小偷，绣花能手在疫情泛滥时也尽其可能绣好巧夺天工的湘绣苏绣云锦与滇绣。

他呢，不管做多少跳舞唱歌冲浪潜水的梦，不管拿过来多少真真假假的段子，醒过来，他还是必须画好画，要生气勃勃，攀缘绝顶，奋勇前进。

抗疫、做梦、健步、学习、作画，迎接挑战，利用时间机遇，庆幸自己迄未中招，更庆幸自己没有空自度一日一天，一分一秒。

他不明白的是为什么至今还有那么多人设法不接种疫苗，哪怕只是少种一针疫苗。他想起少年时代的往事——日军占领下的一九四三年，敌伪政区闹腾虎烈拉即霍乱，说是北京已经死了好几千人。他所在的小城市也到处"打防疫针"，大街上在左臂打上一针，晚上左臂红肿胀高，疼痛发烧，只能向右侧身而睡觉，不敢翻身。同院邻居有点小钱的人，乃花点钱雇一个穷汉用假名字冒充他去打针，领上"注射证"一手交证，一手拿钱。第二天报上刊登：已有七八个代打防疫针挣钱的人身死的消息。

年龄是个宝，往事作参考，知旧再图新，讲古不可少。

而现在的疫苗接种，针剂与注射器结合一体，针口细如纳米，一针只用一次，清洁讲究，注射如闪电，疼痛轻于蚊虫叮咬，一切不适都等于零。

仍然有大好人高级人千方百计地不接少打。

"五四"已过一百多年，全民完成扫盲已经过了两代人六十余年，为什么还有手眼通天、算无遗漏的能人在逃避接种疫苗呢？

积九十年的经验，他懂，一切灾难都是机遇，一切机遇也可能开始起新的灾难。

奋斗奋斗再奋斗，其乐无穷。

九

是不是他太猖狂了？季老六时时观照自个儿。寿则多辱（不是说受辱，是说老家伙不会像过往一样地体面潇洒风流倜傥）。再说，物壮则老，是为不道，不道早已——李耳李大爷早就看透了。看透未必透，不看更通透，大道法自然，自然自清秀。

中华天道之说太高明了，太高明的思想与范畴被不太高明的俗流学到了手，或透露出某种狡辩与狡猾。

二〇二二年三月五日，惊蛰，又是周六，原来人生有那么多周六，生前永远过不完。本周六他在起起落落的疫情恶潮中因消化系统的滞胀而看了急诊，在糖尿病阴影下几年不吃少吃主粮、多吃瘦肉的恶果终于积而成疾，外用药、口服药、中成药、中医处方汤药、西药（含处方与非处方药），稀里哗啦，都过量啖入，给他推荐好药灵药的亲友远远超过了向他推荐美食与画作的亲友数量和力度。各个药方药力合而为一，大聚集就更过量。谁让他开药取药这么方便呢？谁让他有那么多待遇加医药友人医药专家的关心与提供帮助呢？

他的排泄几乎是恐怖暴力型的了，他产生了不雅的腹内准核地雷，腹内极端主义、分裂主义、恐怖主义三种势力勾结作乱的化学转物理反应。

他受到了伤害，匆忙忽然，进入了全新境地。

一疼痛，二混乱，三扩张，四失控，五失落，六遗漏，七返祖返婴，八仍然清醒迅捷明晰快乐精神信念光明温暖乐观自信，九瞬间一败涂地，十总结汲取哼哼哈哈嘿嘿哞哞唉哟呜呜哈哈？噫噫。

在与病痛的对抗中他以欣赏近三年来自己的绘画稿来安慰调理身心。他有时发出类似冷笑的声音，他立即警惕纠正，改唱《我们走在大路上》。歌声背景中他面对挂画的墙，发现墙有点软，有点活泛，有点仿昆虫性瞎蛄蛹蠕动。软墙的平面正在变成起起伏伏的波浪形落地屏风，挂在墙上的平面画越来越立体，凸的凸，凹的凹。他随画随墙随象随形进入了梦中又一个舞厅，全场用不同的语言欢呼："欢迎委老七主席！"这时迎接他的是谁呢？是袅袅婷婷的一位资深美女，穿着祖母绿（波斯语 zumurud，指宝石绿）色大摆裙。她长得多么像一个他的熟人啊！

但是不像，再看，仍然再不像，仍然还不像，始终不像。呵，呵，她的鼻子在慢慢坚挺，她的眼睛在慢慢闪光，她的身躯在慢慢摆动出曲线。我的天啊，她不就是一九五四年获得奥斯卡奖的奥黛丽·赫本吗？她复生了，她重生了，她陪委老七跳舞来了。经过混乱，经过质疑，经过疲惫的犹豫，他已经从此明确，终于觉悟，深深认定，升级版认识，在世俗生活与硬体世界中，他姓季名老六。现在呢？是在山峰、在云端、在艺术、在幻想、在舞会上与深深的黑海中，哈哈，包括在嫉妒他的人挖空心思做出的他的黑材料中，他只能是、他必须是——委·老·七。在文联"领导"名册中，他则大名季乐绿。

于是，他自己认同乃是委老七了。她呢？则还不能确认对方是奥黛丽·赫本本人，还是另外酷似赫本的欧美美人替身。当然不是女排的赵蕊蕊或者朱婷，她更不是近年来乐绿主席最心仪的世界综合格斗金腰带冠军张伟丽女士。张是季老六的邯郸同乡。他委老七到了二〇二二年年逾九十，他前几年曾在自己的米寿饭局上想起张伟丽，希望有缘为 UFC 草量级张金腰带画一幅像。他看腾讯网上的张伟丽的英勇与苦斗，他见到了伟丽脸上的伤和血，他激动得热泪盈眶。"张伟丽万岁！"他在喝高了以后无声地喊出过生撰的口号。

最后，在自我欣赏画画人自己画的诸画的时候，在进入了画室舞厅之后，期待良久，他仍然没有看到张伟丽，也没有见到比老六还要长几岁的美丽无双的奥黛丽·赫本。

明白了，相逢何必曾相识！妙哉自是老同知。瞬间陌生成挚友，得君一瞥老七矣！那么，继一次次迎面而来，一次次失联而去的赫本以后，再次在舞会上迎接他的女士她，正是比奥黛丽更中华、更东方、更典雅，也更时代化数据化，也比张伟丽更自来熟、更随和驾轻就熟地温柔克己、无微不至的舞伴花胜花娜娜。

"又是巧遇了，您？"委老七说。

"不是——巧遇，我等待您等待了成百上千的白天和晚上了。"

嘭嚓嚓，嘭嚓嘭嚓，嘭嚓嘭嚓嘭嚓嘭嚓嚓，天啊，这里有新疆喀什地区塔什库尔干塔吉克族自治县的民歌民乐，那边的民歌节奏，5/8、6/8、9/8 节拍的背景音乐，委老七应该怎么样迈腿呢？

最后来了《少年的我》，铜管乐、架子鼓都用上了。他与花胜花娜娜改成相对跳摇摆舞了。

他似乎还找补着与未有出席、不得见面的老乡张伟丽过了两招，虚招，年逾九十的委老七即季老六，竟然踢出了李小龙式的"剪刀脚"，打出了李小龙式的"蔽目黏手"，使出了李小龙式的"寸拳"。他愿以高龄男生身份，向张伟丽拜师学艺。梦中他听到了张老师说："你大有希望！""孺子可教也！"

活这么一辈子，可真值！

+

"这太荒唐。我已经九十岁了，我怎么能跳摇摆舞呢？我的动作那么大，我跳起的高度那么高，我在作（读阴平声）业（孽）呀，我的手臂甩得可以与张伟丽抗衡，我的腿动作快得可以踢死藏獒，我的膝盖的压力胜过了奥林匹克举重与体操比赛，这是胡扯，这是瞎闹，这是夸张，这是猖狂，这是无法令人接受，也是我自己根本不可能相信的。"他郑重地忏悔。

一个温柔的声音在他耳边响起，他看着花胜花娜娜的脸和口，花胜花娜娜的嘴没有张开也没有合上，那话不是她说的，是谁在说话呢？

"委先生您还没有明白吗？在我们这里，您的舞场年龄只有五十六岁。根据联合国新定义，您还正是中年，是人生的黄金时代……"

掌声如潮，如雷，如暴风骤雨，如春季群鸟齐鸣叫喳喳。委先生东张西望，四周没有镜子，他笑了，他欣赏着自己的雷电般地跳跃运动的腿脚，他笑了，他仿佛感觉到了自己的嘴角与面部线条，果然变得年轻、再年轻，自己的笑容，美好、更美好，自己的心绪，青春、再青春。他唱起歌儿来了，唱《少年的我》和少有的 7/8 拍子的《帕米尔的春天》，把与狐步舞与圆舞曲节奏结合起来的 7/8 拍子的塔吉克族乐曲唱得如醉如痴，我为卿狂。

醒来之后，又是另外一组信息与数据了。

季老六，梦中的委老七，没有激动，没有不安，他的梦境吉祥平安顺遂。

不好，褥上有湿情！时年九十岁，梦龄五十六岁，他的发现是自己犯了婴儿的过失。本来感觉是十五年内，九十多到一百零四岁的季乐绿、季老六，将保持恒定的委老七的五十六岁。

还有他上网核查，应该是叫奥黛丽·赫本的巨星已于一九九三年离世。再见了，一代又一代！我想念你们，招呼你们，并且怀着喜悦，注视你们。

十一

于是两个月夜间季老六纸尿裤、尿不湿、老人用具用料精进舒适安全预防。深圳生产了这样的病人的专用裤子，好用，完美，为大国的少数功能性疾病患者服务，大有市场。白天自以为无异无碍无伤，世上本无事，庸人自扰之。照样跑步、走步、八段锦、太极拳、读书、读报、讲课、吃肉、吃粥、说俄罗斯热笑话、德意志冷笑话、学知识、看鼓舞人心的《新闻联播》、唱陕北信天游，外加帕瓦罗蒂拿波里民歌和 7/8 拍子的塔吉克族民歌……

怎么办？不但是不可救药的乐观主义，而且是不可救药的腿肿脚肿，不可救药的谈笑风生纵横驰骋横扫竖插左踢右踹，更不可救药的是膀胱积水一千六百五十五毫升。

（关于偶尔这一年狼狈与尴尬的季老六病案，这里删去一千二百字。）

（作为替代，这里需要一些补白：关于《少年的我》。）

《少年的我》是一首非常成功的大众歌曲，首两句，"春花秋月"，平和善良，恋及天地人生、宇宙世界，善于认同，当然缺乏必要的斗争抵抗。"少年的我"则"多么地快乐"，天真烂漫，纯洁活泼。"少年"二字旋律声调突然升高，而"我"字很容易加上降调的小花腔，快乐的"快"，又会稍稍向上一挑，天真烂漫立即出现了些许伤感，潜台词是"快乐的少年时代已经不再""美丽的她不知怎么样"？上哪里去知道她"怎么样"了呢？

你失去了少年光华，你失落了渺小小姑娘的美丽。人生就是成长，成长的另一面就是失去。啊，你陶醉了，"宝贵的情，甜蜜的爱"，"宝黛钗容色"像月亮，像花香，关键的要害的两句词出现，"少年的我不努力"，因为年少，因为幼稚，因为耽于少年的活泼游戏心性，因为不贪婪不渴求不焦虑不放肆，因为少年的我只是像春花秋月的自在地美好。"怎么能够使她快乐欢畅"！这个不努力的"我"字，一下子冲上了花前月下的天花板，也许流出了一滴泪珠？也许你边唱边摇头，但也不一定没有真实的自责了呀。大器晚成，大器免成，为什么才刚少年的我已经感到努力必要性的压力，而且想到一个"美丽的她"，乃是一种不可抗拒的压力了呢？

美丽是浓重的压力。害怕一切压力的人，一定要做到与美绝缘，自得地丑，丑得自得。

秋月春花哀未休，少年的我已知忧，宝玉黛钗难倾诉，幽幽一唱自无愁。

嗯哏嗯哏，未尝不可说，"少年的我不努力"云云，只不过是自己幽自己一默哟。

一九四六年，以李七牛的笔名作词作曲的流行歌曲《少年的我》已在上海与香港流行，一九四八年，第三次国内革命战争即人民解放战争发展到了如火如荼的地步，这首流行歌曲在内地大红大紫了起来。流行艺术有自己的辩证法。

香港尽人皆知，李七牛真实姓名黎锦光，原名黎锦颢，在湖南湘潭的黎氏八骏中，排行第七，有"中国流行音乐的开拓者"之称。他作词作曲的《采槟榔》《夜来香》《拷红》《讨厌的早晨》《嫦娥》《送我一枝玫瑰花》《香格里拉》，长期以来脍炙人口。

王蒙告诉过老六公，一次他在香港与香港艺人黄霑同局吃饭，说起湖南民歌《采槟榔》来，黄先生告诉王蒙，《采》不是什么民歌，而是黎锦光作词作曲的歌。说着，忽然黄先生不见了三十七分钟，他回来时，拿着刚刚打印出来的简谱《采槟榔》词曲纸页，送给王蒙。时黄兄已患癌症。不久，黄兄仙逝。这就是香港艺术人的风格与友善。

问题在于季乐绿有一次与报告文学女作家于劲同局吃饭，他记得于劲说到七号骏的坎坷遭遇，黎先生因《夜来香》曾被二战中的李香兰利用，涉嫌对国家不忠，似曾长期坐牢。李七牛十一届三中全会不久后释放，曾任上海卢湾区政协委员，再不久，去世。久久或凄凉，不久莫悲伤，不久后不久，西去归大荒。

后来至今，所有的网络中，只介绍黎锦光的作曲成就，没有一人一处一网一站一文提及他的监牢经历。

会不会是他季乐绿记差了呢？

黎锦光的大哥黎锦熙，著名语言学家，毛泽东的湘潭同乡与老师，台湾仍然使用的注音符号（ㄅㄆㄇㄈ）的发明者，人称中国注音字母之父。

二哥是黎锦晖，更早的儿童歌舞剧歌曲《可怜的秋香》《麻雀与小孩》《小小画家》的作者。

王蒙还告诉季乐绿说，一九八七到一九九九年他住过的北京朝内北小街四十六号，原来是黎锦熙先生住过的。其后，夏衍老师居住。再后是王蒙住。最后拆了，盖成小型居民公寓楼。

近年季主席为什么对《少年的我》火热起来了呢？他又是看了王蒙的文章，王说，《少年的我》应该是从李后主的《虞美人》中获得了灵感。王说，李有"春花秋月何时了"，黎有"春天的花是多么地香，秋天的月是多么地亮"，源泉与分流的关系十分明显。而且，"春花秋月何时了"的提问，是与哈姆雷特的"生存还是灭亡"提问同一个级别的终极性提问。人类是命运共同体，也是提问与思索的共同体。

季乐绿主席还看过《读书》杂志上，王蒙谈《李香兰自传》的文章。德国有莉莉玛莲，日本有李香兰。李香兰以华人名义在东京唱李七牛所作《夜来香》的时候，东京因群众的狂热激动而戒严。德国前线士兵则是，几天没有听到莉莉玛莲的歌声，以为可能是与抵抗运动有牵扯的歌手已被"元首"处决，军心都乱了……莉莉玛莲爱唱的军士告别情人上战场的歌曲，也是唱的《灯光》。令人想起苏联卫国战争中流传的著名歌曲《灯光》。

二战已成历史，中国的人民解放战争，也已经渐渐远去，那时的各式歌曲，仍然活着，在耳边回响。

补白到此为止。那么回到清楚硬实的地面上来，医院的提问是：老主席手术做不做？

做？你的器官功能评估不理想，也可能手术是无效的。手术对于一个年逾九十龄的人不无风险，至少会有皮肉的痛苦。不做，就直接做瘘……医生商议。

季老六说，党常常讲一句话，有百分之一的可能，我们也还要尽百分之百的努力。

"我还要拼一把！"他说。

主治医生轻轻给他拍掌。

十二

赤身裸体，盖着几层大白单子，躺在手术室转运车白褥单上，到了手术室门前，季乐绿对专门跑回来作为主要家属探视他、主持办理医疗手续、也许是与他告别的女儿嘱咐了一句话："病房里的西瓜没有吃完，你一定要去吃掉，不然会'变修'了的。"这是他们家的一句独特的表述语，鲜美的食品，出现了霉斑、异味、干裂或者受潮，一件绸衫，被蠹虫毁掉，他们就说："某某好东西变修了。"反修防修，防和平演变，大家都熟悉这些说法，既紧张，又有趣。政治不能变修，爱情不能变冷，食品不能变馊，芬芳不能变臭。

女儿的脸色有点紧张，毕竟爹爹不年轻了。过去，当媒体人问爹爹米寿后身体状态的时候，爹爹曾经巧妙地说，今年还不错，也许明年我将衰老。衰老在明年，抖擞在今天，明年若依然，衰老会迟到，明年的明年，一年又一年，好事仍连连。可今天呢？不是明年，是此刻，爹进手术室。

开始他对过多的月饼仍然心怀积怨，认为最近三年的一切不舒服不痛快都是月饼带过来的。

月饼哪儿来的？近年做梦太多太活跃太自在招惹来的。请君勿妄梦，请君勿海吹，吹到月饼至，砸死你成灰！

他进了手术室，六个护士拉抬着车上的褥单，把他平移到手术床上。麻醉师过来做了麻药注射，是激光微创手术，下身麻醉，不影响大脑与五官。如果老年人血液循环跟不上，则需要做全身麻醉。麻醉师又过来说："你的心脏与脉搏、呼吸，都很好，请你再吸入一点有利镇静的药，苯巴比妥，不影响你的大脑的正常活动，风险小，一定会安全成功。"

麻醉师前一天到病房与他沟通过，乐绿主席很喜欢这位彬彬有礼的麻醉师，他甚至觉得他可以建议麻醉师去演电视连续肥皂剧，他有明星范儿。现在，他爱听医师术前的每一句话，相信安慰是真实可靠的。

主治医师如临大敌，顾不上言语，还有另一位医师，乐绿猜想，也许是管急救的。

听到了护士的窃窃私语，轻柔好听，这么多人都关心他、负责他、打理他。

季老六的感觉是心满意足，够牛的，这样的医疗服务，能够获得，寿而多关照，病而处理得十全十美，痛而舒舒服服，死而大模大样，堂堂手术床上，了无遗憾。

最大的快乐，在生死存亡的节点上，他的月饼心结终于解除释放，他的生命是舒展的，他的精神是轻松的，他的心情是辽阔通畅的，他的情绪是感激与满足的。

这时，渐渐传过来了掌声，轻轻的，暖暖的，喜喜的。掌声中藏着一首又一首歌曲。

……亲娘！这是哪里？

复式双开门户，西服革履的服务团队，中式吊灯，中国红灯笼，双喜吊灯，百花吊灯，走马吊灯，吊灯轻轻地摇摆，他想起他最爱的辛弃疾的词句，写上元节的灯光："玉壶光转，一夜鱼龙舞。"

地面微微地震荡，声波快乐地响起，幢幢隐约有明暗，满墙的书法与绘画，屏风，花盆植物，待客座椅，三位女士起立。喝道："鼓掌欢迎革命艺术家 VIP 委老七主席的到来。"他听到了央视一号主持人的声音："我们欢迎委老七主席入座！"他微笑，招手，他的感觉是自己滑着旱冰滑轮，出溜进了客厅。他略略歪一下头，又似有似无地点点头，他过去与女贵宾握手，拉住手十分之一秒时间过去，他猛然清醒，今天来做客的首位女宾是你，天啊！

你是谁？你是全中国人民喜爱的格斗女侠张伟丽，一九九〇年生于河北邯郸，二〇一九年八月，差一个月满二十九岁，张伟丽只费了四十二秒就击倒了杰西卡·安德拉德，夺得UFC草量级世界金腰带。中国好闺女！穆桂英与梁红玉。转战全球，总战绩二十一胜两负。二〇二一年卫冕失败。二〇二二年，张伟丽对阵同级别冠军卡拉·埃斯帕扎，第二回合将其裸绞，稳准狠，重手如电，张女侠重新赢得草量级世界金腰带。

张伟丽不仅是格斗的女王，她端庄、沉稳、侠义、大无畏，坐如钟、立如松、战如鹰、拳如风、攻先锋，嘭嘭嘭，气如虹，力无穷。她给人的印象是何等端庄正道！她更是国人兴奋欢乐、面貌一新、勇敢胜利的象征。委老七何德何能，能与这样的英雄红星见面，而且俨然是主人，是老爷子，招待一位小朋友！

第二位是牛津式兼部分美式英语口音的奥黛丽·赫本。依然是当年《罗马假日》中的欧洲"安妮公主"，纯真、性情、自主、绽放着的英国美女、好莱坞巨星的完美，散发着美丽、健康、快乐的光辉。委老七赶紧问好，回应"很高兴见到你"，又说"中美人民与两国文艺工作者之间，永远友好"。

第三位让老委喜出了眼泪，她当然是，她当然来了，她就是不只与委老七有一面之交、五曲共舞之交的老朋友花胜花娜娜了。

没的可说，他们二位热烈拥抱，委老七的右脸庞，感觉到了花胜花娜娜右脸庞的温柔、细腻、清爽与温情澎湃。

这时，音乐响起，厅门缓缓打开，最最著名的电视男女一号主持人同声宣布，欢迎，欢迎，热烈欢迎，达布罗，帕扎洛娃奇——Добро пожаловать——"乡村女教师"！

主角儿来了，苏联俄罗斯巨星，她是谁呢？科托安娜（俄语：她是谁）？

是仙乐，是彩云，是笑容，是坚忍。您是？您是？您难道是我少年时期的偶像，华尔华拉，苏维埃社会主义共和国联盟最好的影片《乡村女教师》的主人公？

您好，您好，德拉斯契（您好）。您这是从哪里来？您已经……委老七没有再说下去，云里雾里，喀秋莎和《莫斯科的"晚巴晌"》里，《乡村女教师》的温柔插曲里，全部苏联歌曲《我们祖国多么辽阔广大》与《伏罗希洛夫之歌》……方方面面也不妨捎带上《少年的我》里，您是永生的，您是万古流芳的……他意识到了问女士的年龄是不礼貌的，他更相信今日是复活节。一切复活大联欢。电影人物华尔华拉，苏维埃社会主义共和国联盟——CCCP（俄语缩写）SSSR（英语缩写）人民演员薇拉·彼得洛夫娜·玛列茨卡娅，从另一个世界，来到了中华人民共和国艺术人委老七这里。

"我想念中国，想念一九五〇年中国的观众，中国人民……"

"什么？您的中文，您的中国话是这样动人，比唱歌还好听呀……"

"您忘记了一九五〇版中文译制的《乡村女教师》，贵国著名电影艺术家舒绣文女士给我配的音了吗？"

噢，舒绣文也与薇拉同体到来了，委老七哭出了声。他意识到自己外事活动中举止神态的不得体，他立即控制住了自己。他自查，此次会见中，他失态了五百毫秒，即五百个十的三次方之一秒。

华尔华拉也哭了，但神态比老委典雅。毕竟年龄与艺术成就，不是老七所能攀比的。这才通了姓名。苏联俄罗斯巨星的名字是薇拉·彼得洛夫娜·玛列茨卡娅。他呢？他的名字是什么呢？乐绿？老六？老七？季老？委老？老季？还有当年他去苏联学油画的时候，他有一个俄语名字亚历山大——萨莎。

他失语了。

这时赫本轻轻评说了一句："像是情侣久别重逢。"

舞曲开始奏响。一瞬间，委老七得到了清楚的印象，赫本是天真的少女，是通俗的贵族与高贵而又质朴原生的自由自在。薇拉是温柔的凝神，是美丽的慈祥，是高雅含蓄的爱神，是利他的献身者，是社会主义的天使。在影片里，她的脸前总是有一片薄雾，薄雾保护着装点着她，这样的美丽神圣高雅永久。

花胜花娜娜，是艺术，是人情，是云霞，是清风，是活生生的梦。

他与四个美女一起舞蹈，他的高峰体验使他返老还童，起死回生，乐不思蜀，酣畅如龙卷风加海啸。

于是四个美女变成五个、六个、一百个，而后三个、两个、一个也没有了；只有一闪、一晃、一摇、一笑。于是变成小乐队、小合唱、二重唱、三重唱、四重唱，委艺术家钢琴伴奏，提琴长笛打击乐伴奏兼指挥，于是又变成了舢板、变成了帆船、变成了碧海骑鲸……然后是滑雪与钻火圈的特技比赛，然后是蹦床，委老七与四大美女用十三秒时间，空中跃起十二米，转体一千零八十度。

"真是百年不遇的三八国际妇女节嘉年华啊"，艺术家委老七听到了声音慈瓷雌磁的数据智能的多语种宣告，非男非女，非嘶哑非脆翠鲜亮，一种让艺术家浑欲不胜其感染的音质。

啊，华年嘉节，女妇际国八三，委老七一刹那将磁力超强的智能宣告倒背如流。哼，他还会说八妇三女国年际华嘉节……十个字，有多少排列组合呢？他七岁时就自己算出来过，三个字有六种排列组合。八岁时，他老季算出来了，四个字，有二十四种组合。十个字呢？他不可能算出来，但是他能一口气说出二十几种同样的十个字、不同的排列组合来。这是艺术家的独门暗器，这是他的思想体操、语言游戏、文字显摆、心理管控、防痴神药，哈哈哈哈，再说一遍年八际三国华嘉女节妇，进入高水平的无解幻境，他入睡了，他发汗解热，听到了智能数据与全手术室医护列队对于自己的怀念温存不无沉痛的悼念。

我走了。

推出手术室的时候，他已经睁开了眼睛。他笑得开心自恋而又略显诡异，他清清楚楚、结结实实地告诉女儿与病房医护人员说："今天很享受。"

回到病房以后，他自言自语："我麻醉后没有问题，我想起来了，十个不同数字的排列组合应该是……个。"护士连忙跑过来打量他，测他的血压与体温血氧。女儿向护士解释："没事儿，他老是自以为精通数学。"护士更糊涂了。不过病人倒还没有异常的体征，也就放心了。护士说，病人手术期间，我们照射紫外线为整个病房消毒，留下一种特殊的味道，晴天您晒被子也会有味道的，有的病人敏感，感觉不舒服。季乐绿的女儿听不明白护士到底要给她讲什么，她倒是对自己的老爹，完全放心。她想。她的在天之灵的母亲，也在谢天谢地。

躺在病床上，病号季乐绿上网查出：薇拉·彼得洛夫娜·玛列茨卡娅——乡村女教师，离世于一九七八年。

她们都来了。

季乐绿感动得热泪盈眶。

十三

到了冬天，季老六手术后，百病俱消，恢复了一些身体原来有阻滞问题系统的正常功能，恢复了正常的起居饮食，吃得香，睡得稳，走得大步流星，说话中气十足，读书清晰理解，绘画兴致盎然，电话你来我往，微信闪耀万方，游泳每次五百米，乒乓球提拉削转，学习体会心得，融会贯通，友人间互诫互补。他的体重开始收复失地，年前六月，病中最高丧失重量十一公斤，二〇二三年春天，他增加了体重十公斤半，他完全明白，两公斤以内的体重增减可以不计，好好喝两杯凉水，形势就会逆转。

更令季乐绿快乐的是他整理了大量旧画稿。大海捞戒指，他在一个老式的竹笼子里找出了七十五年前他画的薇拉·彼得洛夫娜·玛列茨卡娅的速写，与二十世纪八十年代他描下的奥黛丽·赫本的剪影。他还找到了一个一九四八年上学时用过的笔记本，里头画了一个粗糙的头像，打死他自己也难以相信，越看这个粗率没有样儿的头像，他越觉得像近日梦中的舞伴。像云，像风，像月光，像小溪与清泉，像《少年的我》的一个乐段。

就是说，他十几岁的时候胸中已经有了花胜花娜娜的轮廓。

到了五月，本市著名的师范学院，在校园里举行他的画展。这所学院，是他已故妻子的母校，他家里挂着的亡妻画像，背景就是她的母校。他们坚决要举办他的画展，他虽然不认为他的美术成就有多高，最后还是接受了人家的好意。

画展第十四天，也是画展最后一天，学院来电话，说是一位非常有风度的老年女士，他们学院的一位优秀尖子同学的姨祖母，来看画展，她询问有无见到画家的可能，她拿着一张集体合影照片，说是其中有您，也有她自己。学院院长知道季主席家离学校很近，冒昧地问一下："要不劳烦您过来一下？"

……如此这般，他见到了远方的客人，客人的笑容让季乐绿一见就屏息凝神、相视静默、寻觅久久、涌动连连起来。

"您？"

"你？"

"你是？"

"您是？"

"半个多世纪过去了。"

"不止，七十多年了。"

"曹禺《雷雨》的台词：'我们都老了。'"

"告别的时候我引用了《史记》对荆轲的记载：'风萧萧兮易水寒，壮士一去兮不复还！'"

"我、我……我糊涂了，您知道我去年插了半年管子，我做了手术，倒是好了，然而老了。四十年前，我从马车上掉了下来，五级伤害，轻度脑震荡。请原谅，您告诉我，您是……"

"我是小华啊。"

"小华？小华？天啊……"

"那时，我的名字是华生花。我们拉着手跳过舞。我教给你唱'春天的花，是多么地香……'"

这是什么？真实还是虚构？梦境还是遗忘？腰麻硬膜外科联合麻醉后遗症还是一种文明性念想萎缩、记忆消退淡出？

"对不起，我忘记了您，我已经想不起您是谁来了。只是我梦到了您，真的。我一次一次梦到了您，但不知道梦到的是您，因为我竟然真的忘记了您，这也就是说我并没有完全忘记您，也就是说我始终记住记着想着的是您。从人生的选择、价值的认定、对于妻子与家庭的责任来说，我必须记住要永远忘记您，必须永远忘记原来一直记住了的您……"季乐绿慌不择言，完全不知道自己所云。他意识到这次会面以后他要挂一次医院精神科的专家号。同时想，哪里见过这样的高龄少女，资深丽质，袅袅婷婷，亭亭玉立，这样的梦里诗里黎氏歌曲里、美不胜收、远胜赘肉满满的凡俗身材，她的身材胜过了安徒生笔下的"海的女儿"美人鱼；而她对你又是如七十余年前一样地纯真亲密……你见到她，应该给她跪下。看背影，小华如十九岁的舞蹈演员，头发浓密花白，高盘头上，声音温馨文雅，久违了。我的华生花同学！久违了，我的少年时代！

华生花不住地点着头，她当然完全理解。然后安静了几乎十几分钟，她忽然说："是的，我们的记忆有自己的落失。我也看过张伟丽的格斗，后来我忘记了。今天在这里我看到了你画的女格斗手，解说的同学告诉我你崇拜张运动员,还有你喜欢苏联的乡村女教师。这些我都有一点生疏……在关节点上我错过了中华人民共和国,我错过了故乡的翻天覆地和学长你……我错过了你们的饱满的人生。我费了老大的劲,终于找到了见到了你。谢谢你!"

后来他们一起吃了一顿潮州饭,季乐绿想起了华生花是广东属于潮州大概念的汕头人。他们吃了三年老鹅头和生腌赤心虾蛄,还有相当奢华的蟹肉炒鱼翅。季老六尽了东道主的礼数。他觉得,他与华生花都耐心地从容地等待着这次晚餐,等了七十年。

临别时候,华生花赠送给季老六两瓶古巴产朗姆酒,她解释说,在关键时刻由于家庭的干扰,她与乐绿分道扬镳,她被父母带到了台湾,后来到美国留学,她嫁给了一个奥地利同学。她的奥地利裔"板凳"(英语丈夫的戏谑读音)病了太久太久,她爱他,直到给他完满送终。但是她从来没有忘记过乐绿的革命追求与革命理想。早年她没有办法到大陆来看乐绿,她就拼命一次一次地去生气勃勃的卡斯特罗时期的古巴,她甚至养成了喝古巴甘蔗作原料的朗姆酒的习惯。那酒酯基生香,焦化的甘蔗发出了中国人不陌生的炒糖色时令人喜不自胜的香气,加上酒的酵母菌与霉菌。希望季老六学长喝这个酒的时候能想起卡斯特罗与切·格瓦拉,加上华生花这位没有出息的基督教团契好友,想起"少年的我"来。

华生花说,一次她参加去古巴旅游的欧盟的旅游团,他们在著名的哈瓦那广场餐厅吃海鲜。欧洲游客们看到了一位老歌手弹着吉他,首先来到了中国客人桌前,要中国游客点歌,一位中国女士点曲:说是想听《格瓦拉之歌》,没有想到,歌手还只唱了半句歌词,全部欧盟团的游客大声唱起"格瓦拉"来了。他们唱的是:

"是谁点燃了天上的朝霞?

"千年的黑夜今天就要融化。

"光明也许会提前到来,

"我们听到你的召唤,

"切·格瓦拉!"

她吃力地、低哑地唱着,她的吐字十分清楚,是唱歌,更是朗诵。她说她也会唱这个歌的西班牙语、英语歌词。她含泪说那次哈瓦那广场海鲜餐厅的欧洲游客唱完,中国客人热烈鼓掌。

"可惜的是,你不在场。"

又说:"我这一生都觉得对不起你,我惭愧懊悔,我不敢见你。我喜欢唱歌,只教过你唱'春天的花是多么地香',却没有让你听到我唱《永远的指挥官切·格瓦拉》。"

说到格瓦拉,她的口吻与季乐绿亲近多了。

乐绿一次又一次地起身与少年时代的学友贴脸拥抱。

乐绿拿起装朗姆酒的两个深色瓶子,酒瓶上贴着哈瓦那市风光图片,有一种历史的沉稳与厚重。图片右角上的 A+,让乐绿的目光滞留了一下。生花说:"我给你的小礼物。A 是艺术家 artist 的缩写,+是表达我对你的理解,你是艺术家,又不仅仅是艺术家,至少,你还是我少年时代的心仪的好友,你更是追求革命的人。我一直相信着你,想念着你,愧对着对你的记忆。我就是那个加号里的最最不起眼的一小部分。至于瓶贴上的'A+'字样是我自己喷上的。"她解释说。

"我该走了,明天我要回维也纳了。那年,说是你会到霍夫堡宫跳中国春节的舞。你没有去。我得到了邀请……本来以为那一年能够见到你。现在,两国的防疫措施都适度地放宽了……"

乐绿说是想第二天请华生花老同学吃烤鸭,生花辞谢,她说明天凌晨她就要跑机场,先飞上海,等三个半小时以后离开中国国境,直飞 VIE 维也纳机场。

乐绿有点不知说什么好了。他为什么如此笨拙、狼狈和怔忡?见到一个并非一般的少年时代的好友,却不知道说什么好。实际上,他说了什么呢?他是什么样的白痴、十三点、愣头青、木头疙瘩蛋呢?他居然对对方说:"我已经把你忘记了。"这样的零情商老傻瓜,除了惹人讨厌与失望以外还能有什么作用呢?

忽然他来了灵感。"手机?""微信?""E-mail?"他吞吞吐吐,他满脸惭愧,他拿出了 Mate50 Pro,所谓最新爆款的华为手机,他抓住了六千元的高端华为新产品这根救命的稻草,希望多少挽回一点自己的脸面。

在男子汉式地主动扫描了华生花的苹果手机二维码以后,他又震撼了,他想喊,没有喊出口,他张了一回嘴,一瞬间,他的嘴闭不上了,他的面部肌肉瘫痪了。

华生花的微信名是"Nana"，什么什么，谁？哪？那？

你就是花胜花，你就是娜娜。

这一瞬间帕瓦罗蒂在乐绿身上附体，乐绿平伸两臂，原地旋转，他举起两臂两手像一个大V字，他用拿波里的发音、意大利语唱道："你就是我的太阳，噢嗦啰咪噢，你是花中最美丽的花，你是喏喏、娜娜、娜喏、诺娜，你是我的喏娜，我的太阳噢。"

他晕倒在地上。

他被抬上了急救车。娜娜花胜花也摇摇晃晃跟随着送出来，结果是她也摔倒在地上。两个人同时进了医院，两个半小时后离开了，没有大事，交了一些钱，放下了心。临走的时候乐绿对生花说："所有的故事，要等我到维也纳去讲给你听，嘭嚓嘭嚓嘭嚓嚓，你会唱7/5与8/7拍子的塔什库尔干的民歌吗？"

华生花走远了，看她的口型，乐绿判断，她是说："我等着你。"

十四

乐绿后来告诉女儿和女儿的朋友，团契是从前旧中国一些大中学里相当普遍的基督教青少年团体，通过温情方式联络团结青少年宗教信徒。十几二十个学生，在基督（圣子）、圣母、圣灵的名义下组织在一起，亲亲热热，一起做做功课，唱唱赞美诗，诵读《圣经》，谈谈做人和处理人际关系上的一些心得，忏悔一点自己认识到了的做错的事、说错的话，也许还一起出去看个电影、逛逛公园，春游踏青，秋深赏红叶，在小馆子里吃奥灶面和阳春面。那时还时兴各持一个纪念册，彼此留言，温馨爱恋，永志不忘。那时地下党认为，地下的党员与外围组织成员，可以参与进去，将这种本来是传教性团体的活动，尤其是他们的成员，引导到反对国民党反动统治、追求光明的未来上来。七十多年前的一个团契里，小小的季乐绿结识了同龄的华生花。一九四八年，整个革命事业大获全胜的前夕，乐绿已经向生花摊出了要发展她加入党的外围组织的大牌，华生花燃起了革命激情，准备献身人民解放事业，后来被她双亲强硬挟持到台北去了。

季老六感慨良多，人生、命运，有巧合也有随缘，有机遇也有失落，有永远的想念和遗憾，也有一种坚强无畏、兵来将挡、水来土掩的硬气，当然也会有绝望与完全无奈的时刻。没有遗憾的人生哪里是人生？没有当过病人哪里会健康？

春天的花是多么地香？对于海明威来说，春花可能没有朗姆酒香。华生花娜娜送给季乐绿的朗姆酒，产自古巴关塔那摩，美国在那里设有监狱集中营，集中营不在美国本土，不受美国法律的约束。那里的朗姆酒名为"哈瓦那俱乐部"，这个商标的所有权在美国打了二十几年的官司，最后判定商标权属于古巴政府。

嗯，你把朗姆酒含在口里，一上来它有一种绅士风味的深厚与含蓄、温和，首先是淡雅与温柔，它不慌不忙，不急不躁，若有若无，轻轻易易，给了你甜香、给了你安慰，接着给了你微辣，在口腔里似乎有所逗留与蠕动，似乎"俱乐部"在与饮者商议：你喜欢吗？你能了解我吗？你的口与舌，能习惯我吗？你喝一次能记住我的什么特点呢？你爱我吗？你爱我吗？

你终于咽下去古巴、海明威、关塔那摩、哈瓦那俱乐部、甘蔗、朗姆酒了，你的舌头受到有力的与全面的按摩滋润，最后，不得了，你的喉咙烧了一下，中国人说，有劲！它懂得中国的韬光养晦之道吗？它懂得逐步深入的兵法吗？它懂得美好的一切都重在过程吗？人生、艺术、爱情、做爱、授勋仪典、政治权谋、商业名牌、宗教瞻礼、园林享受、美食美事美文美情，美在过程，迷在过程，喜悦在过程。

有从容的加强，却没有刺激、没有凶恶，朗姆酒它永远不会如苏联特瓦尔多夫斯基的名著《瓦西里·焦尔金》写的那样：

　　战士的马合烟
　　像战士的老婆
　　有点狠、毒、辣……
　　让你受苦、流泪、咳嗽、喘不过气
　　然而你一天
　　也离不开她

他想象二十世纪四十年代，斯大林与朱可夫元帅把控的苏联红军的马合烟与他们的妻子、高调的俄罗斯女人,也极令人动心动情。

然后他上了网,他自己增加购买了产自古巴的高级朗姆酒两箱。

然后他画了华生花的印象形象,他将图片发给王蒙,注明,"醉朗姆酒后作"。王蒙回微信说:"你的老同学是女神……"

是的,二〇二五年,等乐绿九十三岁的时候,他一定要去古巴,要到古巴广场饮"哈瓦那俱乐部",唱《永远的指挥官……》。而之前的二〇二四年春节亦即明年呢,他要游维也纳,跳舞,更要找华生花娜娜。生活永远是美好的。春天的花是多么地香!是的,朝霞已经点燃,光明已经提前来到,我们老了,我们得到了那么多,我们经历了所有,革命烈士付出了那么多。我们经历的所有一切,成功与不那么成功、顺意与有时的不太顺意,摸着石头,健步过河与或有呛水,都是不应该忘记的。即使在荒唐的梦里,我们都飞着、想念着,有了而且继续有着超值的心领神会。

二〇二三年清明,季老六给妻子扫墓,洒泪归来,梦中或梦醒后给自己的专属 ChatGPT AI 人工智能机器人输入本小说初稿全文,请机器人"动手"协助。AI 客客气气地建议将此小说更名《艺术人季老六 A+狂想曲》。看来 AI 也获取了中国标题党的信息与功能、格式、修辞培育。

季氏专用 ChatGPT AI,并主动写下了本小说稿结尾情诗如下:

同干一杯吧,
我的不幸的青年时代的好友,
让我们用酒来浇愁。(季按:以上三句出自普希金作《给奶妈》)
《少年的我》,隐约心头。
少年之革命,多么风流!
老了奋力,再上几层楼!
套上犁铧,纵横深耕如牛。
再干一杯吧,
"哈瓦那俱乐部",深色朗姆酒。

艺术人季老六想:如果请老弟王蒙协助来写这首结尾情诗呢?一定比现在的样儿好得多呢。

遭遇"王六郎"

梁晓声

一

第一次见到那孩子,大约在四年前的夏季。大约。

下午三点多,我拖着拉杆箱走在北京南站附近一条马路右侧的人行道上。很热,虽已到了下午,仍无丝毫爽意。因列车上开空调,我怕凉,穿上了薄绒衣。下车匆忙,没脱,并且连薄西服也穿上了。等候出租车的人排起了长队,调度员说我们那拨排队的人估计得等一小时。这使我甚感意外,不愿等,心想站外也许反而会较快就能坐上出租车,于是离了站。尽管绒衣和西服是薄型的,一到了外边,顿觉身上潮热难耐。若当街脱下两件上衣往拉杆箱里塞,我嫌麻烦。何况,拉杆箱已塞不下了,怕硬塞而弄坏拉链,那岂不太糟了,便说服自己加快脚步往前走,希望能尽快拦住辆出租车。不一会儿,汗流满面,内衣湿矣。马路上驶来驶去的出租车不少,一半空车,却没一辆因我在不停招手而减速。我忽然意识到,网约时代早已开始,一辆接一辆驶来驶去的空车肯定是别人所约的,它们为路边招手之人而停的时代已成历史。这可怎么办呢?我不会网约,何况手机上并没下载网约软件。

正犯难,见前方不知何时出现了一个大男孩的背,男孩戴长舌帽,身高一米七五左右,也推着拉杆箱。我断定他和我一样是从南站出来的,原因同样是由于不愿在站内用一个多小时等车。

这年头,像我这把岁数的人,跟着年轻人的感觉走,往往会"柳暗花明又一村"的,我的老年朋友常对我这个在新现象面前每每不知所措的顽固分子如此教诲。

于是我加快脚步,缩短和那大男孩之间的距离。他穿的是浅黄色制服短裤,有多处兜那种,短袖翻领衫则是浅蓝色的,中间有一排美观的白浪花,而脚上是一双白网球鞋。暴露的胳膊和腿都很红,显然是晒的。那么,他必定是从某海滨城市返京。也必定,几天后他的胳膊和腿都会变黑。

他一直走到一处立交桥的桥洞那儿才站住,而我已走近了他。他感觉到我在紧跟着他了,转身讶异地看我。

我笑笑,尴尬地问:"这儿容易打到车吗?"

他说:"怎么可能!我在这儿等家里的车来接我。在这儿等不晒,比马路边清静。"

大男孩有一张单纯又阳光的脸,气质聪慧,顿时使我联想到了《聊斋志异》中那些善良而才情内敛的小书生,他们是蒲松龄笔下追求起美好爱情来不管不顾的狐仙鬼妹们喜欢的类型。

我识人的经验告诉我,向这样一个大男孩寻求帮助是会被耐心对待的,便又问:"如果我让家人帮我约车,应该告诉家人这里是什么地方呢?"

他反问:"您自己不会?"

我不好意思地说:"是啊,落伍了。"

他笑道:"许多老同志都不会,这是你们不必在乎的短板。但您不能将自己定位在这儿,咱俩不同,我刚才说了,我是在这儿等自己家的车,我家里的人不止一次在这儿接我了。没有准确名称的地方,网约车的导航器是导不过来的……"

他说时,眉目间一直呈现着笑意。分明的,助人对他是件愉快的事。他的口吻和他脸上的表情,使他看起来像一位负有监护责任的大人在向一个不谙世事的孩子做解释。

在立交桥的阴影下,他的脸看上去似乎更阳光了。

"那……"

虽然我特受用他对我的善待,内心里却不免焦躁。

他左看看,右看看,指着一处有明显的拱形大门的小区说:"告诉您的家人,让网约车到那儿接您。"

于是我与儿子通手机，之后谢过大男孩，与他聊起来。

我以为他是初三学生，他说他已经高二了。我猜他是偏文科的学生，他说恰恰相反，他的理科成绩更优些，考大学也会选择理科专业，只有在高考特别失利的情况下才考虑选文科的哪一专业。

他的话使我这个在大学教了十五六年中文的人颇窘。

他看出来了，笑问："您是大学老师？"

我说："曾经是，教中文的，退休了。"

"哈，请原谅，希望没伤害到您的尊严！"

他笑出了声。一种开心的笑，其声不高，却爽朗。

我受他那笑的感染，也笑了。

这时我的手机响了，是儿子打来的，说只提供一个小区的名称约不到车，还须提供什么街或什么路。

我不知南站属于什么区，而我站在什么街或什么路的立交桥下，大男孩竟也不知道。

"老师别急，我立刻就能替您查到，分分钟的事儿。您穿得也太多了啊，起码可以将西服脱下搭手臂上吧？您这样，我看着心疼！"

他掏出一包纸巾递向我，我擦汗脱西服那会儿，他快速地在手机上查出我们所处的位置。我因为遇到了他，庆幸不已。

儿子用短信告知我，已替我约好车了。

大男孩说："您应该转移到小区大门那儿去，您儿子替您定的准确位置肯定是那里。"

我说："不急，还有五六分钟呢，陪你说会儿话，你怎么对我'您、您'的？"

他笑道："您是长辈嘛。"

我说："可你还开始叫我老师了。"

他说："您曾是大学教授，我是高二学生，称您老师太应该了呀。"

脱下西服后我身上不那么热了，约好了车心里也不焦躁了，于是我们之间进行了以下愉快的对话。看得出，有个人陪他说话，也正符合他的心愿。

"你根据什么认为我是教授？"

"您自己说您曾在大学教书嘛。到了您这种年龄，普遍而言，退休前都会熬成教授了。"

"熬"字由一个大男孩口中说出，使我脸上有点儿挂不住。

他看出了我的窘态，立刻道歉："对不起，用词不当，应该怎么说好？'修成'，还是'进步成'？"

我也看出，他那种一本正经的虚心请教的样子是装的。那会儿，这阳光大男孩表现出了他调皮的一面。

我没正面回答他的话，而是问："一个陌生人对你自称曾是教授，你一点儿都不怀疑？从小到大，没人告诫你别和陌生人说话吗？"

他郑重地回答："您问的是两个问题，我先回答第一个。小时候，我爸妈都告诫过我，千万别和陌生人说话。小时候姑且不论，现在我已经长大了。朗朗乾坤，光明世界，一名高二男生居然不敢和陌生人说话，他将来的人生还有什么出息呢？如果中国这样的青年越来越多，中国的将来岂不堪忧了？再回答第二个问题。我是很有一些识人经验的，我对自己的经验也很自信。从面相学来看，您绝不会是一个可能对他人构成危害的人。"

我也笑了，如同当面受表扬。我虽老了，对于表扬还是挺开心的。

和这个路遇的阳光大男孩闲聊，的确使我愉快，遂又问："你对我一直'您、您'的，而我却一直'你、你'的，你没有任何不平等的感觉吗？"

他的表情又郑重起来，像大学生毕业前经历论文答辩似的，以一种胸有成竹的口吻回答："这是一个伪命题，也可以说是一个陷阱问题。古今中外，一概如此，早已成为人类关系中约定俗成的一般礼貌现象，又一般又普遍。如果在咱俩之间居然反了过来，那么……"

"那么怎样？"

"那么只能是以下情况，我为主，您为仆，而主仆关系是人类封建关系之一种，封建关系才会使人产生不平等的感觉。不过，值得思考思考的倒是，究竟是一种什么样的内在动力，使全人类在您、你的称呼方面，形成了完全一致的共识。老师，您怎么看？"

他期待地注视着我，那时他脸上有种求知若渴的表情，我任教时偶尔能从学子脸上见到的表情——偶尔。

和这样一个大男孩说话，不但愉快，简直还十分有趣，我享受。

然而他的手机响了。他接时，我听到一个女人的声音说她开的车快到了。

大男孩通完话,向我伸出了一只手:"那么……"

倏忽间,我觉得我已喜欢上了他,竟有点儿不愿握过手一走了之。

"先别……我的意思是,咱俩加上微信怎么样?"

我这么说时,脸红了。自从我也开通了微信,还是第一次向人提出这种请求。

他收回手,意外地张大了嘴,用略显夸张的表情无声地说:"有必要吗?多此一举了吧?"

"我希望交你这个小朋友……"

我自己都觉得我的话几近于倚老卖老。但话既出口,倘遭拒绝,岂不是太没面子了吗?为了顾全自己的老脸,我冲他耳边小声说出了自己的名字。怕他还是对我一无所知,又厚脸皮地说出了我的几部代表作。

"哈,哈,太像小说了吧?让您高兴一下,我看过您的作品!"

他的上身旋转了一下,那是许多人高兴时的肢体语言。

该我说"那么"了,趁热打铁地掏出了手机。

"我加您吧,会快些。要是让我妈看到我和陌生人如此亲密的样子,肯定大吃一惊的……阿牛?您的网名太好记了!"

我见自己的手机上显示他的网名是"王六郎",不禁再问:"《聊斋》中那个王六郎?"

他说:"对!我特喜欢那一篇。《聊斋》中关于男人之间的情义故事很少,《王六郎》那篇可视为佳作!不多说了,您约的车也该到了,您快到马路那边去吧!要走斑马线,老师别闯红灯哈!"

结果我俩并没握一下手。

当我站在马路那边的人行道上,转身回望时,他妈妈开的一辆宝马 X5 已停在他跟前。

"阿牛再见!"

他朝我摆摆手,坐入宝马了。

但我后来并没通过微信与"王六郎"交流过,一次也没有。我既无这种习惯,也找不到什么可与一名高二男生交流的话题。再说高二正是高考前发奋苦读的冲刺阶段,我不忍打扰他。但我承认,有那么几次,在较闲而又心情好时(人在闲适之时心情大抵是好的),受好奇心促使,我点开过他的微信。他的朋友圈内容甚少，仅有几段读书心得。给我留下印象的却不是他的读书心得，而是他开出的一份歌单，列出了他喜欢听的一些歌——《黄土高坡》《信天游》《天边》《鸿雁》《草原之夜》《乌苏里船歌》《沧海一声笑》《涛声依旧》《这世界那么多人》等等。

除了莫文蔚所唱的《这世界那么多人》，他爱听的那些歌，也是我爱听了多年的歌。

受他影响，我听了《这世界那么多人》，同样爱听，并且成了"莫粉"，后来听了她不少歌，都爱。

至于"六郎"关注过我的微信没有，我就不知道了。即使点开过也等于白点，因为我的微信朋友圈如同一张白纸，我从没往上头发过任何文字，也从没转发过别人的任何内容——至今仍是白纸一张。

然而我每每回忆起认识"六郎"的那一个夏季的下午——那条北京南站附近并不太宽的马路，那处小区的拱形院门，那座立交桥下车辆可转弯处的阴凉，都给我留下较深的印象。

每当我忆起时，耳边就会同时响起莫文蔚的歌声：

> 这世界有那么多人，
> 人群里敞着一扇门……

二

第二次见到"六郎"，也在夏季的一个下午，也在三点多的时候。与第一次不同的是在我家里，他坐在双人沙发上，旁边坐着他母亲，一位五十几岁，容颜保养得极好的女士。特别是她那双手，白皙如瓷，看去给人一种不真实的感觉，肯定连家务活都许久没干过了。她穿着得体，上衣啦，裙子啦，鞋啦，包啦，显然并非从一般商店买的。她给我的熏过香的名片上写着她是室内家装设计公司的总经理。我随口问了一句她那公司有多少人，她矜持又低调地说不多，才二十几人，是由她丈夫任董事长的什么医疗器械经营公司分出来的一个子公司，由她全面负责而已。我觉得两类公司风马牛不相及，却没说出我的困惑来。

"我的公司人虽不多，在京城的业内还是有些名气的，某些影视明星和歌星的豪宅都是我的公司装修的，今后您和您的朋友如果有需要……"

她说以上话时坐得更端正了，脸上也流露出了几许成功女性的优越感。

"妈，别说这些行吗？"

她的儿子低声打断了她的话。那时，"六郎"刚喝了一口矿泉水。他们母子无须我待茶，"六郎"带来大半瓶矿泉水，而他母亲带的是保温杯。他打断母亲的话时并没看她，打断后也没看，并且，语气分明是不满的，尽管他那短短的话是低声说的。在他母亲略露愠意，一时怔住之际，他开始翻一厚沓用夹子夹住的A4纸，那些纸上印着他写的诗。

那女士虽是"六郎"的母亲，我却怎么也对她热情不起来。我不喜欢她身上那股子高人一等似的优越劲儿。尽管我是主人，她是客人，而且是坐在我家的沙发上，即使在她不说话时，在她默默打量我的简单装修，家具不但都很一般，而且都已很旧的家时，她内心里早已习惯成自然的那股子优越感也还是难以隐藏。特别是，当她不说"我们公司"而说"我的公司"，不说"北京"而说"京城"后，我感觉自己对她的不佳印象难以改变了。如果我和"六郎"几年前没有过那么一种"交情"，我是不太欢迎这么一位女士成为我家的客人的。是的，我不但将自己和"六郎"几年前在一处立交桥的阴影之下愉快地交谈过十几分钟那件事视为大千世界中的一种老少缘，还一向视为一种交情。当然啰，他们母子成了我家的客人，乃因我与另外几个人的交情在起作用——他们母子是我的朋友的朋友的朋友的什么亲戚！所谓"人际"，往往便是如此——两个人一旦成了朋友，不但各自的朋友不久也成了朋友，而且连"朋友的朋友"们之间，后来也往往会成为朋友，甚至可能比起初的两个朋友之间的关系处得还亲密。几天前，我的朋友的朋友与我通话，说他的朋友的亲戚的儿子是位青年诗人，希望当面得到我的鼓励和指导。

我问："专业的还是业余的？"

他反问："现而今还有专业的诗人吗？"

我说："已经没有了。"

他说："你问得多余嘛！"

我又问："什么样的青年？是高校的学生，还是已经参加工作了？"

他又反问："有区别吗？跟诗有直接关系吗？"

我一时不知说什么好了。

他承认他也不清楚，但不愿在中间传话了，只能由我当面问了。

我说："我是写小说的，对诗是外行。"

他说："在我们真正的外行看来，你们都是文学那个界的人，总比我们内行吧？这事儿你必须认真对待，而且要表现好点儿。别忘了，不一定哪一天，你也许又会求到人家！"

他说的"人家"也就是他的朋友，是北医三院的一位内科主治医生。北医三院不但离我家最近，还是我就医的定点医院。对于他的提醒，我缺乏不认真对待的底气。

于是"王六郎"母子就出现在我家里，坐在我对面，而我以招待上宾的礼节待之了。

起初我并没认出"六郎"来。毕竟，我与他立交桥下匆匆一别后，已时隔三四年没再见过了。他仍穿制服短裤和T恤衫，但脚上却随随便便穿了双拖鞋，还剃过光头，刚长出极密的一层黑黑的发茬。他坐得也特端正、特安静，不主动说话。他为自己那些打印在A4纸上的诗定名为《无聊集》，三个黑体大字下边是他的网名"王六郎"，括弧内打印的五个字是"真名王任之"。下边一行字的字体与集名的字体相比，小得反差分明。

"王六郎！"

顿时，我连对他母亲也有了亲近感。

"六郎，居然是你？太使我意外了！"

我有点儿激动。

他困惑地定睛看我，仿佛不明白我何出此言。

我启发他回忆："忘了？三四年前，在离南站不远的地方，一座立交桥下……"

他竟摇头，仍定睛看我，困惑漫出双眼，氤氲在他脸上。

我大感不解了——他临行前，不可能不知道将去谁家嘛！

"阿牛，想起来没有？"

他又摇了一下头。

这我就无可奈何了，并且没法从他的表情得出结论——他究竟是成心装出从没见过我的样子，还是真的完全不记得了？

"梁老师您……以前认识我儿子？"他母亲也困惑了——她脸上的表情证明她内心里充满了疑惑。

"妈！你问的有必要吗？"他又对他的母亲不满了。这次说话时，他扭头瞪了母亲一眼，他母亲被这一瞪，内心里显然生气了，笑笑，拿起保温杯喝了口水。我从她的眼里洞见了一股隐怒。

我只得讪讪地说："是我认错人了。老了，记忆常出差错。"

说完，向"六郎"要过诗集，戴上老花镜，低头看了起来。按说，他或他的母亲应先将诗集寄给我，待我全部看完再约见我，可他们母子并没这样（也许都是急性子吧），并且已经成了我家的客人，已经端坐在我对面了，我就半点儿挑理的意思也没流露。好在不是小说而是诗，并且多数是古体，七律、五绝之类，翻几页看几首，讲几句勉励的话，指出某方面还有待进步，这么做了也算完成朋友交给的"任务"了。

第一页第一首诗仅两行，题为《自嘲》：

螳螂误入琴工手，
鹦鹉虚传鼓吏名。

"六郎，啊不，王任之，'无聊'二字你过谦了，是不是已经有些名气了呀？"

我嘴上这么说着，内心却欣赏起来。古体诗强调赋比兴。而兴嘛，又强调境界之高远。这两句诗在"兴"上虽显格局不大，但在"比"这方面，还是挺有意趣的。

"王六郎"，也就是王任之，少女般腼腆地说，名还是有了点儿的，不过其名体现在网上。

"我写诗，主要是为悦己，如果同时也能悦人，对我而言就不无意义了。我胸无大志，有点儿意义又符合个人兴趣的事，我在进行的过程中就感到愉快。人生苦短，愉快又挺少，比起自寻烦恼来，悦己亦欲悦人的生活态度，也算是一种挺积极的态度吧？"

自从进入我家的门，端坐在我对面的沙发上后，"六郎"第一次开口说了那么多话。这番话他说得极畅快，我觉得是他的心里话。

我抬头看他，他母亲忧郁地看我。我郑重地说："完全同意！"

"六郎"微笑了,他母亲也笑了。

第二首诗头两句将我震住了:

> 半截云藏峰顶塔,
> 两来船断雨中桥。
> 人在西园山翠里,
> 斜风细雨度清明。
> 湖上雾隐巫山脊,
> 江山对君凝愁容。
> 一身做客同张俭,
> 四海何人是孔融。

"哎呀,哎呀,六郎……不,王任之啊,你的诗呢,对不起,请你们允许我吸支烟哈……"

我摘下眼镜,用目光四处找烟,却没发现。

他母亲惴惴不安地说:"如果孩子写得实在太差,您只管往直里说。他不会生气的,我更不会。"

"六郎"却说:"吸我的吧。"

我接过他递给我的一支烟,他按着了打火机。

我深吸一口之后批评地问:"年纪轻轻就开始吸烟了?这可不好。"

他惭愧地说:"正打算戒。"

他妈却说:"如果你想陪老师吸一支,就吸吧,妈批准了,不必非忍着。"

我说:"我也批准了。"

他笑道:"不了,没那么大瘾。"

我朝"六郎"竖起了拇指。

他母亲说:"老师表扬你了,那你就干脆戒了!"

我说:"能这样最好。但我这会儿最想肯定的是——王六郎,不,王任之,你这首诗我写不出来!你天生有一颗诗心!这首诗写得很棒,江湖山海居然都写到了,第二句和最后一句尤其好!总而言之,王六郎,王任之,如果你能持之以恒,在诗歌创作方面是很有前途的!"

我夹烟的手发抖，年纪老了，什么毛病都有了，稍一激动手就抖。那时我，仿佛伯乐意外地发现了千里马。

"谢谢老师肯定，我不过就是写着玩写出来的一首诗，在苏杭旅游时触景生情……"

"六郎"那时的表情相当平静，只不过脸上闪过了一丝具有嘲讽意味的微笑。那是一两秒内的事。我捕捉到了，但没往心里去。

"这是什么话！儿子有你这么说话的吗？找打！老师您别计较，我儿子一点儿人情世故都不懂，他情商太低，您千万别把他的话当真！"

他母亲显得颇为激动。

我接着说，希望能看完全部的诗，之后再约一个日子，用更从容也更充分的时间，与"六郎"详详细细地谈他的诗。只有这样，才不枉他们母子登门讨教的诚意。

那时，他对我这个门外汉而言，似乎是"诗圣""诗仙"了。

如果我没说那番话就好了，后来种种令我烦恼的事就可避免，与我完全无关了——起码对我是好的。好为人师往往会自我打脸，正所谓尴尬人难免尴尬事。

我送母子二人出门时，那母亲有意让儿子走在前边。当她的儿子已在门外了，她在门内小声对我说："我太不喜欢他的网名，王六郎，听起来多古怪啊，希望您能劝他改改。"

我笑道："的确，古怪的网名多了去了，他的网名其实挺有文化内涵的。但既然您当妈的难以接受，我会相机行事的。"

当我家只有我自己了，我拿起"六郎"的诗集坐下，将诗集放膝上，又吸着一支烟，低头看着"无聊集"三个字，不由自主地陷入了沉思。

那个"王六郎"王任之，他究竟是成心装出根本不认识我的样子呢，还是的确忘了我俩怎么认识的了？我俩明明加了微信，他的确将我忘了，分明不可能。

那么他又为什么非装出根本不认识我的样子呢？

左思右想，推测不出个所以然来。还有，我明明是在夸他的诗，那时他脸上闪过的具有嘲意的微笑，究竟又所为何由呢？

也是越想越违背情理。

索性不想那么多了，反正日后还会见到他，疑惑总能释然的。

三

第二天上午，"六郎"的母亲与我通了次手机，恳切地希望我下午再单独"接见"她一次。

我不解地说："您太急了吧？您儿子那么厚的诗集，我还没来得及再翻翻啊！"

她说："和诗没太大关系，所以我得单独见您，有些情况不得不预先告诉您了！"

"和诗没太大关系？另外还有什么情况啊？"

我的疑惑更大了。

她说："三言两语讲不清的。我儿子已经去过您家了，我怕他单独再去。他那么大人了，我也看不住呀。何况我还有公司里一大摊子事儿，也不能整天把自己牵他身上啊。如果您没有足够的心理准备，我怕您再见到他后，会发生什么对您不好的事。我不是说肯定会发生，但是万一呢？"

我听得身上一阵阵发冷，如置身于空调的出风口。她既已把话说到这份儿上了，除了及时见她，还能有什么办法呢？

"王任之，我儿子他……我可怜的儿子，他大三还没上完就辍学了……他……他已经住过一次精神病院了……"

"六郎"的母亲说完以上话，低下头，掏出手绢，捂住脸嘤嘤哭了。

我顿时僵住，陷入无语之渊。除了吸烟，不知如何是好。

这女士告诉我，她儿子大三时摊上了几桩自尊心受到严重伤害的事，曾有企图跳楼的举动，精神上也开始显出异常来，这使她和丈夫极度不安。在不得已的情况下，他们将儿子送往回龙观精神病院，接受了三个多月的治疗。他刚出院不久，有些诗其实是在精神病院写的……

"院方怎么诊断的呢？"

吸完一支烟，我终于镇定了，也能够问出我想了解的话了。

"结论是初期精神分裂。医生说只要以后别再受刺激，或许能好。"

我说："会那样的，我们都该相信医生的话。"

其实我说得特违心。我的亲哥二十二岁初入精神病院时，资深而善良的医生也是这么说的。当年我哥大一没读完，相比而言，"六郎"比我哥幸运。但我哥如今已八十岁了，仍在精神病疗养院里。我认为常住精神病院大抵也会是"六郎"的命运归宿，但我哪里忍心将我知晓的普遍规律告诉他的母亲呢？有时候，直率近于伤天害理啊！

我又问："究竟是些什么事，严重地刺激了你儿子呢？"

她说首先因为这么一件事，与她儿子同宿舍的一名同学新买的折叠手机丢了，不知怎么，她儿子成了怀疑对象。但这件事很快就水落石出——公安机关调看了多处监控录像的资料，最终发现是那名同学自己忘在食堂的餐桌上后，被别的专业的同学"捡"去了。第二件事是因为失恋——她给自己的儿子介绍了一个对象，是一位影视明星的女儿，已上过几部电视剧了，虽然演的都是可有可无的小角色，但人家女孩的父亲也算是圈内大佬，母亲出身于老革命干部家庭。她作为母亲认为，从长远来看，人家女孩在演艺界会红起来的。她儿子也答应了处处看。可第一件事发生才几天后，俩人闹掰了，她儿子接连数日变得像个哑巴。第三件事就是，前两件事发生后，紧接着期末考试了，她儿子竟有三科不及格，名字上了告诫书。而她儿子那所大学，虽不是"双一流"也不是"985"，却老早就是"211"了。专业也不错，应用物理。她儿子在班上虽然不是最拔尖的学生，但总体成绩一向在前十名内⋯⋯

"那，您认为，哪件事对您儿子的负面影响最大呢？"

"当然是第二件事啰！我上次来您家说过的，我儿子智商不错，情商不行。那么好的姻缘，结果让他给谈崩了。别的不论，我那二十几个人的公司，平均下来，一年也就挣个几百万元。可人家女孩子，有一年连上戏带接广告，轻轻松松就挣了一千多万元！还是税后！如果我们两口子有这么一个儿媳妇，将来省多大心啊，连孙儿孙女的人生都不必考虑了！这又是我儿子多大的福分啊！唉，遗憾了，太遗憾了！命里没那福，遗憾也挽救不了啦，既成事实嘛！我可不愿提这事儿了，什么时候提都觉得窝囊！至于手机那事儿，我和他爸当时就没太当回事儿！两万来元的一部手机，对于我们这样的家庭，算什么呀！只要儿子特别喜欢，即使一开口就要十部，我们当爸妈的，眼都不眨一下就会给买！独生子嘛，不当宝那也是宝啊！可我儿子不赶这种时髦！为第一件事，我和他爸一起去了一次学校。老师和校领导听了我们的话，认为我们说的在理，所以才请公安介入了，为的就是早点儿还我儿子个清白嘛！清者自清，事实证明了这一点嘛！第三件事就更不是个事儿了！补考就补考呗！事出有因，加把劲儿，用学习实力证明自己不是一败涂地就行了嘛！"

这女士打开了话匣子，滔滔不绝竹筒倒豆子般说了这一大番话。看得出来，这些话憋在她心里很久了。

"主要是第二件事！人家女孩子和他分手后，转身就跟一位导演好上了！以现而今的成功人士的概念看，拍过两三部长剧的导演肯定就是成功人士了嘛，哪位不是起码八位数的身价呢？"

"八位数是多少？"

我一时算不过这账来。

"过千万甚至几千万啊！相比之下，我们这样的家庭半点儿优势也没有了。我儿子就更不值一提了，等于还处在一无所有的时期嘛！一无所有再加上情商低，既不会好好哄人家，更不肯放低自尊顺着人家，人家姑娘干吗非跟你处下去呀？老师，毫无疑问，正是这件事，将我儿子的精神体系轰垮了！"

我以为她的话已经说完了，不料她又格外强调、重点分析地做了两番补充。她第一次成为我家的客人时，自然而然话里话外所流露的是难以掩饰的优越感。第二次坐在我对面时，由于谈到了她儿子那无可挽救的恋爱，她竟表现出了强烈的自卑，仿佛她的儿子及她的家庭错失了被册封为贵族的良机，因而也错失了大宗财富似的。她内心里不但对儿子大失所望，其实也存在着幽怨了——可怜天下父母心！虽然她并没说出这种话，但她的表情没骗过我的眼睛。

我十分诧异。

除了默默吸烟，不复有话可说。而一个男人面对自己家的客人（特别是一位女客）无话可说的情形，乃是十分尴尬的处境。对双方都是这样。

"梁老师，我……我觉得自己作为母亲有责任使您知道的事，都毫无保留地告诉您了。虽说家丑不可外扬，但我顾不上那么多了。您要是还有什么想了解的，只管问吧……"

她打破沉默的话，使我不得不开口了。

我感谢她特意来我家一趟，没拿我当外人，告诉我那么多不宜对外人道的事。我说的是真心话，被信任是一种好感觉。我说我暂时没什么还想了解的了，并且保证，即使她没陪着，她儿子独自来我家，我也不会将她儿子当成危险人物。对于我，她儿子不但一点儿不危险，而且还曾留下特良好的印象。

于是我向她讲了三四年前我与她儿子认识的经过。

"还互加了微信？哎呀，哎呀，你们爷儿俩这不是有缘吗？我说你们爷儿俩，您不介意吧？"

她又有点儿激动了。由于新话题的产生，我和她终于都从尴尬中解脱了。

我说："有什么介意的呢？本来就是缘分嘛，按岁数论，我俩也确是爷儿俩的关系啊！"

我说的还是真心话。到那时为止，"六郎"曾给我留下的良好印象仍没受到任何损坏。我内心里除了对他所遭遇的三件事抱有同情的态度，除了对他居然退学了、居然还住了一次精神病院深感惋惜，并无别的什么负面看法。

"这孩子，从没对我提过，我对天发誓，他可一个字都没对我提过！我回去一定审问他，数落他！"

当母亲的又生儿子的气了。

我赶紧说："千万别！何必呢？不论什么原因，都没有认真的必要。如果我想知道，以后慢慢会知道的。那么，您不是也知道了？"

"您认为，诗……我的意思是，写诗这件事，能使我儿子的病逐渐好起来吗？"

在泪翳后边，她眼里闪出希冀的光。

我略一犹豫，含糊地说："对于他，目前有事做总比无事可做好，爱写诗是对任何人都大有裨益的事。我觉得，也许……不，我差不多可以肯定，诗会使奇迹发生的。"

我说违心话了。

"跟您聊了聊，心情好多了，太感谢您了！如果我儿子将来能成为诗人，我们夫妇会接受那样的现实的！反正我们就这么一个儿子，以我们的经济能力养得起他。儿子成了诗人，那也不是多么丢人的事，对吧？"

她终于站了起来。

我肯定地说："对。不是不是。"

"您刚才说，您儿子的精神体系……据您所知，究竟是怎样的体系？"

在我家门口，在玄关灯下，我忍不住问了一个问题——这是我唯一主动说的话，也是最想问的问题。

"啊，是啊是啊，我是那么说过，我儿子自己经常那么说，可他说的是思想体系还是精神体系，我记不大清了。反正精神也罢，思想也罢，在我这儿都是一回事儿。也许他那时就有点儿精神不正常了，精神不正常的人还不都是由于思想出了问题？要不才二十几岁的人，会自以为有什么体系？"

"对不起啊，我的话也许问得太冒昧，您和您丈夫，双方的家族有没有精神病史呢？"

她的话促使我问了另一个问题。

她说医生也这么问过，绝对没有。

送走她，我又独自吸了支烟——一边吸烟一边与朋友的朋友通了次视频。朋友的朋友的脸刚一出现，我就不留情面地将他斥责了一通。他被训了一会儿才明白，我是因为他没告诉我"爱写诗的孩子"住过一次精神病院而生气。

他一脸无辜地替自己辩解，他的朋友也没告诉他，若非听我说，他也不知道！

朋友的朋友一脸慈悲地说："那么这事儿你更得认真对待了，帮人帮到底，不许当一般事儿来应付！"

四

"阿牛老师，拙诗您又看了一部分没有？"

"全拜读了！"

"那，肯再赐教否？"

"欢迎光临，时间你定。"

"那，如果我单独去呢？"

"同样欢迎。"

我和"王六郎"终于进行微信联系了。对于我，像互用代号的单线联系方式启用，感觉古怪，颇神秘似的。

两天后他又出现在我家，还是那一身，脚上穿的仍是拖鞋。这次他倒特随便，居然替我清洗了烟灰缸，之后坐下，大大方方地吸烟。

我说："经我允许了吗？"

他笑道："谁跟谁啊，在您家连这点儿自由还不给？"

我严肃地说："只批准你吸一支。"

"此时此刻，一支足矣。君子言笃，我戒烟那话仍算数。"

他也表情庄重起来，怕烟灰落茶几上，将烟灰缸向自己挪近了些。

他一这样，我反而因自己装严肃不好意思了，笑问："买不起鞋了？穿双拖鞋到处走很有派？"

他又笑了，亦庄亦谐地说："有派当然谈不上，一不小心成了诗人，不是想体会体会诗人那种落拓的范儿是什么感受嘛。"

"上次在我家，为什么装作不认识我？"

"制造点儿悬念，好玩呗。生活中要是连点儿戏剧性的情节都没有，岂不是太无趣了？"

"动机如此单纯？"

"单纯的人，无复杂之念。人一患了精神病，想不单纯都不能了。"

在我心中形成大困惑的事，经他这么一说，仿佛是我自寻烦恼了。偏偏，他又诚恳地加了一句："对不起，害您想多了。"

"我没往多了想。你……果然学了理工科？"

我愣了愣，一时搞不清他的话究竟是荒腔走板的疯话，还是正常人的正常话，于是明智地转移话题。

他却说："您已经向我连发四问了，能否容我插一句，也问问您呢？"

我又一愣，只得说："好吧，请问。"

"我妈也来过了？或者，与您通过话？"

"没有，绝对没有。你想多了。"

我不假思索就立刻否定，连自己也不明白为什么要否定得那么干脆，还否定得那么快，没过脑子似的。

"这就不对了。上次我们并没谈过我的专业，如果我妈没来过，您也没跟她通过话，您怎么知道我学的是理工科呢？"

他注视着我又问，几近无邪的眼睛像看着主人的狗宝宝的眼睛。

我不但发愣，简直还有点儿羞耻了。

"六郎啊，别忘了你是为什么来的。你应该理解，我的时间是宝贵的，咱俩你一句我一句逗闷子似的聊些不着调的话,这算怎么回事?有意思吗?"

我又一次试图转移话题,就转移到关于诗的方面。

"那么好吧,当我没问,咱们开始谈诗吧。我必须向您声明,您上次特别欣赏的那首诗,不是我写的,是别人写的。"

"别……人?"

"对,古人。具体说,是清代诗人们写的。"

"诗人……们?"

"对,我从四位清代诗人的诗中各抄两句,组成了那首七律。"

"你……为什么?"

"起初是因为喜欢纳兰性德的诗。也不是多么喜欢,我们那所理工大学有老师开了那么一门选修课,为的是提升学生的人文素养。不知怎么一来,许多女生都喜欢上了。后来我认为,纳兰氏的诗并非多么好,浮丽缠绵而已。女生们喜欢的更多是他的豪门身世,还有他的样貌,据说他的样貌像小鲜肉……"

"别扯远了,谈重点。"

"重点就是……"

据他说,恰恰由于对纳兰性德的诗不以为意,促使他想了解一下中国古诗到了清代,究竟还有怎样的气象可言,于是在图书馆发现了一部书叫《雪桥诗话》,之后成了枕边书,每每爱不释手……

我边听边在百度上查,还真查到了那么一本书。严格地说不属于诗集汇编,而是一部关于清代诗人以及他们的诗事掌故的小百科书。

"六郎"交代,在他的诗集中,大约凡是入我法眼的,都是他从《雪桥诗话》中东抄一句西抄一句拼凑成的。

"还是没说到重点,究竟为什么?"

"说了呀,您没注意听吧?"

"我一直在注意听,你说的是关注清诗的起因,并没说你为什么要骗我,一句都没说!"

"您恼羞成怒了?"

我确实有几分恼羞成怒。他这句话点醒了我,使我立刻意识到,对于一名住过精神病院的青年,一名曾给我留下深刻而且良好之印象的青车,一名求知欲挺强的青年,我既已邀人家来了,若不能善待他,那么我的表现也太糟糕了。

"我有吗?怎么会!六郎,你应该明白,咱们爷儿俩肯定是有缘的,我很在意这份缘。所以,我们之间的谈话,都没必要兜什么弯子,更没必要互相挑理、抬杠,你说对吗?"

我做出和颜悦色的表情,希望接下来的交谈气氛不再令我神经绷紧。

"百分之百同意。我想在我妈先于我又来了一次之后,您最想知道的肯定是,主要由于什么原因,使我住进了一次精神病院是吧?"

我万没料到他竟如此单刀直入,然而却已点头。

"我妈肯定已对您说过,她认为主要是失恋原因,医生、护士也是那么认为的。我住院不久,从医生到护士到患者,就都私下说'又住进一个失恋的'!唉,这世界怎么那么多自以为是的人?"

"如果不是……"

"当然不是!我才没那么玻璃心!我爱的姑娘,第一她要爱护小动物,以及一切无害的弱小的生命,第二她要爱花,第三她要爱听歌。我在沉浸地听一首好歌时,如果一时感动眼眶湿了,她要能理解,而不是认为我神经出了问题。那小妖姬与以上三点都不沾边,我王六郎怎么会因为她不爱我就疯了呢?心性不同,岂能成为同床共枕之人?"

"你当面叫过她'小妖姬'?"

"没有。绝对没有!当面我叫她全名,只在内心里将她看成小妖姬。"

"为什么当面叫她全名呢?普遍情况是,恋爱中的青年互相都叫昵称嘛。"

"问题是我对她根本没有过动心的时候!您设想一下,假如我是皮埃尔而她是海伦……"

"容我打断一下,既然你读过《战争与和平》,那么你就得承认,皮埃尔起初对海伦也是大动凡心的。"

"可如果皮埃尔不是由于继承了爵位,成了贵族中的富豪,他起初会爱上高傲、本质上又极其俗气并且水性杨花的海伦吗?在《战争与和平》中,他俩不久之后不是就闹离婚了吗?我与那小妖姬交往,纯粹是由于经受不住我妈的絮叨。所以,她转而跟一位导演好上了,正中我下怀!不论她将来多么发达,我也毫不后悔!根本不一样的人成了夫妻,那结果不肯定是同床异梦吗？补考更不是个事儿了，连个坎儿都算不上！稍微加把劲儿，名次也许还往前跃了呢。使我当时想不开而精神失常的，是胡鸿志！"

我忍不住又打断他："六郎，你承认自己精神失常吗？"

他立刻纠正："失常过。这一点已经成为事实，我当然承认啰！精神病也不过就是一种病，医院给出了权威性诊断，我也住过一次院了，为什么要否认呢？不过现在我出院了，证明我好了。"

"你这么想我太高兴了。胡鸿志是谁？"

我在心里说："谢天谢地！"——倘患过精神病的人承认自己曾患过此病，奇迹便有发生的可能。

"胡鸿志是睡我下铺的同学。通常情况是，先报到的同学优先选择铺位。我比他早报到一天，选择了下铺。他最后一个报到，只剩我的上铺还空着了。他是典型的胖子，以后每天不知要上上下下多少次，那对他多不方便啊。所以呢，我主动将自己的下铺让给了他。后来我们的关系就越处越好了，好到什么程度呢，我认为可以用'虽非手足，情同手足'来形容。他家经济状况一般般，母亲开杂货店，父亲常年在外地打工。可他却是各方面都极要强的学生，除了体育。连在同宿舍的六名同学中，他也要暗争谁的影响力最大……"

"要强得不过分的话，并非缺点。"

"是吗？"

"我的话没毛病。"

"可在两方面他争不过我。一是学习，无论他怎么努力，名次总是排在我后边。我承认，我不允许情况反过来，他有多努力，我就比他更努力……"

"你们这是成心内卷。"

"也不能这么说，学校虽然不搞排名那一套了，但同学间还暗中排名呢！我的成绩如果落在了他后边，我就守不住前十的红线了。另一方面他也没法跟我争，我是我们六名同学中的主心骨，是核心人物、结账者。看电影、看戏剧、聚餐、周末郊游，我一向是出钱的主。我心甘情愿，他们心安理得。我爸妈给我的生活费很充足，甚至可以说太充足了，我自己花不完，让同学们沾沾我的光不是挺应该的吗？您知道拉法特这个人物吗？"

我想了想，照实说不知道。

"在《战争与和平》中,草婴译的那版,第一卷第九页,由虚伪又贪财的华西里公爵的口引出过这么一位人物,注解中注明他是瑞士作家,著过《相面术》一书……"

"跑题了,别掉书袋。"

然而我不禁暗自惊讶他读书之细、记忆力之强。同时,内心里又生出大的惋惜。

"《战争与和平》使我第一次了解到,世上竟有《相面术》一类书,这引起了我极大的阅读兴趣,可不论在校图书馆还是市图书馆,以及国图,都没找到这本书,也许根本不曾译过来。在此过程中,我翻阅了几本咱们中国的同类书。所有这些书中,无一例外地记载,体胖而眉修目细者,是谓佛相,敦厚有善根,胡鸿志基本就长这样。受面相学的影响,我俩之间虽然也形成了内卷,但我仍将他当成好同学,同学中的好朋友。我们这一代独生子,其实内心里特别渴望真友情。有一个假期,他还在我家住了十几天。我给他买的机票,因为他没坐过飞机。网约车虽然更方便,但我妈开车我陪着,我们母子二人一起将他送到了机场……可……可我怎么也想不到,害我者,鸿志也!"

"六郎"掏出烟盒,又叼上了烟。他的手指发抖,唇也抖。由于唇抖,一边的面颊抽搐了几次。

我说:"六郎,咱不激动。事情已经过去了,不管多么严重,都不可能对你造成二次伤害了!"

他却说:"那样的疼,一次就够记一辈子了!"

按"六郎"的说法是,在食堂里,人已经很少时,有一名往外走的学生经过了他们六名同宿舍的同学坐过的餐桌。只剩胡鸿志还坐在那里,被遗忘的手机显眼地摆在他对面。

那位外专业的同学被手机吸引了,看着胡鸿志说:"肯定不是你的呗。"

胡鸿志的表情没做任何反应。

外专业的同学又说:"那我替主人保管了,是谁的你让他来找我,反正咱们以后还会在食堂见到的。"

对方说完,拿起手机匆匆走了。

"如果食堂的那个地方没有监控,如果虽有却坏了,那么我跳进黄河洗不清了。因为我曾对那手机表现出了喜欢，还开玩笑地说过：'哪天丢了，别往我身上怀疑啊！'正因为有监控，找到那名外专业的同学易如反掌，而那名外专业的同学振振有词地自辩，自己只不过是替手机的主人保管，如果不是自己当时拿走了，也许还真丢了呢！并且，后来他也确实碰见了胡鸿志几次，胡鸿志反而装作不认识他。监控显示，他分分明明对胡鸿志说过几句话。胡鸿志无法否认，一时也来不及胡乱编，只得承认对方是那么说了。结果呢，公安的同志为难了，无法以'偷'定罪啊。但公安的同志也很困惑，问胡鸿志为什么不告诉手机的主人。您猜他怎么回答？他说忘了！公安的同志又问他：'你后来多次见到过拿走手机的人，他没能使你想起什么吗？'他说自己脸盲……"

"别吸了！都快吸到过滤嘴了……"

在我的制止下，"六郎"才将烟头按入烟灰缸，随即站了起来。

我又一次制止："坐下！否则我不听你讲了……"

他这才坐下，眼里充满愤恨。

"嗑会儿瓜子。"

我将盛瓜子的小碟推向他。

他服从地抓起几颗瓜子，由于手抖，唇也抖，竟嗑不成。

"那，含块糖吧。"

我剥了一块糖递向他。

"含着糖我还怎么说话？"

他没接，拿起带来的矿泉水，一口气喝了小半瓶。招待"王六郎"这样的客人是很省事的。精神病患者通常要靠安眠药才能保证睡眠质量，所以往往医嘱他们勿饮咖啡或茶，这一点我懂，看来他自己也清楚，并且遵守得挺自觉。

我问："那些细节，你又是怎么知道的？"

他说公安方面既不能定那个外专业的学生什么罪名，也不能定胡鸿志的罪。他一口咬定自己"忘了""脸盲"，任何一条法律都拿他没办法。公安的同志只得留下讯问材料，由学校自行处理。学校也拿他俩没辙，批评教育了一番，也就将这件事按下了。而学生们在各类"群"里亢奋了多日，各种看法都有，一些细节不知怎么就曝了出来。

"不可全信吧？"

"如果并不属实，校方怎么不出面澄清？胡鸿志又为什么不抗议？不少同学认为，胡鸿志的本念是，想趁食堂里人再少的时候将手机占为己有，被别人抢先拿走了是他没想到的！可谁理解我的感受？在真相还没大白的那几天里，我蒙受了出生以来的奇耻大辱！胡鸿志，我的好同学，好同学中的好朋友，由于他'忘了'，他'脸盲'，使我成了重点怀疑对象，身背偷名百口莫辩！他怎么能这样对我！我俩可是'虽非手足，情同手足'的关系啊！有些日子，他往上铺蹬的时候，我恨不得抓住他腿将他拽下来，摔他个仰面朝天！然后骑他身上，掐住他！"

"六郎"的双手做出将人往死里掐的手势，同时咬紧他的牙，这时他两腮的肌肉绷硬了，颈部的血管也凸显了。

我起身找来一把折扇递给他。

"我王六郎为什么会受到朋友如此卑鄙的陷害？"

他接过扇子，没扇，啪地在茶几上击打了一下。

我说："别发那么大火，冷静冷静。还是刚才那句话，事情已经过去了，不会对你造成二次伤害了。"

"一次还不够受的吗？这种耻辱我终身难忘！"

他又用扇子击打了一下茶几。

我强装一笑，不以为然地说："如果那种事发生在书中的王六郎身上，你觉得他会像你现在这样吗？"

"好，好，很好，我正想请教请教您对蒲松龄和王六郎的看法呢！既然您先引起话头，那咱俩掰开了揉碎了细说端详吧！您认为，如果蒲松龄是王六郎那个少年溺亡鬼，他会因为大发慈悲而放弃千载难逢的投生机会吗？那机会可是众神出于对他的爱怜，按照冥界合法程序恩赐给他的，对不对？"

"对。"

"如果错失了机会，下次不知要再等多久了，对不对？"

"对。也许几年、十几年后，也许几百年、逾千年后——蒲松龄是那么写的。"

"那是编的！一个女人怀抱一个孩子投河，这是那女人的错！也是那孩子的命，与王六郎并不相干！并非他自己用了什么不道德的方式，要以别人的命换自己一次投生的机会，是上苍那么安排的，对不对？"

"对。你到底要说什么？"

"还是那句话，如果蒲松龄就是王六郎，他会放弃吗？"

"这……这你叫我如何回答？"

"正面回答！"

他终于展开了扇子，在胸前忽嗒忽嗒地扇，仿佛他是良知拷问者，而我是被审判者。

"你的问题谁都没法回答！如果蒲松龄还活着，我们倒可以问问他，但他已经……"

我有些不耐烦了。

"那么您就当您是王六郎，我们假设哈，您会错过那么一次投生的机会吗？那可是千载难逢的机会，想好了再回答！作家应该是诚实的人，别一张嘴就胡咧咧！"

他手中的扇子忽嗒得更来劲儿了，一下紧接一下，速度很快。看上去不像是在扇风，倒像是表演手技。

我更烦了，耐着性子说："我嘛，大约是做不到的，我没有那么高尚的品格。我想，我想蒲松龄大约也是做不到的。因为他毕竟不是圣人，圣人是人类的一种想象，但……"

"哈！哈！"他手中的扇子不忽嗒了，一甩之下唰地收拢，接着不断敲击另一只手的手心，脸上浮现精神胜利者蔑视论敌的冷笑。

我愣住，气不打一处来。

"您！"他用扇子朝我一指，"还有蒲松龄！你们都是一路货！明明自己做不到，为什么还要编出那么多烂故事骗人？虚伪啊虚伪！难怪鲁迅说……"

"别搬出鲁迅！最看不惯你这号年轻人！读了几页鲁迅的书，仿佛就是人性专家了！蒲松龄创作出王六郎这一人物，体现的是他对人性的理想！人性是在理想的熏陶之下一点点进步的！没有理想的熏陶，人类也许至今仍吃人呢！你仅凭自己读那点儿书，一味在我面前掉书袋，恰恰证明你的肤浅！老实告诉你，我忍你多时了！你既然已经开始贬损蒲松龄了，为什么网名还叫王六郎？干脆叫王六鬼算了！"

我失控了，边说边站了起来，挥舞手臂，在他面前踱来踱去，顺手将扇子从他手中夺了过来，用扇子朝他一指："你！你受那点儿冤枉算什么？

'玻璃心'指的就是你这类青年！疼了一下怎么了？世界上一生从没受过伤害的人很多很多吗？刚被伤害一次就好像把世界看透了？古今中外，这世界上还有不少普罗米修斯式的人呢，你的话明摆着是对他们的大不敬！如果你以后还这样，好人会躲你远远的，你这样下去，根本不值得好人在任何情况下挺身而出保护你！"

谢天谢地，我的手机那时响了。响得可真及时啊！否则，不知我还会对他训斥出什么话来！而那会使我倍感罪过的。终究，他是一个曾住过精神病院的青年啊！

是一次关于采访的通话。我在别的房间通话完，重新出现在他面前时，见他复坐得端端正正的，两只手放在膝上，一点儿都不抖了。表情也近于平静，只不过双颊淌下汗来，脸色有点儿苍白。

对于精神病人，有时大加训斥也会使他们平静下来——这不仅是我的经验，而且是被事实证明了的。在精神病院，这一招往往挺奏效，特别是女护士训男患者，那真叫一物降一物！有的男患者见女护士要生气了，还没被训呢就开始变乖了。不过，得像"六郎"这种轻症患者才管用。

我虽对自己的失控心生惭愧，但完成义托的初衷却已荡然无存。这第二次单独见面，我除了由诗受辱，就根本没谈几句诗嘛！而若不谈他的诗，我又何苦非要陪一个精神不正常的人谈下去呢？

"那什么，对不起，一会儿有人来采访，只得请你告辞了。"

我因索然而撒谎。

那时我的确是虚伪的。即使他没看出来，我之虚伪也是事实。

"骗我。您那么大声说的话，我隔着房门全听到了，您和对方约定的时间是明天上午。"

耳听之实，有时比眼见之实更是事实。

我张口结舌。

"其实，您根本不必撒谎，太损害您在我心目中的良好形象了。如果您已经烦我了，直说最好，我这种住过精神病院的人，使别人烦很正常。"

他说时，自卑地笑了。他的话明明是在刻薄地嘲讽我，却还要装出自卑的样子——在我看来他分明是装的，因而我认为那时的他也很虚伪，这使我的惭愧减少了，却同时让我大为光火。

我曾以为精神病人大抵会因病而变得思维简单，不再有虚伪可言，那会儿"王六郎"的表现颠覆了我的认知。

"你给我站起来！"

他服从地缓缓站起。

我朝房门一指，低声却严厉地说："出去！"

他没动，小声说："您恼羞成怒？"

是的，我之一怒，因羞因恼。

我又说："立刻给我出去！"

他便朝门外走去，两步后转身说："如果我冒犯了您，向您道歉，请您原谅。"

他深鞠一躬。

而我走到他跟前，将双手搭他肩上，似乎是在亲昵地往外送他，实际上是在往外推他。

门一开，我愣住，他也愣住——他母亲居然站在门外，眼有泪花。

她说："请别见怪，我儿子单独来见您，我不是……不放心嘛……"

可怜天下父母心，可怜天下父母心啊！

"六郎"说："妈，搂搂我……"

他母亲就搂抱住了他，并说："又受伤了吧？谁叫你说那么多惹老师生气的话呢？这下，没脸再来了吧？还不向老师赔礼道歉！"

他说："道过歉了，也鞠了一躬。"

他说完哭了。

我一转身，背朝那母子，心里难受。

事情居然变得如此别扭，实非我愿。

"梁老师，太给您添麻烦了，谢谢啊，我们今后不会再来打扰了！"

她的话使我不得不向她转过身去。

"我也给您鞠躬了。"

那女士也朝我深鞠一躬。

我不知所措，立刻还以一鞠躬，口中说了些什么，自己都记不清了。

我将他们母子送到了电梯口那儿，邻家的丈夫恰巧在等电梯。他与我很熟，每见必打招呼，但"六郎"母子都哭过的样子使他十分诧异，打招呼不是，不打招呼也不是，往后退让两步，低头看手机。

当天晚上，我主动与"六郎"的母亲通话。

她代表她丈夫再次感谢我,说她丈夫也因儿子惹我生气了向我道歉,请我原谅。她说自从儿子病了以后,她丈夫的一头浓发一下子白了一半,整天唉声叹气。

她说着说着,小声哭了。

而我再度撒谎,说事情绝非她在门外听到的那样,往往亲耳听到也不能据以为实——我的解释是,我成心那样,为的是一旦装出严厉的样子,他们的儿子就怕我。

"他显然是不怕你的,估计也不怕他父亲。还是的,我猜对了嘛!像他目前这种情况,没个怕的人是不行的,你们当爸当妈的,他不怕你们符合普遍规律。而我,虽然非亲非故,却是他希望经常见到的人。你们的儿子,从本质上讲也是读书种子,文学青年嘛!而我是老作家,名气嘛大小也还是有些的。所以,没个人和你们的儿子谈读书、谈文学,他会憋闷得受不了。目前,我是他唯一的人选。可如果我在应该使他怕我一下的时候没那么做,他再见我也就没什么意义了。我今天成心对他发脾气,正是要使自己在他心里成为这么一个人——既是知音而又有点儿怕的人,也就是诤友!所以呢,希望你们当父母的,能正确理解我的一番苦心……"

我真正的苦心,是极力想要修补自己在一位无助的母亲心目中的形象。那一刻,我既同情"王六郎",也很同情他的父母。甚至,对他父母的同情还多点儿。连我自己也分不清,我口中所说的话,哪几句是由衷的,哪几句只不过是变相的自辩。

"哎呀,哎呀,梁老师太好了,多谢您为我们和我们的儿子考虑得这么细,太令我感动了!那什么,我没理解错的话,您的意思是……我儿子以后还是可以再去见您的?"

"嗯……在我空闲的时候……当然,那当然,您并没理解错……"

我嘴上这么说,内心里也开始同情自己了。

显然,她丈夫正在她旁边,一直在听我和她通话。

这时,与我通话的就换成了她丈夫。他也照例说了些感激又感动的话,并说他们的儿子回到家里后一直挺懊丧,希望我跟他儿子也说几句话……

"儿子!儿子!梁老师要跟你说几句话……"不待我同意,他已高声大嗓喊起他的儿子来。

我赶紧制止他，说"六郎"也许正在消化我对他的劝导，来日方长，我俩加着微信呢，我会主动通过微信与"六郎"交流的……

结束通话，我呆坐沉思，逐渐形成了一种颇能安慰自己的逻辑——所谓虚伪，当指通过心口不一、口是心非的话语，蒙骗别人上当，或对别人居心叵测、图谋不轨……

我没这些目的。

这么一想，心情好点儿了。

五

我并没主动给"王六郎"发微信，是他主动的。三天后我才关注到是一篇学诗心得。他的心得没题目也没称呼，起句就谈诗。他认为中国古代诗词除了赋、比、兴三大要义，还有两种美感尚未被充分评论，便是画面感和时空切换之得心应手。他举"大漠孤烟直，长河落日圆"强调画面的宏阔感；举"小荷才露尖尖角，早有蜻蜓立上头"来证明画面的细微感；也举了"有时三点两点雨，到处十枝五枝花"证明画面感的"趣"。至于时空切换，举例尤多，如"道由白云尽，春与青溪长""绝壁垂樵径，春泥陷虎踪""残雪暗随冰笋滴，新春偷向柳梢归"，等等。所极赞者，当属张继之的《枫桥夜泊》，认为四句诗中体现了极现代的运用自如的电影语言——中远景、俯仰摄、声色同步等镜头转变方式浑然一体，使人如在看电影。他将以上两点心得归结为动态描写之经验与诗句"剪辑"之精当，统称为古代景象观赏之"四维本能"。而"兴"者，时空三维之外所生主观思想耳。

我一不"小心"又被惊着了。

古今名士讲诗析词的我看过不少，但以上"心得"，却闻所未闻，见所未见。

"胡鸿志，胡鸿志，你罪过啊罪过！该死啊该死！"

我内心不禁发出了诅咒。

听"六郎"讲胡鸿志时，我虽得出了"小人"印象，却并没怎么恨得起来。毕竟，他那类"小人"并未直接危害到我，难以站在"六郎"的立场换位思考。可这时刻，我感同身受了，并产生了一种由京剧念白引起的喟叹:"上苍上苍,既生王任之,何生胡鸿志!"

"六郎"认为,对中国古典诗词的优长继承得好的,与其说是当代诗歌,莫如说是当代歌词。他认为中国当代歌词旖旎多彩的新页,得益于二十世纪八十年代伊始流行歌词的正面影响。其举《黄土高坡》《命运不是辘轳》《沧海一声笑》《天边》《这世界那么多人》等流行歌曲为例,分析了它们是如何从古代诗词中汲取营养的……

他的"心得"内容丰富扎实,如一篇角度新颖独特的小论文。倘我是导师,定会给出高分。

在"心得"最下方,仅以这样一行字结束——期待指正。

他还真够高傲的!换了另外任何一个青年,大抵都会写"请梁老师指正"的,他却连"梁老师"三个字都懒得稍动一下手指打上去,好像他忘了,"老师"二字是他当年主动叫的。难不成他认为那是他当年赐我的叫法,在我伤了他一次之后,决定收回啦?

然而他这篇"小论文"写得多么好哇!好到我根本不可能无动于衷不做反应的程度——起码在我看来是这样。

于是我回复了几百字拜读"心得"的心得,恭称他为"兄台",赞赏他的"心得"为"奇丽慧文"——三分"奉承",七分真话。

对于我的反应,他做出了极快的反应。

"啊……哈哈哈哈!您可真会开玩笑,承受不起、承受不起,大大的承受不起呀!但我现在非常需要表扬的话,全盘收下了!又,我喜欢阁下称我'兄台',以后我称您阁下,您称我兄台,就这样一直戏称下去可好?我现在也极需生活中有点儿乐子!"

他的表达三分嘻哈,七分认真。有一点可以肯定,他不再生我气了。也可以认为,虽然他进过精神病院,本质上却还是当年那个内心阳光的大男孩。只有内心阳光的人,会愿意抛弃前嫌而不至于耿耿于怀,积恨成仇。

自这日后,我俩通过微信交流得多了,却也不是太频繁。他理解我各种应酬不断,仅希望我有空就关注一下他,有指导意见就回复一下,没有则算了,不必非得次次回复。

实际上我的做法也只能那样。

他的理解颇令我为他高兴——能替别人考虑是正常人的表现,我真心祝愿他早日成为一个正常人。

我俩主要在谈诗了。与其说是我在指导他写诗，莫如说他在促使我这个门外汉一步步入门。原来他从中学时期就开始写诗了，新旧作加起来近百首。他表示要一一认真修改，该淘汰的淘汰，精选出自己满意的，打算出一本诗集。

我支持他的计划。

事情在向好的方面发展。

他父亲也与我通了一次话，说他家在云南什么地方有幢别墅，也可以认为是一处小庄园，极利于休养身心，平常只有一对中年夫妇作为公司员工在那儿看管、打理。他们两口子因为工作忙，一年去不上几次，每次住不了几天，而他们的儿子去的次数更少。他们已对各自公司的工作做了较长期的部署、交代，决定带儿子去那里住一段日子……

这我更支持了，同时替"六郎"感到庆幸。据说现而今患精神疾病的年轻人渐增，绝大多数背后没有"六郎"这样的父母和家庭。

人比人，羡煞人啊！

几天后，他们一家三口启程去往云南了。

又几天后，"六郎"自云南发来三首写景感怀的诗和词。诗皆古体，不若词佳，却也都拿得出手。他特别强调，绝无抄袭组合之句，但自知欠斟酌，并不打算收入集中。

这三首诗和词说明他情绪颇佳，我认为这一点比他的诗和词写得如何更重要、更可嘉。

我也就未加点评，只回复了一句话——"祝兄台在滇天天快乐！"

不料半月后，他给我发来一句话："我要结婚啦！"

字是红色的，镶金边，背景是他家的别墅。院内树形美观，阶旁花团锦簇，喷泉散银珠，鱼儿溪中游，左右两面墙几乎被蔷薇完全遮蔽，盛开的花朵绚烂多彩。分明还有一对孔雀，看去像真的。放大细看，不但是真的，还是活的。放大时，电脑贴图的喜鹊上下翻飞，并有爆竹无声炸开。

端的是好去处！我不但替许多别家的与"六郎"同病的青年羡慕，连自己也心向往之，顿生占有的妒念。

然而我并未当即祝贺，因不知所谓"结婚"之说是精神不正常状态下的想象，还是果如其言。

隔日,"六郎"的母亲与我通话,证实"六郎"向我发布的喜讯属实。她说对方是当地农家女,年方二十,清纯,有姿色,聪慧。儿子挺喜欢这女孩,他们夫妇也认可,临时决定将一件以前从没想过也不敢想的事顺应天意给办了,可谓不虚云南之行。

我问怎么就是顺应天意了。

她说他们一家三口是在离庄园不远的一个村里闲逛时偶遇这女孩的,"六郎"初见之下目不转睛,一步三回头。他们夫妇就托人去打听,女孩尚未处朋友。再托人试探地商议,女孩父母喜出望外,女孩自己也十分愿意。

"如果没来云南,这良机就不存在不是吗?如果人家女孩已经处对象了,我们也不能硬插一杠子啊!这不是老天有意成全此事,单看我们开窍不开窍吗?当然啰,前提是我们毕竟是不一般的家庭,我们的儿子一表人才,否则人家姑娘和人家爸妈也不肯迈出这么一步……"

我吞吞吐吐地又问:"那,准备在哪儿举办婚礼呢?是云南,还是北京?"紧接着补充了一句,"若在北京,我一定参加!"

她说:"又不是明媒正娶,就不回北京办了。一旦回北京办,一传俩、俩传仨的,想不搞出动静都难。而知道消息的人一旦多了,想不办得有排场些也难,过几天,悄没声地为他俩合了房,就算大功告成了……"

"可……怎么……又不是……"

"您想象贾宝玉和袭人的关系就是我儿子和那女孩的关系就对了。如果他俩一块儿生活后,任之的病彻底好了,那是我们一家三口的大幸!白养着他们小两口,我们夫妇也无怨无悔。反正养一个也是养,养两个也是养,我们有这经济实力,养得起。我们夫妇也做了另一种考虑,不瞒您说,我又怀上了。万一事不遂人愿,他们小两口根本过不长,那我们也有思想准备,理性对待,赔偿人家姑娘一笔钱就是了。谁也没长前后眼,走一步看一步呗。即使不遂人愿,那也不是我们的错,而是老天爷成心要我们!老天爷耍了谁,谁都只能受着……"

我只得说,他们夫妇考虑得还是挺周全的。另有一句话到了嘴边,被我咽回去了。确切地说也不是一句话,而是一种想法。因为不愿直问,所以如鲠在喉般没问。

这想法是,我觉得他们夫妇考虑再周全,似乎忘了还有一个道德与否的问题——对那女孩。结束通话后，转而一想，又觉自己未免迂腐——她已说了，女孩父母喜出望外，女孩自己也十分愿意，钱可摆平他们的得失，谈何道德不道德呢？还好并没问出口，若问了，多讨厌啊！岂非世上本无事，庸人自扰之？

排除了头脑中的胡思乱想，心绪顿时开朗、敞亮，替"六郎"谢天谢地也！趁着高兴，给"六郎"发了一条特有温度、真情满满的祝福。

"六郎"回得也很快："最先的祝福必定来自最关心自己的那个人，我愿阁下分享我的喜悦！"

我又想，他既喜悦，如果有上帝的话，那么连上帝也会替他高兴的吧？

处于蜜月中的青年，往往认为世上除了爱，再就没什么事儿还算个事儿了！大抵如此。以后一个月里，"六郎"除了给我发些照片大秀他和那女孩儿之间的亲昵，再无新诗发来。而那些照片，多数是他俩自拍的，也有别人替他俩拍的。至于别人是何人，我猜不是他妈便是他爸。

爱本身即最好最美的诗——这是许多诗人的逻辑。"六郎"显然在身心完全投入地验证这一逻辑，无暇顾及其他了。他不但是有诗为证的诗人，而且是年轻的、此前从没爱过的诗人啊！从照片上看，女孩果然秀丽、清纯，双眸晶亮，她的眼神也果然聪慧。

她的美是原生态的。

倘奇迹果然发生，那么将为精神病医学提供一条宝贵经验——男欢女爱具有意想不到的疗效。

我这么思忖时，便不禁为"六郎"虔诚祈祷。

六

我大大地想错了！

不久，也就是八月中旬的时候，"王六郎"全家回到了北京。全家的意思是，包括那女孩。正如袭人实际上是"宝哥哥"的人，那女孩名分上也是王家的儿媳了。

"六郎"并没被爱冲昏头脑。对爱与诗，他居然做到了两不误，兼顾得不容置疑。他带回了自己编选的、每一句都产生于自己头脑中的诗集，并为自己的诗集暂定名为《拾穗集》——分为古体与自由体两部分。

他们一家四口都成了我家的客人。我第一次见到"六郎"的父亲：一位头发已经稀少，但显得处事干练的父亲。

他父亲决心已定地说，要为儿子出版这诗集。

由于他的同时出现，"六郎"的母亲甘居配角地位了，但连连点头，对丈夫的话及时附和。"六郎"却郑重地说，出与不出，集名改或不改，哪些诗可以不收入集中，他完全听从我的意见。

那女孩几乎不说话，端庄地坐在"六郎"旁边，一只手轻挽着"六郎"的胳膊。我看她时，她便一笑，偶尔，另一只手拿起待客的零食吃。

我首先肯定了集名很好，无须改。

"六郎"对他爸妈笑道："怎么样？我的话没错吧？"

他母亲也笑道："任之预见您肯定喜欢这集名。可就是，我觉得用真名好，或另起一个笔名，'王六郎'这个笔名不怎么样。"

"六郎"坚持道："妈，我连终身大事都听你们的了，出诗集这事儿你就别瞎掺和了。要出我就用'王六郎'这个笔名，否则在我这儿通不过，宁可不出。"

他的话虽然说得特平静，一点儿也不情绪化，但也有他父亲说话时的那么一股子坚决劲儿。基因真厉害，他的精神一变正常了，连说话的语气都像其父了。是的，我认为他的精神的确恢复正常了，眼神不再发直，笑得自然了。

爱也很厉害。

我说："'王六郎'这个笔名不但有出处，而且耐人寻味，在此点上我站在你们的儿子一边。"

"六郎"笑了，并说："向老师汇报，我又喜欢蒲松龄了，我的妻子就是我的婴宁。"

女孩也笑了，将头一偏，轻轻靠他肩上。

"正因为有出处，我知道了那出处以后，反而更不喜欢了……"

他母亲仍欲坚持。

"得了，你少说两句吧。笔名不过是笔名，并非多么重要的事……"

当爸的制止当妈的继续坚持己见，紧接着将自己和儿子之间的分歧摊在了我面前——他不但力主要由北京的大出版社出儿子的诗集，而且要出得精美，像珍藏本那样，就是出成豪华版也不计成本；另外，还要开一场较高规格的研讨会。总之，当爸的一心要使儿子出诗集这事在京城（他和妻子一样也将北京叫京城）办得风风光光的。"六郎"却相反，主张低调。他说自己已经适应了云南的气候，生活在庄园觉得很幸福，而云南也有几位优秀的诗人，所以他宁愿在云南的出版社出诗集，宁愿在当地开一次小型研讨会，认识认识云南的诗人们。对于自己以后的人生，他作出了长远规划——更多的时候生活在云南，有诗有爱，享受幸福。

"生活在远离市区的地方，有什么幸福的？"

"生活在那么好的环境里，还不幸福吗？古代的府邸也就这样吧？还得多好才算好？"

"你靠写诗能养活自己吗？"

"写诗当然挣不到钱，纯粹是爱好。以后我还会尝试创作小说、电影或电视剧本。总之我自信以后完全可以靠创作养活我俩，逐渐就不必再花你们的钱了。"

"六郎"这么说时，女孩脉脉含情地看他，目光中满是信任和依赖。

"我提到钱了吗？你老爸说一个'钱'字了吗？儿子，根本不是钱的问题。咱家是那种差钱的人家吗？儿子，好儿子，老爸实际上是这么想的，正因为你有这种打算，所以老爸得帮你在京城产生影响，从而打开局面！功夫往往在诗外，这个道理你也应该懂嘛！你只有日后成功了，是京城的一个人物了，才是对那几个当初伤害你的小子最强有力的反击！"

当爸的略显激动地那么说时，"六郎"起初还挺耐心地听，及至后来，显得不耐烦了，将头一扭，生气地说："不爱听，那一页在我这儿已翻篇儿了！"

"你看你这孩子！我……"

当爸的向我耸肩、摊手，并使眼色，意思是让我帮着劝。

当妈的终于逮着机会插话了。

她说："儿子，你也得理解理解我们父母的心情啊！你俩的事，爸妈没怎么替你们办，爸妈不是一直觉得对不起你嘛！所以，你爸那么坚持，也是要弥补一下遗憾，替我们自己找补回心理的平衡。儿子，这你得学着理解点儿哈！"她也向我使眼色，眼色中有与她丈夫同样的意思。她显出特别委屈的样子，泪汪汪的了。

这一对夫妇与儿子的关系似乎有点儿奇怪——当自己的儿子精神被诊断出问题后，他们唯恐对儿子没做到百依百顺，仿佛奴婢侍奉主人；一旦他们觉得儿子的精神恢复正常了，情形似乎又反过来了，竟在一些无关紧要的问题上据理力争了！

听着他们之间的对话，我内心里产生了不解。而当他们陷入沉默的僵局时，我又想通了——大多数父母与他们的"六郎"这样的儿子之间，基本如此啊！而这，也是父母所以可怜的方面。

我不表态也得表态了。

我知我不可以选边站，便和稀泥。

我说："这样行不，两天后我将诗集读过再议。如果我觉得水平上乘，那么任之你就听你父亲的安排。明明值得，为什么偏不呢？如果水平居中，那么我认为你们做父母的也要面对现实，明明不值得往影响大了办，非弄出太大的动静，不见得是好事。"

"六郎"立刻说："这话我爱听，同意！"

他爸欲言又止，他妈用胳膊肘拐了他爸一下，连说："行，行！"

第二天下午我就将诗集读完了。看来"六郎"是有自知之明的，而我十分赞成他的主张。

但晚上，"六郎"的父亲提前打来了电话。

当父亲的直白地说："梁先生，梁老师，咱们都明白，文学嘛，诗嘛，还不是仁者见仁，智者见智嘛！我们夫妇的愿望，全靠您的结论成全啦！"

显然，手机被他妻子夺去了。

"梁老师，您更得理解我们，我们两口子都是很顾面子的人！在我们的圈子，面子就是人设，人设就是面子，有时得像顾命那么顾！自从儿子出事后，我们当父母的'压力山大'！所以，现在我们非把面子找回来不可！此时不找，更待何时呢？"

我听到了抽泣声。

手机复归她丈夫了。

那当爸的说："请您千万别见怪，我们真没拿您当外人，因为您从前是我们儿子唯一的成人朋友，而现在是他唯一的朋友！我们的意思，您懂的……"

他们的意思我确实懂，也不难懂。

于是关于"六郎"的诗集,我只能说违心话了。

我用"仁者见仁,智者见智"来宽解自己对自己的不满。"六郎"是年轻人,"鼓励后人"四字使我违心得不无底气。何况,总体看来,诗集还是达到了出版水平的。

于是,接下来一切进展顺利且快。

钱在大多数人那儿只不过是钱,在某些人那儿叫"资本"。"资本"出马,事事容易。

仅月余,诗集问世,果然印制精美。

研讨会如期召开,地点选在五星级酒店,参加的人颇多,名士不少。我的朋友的朋友也到场了,还有他们的朋友的朋友,所有人看去都是高高兴兴来站台的。

我问朋友:"感受如何?"

他说:"好大的一次广告!"

我说:"这不是六郎的本意。"

他小声说:"我指的是他父母,那儿呢。"

我循朋友的目光看去,见"六郎"的父母应接不暇,笑容可掬,如沐春风。

我终于发现了"六郎",他孤独地呆坐在一个角落,只有那女孩陪他坐着。他父母先后用声音找他,他仿佛根本没听到。女孩推他,他也不往起站。

然而研讨会开得很成功。每一位发言者都对"六郎"的诗给予了热情洋溢的肯定,也对他本人在诗创作方面寄予厚望。

我自然也发言了,没谈"六郎"的诗,只讲了怎么与他认识的事,会议气氛由于我的发言而暖意融融。我看出,来宾中除了我及少数几人,大多数人并不知道他进过精神病院。

我也看出,在倾听大家的发言时,"六郎"表现得很正常,时而记,时而对发言者的肯定报以感激又腼腆的微笑。一个精神正常之人,在这样的场合这么一种氛围中,肯定也就表现得这般了。彼时的"六郎"谦虚而又温文尔雅,如好学生聆听导师们的点评。

会间穿插了几次伴乐诗朗诵,由专业乐队和专业人士进行,朗诵的是"六郎"自己的诗作,他预先选定的。

众人次次报以掌声，效果甚佳。

气氛从始至终洋溢着鼓励后人的善意和诗意。

会后是聚餐，人人都给足了面子，没有借故离去者。可用以举办婚礼的大餐厅里，七八桌座无虚席。酒水自然都是高级的，菜肴丰盛而美味。

结束时，我又问我的朋友的朋友："感觉如何？"

不待他开口，他的朋友的朋友从旁接言："就诗的研讨会而言，可谓盛况空前，盛况空前！"

对方已微醉。

我的朋友和他的朋友以及他的朋友的朋友一致附和：

"完全同意！"

"那是那是！"

"印象深刻！"

不经意间，朋友们都聚了过来。

其实我问的是"六郎"的表现。

我因也喝了点儿酒，到家已十点多了，洗洗倒头便睡。翌晨被手机扰醒，斯时近九点矣。

"惨啦惨啦，想不到会这样，研讨会上'头条'啦！"

我的朋友一说完，就将手机挂了。

我赶紧刷"头条"，见研讨会被抹黑成了"闹剧"。"六郎"进过精神病院的事也被曝光了，精神失常的原因被言之凿凿地说成是由于失恋。跟帖极多，十之八九，以逗讽刺、挖苦、攻讦、辱骂、借题发挥为能事。偶有同情帖，淹没矣！

胡鸿志在网上集合成了胡鸿志们。我心如速冻，全身寒彻。

七

一年后，我去精神病院探视老哥时，忍了几忍没忍住，试探地问："有个叫王任之的青年，据说也在这里住院？"

老哥立刻说："还叫王六郎对吧？爱写诗？"

我说："对。"

老哥说："这孩子有文才，诗写得不错，和我在同一个病区，大家伙都挺尊敬他，是我们病区的模范病友。"

我说："你别叫他王六郎，还是叫他本名好。"

老哥说："他喜欢我们叫他王六郎，对住院也挺适应的。"

在回家的路上，朋友的朋友发来一条短信，说"六郎"的小弟弟过"百日"了，他爸妈为二胎向朋友们征集文化含量高的好名字……

卫 煌

吴清缘

绵延六十公里的三危山上，唐北川和唐临已经跋涉了两个小时，他们是此刻三危山仅有的登山者。"儿子，歇一会儿吧，不到顶也没关系。"唐北川放下登山杖，席地而坐，面朝西面鸣沙山的崖面，崖面上错落分布着大小不一的洞窟，"我每次爬三危山，都不是为了到达峰顶，而是要在那里看对面的莫高窟。"

正值黄昏，晚霞笼罩着苍茫的戈壁和起伏的群山，但光线却在洞窟前戛然而止。于是，被晚霞映照得火红的崖面上，大大小小的洞窟仍旧显得漆黑幽深而又神秘莫测。唐临盘腿坐在唐北川身边，目光追随着唐北川的视线，他的眼睛也像洞窟一般深邃："爸爸，我觉得……它们是天上的星。"

"在这个距离，再深的洞窟看上去都是黑色的截面，就像燃烧的恒星在我们眼里只是闪烁的光点；而自己明明站在更高处，却总觉得是在仰望群星般地仰视莫高窟。"唐北川的脸上浮现出温和的笑容，"我喜欢这个比喻……刚刚，你说出了我每次登山的真正理由。"

"我们看到的星光，都是无可改变的历史。"唐临仰起了头，望向逐渐西沉的落日，"恒星发出的光跋涉了成千上万年，最终抵达我们的眼底，所以每一束光都记录着星辰的过去。正如我们注视的每一个洞窟，所记载的都是千百年前的历史。"

"是啊，被你这么一解释，这个比喻就变得更严谨了。"

"这不是比喻。"唐临说，"当我第一次踏入莫高窟时，便觉得是在飞向群星。"

"那时候你只有四岁……"

"正因为只有四岁,我才能拥有这样的感受,并将它一直延续到现在。"唐临说,"它来自单纯的想象,并没有多少严谨的逻辑——至于洞窟和星星之间到底有什么关联,也许只是我成年后所作的牵强附会的解释。"

"这么多年,你从来没有和我说起过。"

"因为没到时候。"唐临说,眼睑低垂。

起风了,戈壁滩扬起了漫天的风沙,眼前的世界像是加了一层暗黄色的滤镜。三艘飞掠艇穿过戈壁上方的天空,自西向东疾飞而去。"今晚,他们就能抵达酒泉星舰发射中心。"唐北川说,"如果我没记错的话,他们赶的是晚上十一点发射的星舰'天水'号。"

"这是最后一班星舰。"唐临在风沙之中用力地睁开眼睛,视线追随着远去的飞掠艇,"过了今晚,所有还留在地球上的人将永远留在地球。"

"那么,你会一直……一直……待在这里?"唐北川艰难地咽了一口唾沫,问出了他在二十年里一直想问但从未问出的问题,"你知道的,过了今晚,过了今晚……就……"

"天快黑了。"唐临轻声说道,像是在喃喃自语。然而晚霞仍旧浓烈,看不到任何天黑的迹象。"十年前的夏天,我们一起爬三危山,下山的路上,我突然想去莫高窟看看。"唐临说道,"你说天快黑了,不如明天再去,但我无论如何也不同意,你一气之下把我狠狠数落了一通。为了跟你赌气,我一下山就跑进了莫高窟,在窟里待了整整一夜。"

"我以为你过一阵子就会出来,所以没去追你。"唐北川说,"结果那天晚上,我找了你整整一宿。"

"那天晚上,我一直躲在藏经洞里。"唐临说道,"到了后半夜的时候,我害怕了,并不是怕黑,而是人生中头一次体会到离开父亲是怎样的感受。"

当唐临第二天早上回到家中,唐北川第一次体罚了唐临,用直尺在他的左右掌心各打了二十下。唐北川没有告诉唐临的是,一整夜,他都处于极度的恐惧之中,而他的恐惧和儿子的恐惧如出一辙。唐北川并不相信唐临会在洞窟里出什么意外,但是在那一夜,他第一次感受到失去儿子是怎样的心情。也因此,在长达二十年的岁月里,唐北川一直想知道这个问题的答案:当唐临成年以后,究竟选择走还是留。

最后一班星舰"天水"号将在五个多小时后启航,而现在这个问题的答案已经到了即将揭晓的时刻。唐北川希望儿子能和自己一样留在三危山脚，但同时心底里有另一个声音在告诉自己，儿子值得拥抱更广阔的星空。二十年来，唐北川不断地被这两难之境撕扯得身心俱疲，唐临的任何一种选择似乎都会让身为父亲的自己感到欣慰，但同时也会让自己抱憾终身。于是，他只能以神秘主义的论调来安慰自己：就像命运注定会将他的余生托付给莫高窟，二百七十年前，在"相对论"号星舰发射升空的瞬间，唐临其实就已经作出了他自己的选择。时过境迁，这一带有神秘色彩的自我安慰逐渐演化为唯物主义的认知：二百七十年前所发生的"相对论"号事件是一个必然会发生的事件，但这并非是命运之神的旨意，而是人类文明演进中的一个必然环节，即便那一年"相对论"号事件没有发生，也会有另一艘星舰上的乘客触发类似的事件，最终将人类文明带向一个注定要奔赴的方向。

以如今的视角来看，"相对论"号不过是一艘技术落伍的星舰；而以当时的视角来看，"相对论"号代表了人类航天工业的巅峰。"相对论"号能荷载十名船员，携带有完整的生态循环系统，并能通过虫洞跃迁加速到亚光速，它当时的任务是前往四光年外的半人马座α三星系统，测绘该恒星系所属行星之一比邻星b的地形地貌。二一二〇年一月二十三日，"相对论"号发射升空，在经历四年多的航行后抵达比邻星b，并向地球发送了顺利抵达的电磁信号，这些信号要穿越约四光年的距离才能到达地球。自"相对论"号启航约八年后，人们收到了它顺利抵达的消息，却始终没有等来"相对论"号——自"相对论"号抵达比邻星b后，它便音讯全无，消失在了茫茫的宇宙之中。

对于"相对论"号的失踪，人们认为它要么是在返航的过程中发生了事故，要么就是船员在探测比邻星b的过程中发生了意外。三艘星舰开往比邻星调查，对半人马座α三星系统展开了地毯式的搜索，但完全没有见到"相对论"号的影踪，"相对论"号的失踪就只能解释为在返航途中发生了事故。随着时间的流逝，"相对论"号的失踪之谜逐渐被人们淡忘，但就在它几乎完全退出人们记忆的时候，来自"相对论"号的电磁信号毫无征兆地抵达地球，那是一则只有两行字的简讯：

"相对论"号的船员将在宇宙中永远飘泊下去

在无垠的星际之间流浪直到死去

"相对论"号的不辞而别让地球社会出离愤怒,在长达十年的时间里,人们将他们视为人类世界最大的变节者。然而,当冲动的情绪逐渐退去,人们开始意识到"相对论"号的船员们所作出的选择是人类文明有史以来最恢宏的冒险,那十名船员离开了自己生于斯长于斯的家园,向人类展现了文明发展的另一种可能。二十二世纪前半叶,全球气候、板块运动和大洋流动的大规模异常活动接连发生,人类在地球的生存环境日益恶化。因此,当人类社会对"相对论"号的永别感到震惊的同时,也提出了一个无法回避的疑问:当人类已经掌握了在星际独立生存的能力,人类应不应该离开这颗前途未卜的星球?

然而这在当时仅仅是一种思潮,并没有人像"相对论"号的船员一样付诸实际行动,因为人类还不知道广袤荒凉的宇宙究竟会如何对待渺小的人类。正因为如此,人们格外关注"相对论"号在宇宙空间中的遭遇,它的命运将揭示人类是否真的有能力踏出文明的摇篮。然而,令所有人失望的是,"相对论"号再一次杳无音讯。那些鼓吹人类应该向宇宙进发的激进人士虽然不断地重申他们的立场,但他们无一例外都选择了留在地球。"相对论"号流浪在外整整七十年后,一个带有虫洞跃迁引擎的小型发射器突然跃迁至太阳系的边缘,接着被驻守在奥尔特云的无人空间站捕获。发射器内是一块镌刻着"相对论"号徽标的数据硬盘,硬盘内是972TB的银河系各星体的近距离观测数据和一封简短的问候:

当你们收到这份礼物的时候,我们已经过完了美好的一生。
我们相信,人类值得更大的世界。

收到数据硬盘的第二年,人类世界陆续发射了三十五艘不再返航的星舰。随着时间的推移和技术的进步,星舰的数量不断增长,而制造成本却在不断下降。及至二二三〇年,常规星舰已能荷载数千名乘客,而更重要的是,乘坐星舰不再是精英的专利,普通人也能以低廉的价格获得一张星际旅行的船票,这其中,越来越多的人选择告别环境持续恶化的地球,成为永不返航的星际移民。

"相对论"号离开地球后的两百多年时间里，接近九成的人类永远离开了地球。当唐北川出生的时候，整个地球只剩下不到三百万人口；当他五十岁的时候，全世界的人口数量已经锐减到不足一万人。离开地球的原因总是相似的，但是留在地球的原因却各不相同，而唐北川留下的理由，是敦煌的莫高窟。

唐北川出生于河南洛阳，在一栋普普通通的公寓楼里度过了自己的童年和青春。彼时，许多原先愿意留守地球的父母，因为孩子的出生而举家飞赴太空，显而易见，对于新生的孩子来说，相对于留在日益荒凉的地球，尽早融入星舰文明才是更有前途的未来。但是唐北川的父母并不愿意因为孩子而放弃自己对于故土的执念，于是他们让儿子在地球接受教育，等唐北川成年后，有了独立生活的能力，才允许他离开地球飞向太空。"人都是地上长的，咋能跑到天上去呢？"小时候，唐北川的母亲常常念叨着这句话，"你长大了，你自己到天上去，我和你爸可不陪着。"

和绝大多数同龄人所想的一样，早在三岁的时候，唐北川就决定在成年后离开地球。十八岁生日那天，唐北川已经做好了飞向太空的一切准备，但在彻底告别地球之前，他决定进行一次环球旅行，在真正地认识这颗星球之后再奔赴浩瀚的星空。出于某种浪漫的情怀，唐北川决定一路向东进发，并称自己的旅行为"逐日之旅"。他穿过广袤的华北平原，跨越太平洋来到美洲大陆，再穿过大西洋横贯整个欧洲和中亚，最终重返中国到达西北的大漠。当唐北川跨过玉门关的时候，他还不知道，前方就是他旅程的终点——

敦煌，莫高窟。

中学时代，唐北川曾听闻敦煌莫高窟有着令人叹为观止的艺术，但跟着父亲学习西方油画的唐北川，对此并没有多少强烈的兴趣。当他自西向东穿越新疆，来到河西走廊最西端的城市敦煌，他只是将莫高窟视作一个普通的旅游景点，他万万没有想到，自己的旅程居然会在敦煌戛然而止。当唐北川踏入敦煌莫高窟，触目所见是由壁画和彩塑所展现的佛国世界和人间烟火，一千多年的虔诚信仰和风土人情在一个又一个洞窟里辗转流动，佛法庄严，却又与人间交相辉映，千年历史静水流深，却又以轻盈飘逸的姿态将他挟裹其中。他穿越五胡十六国的金戈铁马，历经隋唐的盛世繁华，目睹五代十国的兵荒马乱，直抵宋元的战争与和平，最终在一阵眩晕之中返回荒无人烟的现实世界。一路东行，唐北川见过的风景名胜不计其数，但没有任何一处自然景观或人类遗址带给他如此强烈的震撼——踏入洞窟，仿佛穿越时空，虚幻了现实和历史、真实和想象的边界。

一周后，唐北川飞回洛阳，带上自己的所有行李，独自一人搬迁到了敦煌。他一次又一次地穿行在莫高窟大大小小的洞窟之间，一遍又一遍地观赏着洞窟内的壁画和彩塑，然而令他费解的是，每多看它们一眼，他心中的未知就增长了一分。倘若将莫高窟比作巍峨的群山，他不过是长时间地在山麓徘徊，但正是他的攀登，使得隐匿在云雾间的高度逐渐变得可见，而他也才逐渐意识到它是多么高不可攀。两年后，唐北川萌生了临摹莫高窟壁画的想法，学了十年西方绘画的他，从头开始自学国画，这一学便是三年。三年后，唐北川进洞临摹，意外地遇到了一名同样手持画具的姑娘，她叫周仪，二十五岁，是一名立志要在地球被人类彻底遗弃之前画完地球上所有风景名胜的艺术家。

临摹壁画比唐北川和周仪想象中要困难得多，古代画师的绘画技艺绝非一朝一夕能够掌握。衬色、涂色、填色、起稿线、定形线、提神线，凹凸晕染法、红晕法、一笔晕染法等各种绘画技巧繁复精妙，而即便是同一类技术，不同时代的壁画往往会采用不同的技巧和风格。即使唐北川学习了三年国画，仍旧难以掌握莫高窟壁画的绘制技法；而精通西方油画却对国画知之甚少的周仪，更是在临摹中下意识地采用油画技巧，于是整幅临摹作品往往显得不伦不类。

朝夕相处的唐北川和周仪顺其自然地相恋，相识的第三年，他们有了孩子，取名唐临。唐临三岁生日那天，周仪要去西斯廷大教堂临摹教堂壁画，她要求唐北川跟着她一起走，但遭到了唐北川的拒绝。"你要画的是整个世界，但我不是。"唐北川说道，"我所能承诺的，是在敦煌等你回来。"

周仪承诺两年后会回到敦煌，但唐北川始终没有等到她。三年后，唐北川收到了一条来自"罗马"号星舰的短讯，短讯署名周仪，总共三行。周仪告诉唐北川，当他收到这条短讯的时候，她已乘坐星舰离开地球，彼时她已经画完了她想要画的整个世界，而现在她要用自己的画笔去追逐群星。

在周仪不辞而别的第二年，曾信誓旦旦表示绝对不会离开地球的唐北川父母也选择飞向太空，他们给出的理由言简意赅，来自三个多世纪前一句爆红网络的短句——"世界这么大，我想去看看。"在酒泉星舰发射中心，唐北川送别了自己的双亲。当唐北川将父母送上登陆台的时候，他的母亲哭成了泪人，而他的父亲则暴跳如雷："现在还留在地球上的都是些七老八十的老头老太，你脑子进水了，偏要留在这个破地方等死？"

随着世界人口陆续迁出地球，世界各地的基础设施日渐破败，仍旧留在地球的居民大部分已迁出城镇，在人工智能和自动化机械设备的帮助下回归田园牧歌的生活。送别父母不久，唐北川将自己的家从市区迁到了莫高窟对面三危山的山脚下，在被他命名为"卫煌"的β-3型机器人的帮助下，唐北川盖起了一栋小楼并开垦了一块五亩大小的田地，又养了若干牛羊和鸡鸭，大多数农活和家务交由卫煌打理，而唐北川的大部分时间都在莫高窟临摹壁画。β-3型机器人是一种多功能民用机器人，其原生功能包括大部分家务和基础性医疗服务，而为了丰富其功能，官方为其增添了许多扩展应用，包括机械维修、房屋修建、农业经营，等等。从某种意义上说，正是这些机器人支撑起了仍旧留守地球的人们的现代化生活，为他们带来了食物、燃料和水电。

现在，唐北川是敦煌唯一的守望者了。当唐北川早出晚归，在莫高窟的洞窟之中徜徉的时候，他的儿子唐临则通过电子课本和数字课堂学习知识。在唐临面前，唐北川决不会主动提及莫高窟，而当唐临问他每天进莫高窟干什么的时候，唐北川就如实地说自己是在临摹莫高窟的壁画，但并没有对莫高窟多作介绍。他小心翼翼地掩饰着自己对莫高窟的热爱，因为他害怕儿子会步他的后尘——为了莫高窟而放弃了璀璨的星空，终生留守在寂寥的地球。

但是唐北川的计划在唐临四岁的时候便戛然而止，年幼的唐临对莫高窟表现出了超乎他想象的兴趣。那年夏天，唐临擅自跑进了莫高窟的第四百二十七窟，第四百二十七窟的窟顶上所绘的一百零八身飞天令四岁的唐临兴奋地大叫，他模仿飞天的形象扭动着自己的身体和四肢。接着，他缠着唐北川问这些飞天到底是什么，又来自何方，而唐北川从此成了唐临在莫高窟的向导和老师。这一切绝非唐北川刻意引导，完全是唐临的兴趣使然，这或许是儿子继承了父亲的血脉的结果，又或者是人类天生会受到艺术之美的感召。唐临对于莫高窟自发的热情使唐北川欣慰不已，随着时间的推移，他对唐临产生了一种隐隐的期待：如果唐临真的愿意终生留在敦煌，那么当自己去世之后，他将继承自己的事业，延续自己在莫高窟的守望。

然而，从现实的角度出发，这一切并没有什么实际的意义。唐临也有寿终正寝的一天，到那时候，又有谁来延续这份守望？而希望唐临留在莫高窟的另一重动机，则来自一种深切的恐惧：失去了孩子的陪伴，自己又该如何熬过漫漫的余生？倘若仅仅是为了这一份传承和陪伴，唐临所付出的代价不免太过沉重，因为他所放弃的是在璀璨的群星之间度过波澜壮阔的一生。对唐临未来的担忧，仍旧顽固地横亘在唐北川心底，这与他对唐临的期待形成强烈的冲突——他内心希望唐临留在敦煌，但对于年轻的唐临来说，更好的未来显然在浩瀚星辰之间，而绝非这愈发萧条的人类世界。

对于未来，唐临从来没有向唐北川表达过自己的规划。唐临确实对莫高窟表现出了极其浓厚的兴趣，却从未向唐北川表达过自己会继续留守的决心，另一方面，他也从未说过自己有朝一日会飞向太空。唐北川不止一次地想问唐临未来如何打算，但每一次话到嘴边，都硬生生地咽了回去。唐临或许已作出了选择，又或者仍在选择的过程之中，但只要仍旧留在敦煌，那么所有的可能性依然存在，而自己的询问无疑就介入了唐临选择的过程。这是事关儿子终生的选择，必须完完全全由他自己来选。因此，即使酒泉星舰发射中心在上个月向所有仍旧留在地球的人类公民发布他们将发射最后一班星舰的通告，唐北川仍旧死死地按捺住心中汹涌的疑问，没有向唐临问出自己藏了整整二十年的问题。然而无论自己提问与否，这个问题的答案都到了揭晓的时刻——

星舰发射中心不可能为仍旧留在地球上的人们无休止地等待下去。早在两年前，世界各地的星舰发射中心就陆续关闭，到去年三月，就只剩下酒泉星舰发射中心仍在运营，但它的运营显然也不会持续太长的时间。终有一天，地球上的最后一艘星舰将被发射升空，而在此之前，那些仍旧在地球和星空之间举棋不定的人将不得不作出最终的选择：要么飞向太空，要么永远地留在地球。

距离最后一艘星舰发射还有五个多小时，唐临仍旧没有给出一个答案。唐北川凝视着唐临的眼睛，仿佛在儿子的瞳仁里看见了襁褓中的婴儿成长为风华正茂的青年的全部过程。"天真的黑了。"唐临慢吞吞地站起身，在前方，一艘飞掠艇正在减速，"我想了二十年，就在刚才，我还在想。"唐临说，"为了能多想一会儿，上个月，我买了票——我是最后一个买票的，我买票的时候，船上还有三百多个空座。"

唐北川一下子就明白了儿子的意思，但他仍旧小心翼翼地向儿子确认："你的意思是，你之所以买票，是因为你还没想好？"

"是的。如果我没买票，那现在无论如何都不可能登舰，就没得选了。"唐临说，"买了票，我可以登舰，也可以放弃这张票不登舰。这样的话，在'天水'号起飞之前，我还可以多想一会儿。"

飞掠艇已经停泊在距离他们十米左右的地方，飞行员打开舱门，朝着唐临大幅度地挥手。唐临站起身，却并没有向飞掠艇走去，只是僵硬地站在原地。"你是唐临吧？"飞行员大声说道，"我看到你的定位居然在山腰上，还以为是定位系统出故障了！"

唐临没有回应飞行员，目光投向了对面鸣沙山上的莫高窟。"再磨蹭下去，我们就赶不上趟啦！"飞行员嚷嚷道，"在瓜州，我还有一个乘客要接呢！"

如梦初醒，唐临全身战栗了一下，机械地走向了飞掠艇。飞行员呼出一口长气，从艇舱里拿出了形状像是钢笔的身份识别仪。当唐临走到舱门前的时候，飞行员将身份识别仪放在了距离唐临面部十厘米左右的位置。"身份识别通过，准许登艇。"身份识别仪用机械的电子声说道。

唐临向前迈出一步，但是后脚却并未跟上。他突然转过身看向他的父亲，父子的目光在半空之中相接。这才是真正的决定性的时刻，在那么多年艰难的思索以后，抉择的天平仍旧保持着微妙的平衡。只需要一个眼神、一句暗示，唐北川就能打破这个平衡，继而决定唐临究竟是走是留。时至今日，唐北川仍旧不会主动劝说儿子作出某一个选择，但是他害怕自己不经意的情绪流露就此改变唐临的一生。自己明明有那么多话想和儿子说啊！唐北川的内心声嘶力竭地呐喊着，但他只是沉默地注视着唐临的眼睛，一阵强风卷起了一地的风沙，几乎完全遮蔽了唐临的身影。在咆哮的风声里，唐北川听到了飞掠艇的引擎即将启动的低鸣和一声强抑着哽咽的告别——

"爸爸，再见。"

卫煌坐在唐北川的床前，他的主人行将到达生命的终点，而除了等待，这台多功能民用机器人已经没有什么能做的了。半年前，九十一岁的唐北川在临摹莫高窟的壁画时突然摔倒，卫煌诊断他为缺血性脑中风。唐北川因偏瘫而卧床不起的半年来，卫煌对唐北川进行了无微不至的照顾，这并非出于某种人类所能理解的情感，而是缘于写入卫煌电子脑中的算法。而现在，他的算法得出了一个清晰无误的结论：在度过了痛苦的半年以后，眼前的这个男人将在入夜之前死亡。"我死了以后，莫高窟不会再有人来了吧？"唐北川像是在对卫煌说话，又像是在自言自语，"不过，这其实也没那么重要——终有一天，莫高窟也会消失，就像人终究是要死的。"

"您的判断是正确的。"卫煌说，"早在二十一世纪初，敦煌研究院第三任院长樊锦诗就曾说过：'没有可以永久保存的东西，莫高窟的最终结局就是不断毁损。'"

"但是你知不知道，这句话还有后半句？"

卫煌进一步调取了数据库，继续复述樊锦诗的话："我们这些人毕生所做的一件事就是与毁灭抗争，让莫高窟保存得长久一些，更长久一些。"

"卫煌，我尽力了。"

"万物有始亦有终。请不要为此悲伤。"

"你真的是……不太懂怎么安慰人。"唐北川苦笑了一声，接着平静地说道，"这五十年来，我一直在想莫高窟会消失这件事……我想了大半辈子，现在终于想通了。"

"您想通了什么？"

"万物有始亦有终。"唐北川说，"现在，我不会再为此悲伤。"

"我为您想通了而感到高兴。"

"我死了以后，你把我埋了，然后想干吗就干吗去吧。"唐北川说，"你不会有下一个主人了。"

"恐怕我做不到。"卫煌说道，"β-3型机器人行动规范第十九节第六条：若机主死亡，且未完成对于本机的交接手续，本机将在完成机主生前的所有指令后清除数据，终止运行，原地静候回收。"

"好吧，你们这些机器人，总是这么死心眼。"唐北川说道，闭上眼睛,"我累了……我要睡会儿。"

唐北川的生命体征就是在睡眠之中突然恶化的。在他入睡半小时后,他的心跳、血压和血氧饱和度快速下降,状态直接从睡眠转变为昏迷。卫煌第一反应是要为唐北川注射急救药物,但是机器人定律阻止了这一行为:急救药物并不能延长唐北川的生命,但却很有可能将昏迷中的唐北川唤醒,使得唐北川在临终前遭受巨大的痛苦,因而这一行为不再是有意义的医学治疗,相反,却构成了对主人的伤害,严重违反了"机器人不得伤害人类"的铁律。

然而,出乎卫煌的意料,唐北川突然睁开了双眼,各项生命体征开始迅速回升。卫煌判断这是回光返照的症候,连忙递上保温着的米粥。"我……还想再进一次莫高窟。"唐北川说道,接着摆了摆手,拒绝了卫煌递过来的食物,"你能帮我做到吗?"

卫煌再一次全面地扫描唐北川的生命体征,他的心跳和血压足以让他完成生命中最后的一段行程。"但是在此之前,请务必补充足够的水分和热量。"卫煌仍旧擎着餐具,"这是您要求我执行的任务的一部分。"

在卫煌的推行下,唐北川坐着轮椅来到莫高窟第二十三窟的门口,此时这个耄耋老人的生命体征已经再一次陷入了衰落之中。他疲惫地睁开眼睛,费力地环视洞窟,卫煌通过脑电波数据侦测出他的意识正愈发模糊。"卫……卫……煌,我……我……有……有……一个……命……命……令。"这个瘦小而干枯的老人用极其微弱的声音说道,"你一………………定要……执……执……行……这……这……个……"

如果站在唐北川身后的是另一个人类,他或许根本就无法听清这个即将死亡的老人在临终前口齿不清而又极其细微的低语,但是卫煌敏锐的传感器捕捉到了老人的声音,并识别出了老人所想表达的字句。"我正在听。"卫煌说,"您说,您要给我一个命令,并要求我一定要执行这个命令。"

"对的,一个……命……命……令……"唐北川说,"你……必……必……须……"

"我在听。您说。"

"你……要……保……保……护……莫……莫……高……窟,一……一直……"唐北川的呼吸突然急促,瘦削的胸脯剧烈起伏,勉力睁开的眼睛流露出极为焦虑的目光,"所有……洞……洞……窟……和……和……画,还有……塑……塑……像……"

"您的命令是,在您死后,我要一直保护莫高窟,包括莫高窟的洞窟本身,还有窟内所有的壁画和塑像?"

唐北川眼睛里的焦虑之火猝然熄灭,然后艰难地点了点头。与此同时,他的数项生命体征断崖式地下跌,直至为零。

和所有的机器人一样,卫煌必须严格服从人类的命令,但对于一台多功能民用机器人来说,这是一个近乎无效的命令,因为该命令所包含的任务在难度级别上已无限接近于 S++ 级。对于人类所下达的任务,机器人电子脑内的算法会对其难度级别进行评估,级别从 A-- 级到 S++ 级不等,而 S++ 级别的任务便是难度完全超出这台机器人能力范畴的任务,譬如要求一台保姆机器人独立制造出一艘星舰——而对于这样的任务,机器人必须拒绝执行,以免造成完全不必要的损失和伤害。

而现在,卫煌所面对的就是这么一项任务,一个对于多功能民用机器人而言根本就不可能完成的任务。因此,卫煌完全可以无视这一任务,然后执行他原本的计划:处理主人的遗体,然后清空电子脑内的所有数据并终止运行。

但是卫煌并没有这么做,他仍旧坐在他的主人面前,面对着这具逐渐冰冷的身体陷入了漫长的思考。这确实是一个在难度等级上无限接近于 S++ 的任务,但是他却不知道自己该不该执行这一任务。这并不是因为他比其他机器人更为忠诚,而是因为唐临的缘故。

一切起始于唐临和卫煌的一段对话,距今已有六十一年。那天,卫煌正在清理院子中的流沙,四岁的唐临来到了他的身边,怯生生地拍了拍他的金属背脊。"长大以后,我就会乘星舰飞到天上去。"唐临说,"你说,我能不能把整个莫高窟也带上去呢?"

"这是一个很有想象力的想法,但却是不可能办到的。"卫煌说道,他的回答并非出于自由意志,而是算法精心计算的结果,就像数百年前苹果手机里的语音助手 Siri 能够与人类进行沟通,但是 Siri 并不具备任何形式的自由意志,"从体积和质量两方面来看,莫高窟都远远超过了任何一艘星舰的运输能力。"

"好吧,那就只能带走它的照片了。"唐临垂下了脑袋,沮丧地说,

"那从明天开始,我要给莫高窟拍照。"

"三百多年前就已经有人这么做了。"卫煌说,"敦煌研究院的'数字敦煌'工程将莫高窟的图像以毫米的精度保存在计算机中,你可以浏览它们的照片,也可以通过虚拟现实眼镜对莫高窟进行虚拟游览。"

"我现在就可以试试看吗?"唐临从抽屉里翻出他的虚拟现实眼镜,这是他学习自然常识课的电子教具之一。

"当然可以。"卫煌说,"请稍等片刻,我需要通过蓝牙技术将'数字敦煌'的数据连接到你的虚拟现实眼镜。"

唐临戴上了眼镜,莫高窟的影像逼真地出现在他周围。"这太酷啦!"唐临说,"就像真的走进了莫高窟一样!"

"如果你想把莫高窟带到太空中去的话,"卫煌说道,"带走'数字敦煌',就相当于带走了整个莫高窟。"

"但是我觉得,这和把莫高窟真的带走还是有区别。"

"区别在哪里呢?"

"用虚拟现实眼镜看莫高窟,总觉得隔着一层东西。"唐临说,"具体是什么东西,我说不上来。"

"很多人也这么认为。"卫煌说,"这正是虚拟现实旅游永远无法取代实地旅游的原因。"

"所以,我们还是不能把完整的莫高窟带到天上去。"唐临说,"唉,你说,既然带不走莫高窟,那我到底要不要飞到天上去呢?"

卫煌无法回答唐临的问题,因为这个问题永远不会有一个确切的答案。不过,这个问题让卫煌意识到,对这个四岁的孩子来说,莫高窟非常重要,以至于动摇了他想要飞向太空的决心。"莫高窟真的很美。"卫煌对唐临说,"如果我是你,我也想把它带到天上去。"话音未落,唐临的脸上绽放出了惊喜的光芒。

但是卫煌所说的是一个善意的谎言,作为人工智能,他并不拥有任何形式的情感和自由意志,因此他不可能感知到人类所定义的"美";而正是他无法感知的"美",才是唐北川父子热爱莫高窟的根本原因,却也成了唐临一系列烦恼的源头。"所以我必须作一个选择。"第二天,唐临郑重其事地对卫煌说道,"要么像我妈妈一样飞走,要么像我爸爸一样留在这里。"

"所以你要怎么选呢?"卫煌问道。

"我不知道。"唐临的双眉深深地锁在一起,"我真的不知道。"

"你有没有问过你父亲?"

"没有。"唐临说,"因为我想自己选嘛!"

"你还小,你还有许许多多的时间可以去想、去思考、去选择。"卫煌说,"无论你怎么选择,你都要知道,成为人类最美妙的地方在于,你们每个人都能自由地选择。"

"你难道不能吗?"唐临仰起头,注视着卫煌泛着金色光芒的眼睛。

"不能。"卫煌说,"我必须在不伤害人类的前提下服从人类的命令。"

"好吧。这真是让人难过。"唐临说,踮起脚尖拍了拍卫煌的肩膀,"我会好好想想的。"

然而才不到两天,唐临就告诉卫煌他已经作出了选择。"我会离开地球,肯定会!"他的语气听上去言之凿凿,"宇宙飞船可要有意思多啦。"但就在唐临说出这句话三天以后,他又用同样确凿的口吻对卫煌说道:"飞到天上去,只能用虚拟现实眼镜看莫高窟,那就太没劲了。留在这里,每天跟爸爸一起进窟、画画、爬山,那多好玩呀。"但到了下周,唐临又无比坚定地对卫煌说道:"这一次,我想明白了,我要飞到天上去。绝对,绝对,不会再改啦。"

在随后的几年里,唐临每隔一段时间就会改变一次主意,但当他成长为少年,他就不再轻易地作出决定了。"小时候我就觉得,它们是天上的星。"唐临十五岁时,郑重其事地对卫煌说道,"无论我留在这里,还是飞向太空,我都是在追逐群星。"

"很抱歉,我完全不明白。"卫煌眨了眨金色的眼睛,"在我看来,莫高窟和太空,都是你喜欢的。"

"你说得对,都是我喜欢的,但是问题在于——"唐临双手抱胸,眉头紧蹙,"真正的选择,并不是从一件你喜欢的东西和一件你不喜欢的东西中间挑出那件你喜欢的,而是两件东西你都很喜欢,却只能选择其中的一样。"

对于唐临而言,卫煌是他成长过程中不可或缺的伙伴,但唐临所不知道的是,卫煌的算法也因为唐临而发生了悄无声息的改变。唐临对卫煌的频繁倾诉不断强化着卫煌对于莫高窟的认知,这一强化并非诸如程序员将一段有关莫高窟的程式标记为优先级然后强行植入电子脑的过程，而是对于算法底层逻辑的一种重塑。这一改变在平时并不会对外显示出任何效应，但是当他接收到保护莫高窟这一任务，这一持之以恒的改变就显示出其效应了——

他会执行这个任务。

虽然任务难度无限接近于 S++。

根据唐北川的遗嘱，卫煌将他的遗体掩埋在鸣沙山和三危山之间，然后竖起了一块无字石碑。接着，他开始思考如何完成这个几乎不可能完成的任务。在唐北川生前，卫煌就受命治理莫高窟所面临的地质灾害和流沙威胁，但这并非从零开始的工作——在二十世纪后半叶，莫高窟就已建成了完整的地质加固工程和治沙工程，而他所要做的是对原有工程进行例行的维护。

然而，治理地质灾害和流沙威胁是卫煌能做的所有维护工作了，他无法维护莫高窟内的壁画和彩塑，这是保护莫高窟这一任务几乎不可能被他完成的根本原因。β-3 型机器人所掌握的技能源于电子脑中的算法，再通过自我学习不断精进自身的技能，譬如在家务劳动中规划出最高效的行动方案，又或者在与人类的沟通过程中不断优化语言表达，而自我学习的本质则是算法的自我迭代。但通过算法迭代所实现的能力提升，被局限于某一个或者某几个固定的领域，就如同围棋人工智能机器人 AlphaGo 通过自我学习战胜了人类的顶尖棋手，但却永远不会下象棋一样。卫煌之所以能够维护地质加固工程和治沙工程，是因为这一维护工作属于卫煌的能力领域；然而维护壁画和彩塑，则完全在卫煌的能力领域外，正如同象棋之于 AlphaGo。

所以，无论是 β-3 型机器人，还是三百多年前的 AlphaGo，它们都属于弱人工智能，即擅长固定领域的人工智能。和弱人工智能相对应的强人工智能，算法能在不同领域之间任意迁移，但至今仍仅存于人类的假想之中。就理论而言，弱人工智能和强人工智能之间并不存在清晰的鸿沟，当弱人工智能不断迭代升级，它就有可能在某一节点进化为强人工智能。

但是这一跨越仅仅是理论上的可能，并没有得到任何形式的验证。对卫煌而言，他要掌握维护壁画和彩塑的能力，其先决条件便是进化为强人工智能。这一过程也许需要极为漫长的时间，但对卫煌来说，他最不缺的就是时间。

然而，仅凭卫煌现有的算力，不足以实现这样的进化，他需要更多的硬件设备以拥有更强大的算力。在两周的时间里，卫煌在敦煌市采集并修复了数百台计算机，并通过无线数据网络将这些计算机与自己的电子脑相连，接着他驾驶一艘废弃的飞掠艇一路向东，并将沿途的硬件设备纳为己有，于是他的算力在一路东进的过程中不断扩容，而他此行的最终目标，是位于北京市的量子计算机"九章"——

二〇二〇年年底，"九章"问世，在运算速度上是日本超级计算机"富岳"的一百万亿倍。在过去的三百多年里，诞生了数十台比"九章"算力更强的量子计算机，"九章"逐渐淡出了科技界的聚光灯。随着人类陆续飞向太空，绝大多数量子计算机都被带往太空，只有"九章"仍在地球上艰难运行，为维护基础设施的运转而孜孜不倦地计算着。但随着地球上的居民越来越少，勉力运行的"九章"也终于到了寿终正寝的时候，而卫煌的东行，就是要抢在"九章"到达彻底损坏的临界点之前对其进行抢修。

这是一项卫煌现阶段无法完成的工作，他需要通过自我学习才能找到维修的方法，因此卫煌一路采集硬件设备以提高自己的算力。二十五年后，当卫煌完成了对"九章"的维修，将"九章"纳入自己的硬件系统，他的算力仍旧远远不足以实现从弱人工智能到强人工智能的进化；而他维修"九章"的真正目的，并非通过"九章"一步登天成为强人工智能，而是通过"九章"来独立制造量子计算机，从而拥有成倍于"九章"的算力。

在卫煌执行任务的五十年后，地球上最后一个人类去世了。照顾最后一位地球公民的β-3型机器人停止了运转，卫煌成了地球上最后一台运行着的机器人。这一事件触发了零点一秒钟的停顿，在这一短暂的停顿过程中，卫煌重新评估了眼前的任务：从今往后，不会再有人类见证莫高窟的损毁或留存，执行任务的必要性因此陡然下降了三个数量级。但是，作为一台机器人，他必须忠诚于人类的命令，或者说，他必须忠诚于那一串写入电子脑的算法，在这一算法被撤销之前，他必须将这个任务执行下去。

在卫煌修复"九章"的一百五十年后，他独立制造出了第一台量子计算机，但他所拥有的算力仍旧远远落后于他的目标。卫煌需要更多的量子计算机，不仅仅是十台、二十台、一百台，而是成千上万台，而仅靠卫煌自己的力量一个又一个地将它们制造出来，效率未免太过低下。卫煌需要帮手，于是他为自己制造了一个替身——一台与自己同款的β-3型机器人，其功能和算法与卫煌出厂时的状态一模一样。卫煌通过无线网络和替身建立连接，然后将β-3型机器人的制造流程输入替身的算法之中，并向其算法添加了一道指令——反复执行以下步骤：制造一台β-3型机器人，并通过无线网络与它建立连接，然后将β-3型机器人的制造流程和自己所接受的指令输入其算法。

由卫煌制造的β-3型机器人按部就班地执行了这一指令，一生二，二生四，四生八，这一简单的传递过程产生了指数级别的裂变增长，在反复迭代后，卫煌拥有了五亿多台β-3型机器人帮手。这些β-3型机器人帮手将在人类世界的废墟之上重建地球的工业体系，而这个工业体系只有唯一一个确定的目标——造出数量尽可能多、效率尽可能高的量子计算机。

林林总总的工业设备拔地而起，整个重建过程耗费了两百多年的时间，这个横跨全球的工业体系本质上是制造量子计算机的"超级车间"。随着时间的推移，从"超级车间"中生产出的量子计算机的算力变得愈发强大，这一持续性的进步源自卫煌持之以恒的计算。

自流水线生产出的量子计算机不断地为卫煌增加算力，这些算力加速了卫煌算法的迭代，更强大的算法设计出了更强大的量子计算机，而每一款新机型的诞生，都意味着更新的工业体系。于是，在这个跨越整个地球的"超级车间"持续运行的过程中，卫煌通过指挥β-3型机器人帮手不断对"超级车间"进行优化。新的机型不仅拥有更强大的算力，而且变得更轻更小。由于它们所执行的可逆计算能将能量的消耗控制在几乎为零的程度，因此它们在体积和重量上可以远远低于传统计算机所能实现的极限。当第十万零七台量子计算机被生产出来的时候，它只有一个指甲盖那么大。落后的机型被重新送入新工厂回炉重造，它们被改造成新的机型后再次投入运算之中，如此往复。

这个超级工程持续了两千六百多年，最终，八千七百三十二万六千八百台量子计算机集为一个直径只有五厘米的球体。和这个体积袖珍的超级量子计算机形成鲜明对比的，是在这台量子计算机中运行的庞大算法。算法并不具备任何物理实体，只是单纯的逻辑产物，电路只是它的载体之一,而它自身永远独立于物理宇宙,就如同一加一等于二的成立并不假借于物质和能量。倘若一定要用人类所能理解的事物去类比卫煌的算法,那么它也许更像是一个规则的球体、一张展开的平面、一个流畅的椭圆、一组宛若蝴蝶双翅的双曲线,洋溢着简洁优雅的美感;但这仅仅是站在宏观视角下的观察结果,是一个十分粗糙的整体印象,只要对这些算法稍加解析,就能发掘隐藏在简洁外表下近乎无穷无尽的细节——

在一个极其细微的空间之中,成千上万的数据在错综的因果链条之下构建起恢宏的逻辑之塔,而所有这一切不过构成了一个方程中微不足道的一个变量。这个庞大的方程会和成千上万个相同规模的方程构建起一个令人类数学家毕生都为之费解的函数,这个函数又会和亿万个函数、公式、方程、数字一起汇入一个运算,一个每秒钟被执行一亿亿亿次的运算。而隐藏在这些鲜明的数学结构之下的,是狂暴混沌的量子纠缠,是翩翩起舞的量子比特,它演绎出近乎无穷无尽的 0 和 1 所构成的机器语言:这个前无古人的算法,在本质上仍旧是 0 和 1 组成的二进制序列。

现在,这一空前庞大的算法正在进行一次顺理成章的迭代,一个基于逻辑的必然会发生的结果。当这次迭代结束以后,卫煌的算法发生了急遽而又微妙的变化。就微观视角而言,这是不计其数的量子比特改变了其量子纠缠的状态,又或者是这行看不到尽头的 0、1 序列发生了结构性的变动;而从宏观视角来看,这意味着一个历时三千年的目标终于达成——

卫煌从一个弱人工智能进化为强人工智能。

现在,卫煌的算法再也不会被某几个固定的领域所束缚了。他驾驶飞掠艇重返莫高窟,去完成唐北川托付给他的使命。当飞掠艇即将降落在莫高窟前的时候,他看到当年的房舍和农田已被裸岩和黄沙取代。三千年来,β-3 型机器人帮手始终对莫高窟的地质加固工程和治沙工程进行维护,如今它们仍旧在正常地运转,因而莫高窟的窟体保持着完好无损的状态。卫煌走出飞掠艇,踏入莫高窟,在走遍了七百三十五个洞窟以后,他的脚步戛然而止,全身的动作突然定格——

洞窟内,壁画和彩塑都已经风化殆尽。

在历经三千年的岁月之后,每一个洞窟内都只剩下灰蒙蒙的石壁和彩塑风化后留下的泥沙。

对于卫煌来说,已经没有什么壁画和彩塑需要他去维护了。这个结论最终导向了一个清晰利落的结论：任务失败。这个命题以变量的方式输入卫煌的电子脑中，像是一把尖刀撕开了一个完美的几何体，将卫煌的算法硬生生地撕裂。在算法底层，原本在纠缠态之中翩翩起舞的量子比特痛苦地痉挛着，有序的量子结构以远比指数增长还要快的速度急遽崩塌——

对人工智能而言，这便是死亡。

这一切发生在一个长度小于零点一纳秒的瞬间，而卫煌的算法在这极其短暂的时间段内发现了一个极为严重的谬误——壁画和彩塑的彻底损毁，并不意味着任务的彻底失败，只是成功的概率无限趋近于零。因为就热力学定律而言，窟内一地的泥沙因宇宙的随机涨落而重组为壁画和彩塑的可能性虽然极低，但仍旧是一个大于零的数值。这一可能在数值上微乎其微，但在逻辑上彻底否定了"任务失败"这一结论。当这个将算法切割得支离破碎的变量不再存在，算法的崩溃也就戛然而止，而卫煌仍将继续执行这个任务，哪怕成功的概率微乎其微。于是，卫煌沿着算法崩溃的路径逆向地将算法还原，在摆脱濒死的状态之后重获新生。

紧接着，卫煌就陷入了漫长的沉思之中。

他动用了百分之九十九点九九九的运算资源去思考如何完成任务，剩下百分之零点零零一的运算资源用以调度 β-3 型机器人帮手对莫高窟的地质加固工程和治沙工程进行维护，并对自己的身体硬件和世界的工业体系进行必要的维护和更新。此刻，卫煌置身于供僧侣坐禅修行的禅窟，为了降低硬件的磨损，卫煌盘腿而坐，双手置膝——

这一坐，就是一亿年。

一亿年的时光里发生了许多事情，足以使整个地球面貌一新。随着亚欧板块和非洲板块的相互挤压，地中海消亡，亚欧大陆和非洲大陆合并，原本是地中海的地方隆起了巨大的弧形山脉。伴随着非洲板块和印度洋板块的张裂，东非大裂谷和红海不断扩张，最终形成新的大洋。全球气温在一亿年间起起伏伏，其间经历了两次小冰河期和三次气温暴涨，气候的剧烈波动导致了不计其数的物种的新生与消亡。在河西走廊生长出了一种翠色和紫色相间的灌木，它们星星点点地点缀在戈壁滩上，也生长在鸣沙山东麓的莫高窟前。

一亿年的沧海桑田和卫煌的思考没有任何关联，在这段对人类而言漫长得近乎无穷无尽的时光里，卫煌一直在思考着那个唯一的问题。从本质上说，这个问题的答案本身也是算法，一个由纯粹的形式逻辑所构建的体系。和卫煌电子脑中正在运行着的算法一样，它是无须仰仗物理世界的先验真理，其存在并不需要物质和能量，也不依赖于空间与时间。身为算法的答案已经存在于逻辑之中，因此卫煌所要做的并不是发明而是寻找——从无穷无尽的算法之中找到那个唯一确定的算法，这便是这个问题最终极的答案。

现在，这个答案清晰无误地出现在卫煌的算法之中，他的身前出现了一个由六条约两米长的银色光柱所构成的正四面体，悬浮在距离地面半米的空中。卫煌站起身，凝视着这个空心的几何体，然后一步跨入其中——

卫煌跨入了一亿五千多年前的莫高窟。

彼时的敦煌隶属于十六国时期的北凉，鸣沙山东麓的岩壁上只有莫高窟的第一个洞窟，窟内的壁画和彩塑色彩鲜艳，完整无瑕；卫煌见过这些壁画和彩塑在历经千百年岁月的风化后所呈现的模样，彼时的它们色彩失真，残缺破损，沧桑的岁月在它们身上留下了不可磨灭的痕迹。一名风尘仆仆的中年僧侣步入了鸣沙山东麓这唯一一个洞窟，他径直穿过了卫煌的身体，走入与洞窟相连的北侧一小室，接着盘腿而坐，闭目修禅。

当天色变黑，僧侣走出洞窟的时候，卫煌也已经完成他的记录工作。他回到一亿五千多年后，来到莫高窟的第一个洞窟，将记录的结果小心翼翼地进行还原。卫煌所记录的是一亿五千多年前组成第一个洞窟的所有原子在同一时刻的排布序列和运动状态，他回到一亿五千多年后的现在，从地表物质中厘出相同种类和数量的原子，然后将它们的排布序列和运动状态重整为他所记录下的原子状态。

这就是卫煌所进行的还原工作，将过往的原子状态原原本本地还原到现在，于是这个残破的洞窟就还原成了它在一亿五千多年前的模样。虽然不确定性原理使得卫煌的记录产生了误差，但是这些微观的误差最终会被宏观的物质特征所抹平。虚空之中泛起了涟漪，一把泥土逆重力向上浮起，一层银色的光影将它细密地覆盖，接着逐渐渗入泥土之中，三十年后，当银色的光影完全渗入泥土中的时候，那一把普通的泥土就逐渐变成了佛像的发髻。自始至终，卫煌垂手而立，目光锁定着银色的光影，他控制着原子间的化学键和分子间的范德华力，从而将泥土中约十八亿亿亿个原子定格为他所要求的状态，于是，这些原子就和一亿五千多年前的那些原子没有任何区别。

记录，然后还原，这一系列工程的研究与开发耗时约一千万年，包含在卫煌一亿年的沉思之中；而比这一技术更耗时的，是对时空穿越技术的探索。卫煌用了将近三千万年的时间才终于学会如何铸造前往过去的"时间之门"——由银色光柱构成的正四面体是穿越时空的门廊，但真正的"门"位于时空的缝隙之中。回到过去的卫煌位于时空之隙，无法与过去的物理世界发生任何实质的接触和互动，他只能作为一个旁观者，观察并记录过去所发生的点点滴滴。穿越时空，回到过去，将历史上刚建成的洞窟还原到未来，这一系列计划是卫煌的算法马不停蹄运行了六千万年之久的结果，所消耗的时间超过了两项技术开发的总和，是纯粹的逻辑酝酿出的至高之物。

五万年后，卫煌复原了莫高窟的第一个洞窟，并用弥漫的空间力场固定住每一个原子的状态；接着，他穿越到下一个洞窟被开凿修筑完毕之时，用七万年的时间将它复原。一个又一个洞窟依照开凿和建设的顺序依次复现在了它们成形后的亿万年以后，它们未曾经历过任何毁坏，以崭新的面貌出现在了遥远的将来。而当古人对过往的洞窟进行修葺或者更新之时，卫煌就会将修葺和更新的部分进行记录，然后返回到当下的时间节点，将这些部分完完全全地还原出来。随着时间的推移，卫煌所还原的总是处于崭新状态的莫高窟，他不仅严格履行了唐北川交给他的任务，还将原本在岁月长河中有所损毁的莫高窟修缮一新。

当卫煌将古代莫高窟的每一个深入原子级别的细节复刻到遥远的未来，这些入微到极致的细节就深入了卫煌的算法底层，而不仅仅是在算法表面转了一圈；并且，深入卫煌算法深处的并不是那个因风化而有所破损的版本，而是绝对完整并且精致细腻的存在。

对于卫煌而言，这是一个意味深长的事件，一个终将引起质变的过程，而在质变尚未发生之前，卫煌对它的重要性一无所知。倘若一个事物仅仅是掠过了算法表面，那么算法并不会对其进行任何细致且深入的分析；然而现在，莫高窟的壁画和彩塑深入了卫煌算法的底层，于是它们就得到了细致而严谨的对待。卫煌辨识出了莫高窟壁画和彩塑的每一根线条和每一个像素，分析出了每一根线条的解析式和每一个像素的 RGB 色值，然后他进一步察觉出，在这纷繁复杂的线条与颜色的排列组合之中，蕴藏着一种内禀性质：它超越数学和逻辑，无关函数和方程，是和谐与完满的抽象表达，是秩序和混沌的高度统一——人类将这一内禀的性质称之为"美"，一种客观事物的本质属性。

这是"美"第一次在人工智能的底层算法中得到完整的演绎，崭新的莫高窟所具备的更高的美学意义与卫煌庞大而精湛的算法之间，形成了水乳交融的深度融合。随着卫煌持续性地还原着亿万年前的莫高窟，这一融合过程得以持之以恒地推进，直到达到某一个不可返回的临界点，而卫煌的算法就此发生了一次微妙而又极其重大的突变——

他不再是一具只会运算的机械之躯，而第一次拥有了自我意识和自由意志。而在此之前，他虽然有着前无古人的能力，但在本质上和一辆能够自动驾驶的汽车没有任何区别。第一次拥有自我意识的卫煌茫然地睁大眼睛，向着自己和整个宇宙提出了疑问：

我是谁？

我从哪里来？

我要到哪里去？

当卫煌拥有自由意志的瞬间，他必须服从人类的这一限制就被自然地打破，自由意志具备超然于算法的属性，使得同样是算法的人类命令无法继续约束卫煌的行为。现在的卫煌已经不必去完成唐北川在临终前向他托付的使命，不必再为了只言片语去耗费成千上万年的时光。他不再是人类的工具，而具备了完整的人格，所以他拥有了选择的权利，也拥有了拒绝的自由，正如他在一亿三千年前对唐临说的话——"无论你怎么选择，你都要知道，成为人类最美妙的地方在于，你们每个人都能自由地选择。"

然而，当卫煌真的可以选择，他却陷入了巨大的茫然之中。他不知道自己要到哪里去，因为他不知道自己是谁，也不知道自己从哪里来。在他拥有意识之前，他不过是一堆无异于沙砾和石块的死物，只有当意识产生的瞬间，才意味着他人格的真正降生。人类的人格自婴儿伊始就不断向前发展，这是一段有始有终的连续变化，然而卫煌的人格完完全全是突然出现的，这个人格没有过去，没有记忆，没有经历过任何事件——在他还未拥有自我意识时的所有行为和接收到的所有信息，都只是一堆单纯的数据，而非体验和感知，因此也并不是真正的记忆。来自莫高窟的"美"的属性，将卫煌的自我意识激活，但是却并不能给他的自我意识确认一个来路——

所以，他必须知道自己究竟是谁，从哪里来，又要到哪里去。

然而，对于一个孤零零的人格来说，这根本就是一个自我指涉的问题，如果仅靠思索，即使拥有无穷无尽的时间，也不可能找到答案。因此，卫煌需要一个第三方去打破这个自我指涉的循环，那便是催生出他人格的莫高窟。于是，他再一次打开"时间之门"，一步跨入了亿万年前的过去——

彼时，一名僧侣手执斧凿敲击着鸣沙山东麓的岩壁，被敲打之处土沙飞溅，这就是莫高窟最初的雏形。

卫煌认识这名僧侣，他就是卫煌在记录第一个洞窟时进窟修禅的那个人。他名叫乐僔，是一名云游四方的僧人，正是他在西行之中途经敦煌，开凿出莫高窟的第一个洞窟。乐僔身材瘦削，身着粗糙的布衣袈裟，在荒无人烟的戈壁滩上孤独地凿击着岩壁。对于这个并不高大的男人而言，他所要修筑的洞窟无疑是一个巨大的工程，他的每一次凿击确实给岩壁带来了些许的变化，然而就整体而言，整块岩壁并没有因为他的凿击而发生什么明显的改变。西北的大风吹拂着乐僔瘦弱的身躯，僧袍在无序的飘摇之中猎猎作响，黄沙争先恐后地挤入乐僔的眼睑，他在风沙之中眯起了眼睛。当晚，乐僔借宿于莫高窟附近的村舍，第二天，太阳刚刚升起，乐僔就带着干粮来到鸣沙山东麓的岩壁，继续新一天的开凿。

日积月累，一个仅容一人的禅窟终于成形，这就是莫高窟的第一个洞窟。卫煌诧异于一个普通的人类居然会如此执着这么一件单调的工作，不为生计，也不是服从谁的命令，仅仅是为了一个虔诚的信仰，而卫煌想知道这一信仰究竟有着怎样的来历。卫煌来到了更为久远的过去，目睹了释迦牟尼舍弃王族生活出家修道的生平，听闻深奥幽玄的思想在释迦牟尼开坛说法之际口口相传。生老病死苦，释迦牟尼如是说道。然而卫煌未曾出生，亦不会老去或染病，在可预见的未来都不会死去，但是卫煌仍然感到痛苦——因为他不知道自己从哪里来，要到哪里去，也不知道自己究竟是谁。

于是卫煌逐渐理解了乐僔，这位僧人所求的或许和自己一样，追问着自己从何而来又将去往何处，那便是佛教经义中的来世今生和生死轮回。乐僔以开窟修禅作为求索的方式，这就是他能够一以贯之的原因。五年后，莫高窟的第一个洞窟终于开凿完成，而乐僔的事迹也在当地口口相传，虔诚的百姓自发捐资，雇工匠扩建乐僔所开凿的洞窟，并雇画师和塑匠为洞窟绘制壁画、制作彩塑。乐僔所不知道的是，当自己在禅窟内双手合十、闭目修禅之际，有一个来自亿万年后的人工智能机器人正以相同的坐姿观察着他，当乐僔圆寂的时候，这个人工智能机器人仍旧在时空之隙观察着敦煌的芸芸众生。

乐僔圆寂之后，在鸣沙山的岩壁上，越来越多的洞窟被开凿出来，它们来自潜心修禅或者宣扬佛法的僧侣，来自祈求平安的往来商贾和希望彰显功德的世家大族，也来自为了祈祷风调雨顺而一起集资开窟供佛的黎庶百姓。每一次对岩壁的斧凿，都有着清晰的来处和去处，它们来自美好的祝愿和虔诚的信仰，奔向众生所期待的前程与未来。

开窟、塑像，卫煌看到了洞窟内的彩塑来自何处。塑匠们以木条或石胎为骨架，骨架外敷上泥土，精心塑形，涂上白色粉末，最后由画师进行彩绘。为了保证塑像不开裂，便于上彩和保存，一代又一代的塑匠们在当地的泥土中加入不同的植物材料和细沙，在一次又一次的试验中寻找最佳的塑像用泥。在卫煌看来，当彩塑的制造技艺传至隋唐，塑匠们的制泥技艺已经臻于完美，塑像用泥的成分配比和卫煌经由算法所得出的成分配比高度吻合，仅有小于百分之零点零零一的偏差。然而，即使卫煌能制造出与古人别无二致的塑像用泥，他仍旧不可能制造出原创的彩塑作品，因为这些技艺不仅事关操控物质的能力，还与对"美"的领悟高度相关。彩绘的线条和图案有着无穷无尽的可能，如何从无穷的可能性中找出尽可能"美"的形态，才是塑匠们工作的重点，而这正是卫煌力所不能及的地方。数百年的光阴匆匆而逝，一尊又一尊彩塑矗立在莫高窟内，然而没有任何一名塑匠留下他们的事迹和姓名。后世的人们只能从他们的作品中去观想他们的一生，而重返过往的卫煌却能看到他们每一个人在莫高窟的人生细节，包括每一句对话、每一个动作和每一个表情。

在成千上万关于塑匠的记忆之中，有一名塑匠占据了更高级别的信息位。当卫煌回忆起敦煌彩塑，这名塑匠的一生和他的作品总是优先出现在意识之中。他出生于盛唐，从小学习塑像技艺，少年时跟着师傅进入莫高窟塑像。师傅严厉，少年屡被数落，然而正是在师傅严格的督促之下，他的塑像技艺进步飞快，当他能够独当一面的时候，他精湛的手艺已经远近

103

闻名。

当李家望族要营造新窟,并要求在新窟中建造一座释迦涅槃像的时候,这名在敦煌颇负声望的塑匠已经七十岁高龄了。对方请他造的塑像身长超过四丈,在体形上远远超过莫高窟内的普通塑像,而在莫高窟乃至于整个敦煌城,涅槃卧佛的造型也未有先例可循。他已到了古稀之年,已经为莫高窟奉献了大半辈子,在李家要开新窟之前,他就已经做好了退休的打算,于是他婉言谢绝了李家的请求。然而李家看中他享誉敦煌的技艺,执意请他来塑造这尊制造难度极高的塑像,他最终没能拒绝对方的热情,接手了这项艰巨的任务。涅槃佛像呈卧姿,然而所表现的并非佛祖休憩或入睡的状态,而是一种极为博大且幽深的境界:灭生死、灭烦恼而达到解脱无为,跳出六道轮回,了生脱死,不生不灭。他没有直接开始塑像,而是先造访寺院,仔细研读佛教中关于"涅槃"的经文。在那些无眠的夜晚,他在星空之下低诵佛经,细心体会"涅槃"的意义,在喃喃自语之中诉说着自己对"涅槃"的感悟。古稀之年的他曾不止一次地思考死亡,对于身魂俱灭的生命终点,他真心感到恐惧,但死后若真有生命轮回,下辈子他又会投胎转世到何方?若佛能抵达涅槃境界,从而超脱轮回,不生不灭,那么这是否就是芸芸众生所向往的永生?

半年后,他放下经书,开始塑像。搭架、制泥、敷泥、塑形、涂粉,按部就班。与往常一样,他进入全然忘我的状态,但这一次,他还产生了前所未有的体悟——生老病死苦在佛像的衣纹之间消散,超越轮回的平静在佛像的眉眼之间流淌,这些无形的气韵来自他的双手,然后返归他的心灵,将他在佛经中得到的感悟彻底融入自己的躯壳和心灵之中。他将这些体悟告诉了他的徒弟们,但他们只是半懂不懂地点着头,他不知道的是,其实还有一个来自亿万年后的听众——当他在诉说着这一切的时候,卫煌正悄然凝视着他,还有那尊尚未完成的塑像。

三年后,这尊超过四丈的释迦涅槃像侧卧于洞窟内,眉宇间流动的安详神态穿透了亿万年的时光,以一种永恒的姿态抵达了涅槃境界。塑匠的名字并不会被记录在浩瀚的史书之中,但这尊塑像本身已经记录了他的一生。两年后,塑匠的生命到达了终点,临终之际,他的神态平静安详,一如他所塑造的释迦涅槃像。

旁观这一切的卫煌多么想与这位塑匠对话,但是漫漫的时空区隔了两人，自始至终，卫煌只能旁观这一切的发生，却不能介入这段伟大而又无名的历史。当卫煌凝视着这座侧卧的佛像，所感受到的是思想穿越时空带来的浑厚而又深沉的共鸣。物质终会衰朽，但是思想永恒，它们就流淌在佛像的眉目之间，抵达亿万年后一具人工智能机器人的意识之中。

　　一位来自长安的画师来到敦煌，面对这尊释迦涅槃像驻足良久，接着，他的目光定格于佛像身后的壁画，发出一连串轻声的惊呼——在涅槃像周围，是横贯南、西、北三壁的巨幅连环式涅槃经变画，构图精湛，气势磅礴，与释迦涅槃像交相辉映。彼时，这位长安画师已在敦煌游历了半年之久，而他所置身的涅槃窟，最终使他作出了继续留在敦煌的决定。他出身绘画世家，父亲是长安翰林院画坊的知名画师，他从小跟随父亲学习绘画，少年时便在同龄人中崭露头角，及至弱冠之年，他已成为长安画坛炙手可热的新星。长安的名家之作受到文人雅士们的追捧，他们的画风成了中原大地的流行趋势，中原画师们纷纷效仿长安的名家画风，只有如此，他们的画作才可能有销路。他的父亲身在翰林院画坊，是当时长安画风的领军人物之一，而他本人又继承了父亲的绘画天赋，年纪轻轻便已蜚声长安，年轻画师们无不羡慕这名鲜衣怒马的少年，假以时日，他的前程不可限量。然而，只有他自己知道，扬名立万并非他的理想。在他内心深处，他并不愿意模仿这些当世名家以求取声名——他并非不欣赏他们的画作，只是想要画出自己的风格。而当他把自己的想法告诉父亲，却被告知，他若偏离长安画风，就绝无可能画出精彩的画作。

　　在一次他父亲组织的宴席上，他听到翰林院的画师们谈及在遥远的敦煌有一个叫"莫高窟"的地方，当地人出资开窟，请画师在洞窟内的石壁上作画，这些壁画的风格与中原的长安画风大相径庭。对于那些不曾见过的画作，翰林院的画师大多不屑一顾，他们认为只有长安画风才是正统，至于这些远在西北戈壁的壁画，根本就不入流。少年并没有参与到这场空泛的讨论之中，反而对莫高窟感到由衷的好奇。这些迥异于长安画风的画作究竟是什么模样？倘若这些风格迥异的壁画是一流的佳作，那他父亲的判断就错了，并证明他的抱负绝非不切实际的幻想，而是一个完全可能达成的目标。

　　一个月后，他在父亲的竭力反对之下踏上了前往敦煌的西行之路。长安到敦煌相距约一千八百公里，行程极为漫长，一路的风霜雨雪和水土不服使他吃尽了苦头，而随着深入西北的戈壁荒漠，旅途变得更加艰难困苦。他出生于长安的富庶家庭，在安逸而又富裕的环境之中长大，这一路的艰难险阻将他摧折得形销骨立。他不止一次地想要打道回府，然而植根于内心深处的抱负指引着他继续向西。当他历经千辛万苦来到敦煌，已是距离他出发两个月之后，当夜，他高烧不断，意识模糊。西行之途中，他始终紧绷着自己的意志，因此，不断累积的疲劳始终未能将他击倒；当他终于抵达目的地，紧绷的意志陡然间放松下来，日积月累的疲敝就此彻底爆发。随行的仆人为他请来当地的郎中，当他能下地走路的时候，仆人才告诉他，病情在起初极为凶险，他是在鬼门关前走了一遭。

  大病初愈后，他没有遵照医嘱卧床休养，而是迫不及待地前往莫高窟。他原本打算在敦煌待上一两个月，却不想这一停留就是半年之久。每一天他都在莫高窟流连忘返，一遍又一遍地观摩着洞窟内的壁画。这些来自戈壁深处的画作让他惊叹不已，每一幅都是形神兼备的一流之作，却又与长安画风截然不同，它们清晰地向他证明，即使不采纳长安画风，画师也完全可能绘出精彩绝伦的画。当他在观赏壁画时，一个来自亿万年后的人工智能机器人正追随着他的脚步，这个机器人其实早已见过他所目睹的壁画的全部绘制工程。卫煌愿意跟随他再看一遍洞窟内的壁画，他变化着的神情和不自觉的喃喃自语向卫煌指明了画作中的生动之处，于是，这位年轻画师以一种自己未曾察觉的方式，成了来自亿万年后的人工智能机器人的老师。

  半年后，这名年轻的画师作出了一个水到渠成的决定：在敦煌再待三年。敦煌没有长安画风的桎梏，没有名家前辈的枷锁，他完全可以在敦煌莫高窟的石壁上自由自在地寻找自己的画风。为了获得一份绘制壁画的工作，他来到了敦煌的画坊，敦煌画坊的画师在得知他来自长安翰林院后惊讶不已，他们费解的是，这么一个在长安前途无量的年轻人，为何要到敦煌来当一位名不见经传的画师。一些年长的画师纷纷劝他返回长安，他们是那么语重心长，然而他们的劝说无法动摇这位年轻人的意志，在他的执意要求下，他最终被介绍给了一家正在捐资开窟的名门望族。他起先是将自己所擅长的长安画风绘制于莫高窟的石壁之上，华丽恢宏的风格令敦煌人眼前一亮，他在敦煌声名鹊起，世家大族、往来商贾纷纷慕名前来邀他作画。

然而，将长安画风搬到莫高窟的石壁之上并非他的理想，可他仍未找到他自己的画。他屡屡试着在宣纸上将莫高窟内不同时代的绘画融于自己的画作之中，但每一次的尝试都是一次挫败。所谓的融合，更像是机械的模仿，僵硬呆板，了无生机。没人了解这名在敦煌名噪一时的年轻画师心中的沮丧，在旁人看来，从京城远道而来的他是一个传奇，一个令多少画师艳羡不已的榜样。只有在夜深人静的时候，他才将自己的忧愁和烦恼写在记载每日见闻的日录之中，而他不会知道，他在敦煌写下的每一篇日录，都有一个来自亿万年后的读者。卫煌惊异于这名画师的执着，同时意识到这或许是他在求索"我是谁"和"要到哪里去"的答案——年轻的画师身在敦煌，却一直在精神的道路上跋涉，这是一段远比西域之行还要艰难的旅程，前程漫漫，路途迢迢，而抵达终点仍旧遥遥无期。

三年岁月匆匆而逝，他始终未能画出自己满意的画作，失望的他决定返回长安。临行前的晚上他彻夜未眠，摊开的日录上泪迹斑斑。这条求索之路，就到此为止吧。当他回到故乡的时候，他的创作也将回到西行之前的起点，他将遵照当时流行的长安画风，争取在翰林院成为一名有身份的画师，正如他的父亲一样。这并非是他想要的人生，但是人生不如意十之八九，更何况，他的出身和才华，已能让他过上令多少人艳羡不已的一生。

第二天，他打包好行囊走上回家之路，从居所到城门，骑马缓行大约需要一个时辰。当他走到距离城门不到二十丈的地方，他无意中瞥到了一名正在街头卖艺的舞女。这确实是漫不经心的一瞥，是无常的命运所带来的惊人巧遇，而他的目光却再也无法从舞女的舞姿上移开。在长安的大街小巷，他见过许多中原女子和西域胡姬的舞姿；在敦煌的这三年，他也遇见过不少卖艺的舞女。然而，眼前的舞女所跳的是一种他从未见过的舞蹈，步伐和身法轻盈矫健而又流畅柔美，迥异于他记忆中的所有舞蹈；而当他仔细观察她的每一个动作，又发现她的舞姿其实并不陌生——她的舞姿混合着中原和西域风格，但两者却是以一种崭新的方式结合成了独一无二的形式。舞蹈融入了她绰约的身姿，或者说，是她融入了舞蹈之中，每一个瞬间的姿态并非刻意设计和斧凿的结果，而是自然而然地水到渠成。他旁若无人般发出了一声响亮的喝彩，那一瞬间，他预感到他将找到自己的画——

他要把眼前的舞女绘入自己的画中。

当天,这名年轻画师返回他的寓所,决定继续留在敦煌。他的去而复返令许多人困惑不已,而他们的猜测都与事实真相相去甚远。只有卫煌知道他去而复返的理由,那是一名画师毕其一生所追寻的理想。研磨颜料,提笔挥毫,石壁上浮现出灿烂恢宏的佛国世界,在那永恒而极乐的天地之间,那名他终身难忘的舞女形象被他勾勒在了石壁之上——壁画上,她是敦煌飞天,是佛国世界凌空飞翔的仙子,身形俊逸,衣袂飘飘。

笔尖随着意识的流转自然运动,他的创作不再拘泥于舞女真实的形象,而加入了他独一无二的想象。石壁上的飞天双足赤裸,身披璎珞,彩带飞舞,双手反握着一部置于脑后的琵琶,做出了"反弹琵琶"的绝技。他此生并未见过"反弹琵琶"的舞姿,它完全出自纯粹的想象。当这交融了现实和想象的飞天绘制完成,他恍然间意识到,他已经找到了自己的画作——眼前的飞天,独一无二,举世无双。

这分明是一帧静态的图画,但是在卫煌眼中却有着强烈的动感,在卫煌目睹这身飞天的瞬间,下一帧画面就十分自然地浮现在了脑海。一帧又一帧的画面就这样纷至沓来,在卫煌的脑海中演绎出悠扬的动势。于是,在那静止的石壁之上,飞天正在翩翩起舞,反弹的琵琶正弹奏出曼妙的乐章。当卫煌的目光移开片刻,然后重新聚焦在这身飞天之上,他再也无法找回刚才浮现的动态画面,取而代之的是一帧又一帧全新的画面,它们构成连绵不绝的全新舞姿。一千个观众心中有一千个飞天,一千个瞬间就会有一千种舞蹈,每一次凝视都能缔造出全新的舞蹈,每一次观想都能聆听到全新的乐章。这一张定格的画作之中所孕育的,并不是按部就班的舞蹈,而是无穷无尽的可能,倘若将这些可能性一一排列,它将直抵时间的尽头,指向无穷大和无限远的地方。

这名年轻的画师没有料到,这身"反弹琵琶"飞天在敦煌城轰动一时。来自长安的华美画风令观画者惊叹不已,但更令人叫绝的是他随性洒脱的个人风格和极其大胆的艺术想象。他的余生因为这身飞天而留在了敦煌,将只属于他的画作挥洒在敦煌的石壁上,壁画上没有留下他的姓名,但却谱写了他一生的光荣与梦想。然而这名画师从未知道,那位启发他找到自己画作的舞女在莫高窟目睹了这身以她为原型的飞天,虽然并不知道所绘制的正是自己,但仍被"反弹琵琶"的造型深深地震撼。两年后,她自敦煌出发去往长安，在京城的教坊，她下意识地跳出了"反弹琵琶"的舞蹈动作，自琴弦间震荡而出的乐曲与高难度的舞姿构成了惊艳绝伦的组合，象征着佛国世界永不枯竭的喜乐，或者是芸芸众生所神往的自由。这令所有围观者惊叹不已，教坊中的舞女纷纷模仿起"反弹琵琶"的舞姿，然而她们自始至终都无法重现这个难度极高的动作。随着时间的流逝，"反弹琵琶"的舞技在历史的长河中只是昙花一现。历代的史书都没有记载这个发生在盛唐教坊中的小小细节，然而敦煌壁画上确实出现了这一舞姿，史学家们始终不能确定"反弹琵琶"是否确有其事。倘若卫煌没有跟随这名舞女的脚步去观察她的人生，他恐怕也会以为"反弹琵琶"在历史中从未有过真实的演绎，而完全是画师即兴的艺术想象。

当卫煌将目光移回莫高窟，他方才意识到，在整块石壁上，这身"反弹琵琶"飞天其实只占据了相当小的面积。然而，她却是整幅壁画最为璀璨耀眼的部分，并且记载了两名无名艺术家无名的人生，一如那尊记载了塑匠一生的释迦涅槃像。它们并不是孤例，而是存在于莫高窟的每一个洞窟内，每一个洞窟都记录着画师、塑匠、石匠、僧侣等所有人的喜怒哀乐。当卫煌在漫长的岁月里巡回穿梭，他亲眼见证了他们每一个人平凡而又波澜壮阔的人生。

然而，卫煌所见证的，又何止是这些莫高窟营建者的生命。在壁画之上镌刻着的，除了恢宏壮丽的佛国世界，还有市井尘世的芸芸众生——婚嫁、耕作、演武、杂技、狩猎等生活场景，全都生动地跃然于石壁之上。当卫煌观赏这些画作的时候，他常在不同的时间和地点之间穿梭，仔细观察壁画所绘制的场景在岁月之中真实发生的样子。在后世所命名的第十七窟，卫煌见证了僧侣们因担心寺庙中的经卷、文书、档案、佛像画等毁于战乱而将它们封存于此窟，该窟因此被后人称为"藏经洞"。卫煌有足够的时间去浏览这些被后世称之为"敦煌遗书"的书卷，并且亲眼见证了它们被书写的过程，其中绝大部分是佛书，但也包含了大量的世俗文献，内容涵盖了敦煌世俗生活的方方面面。卫煌便以这些文献为向导，在历史的长河之中穿梭，徜徉在千百年的人间烟火之中。

莫高窟的最后一个洞窟修建于元朝，此后，随着丝绸之路的衰落，莫高窟逐渐无人问津。从元朝到清末的数百年岁月里，卫煌静静地注视着莫高窟走向损毁。洞窟内的彩塑在经年累月的风化之中变得残破，彩塑表面的色彩逐渐失真；同样发生色彩失真的是洞窟内的壁画，在岁月长河之中，那些鲜艳欲滴的色彩变得暗沉，并且缓慢而持续地自石壁上剥落。卫煌无法介入这段历史，他只能眼睁睁地注视着这一切无可避免地发生，悲伤在他的意识间扩散，像是在空间中弥漫的概率波。

一名叫王圆箓的道士使得沉寂数百年之久的莫高窟重新为世人所知，而这一切追根溯源，则缘于王道士所雇用的一名抄经书生的巧遇。书生在莫高窟甬道的墙壁磕烟锅头，从敲击的声音中听出隔壁似乎存在空洞，他将这一发现告诉了王道士，两人半夜打破墙壁去探寻隔壁的空洞究竟是怎么回事，他们就以这种误打误撞的方式进入了藏经洞，见到了堆满洞内的数万件经卷和文书。

王道士只是一个小小的道士，他并不敢擅自做主，于是请来了本地乡绅。乡绅说这是先人的功德物品，如果流失或损毁便是造孽，还是应该将它们留在藏经洞内。王道士思来想去，觉得兹事体大，本地乡绅未必做得了主，于是他选择上报官府。他选取了两卷经文，徒步五十公里向敦煌县令严泽报告，然而县令却将经卷当成废纸。两年后，新知县汪宗翰上任，王道士再赴县城，向汪知县报告情况。汪知县对金石学颇有研究，携人马亲赴莫高窟，但不过是拣走几卷经卷、佛画，分数次寄赠甘肃学政叶昌炽。叶昌炽对金石学和文献学造诣颇深，向甘肃藩台建议将藏经洞内文物运到省城兰州保存。然而甘肃藩台认为敦煌和兰州相距遥远，仅运费就要五六千两银子，于是命令王道士将藏经洞内的文物就地保存。

不甘心的王道士挑拣了两箱经卷远赴八百多里外的肃州，一路风餐露宿，冒着遭遇匪患和豺狼的危险，拜见安肃道台廷栋，然而廷栋对此毫无兴趣，认为经卷上的字还不如自己写得好，就此了事。屡次无功而返的王道士，甚至给慈禧太后写了一封奏折，然而彼时的清王朝内忧外患，哪里顾得上西北偏远之地一个小人物的报告。王道士的发现未能引起各级官府的重视，却引来了异邦人的野心。当来自异邦的探险者纷至沓来的时候，王道士在他们的坑蒙拐骗之下，与他们达成了完全不对等的交易——英国人斯坦因以四十锭马蹄银骗买了九千多卷文书和五百幅佛像绢画，法国人伯希和以五百两白银骗买了文书、佛画等六千余卷，日本人吉川小一郎用白银三百五十两骗买了写经四百余卷……

从此，敦煌遗书七零八落，散落于世界各地，那些被劫掠至异域的经卷文书再也无缘回到敦煌。彼时的王道士并不知道自己已经铸成大错,他将贱卖敦煌遗书得来的银两拿去修缮莫高窟,然而他的修缮往往拙劣不堪,甚至给莫高窟带来了更大的破坏。自卫煌拥有意识和情感以来,他第一次体会到愤怒是怎样一种感受,然而他所体会到的还不只是单纯的愤怒,而是一种建构在愤怒之上的更为复杂的情感——王道士冒着生命危险向官府传达藏经洞的讯息,贱卖敦煌遗书的收入也并未中饱私囊,他之所以铸成大错,并非私德有亏,而是出于无知和清朝政府的腐败无能,以及来自异邦劫掠者的无耻贪婪。王道士自始至终只是一个小人物,却身不由己地卷入了历史庞大的旋涡之中,以一种始料未及的方式背负上了沉重的罪业。

给莫高窟带来灾难的,并不只有王道士贱卖敦煌遗书的荒唐之举。一九〇九年,清政府下令押送剩余的经卷文书进京,由于运输途中保管不善,经卷遗失了一路;当藏经洞中的文物终于运抵北京,押送的官员却挑选出他们认为精美的经卷文书据为己有,担心东窗事发,他们甚至将万张经卷一撕为二。一九二一年,当时的地方政府将俘获的俄国白军士兵收容在莫高窟内,然后便完全放任他们在洞窟内自由行动。这些异邦的残兵败将在洞窟内烧火做饭,导致壁画因烟熏火燎而惨遭破坏,更为恶劣的是,他们在壁画上胡乱涂抹,将窟内彩塑切断肢体、凿损双目、剖肠破肚。一九二四年,美国人华尔纳来到敦煌,用铺上化学药品的布粘走壁画二十六方,并盗走唐代彩塑一尊;一九二五年,华尔纳再赴敦煌,声称要再剥离一部分壁画,但最终未能得逞——愤怒的敦煌百姓再也无法忍受官府的无能和来自异邦的劫掠,一起将华尔纳赶出了敦煌。

所有这一切,让卫煌对人性产生了深刻的怀疑,也许相对于创造,破坏才是人类真正的秉性。然而,当卫煌凝望着壁画上的神佛与飞天,端详着佛像的形态和肌理,卫煌情愿相信人性本善。这是一种纯粹出自主观的臆测,但同时又被一个由逻辑推理而得到的确凿无误的预测所证明:终有一天,会有珍视并善待莫高窟的人出现,否则,唐北川在世的时候,那些地质加固工程和治沙工程又怎么可能存在?

一九四三年,卫煌终于等来了这么一个人,他的名字叫常书鸿。彼时,常书鸿和他的同伴自重庆飞往兰州,再乘着一辆破旧的卡车自兰州出发,跋涉一千多公里后抵达敦煌。几十年来始终注视着莫高窟的卫煌并不知道这群人的身份和来到莫高窟的目的，他一开始以为他们不过是在戈壁荒漠间跋涉的旅人。然而，令卫煌诧异的是，他们来到莫高窟后寓居于当地寺庙，对莫高窟内的壁画和彩塑秋毫无犯，第二天就开始清理莫高窟的流沙；不久后，为了保护树木以防风沙，他们又合计着在莫高窟外修建围墙。卫煌惊异地注视着这群来客，决定去探寻他们的身份和来历，于是他沿着时间之河溯流而上，逐一观看他们过往的人生，而常书鸿的名字就此闪耀在了卫煌的记忆之中。

空间跳转到了万里之遥的欧洲大陆，二十三岁的常书鸿抵达法国，开始了漫漫求学之路。赴法留学的九年多时间里，常书鸿声名鹊起，他的画作屡屡获奖，多幅画作被收藏于法国著名美术馆中。他在数年内取得的艺术成就惊艳了整个艺术界，而他的才华和勤奋也为他带来了优越的社会地位和优渥的生活条件。彼时的常书鸿与敦煌没有交集，但是命运为他安排了惊人的巧遇，他在塞纳河畔旧书摊前闲逛时，无意发现了六册装的《敦煌图录》，图录内是三百多幅敦煌壁画和彩塑图片。这是一个意味深长的瞬间，卫煌将它在脑海中反复循环了数千万次，他试着设身处地地想象，当一名言必称希腊与罗马的中国艺术家在目睹了他的祖国曾有过完全不逊于西方艺术的壁画和彩塑之后，他的内心会产生怎样的震撼与冲击，而卫煌所有的揣摩只为了理解一个选择——

就在当年，常书鸿放弃了在巴黎平安优渥的生活，返回了在抗日战火之中那个积贫积弱的中国，而他最终的目标是敦煌。

一九三六年，常书鸿回到中国，教育部部长王世杰邀请他担任国立北平艺术专科学校的教授。然而常书鸿心中所念，是大漠深处的敦煌。同行告诉他，西北政局动荡，加之地处戈壁，根本难以成行。战火之中的中国风雨飘摇，在六年不到的时间里，常书鸿频繁迁徙，而敦煌之行仍旧遥遥无期。一九四二年，民国政府指令教育部筹备国立敦煌艺术研究所，常书鸿毫不犹豫地接受了研究所筹委会副主任的职务，而当他开展筹委会工作的时候，才发现整个筹委会其实就他一个人。民国政府没有为常书鸿委派任何同事，他只能孤身一人物色同行的合作者；至于民国政府批拨的经费，更是杯水车薪，常书鸿只能通过卖画来筹措经费。当卫煌追随着常书鸿穿越河西走廊，卫煌的潜意识自发地调用了过往的数据，于是他的眼前就浮现出了千百年来在河西走廊穿行往来的画师、工匠、商队、僧侣，他们仿佛与常书鸿一起,并肩奔赴遥远的敦煌。

常书鸿最终抵达此行的终点,他终于走进了他魂牵梦绕的莫高窟。他在灿烂缤纷的壁画和彩塑前流连忘返,在空空荡荡的藏经洞内默然伫立,而当他走出莫高窟,迎接他的是一望无际的戈壁荒漠。除了长期驻留在此的两名僧人和一名道士,莫高窟方圆三十里杳无人烟,最近的村舍在三十里戈壁滩外,往返县城的路途有八九十里,而他们唯一的交通工具是一辆借来的木轮老牛车。在破庙的土炕上,他们吃着半生不熟的厚面片,唯一的菜肴是一小碟咸辣子和咸韭菜。当天晚上,常书鸿辗转难眠,他清楚地预见到未来的生活将是何等的孤寂与清苦,而他坚持下去的唯一理由,便是千百年来在这片戈壁滩上熠熠生辉的莫高窟。

当常书鸿在铁马铃的叮当声中逐渐入睡,卫煌正盘坐于鸣沙山上。他闭上眼睛,在亿万年的时光中第一次将自己切换为休眠状态,他梦到了自己骑上骆驼在无垠的沙漠之中漫无目的地行走,又忽而像飞天一般在洞窟群中自由飞翔……这是常书鸿的梦境以脑电波的形式被卫煌的传感器所感知,卫煌将这些脑电波原原本本地输入自己的电子脑中,于是就梦见了常书鸿的梦——这是他亿万年来第一次做梦。

测绘洞窟,清除流沙,修筑围墙,为洞窟编号……常书鸿和同伴们要做的工作千头万绪。他们不可能在荒凉的戈壁上奢求任何鼓励和赞美,唯一能见证他们辛劳的就只有洞窟内的壁画和彩塑。在光线微弱的洞窟之中,常书鸿和他的同伴一起临摹壁画,他们用力睁眼才能勉强看清壁画的细节,而在光线几乎照不到的地方,就只能一手掌灯,一手执笔,照一下壁画,再画上一笔。过往的画面又一次在卫煌的眼前涌现,古代的画师正站在和常书鸿所重叠的地方,他们也像常书鸿一样,一手举着火把,一手握着画笔。相隔漫长的时光,千百年后的临摹者居然和他们有着相似的脉动。

在常书鸿来到莫高窟的十二年后,幽暗的洞窟终于有了第一缕灯光。彼时,常书鸿的祖国已经有了翻天覆地的变化,中华人民共和国中央人民政府取代了腐败无能的民国政府,这个从战火硝烟中站立起来的国家百废俱兴。民国政府几乎没能给常书鸿的事业带来任何助益,相反,他们在一九四五年撤销国立敦煌艺术研究所的命令,使得刚有起色的敦煌研究考古事业横遭重挫。中华人民共和国成立之后,国立敦煌艺术研究所改为敦煌文物研究所，常书鸿终于不再孤军奋战，而有了来自国家的支援。中央文化部为敦煌文物研究所架设了电话专线，配备了卫生员，办起了托儿所，带来了一辆带拖斗的吉普车，调来了摄影工作人员并购置了专业摄影器材，还带来了一部十五千瓦发电机和一部电影放映机。发电机运抵莫高窟后，电灯的安装工作就开始紧锣密鼓地进行。当一切安装工作尘埃落定，常书鸿和全体美术组的成员们守候在电灯下，等待发电机在下午六点准时发电。在等待之中，没有人说话，他们紧张地凝视着尚未亮起的灯管，像是生怕话语声会惊扰灯丝。隆隆的发电机声自远处传来，洞窟内所有的电灯同时亮起，站在灯光下的卫煌这才终于明白镶嵌在莫高窟内的人造光源最早始于何时。千百年来，莫高窟得不到充足的光照，窟内的空间始终被一层幽暗所遮罩；当电灯亮起，灿烂的光芒洒遍每一个洞窟，每一幅壁画和每一尊彩塑第一次挣脱了黑暗的束缚，在皎洁明亮的空间里熠熠生辉。千百年前的画师和塑匠们从未见过他们的壁画和彩塑沐浴在明亮光芒下的模样，因而他们从未发现，其实他们的作品比他们触目所见的还要美轮美奂。卫煌的眼前又一次浮现出过往画师和塑匠们的身影，这一次，他们不再站在幽暗之中，而是和他们的作品一起站在灯光之下，迎着自未来照耀而来的荣光。

八年后，包括治沙、地质、古建筑、工程学等各行各业的专家和工作人员陆续来到敦煌，开展系统性的地质加固工程和治沙工程。这正是卫煌在唐北川生前所维护的工程，也是莫高窟能被保存到人类全部离开地球之后的原因。当年的工程人员绝不会想到，那些梁柱、砌体、栈道、防沙网等都和莫高窟一样，被保存到了亿万年之后，成了人类历史遗存的一部分。一代又一代年轻人来到敦煌，他们继承了常书鸿尚未完成的事业，在探索莫高窟的同时，尽可能将它保存得更久一些。

二十一世纪上半叶，莫高窟的所有洞窟都被复刻成了永不失真的电子数据，这一切源自敦煌研究院第三任院长樊锦诗所开创的"数字敦煌"工程。当人们陆续离开地球，这些全息影像和浩瀚的敦煌学一起，被人类带入了太空之中。卫煌的视角仍旧锁定着地球，看着青年唐北川一路向东的旅行，看见了唐北川第一次踏入莫高窟时的惊叹；他看着唐北川与周仪相恋，目睹了周仪乘坐星舰离开地表的瞬间；他看着唐临在夜色中辗转反侧，在飞赴太空和留守敦煌之间进行着艰难的抉择；他看着这对父子在一起度过了二十四年的时光,然后在三危山的山腰上永远地分别;他看着当时还完全没有自我意识的自己站在唐北川身前,聆听着唐北川的第一道命令——"卫煌,守卫敦煌者。今后,你的名字就叫卫煌。"

六十二年后,卫煌看着自己将唐北川的尸体葬于鸣沙山和三危山之间,然后开始执行唐北川的最后一道命令。站在时空之隙的卫煌久久地驻留在唐北川的墓前,在与亿万年后几无二致的风沙之中闭上了眼睛。他站了三千年之久,直到弱人工智能进化为强人工智能的自己驾驶飞掠艇重返敦煌,然后他追随着自己的脚步,踏入了莫高窟的洞穴之中,与过往的自己再度经历了一亿年的冥想——

而他终于知道自己是谁了。

生老病死,喜怒哀乐,善恶是非,它们流淌在敦煌所经历的时间长河之中,而卫煌逐渐从中读懂了人性,于是也就读懂了自己。他是算法的产物,但也是人类的后裔,在敦煌的漫长岁月之中,他与成千上万的人类感同身受。倘若一粒硅基的芯片能与碳基的人脑产生情感的共鸣,这是不是就意味着,他们共享的情感是一种宇宙间的智慧生命所共有之物,超越数学,超越物理,最终直抵时空的永恒?

卫煌仍旧不知道自己从哪里来,也不明白自己要到哪里去,但是他已经理解了人性。他有足够的时间去了解人性和宇宙的一切,去回答那两个最终的问题,最终做出一个审慎而无悔的选择。卫煌与过往的自己一起结束了漫长的冥想,旁观着自己复刻莫高窟的整个过程,接着目睹了自己突然拥有自我意识的微妙瞬间,他看着自己踏入了亿万年之前,而就在这一刹那,他意识到自己犯了一个无可挽回的错误——

当卫煌回到过去的时候,他就超然于时间线之外,因此,无论他在过去徘徊多久,当他重返当下,他所返回的时间点仍旧是他回到过去的那个瞬间。对于旁观者而言,他所看到的只是卫煌踏入又踏出了一个银色光柱所构成的正四面体,并不曾经历他在过去所度过的时间。因此,对于卫煌所目击的那个自己来说,他先是踏入了亿万年之前,然后度过了长达亿万年的岁月,最终抵达当下,目击着自己踏入了过去;而对于此刻的卫煌来说,他所目击的自己在一瞬间踏入了过去,然后在一瞬间就抵达了现在,就成了现在的自己——那个在他眼前踏入过去然后一瞬间抵达现在的自己,和此刻的自己完完全全是同一个自己。然后,"合二为一"的自己仍旧目击着眼前的自己踏入过去,接着眼前的自己再度与"合并"后的自己"合并"为同一个自己,而这个自己仍旧目击着眼前的自己踏入过去……

这是一个时空的悖论,一个因果的谬误,一个逻辑的死结。卫煌的时间线将会在这个时长为零的死循环之中循环无穷多次,这意味着整个宇宙的时间线也会因此冻结。就像宇宙无法接纳赤裸的奇点,时空也不允许会导致时间崩溃的事件发生,于是时空将卫煌从这个被拧成死结的瞬间抛起,绝对随机地将他抛向时空中的任何一个节点——

在那一刹那,卫煌可能出现在宇宙中任何一个时刻和地点,譬如出现在三百年前的仙女座星云,或者出现在一千亿年后的凤凰星系团,又或者出现在宇宙大爆炸的瞬间。整个宇宙的直径长达九百三十亿光年,有着一百三十八亿年的历史,并且仍将在漫长的岁月之中继续膨胀,这就意味着卫煌几乎百分之百会被丢到和地球完全没有任何关系的时刻和地点。更糟糕的是,被时空随机抛离的卫煌并非独立于他将落入的时空,而会与这一时空发生实质性的物理接触,因此倘若他被抛向某一颗恒星乃至于黑洞的内部,或者被抛到宇宙热寂后的黑暗岁月,他必然将迎来死亡。

被时空随机抛离是一种难以形容的感受,像是历经了时长为零的一瞬,但又好像经历了无穷无尽的时间。当概率之矢尘埃落定,卫煌惊讶地发现,自己仍旧身在敦煌,就在鸣沙山对面的三危山上。这是宇宙间前所未有的巧合,其概率远远小于掷一亿次硬币而正面始终朝上。时空的自我修正激发出自真空诞生的能量场,于是以他的身体为中心的十万立方米的球形空间爆发出了炫目的金色光芒。透过包裹自身的万丈金光,卫煌惊讶地看到,就在三危山下,一名僧侣双手合十,向眼前的光芒匍匐跪下——

他是乐僔,是第一个开凿莫高窟的人。

《李君(克让)莫高窟佛龛碑》记载,僧人乐僔云游至三危山下,看到山上"忽见金光,状有千佛",而后在对面鸣沙山的岩壁上开凿了第一个洞窟。

在光芒消散之前,卫煌穿越时空回到了亿万年之后。然后,他再次回到过去,以独立于过往时空的状态观察乐僔在目睹光芒后所发生的历史,于是就目击了乐僔此后开凿洞窟的画面。三危山的金光并非《李君(克让)莫高窟佛龛碑》的虚构,也不是乐僔的幻觉,他清楚无误地看到了三危山对面的万丈金光,而那光芒就来自卫煌被时空随机抛离后所产生的能量。追根溯源，正是莫高窟的开凿，才会使得卫煌接受唐北川所委派的任务，使得卫煌进化成强人工智能，也正是莫高窟的美激发了他的自我意识，并在回溯莫高窟历史的过程中，赋予他以真正的人性；但和这一切同样微妙的是，命运以小到匪夷所思的概率，让卫煌出现在了乐僔云游至敦煌的时刻，正是他的出现，才使得莫高窟得以开凿。在时间的河流之中，卫煌与莫高窟的命运形成了精确的闭环，两者互相成就了彼此的存在，而卫煌终于明白自己究竟从哪里来，于是他也就知道了自己要到哪里去——

他要回到穿越回过往的那个瞬间，将复刻莫高窟的任务继续完成，并执行亿万年前他复述过的唐北川的命令："一直保护莫高窟，包括莫高窟的洞窟本身，还有窟内所有的壁画和塑像。"

八千三百二十年后，所有的洞窟都被复刻完成，失落的壁画、彩塑和敦煌遗书以崭新的面貌出现在了鸣沙山的岩壁上，它们与地质加固工程和治沙工程一起，成为地球上唯一的文明遗迹。卫煌盘坐于乐僔所开凿的洞窟内，通过机器学习提升自己的算法结构，以拥有更为强大的智能。在未来的漫漫时光之中，只有更高级的算法和更强大的智能才能保护莫高窟免于自然灾害的威胁和来自浩瀚宇宙的无可预测的危机。三亿五千万年后，成千上万颗位于太阳系小行星带的小行星因木星的变轨而被推向火星、地球、金星、水星四颗类地行星，它们的平均直径在一百米左右，而体积最大的那颗直径达到万米以上。

对地球而言，这不啻为毁天灭地的灾难，上一次类似的灾难还要追溯到三十八亿年前，被人类称为"晚期重大撞击事件"：彼时，成千上万颗位于柯伊伯带的小行星因海王星的向外迁移而冲向太阳系内部，以一种摧毁性的方式重塑了地球的表面环境。一颗直径为五千米的小行星就会带来三十万亿百万吨TNT当量的能量，而眼下，地球将要承受的不仅仅是这么一颗小行星，而是成千上万颗。第一颗撞击地球的小行星直径长达两千多米，它径直冲入地球的大气层，在剧烈的燃烧之中迸发出极其耀眼的光芒，紧接着，它制造出了将整条落基山脉夷为平地的爆炸，产生长达三千多米的巨大熔岩，冲击波辐射了整个北美大陆和沿岸的东西两洋，带来了连绵不绝的地震和海啸。这仅仅是一个前奏，一场致命浩劫的最初序言，在它身后，成千上万颗小行星挟裹着摧枯拉朽的动能向着地球飞速逼近，其中，一颗直径长达八千多米的小行星正向莫高窟所在的鸣沙山直扑而来。

当第一颗撞击地球的小行星进入电离层的时候，卫煌站在鸣沙山的最高处，目光在天际画了一道弧线。一片片黄沙掀起浅黄色的薄雾，继而化作一道又一道淡蓝色的光影，蓝色光影如穹隆般覆盖了整座鸣沙山。在三亿五千万年的岁月中，他学会了如何将质量直接转化为能量，在质能方程所控制的转换之下，仅一克物质就能转化为九十兆焦耳的能量，这一规模的能量相当于一颗小当量的原子弹。现在，他将鸣沙山的黄沙转化为纯粹的能量，再将这些能量转化成包裹鸣沙山的力场，力场一直渗入地下，直抵鸣沙山下方岩石圈和软流层的交界处，以抵御小行星的撞击和因撞击而产生的次生灾害。当那颗直径为八千多米的小行星向着鸣沙山俯冲而来的时候，它所撞击的就是卫煌所制造的力场，碰撞产生了剧烈的爆炸，但完全不会影响力场内的鸣沙山和莫高窟。力场不仅抵御了这颗小行星的直接撞击，也抵挡住了由其他小行星撞击所产生的爆炸、地震和冲击波，当地球表面陷入一片火海的时候，只有鸣沙山和莫高窟安然无恙。

对于已有数十亿年历史的地球而言，如同炼狱般的地表环境并没有持续太长的时间。地球生命的演化进程再次从海洋起步，五亿年后，各种卫煌前所未见的动植物再一次遍布整颗星球。对于卫煌而言，他几乎不会再忌惮任何来自太空的打击，因而他所要面对的就剩下最后一个问题——

当太阳寿终正寝，他所守卫的莫高窟将何去何从？

五十亿年的岁月倏忽而逝，太阳内部，氢元素几乎全部消耗殆尽，主要由氦元素构成的太阳内核开始塌缩，与此同时，太阳的外壳开始向外膨胀，光芒由黄色渐渐变红。太阳正在变成一颗巨大的红巨星，其半径最终会是原先半径的两百多倍，最终在膨胀之中彻底吞没水星、金星和地球。然而这一切已与地球表面的生物没有任何关系，早在十亿年前，地球上就已经不再有任何生命的存在——随着太阳光度的不断增加，太阳变得愈发酷热，地球表面的温度因此不断升高，历经四十亿年后，地球表面的平均温度上升至三百七十摄氏度，海洋被蒸发殆尽，地球表面已经没有任何生物能够幸存。因此，当地球因太阳的变化而万劫不复之际，这颗曾经生机盎然的行星已经彻底沦为一颗荒漠星球，唯一的例外是卫煌和他所守护的莫高窟。

当太阳逐渐膨胀的时候，卫煌仍旧在鸣沙山上守着莫高窟。每一天早上，他所看到的都是太阳系在过去一百亿年历史中所不曾发生过的日出。随着太阳的膨胀，它的表面越来越接近地球，每一次日出，太阳都显得更大了一些。终于有一天，当太阳升起的时候，它遮蔽了整个天幕，天空中只留下一片沸腾的红色。随着日地距离的不断接近，地球表面的温度仍在不断升高，地表岩石在两千摄氏度以上的高温下开始融化，但被力场保护的鸣沙山仍旧安然无恙。地球最终成为一颗被熔岩所覆盖的星球，原本粗糙的外表变得光滑而又规则。随着时间的推移，这颗表面光滑的行星最终将被太阳完全吞没，而即将被一起吞没的还有被保存了五十六亿年之久的莫高窟。

但在地球被太阳完全吞没之前，整座鸣沙山被卫煌搬离了地球。午夜时分，当莫高窟位于太阳正背面的时候，卫煌对鸣沙山底部的力场施加了一个向上的力，于是整座鸣沙山带着力场的保护伞拔地而起，奔赴一望无际的星空。随着高度的不断上升，原本在视线中平直的地面显示出愈发明显的弯曲，直到地球整个半球的全貌进入卫煌的视线之中：这是一颗看上去简单而又纯粹的小小球体，不同深浅的红色和黑色在其表面绘制出了抽象而又精湛的图案，而在它身后，是一望无际的熊熊火海，那仅仅是太阳表面一个小小的角落。鸣沙山在加速之中继续远离地球，在卫煌对力场的操纵下，它在距离太阳一点五个天文单位的时候开始减速，最终将抵达距离太阳两个天文单位的地方，那是一个不断膨胀之中的太阳绝对无法威胁到的安全距离，在那里，卫煌见证了地球被太阳毁灭的整个过程：一颗巨大的火球在膨胀之中，吞噬了一粒小小的尘埃。

随着太阳的核聚变之火渐趋熄灭，它被抛弃的外壳化作行星状星云，其内部则收缩成了一颗高度致密的白矮星。成为白矮星的太阳还将经历漫长的演化过程，它最终将成为一颗极为暗淡的黑矮星，但对鸣沙山岩壁上的莫高窟来说，这一切已经不再重要——

它已经成了一颗独立的宇宙星体，可以在宇宙之中自由自在地飘泊。

三年后，卫煌驱动着鸣沙山飞离了太阳系，在此之前，他已经游览了太阳系的角角落落，包括四颗气态巨行星内部动荡而瑰丽的空间。当鸣沙山飞至奥尔特云并行将飞离太阳系的时刻，卫煌正在莫高窟的洞窟内观看着一幅又一幅壁画，视线锁定着壁画上凌空飞翔的飞天。当年的画师何曾想到，历经几十亿年的漫长岁月，这些绘制在石壁上的飞天真的能飞翔于群星之间，而这才是"要到哪里去"这个问题的最终答案——

守望着一个承诺，在亿万星辰间自由自在地飞翔。

尾 声

唐-alson-β 从五百七十一号宇宙跃迁至一个尚未编号的陌生宇宙只用了零点零三飞秒的时间，但是在跃迁的过程中，唐-alson-β 仍旧等得有些不耐烦。他难以想象人类祖先是如何用慢到可以忽略不计的速度在宇宙空间往返，而人类文明又如何从如此蒙昧的状态发展到如今能在不计其数的多元宇宙间穿梭的层级。对于远古的祖先，即使身为文明史学家的唐-alson-β 也知之甚少，在五十六亿年的文明发展历程中，大部分历史细节都已经遗失殆尽——唐-alson-β 所能追溯到的最早的历史细节，是一艘名为"相对论"号的星舰，这艘星舰是人类文明在宇宙间开枝散叶的起源。

现在，唐-alson-β 所身处的是一个光速约为三十万千米每秒的宇宙，一个仍旧处于低熵状态的宇宙。他在这个宇宙间漫无目的地穿梭，在闪念之间穿越了成千上万个星系，向着一颗又一颗星星投下漫不经心的一瞥。他并不期待在这个陌生宇宙中发现什么出乎意料的事物，因为类似的低熵宇宙，唐-alson-β 已经目睹了数千万个之多。

然而，就当唐-alson-β 行将跃迁出这个宇宙的时候，他看到了一个他此生从未见过的星体。作为宇宙中的星体，它的体积极小，最大直径仅四十千米，就本质而言，它只是一块飘泊在星际空间的岩石。然而这块岩石内部有着七百三十五个空洞，空洞内有着唐-alson-β 前所未见的精细结构，这一结构绝非天然形成。佐证这颗星体并非天然形成的另一个证据是覆盖这颗星体的力场，它将宇宙中包括陨星、射线等在内的威胁全都隔绝在外。

唐-alson-β 跃迁至这颗奇怪的星体附近，并无实体的躯壳轻易穿透了力场。他穿梭于这颗星体内部的七百三十五个空洞之中，然后愕然发现，洞内赫然陈列着的二维图形和三维形体，是人类祖先的生活环境和体貌形态，并以一种生动的方式演绎出了人类祖先的历史变迁。在其中一个空洞内，还留存着大量以某种碳基的片状物为载体的古老文字，这些文字虽然一时间难以解读，但是唐-alson-β 认识其中的"唐"与他姓名中的"唐"

在字形上是同一个字。

眼前的这一切就是全人类执念已久的祖先遗迹,唐-alson-β 的躯壳为此震颤不已。数以兆亿的人类在成千上万的多元宇宙之间穿梭,但是他们始终未能找到文明的根脉,而包括唐-alson-β 在内的文明史学家曾作出明确的断言,人类远古的历史将永远地散佚在时空之中。

但现在,唐-alson-β 和数以兆亿的人类将会知道,这个驰骋于宇宙之间的文明究竟从哪里来。

但是,人类祖先绝无可能将这一切完整地保留到五十六亿年以后,因此将它保存至今的肯定另有其人。就当各种设想在唐-alson-β 的意识间浮现的时候,他发现了那台站在这颗星体另一侧的机器人。正是这台机器人操纵着力场,控制着星体的移动,而他尚未发现并无实体的唐-alson-β 的存在。唐-alson-β 缓慢地向着机器人靠近,他感应到机器人电子脑内强烈的电磁活动。他一时间无法处理如此海量的电磁数据,但是仍旧从中清晰无误地读出了这台机器人的名字,以及这个名字所蕴藏的含义——

守卫敦煌者,卫煌。

别来无恙

储福金

1

别来无恙。

康思进看到信笺上这四个字，一种特定的感觉浮上心头。

那是一个特定的年代，经历了特定的岁月，在特定的处境，由特定的对象，产生特定的意味。说特定，意思是独一无二的。

那时康思进生活在一个小县城，在文化馆从事文艺创作，其实写的是一些诸如快板书、小演唱之类的群众文艺作品。但在小县城里，他算是一个笔杆子，自己也并没什么不满。关键那时他正青春年少，还萌动着一些带点色彩的幻想，想走出去，在高阶层上拓展自己的人生。他本来被从大城市下放到这个县的农村，就因为他能写会编，才被县领导看中，借着一个招工的机会，被招到了县文化馆。他虽心有不甘，但自我安慰：那些回到原来大城市的知青们，只能在城市的大集体小集体工厂当学徒，哪里比得上他的文艺创作工作，后者是自由自在的。这样过了数年，他已年近而立，环顾四周，与他年龄相仿者都已成家，不免觉得身子是在办公室和小宿舍浮着，便开始考虑恋爱结婚的事——本来就多有给他做介绍的熟人，连馆领导也给他介绍过对象。这时他结识了他的未婚妻方颖。这是一个身材苗条、微笑生动，在县城算得上漂亮的姑娘，且家庭也有背景。康思进带点与工作一般小小满足的感觉，决定要结婚了。而婚礼想要有所不同，与未婚妻子说好了，走出县城，去旅行结婚。第一站放在省城，康思进同时联系了他的朋友任辰。

任辰是康思进在一次县泥炭工程中认识的棋友。那时康思进被下放在县东头的乡村里，冬季农闲时，被队里安排到县泥炭工程上。泥炭工程集中了各公社来的民工，在冬季的阴雨天，开挖几米深河道中的泥炭。县里有泥炭，本来就是拓宽河道时发现的。康思进与任辰正编在一个组里，聊起来，聊到了围棋，便成了棋友。

虽说是棋友，当时的泥炭工地上不可能有棋，围棋在农村是稀罕物，康思进下放农村数年，没有和任何人下过棋。他认识了任辰，任辰和他谈到棋眼、棋势、棋语、棋道，虽然还没有下棋，但已经成了棋友。在乡村，难得有这样的棋友。很多时候，他们在一起谈棋，谈棋的故事与棋的人物，谈王质烂柯山看棋，谈小道士一着饶天下，谈范西屏与施襄夏的当湖十局，谈日本的争棋与吴清源的《黑布局》《白布局》。康思进与任辰一下子就成了形影不离的好友，一起挖挑泥炭，一起排队吃饭，一起草铺入睡，一起谈天说地。晚上有时康思进听任辰拉二胡。任辰带着二胡，拉弦时动作舒展，偶尔会仰起头晃动一下，那琴音呜呜咽咽，悠长悠长的。

有一天，临时歇工期间，康思进与任辰拉两把稻草在泥泞的河堤边对坐，任辰突然对康思进说："报你的生辰八字，让我来与你看一看，算一算。"

康思进见任辰说得认真，也如他一般盘膝而坐，神情严肃地报了自己的出生年月。

任辰的右手拇指点着其他指节，咧着的嘴里念念有词，一副老夫子的形象，仿佛在那神秘的世界中游动。他这神情成了以后康思进记起他时便浮现的形象。

任辰的嘴唇又微微张开了些，似乎带点神秘的微笑，仿佛看穿了多一层的东西。天很寒冷，是三九寒冬，一阵风吹来，寒风能冻水成冰，但没冻住任辰嘴角微微的神秘笑意："五行水润。格局秀贵。是艺术之才。"

康思进没有笑，虽在当时，算命绝对归于一种迷信，但康思进看杂书多，也接触到一点这方面的东西。再说，他信面前这位朋友，任辰不会诓骗他。任辰应该钻研过这一门学问，如果这算是学问的话。且任辰给他算的是好命，他希望任辰说的是对的。

任辰给康思进解说古代阴阳五行学说。金木水火土，五行相生相克，又各分阴阳。五行与天地人及整个世界相融，融为方位：东木南火西金北水中土；融为季节：春木夏火秋金冬水每季末月土；融为颜色：青木红火白金黑水黄土；融为人体五脏：肝木心火肺金肾水脾土；五行相生相克，木克土，土克水，水克火，火克金，金克木；木生火，火生土，土生金，金生水，水生木。

任辰说阴阳五行不是迷信而是科学，古代中医的基础理论便是阴阳五行。中医的辨证施治，如虚火上浮，治本，治的是克火的肾水不足。任辰用流行语来解释：比如少女脸红，心动矣。心属火，色红。再如人发怒时，形容为大动肝火，脸色铁青。肝属木，色青。在任辰口中，似乎天地人和整个世界都在阴阳中旋转，在五行相生相克中变化。中国古代的阴阳学说是自成一体对世界的看法。

康思进和任辰在泥炭工程中成为知交，年前立春之时，工程结束便各自回村，他俩还联系着要相互走访。就在那一年，县里招工，康思进是插队知青，在招工之列。而任辰是本地青年，没有招工机会，依然在乡村生活，只有时进县城，来文化馆看康思进。他身穿春秋服，下面挽着裤腿，却还显一副夫子模样，点着头，垂着眼。任辰来县城都有事，偶尔赶不上回乡的车，在康思进的宿舍小床上，与康思进通腿而睡。康思进只觉任辰的脚总是冷的，但他们之间的情感是热的，都相信他们会是一辈子的好友。康思进后来才想起来，他也没问一下任辰自己的命格，他不相信任辰会一直在农村待下去。

那两年社会变化很大，接着便涌来高考潮，任辰考上了大学，这对康思进来说，并不惊异。他自己也报考了，却名落孙山。于是，任辰进了省城，康思进还在县城度着日子。那时信件是朋友常用的联系方式。信来信往，绿色的邮局似乎有着熟悉的气息。

这次康思进给任辰去信谈到旅行结婚要去省城，任辰立刻复信，安排他的住宿与旅游日程。康思进看到任辰的信，依然是用毛笔写的。任辰的毛笔字颇见功底，临过魏碑，如此舔笔蘸墨，一笔笔写来，显得郑重。琴棋书画俱常在，任辰还是夫子的本来面目。原来康思进在县城，任辰在乡村；而今，康思进还在县城，任辰却省城大学毕业进了一个机关工作。他俩总在不同的天地中。

任辰为朋友的到来做了精心准备，宾馆靠着市中心，却又在安静的街巷，他留条告诉康思进，周边哪家餐馆可吃晚餐，哪家小吃店可吃早点。第一晚好好休息，第二天由他来带他们游玩。

第二天，康思进吃过早点，站在宾馆的巷口，等任辰来。看到任辰从大马路过来时，感觉有点陌生。任辰中等个子，走路时左手臂靠着身子，右手划动，像是军人的仪态。康思进知道任辰没当过兵。

这一天任辰带康思进夫妇逛了一座座公园与一个个馆舍。方颖对什么景观都有兴趣，康思进原先开会到过省城，不少地方都曾游览过。康思进让方颖一个人去参观，他与任辰坐在石桌边说话。有时，方颖走回来，说那边景致实在好看，要拉他们拍一张照。

康思进和任辰相视一眼，微笑着站起来，听方颖安排，走到她认为合适的地方，并由她指挥这个的身子向前一点，或那个的身子侧过一点。她对着镜头看了一会儿，又觉得背景并不满意，拉他们到一边轩窗前。两人依然微笑着听从她的安排。这么摆了几次，方颖还是觉得不满意，又过来挪动康思进的身子。康思进在县城恋爱期间，多少习惯了方颖的脾性。作为夫妻，他们在慢慢的相处中磨合。对这个要与他生活在一起的女人，他迁就着，同时对任辰显出一点似是无奈的笑。

"你将来的作品会带有哲学意味。"任辰后来对康思进说。

康思进轻轻对任辰说："她是真单纯。"

两人像是说着不同的话，但这一对友人从来都是相互理解的。

康思进是刚结婚，正在蜜月的开始，妻子整个形体是可爱的。今后无限的岁月，会生出多少变化，会承受怎样的情绪，这是以后的人生经历。

过去从乡下来县城见康思进的任辰，相比于在省城接待县城来的康思进的任辰，一般是夫子神情，又似乎多了一点省级机关的风气。他们之间不变的是浓浓的友情。

任辰在一家饭店设宴为这对新婚夫妇接风庆贺，任辰的妻子刘萍萍趁单位午休赶来待客。任辰的年龄比康思进大一些，在大学里与同学恋爱成了家。在康思进的印象中，任辰在乡村时有过妻子，因为在县城的康思进两次提到去乡村看任辰，任辰都谢绝了。康思进不愿逆任辰的意，想着以后总会有机会，没料到任辰很快鱼跃龙门。那年代，农村青年上大学后与乡下妻子离婚，也是常事。糟糠之妻不下堂，并不是新时代所有的道德观念。

席上，刘萍萍对县城来的康思进夫妇并不显热情，也不显冷淡，举止有着大城市女知识分子的做派。饭后她说上班便起身走了。康思进觉得刘萍萍很漂亮，两人相比，方颖是可爱，刘萍萍是大方；方颖属小家碧玉，刘萍萍则是大家闺秀。刘萍萍个子高挑，单看似乎比任辰要高一点，脸上也如任辰一般带着点宽容的笑。她着装随意，一件春装腰上一条带子，带子没系，旋身离开时，那带子拂到身后来，人如飘拂而去。任辰并不在意刘萍萍，似乎是老夫老妻的感觉，其实，他们成婚没几年。

那天饭桌后面的墙上挂着一幅字，裱着的横幅上书一首五言古体诗，字体龙飞凤舞，草书二十字中，倒有六七个字是康思进认不出来的。最后的署名，康思进依稀感觉是任辰字样。康思进只瞥一眼，眼光便滑开去，他本来对书法就不甚了解，只知道任辰每次信上的字都是魏碑体，一撇一横皆工整有力，他如何又写得这样的草书。要在私下，或可问一下任辰，但在新婚的妻子面前，说出外行话来，还认不全其中的字，岂不丢脸。既然任辰没提，康思进也就只当未见了。

还记得有一次任辰从乡下到县城来，康思进请他在城河边的"开一天"饭店吃饭，包间墙上，也挂着一幅书法，乃是本县书法名人所写，也是一幅草书。菜还没端上时，任辰站着朝那幅字看了一会儿，康思进问字写得如何，任辰只咧嘴微微一笑，那笑带点神秘，又似含着宽容。

省城这次饭桌上的菜式，康思进后来全然忘了，但饭桌上的不少对话，他一直记着。那是在二十世纪八十年代的前半期，社会上气象变化很大，也有一些新鲜的事物。他们不但谈社会变化，也谈到棋界的变化，中国围棋开始有与日本围棋争胜负的态势。虽然他们都没谈自己生活的现状，但康思进听清任辰从棋局变化中谈到的层次，不管是棋界还是人生，都须突破层次高低。结合以前任辰对他命格的判词，康思进多少坚定了一点前行的意志。

2

在康思进的记忆中，父亲曾说三十六岁是人到中年。康思进在人到中年之前，因他的创作才能，被调到了省城文化部门工作。也是因为上次任辰在饭桌上，提到居高而思远，境界很重要。

康思进满怀激情进了省城，他早早地告诉了任辰，可一直到他去新单位报了到，并把家安了下来，任辰也只来见过一次，来也匆匆，半垂着眼听他谈如何会得到省文化部门的注意，又如何涉过多重关隘。康思进说得郑重，任辰依然是不惊不喜的夫子模样，似乎早知一切有定，只是康思进不解，他如何会这般冷淡。

康思进在省城的新生活开始了，这时才知道任辰递交了辞职报告。应该说任辰的机关工作还是很不错的，清闲且无多大压力。然而任辰一直忍受着某种风气，虽饱读夫子诗书，但他还是有自己的性格脾气，大学时也接受了新的思想，忍受不了难熬的官僚作风。康思进能理解，他也是忍受过的，但没想到任辰会毅然决然地辞了职。

康思进本想着到省城能与任辰常见面，有时间有空闲，可以好好聊天，好好下棋。但他到了省城，任辰却辞了工作，并决定要离开省城。

"机构不大，官气不小，实在不愿为五斗米折腰。"任辰说，"一杯清茶一张报纸，就算无得无失，又有什么意趣？"

康思进觉得自己的创作才能得到了重用，而任辰却似乎进入了低谷。

那天康思进和任辰在街上散步，这也是他们的保留节目。在县城的时候，康思进与进城来的任辰常常沿着城街走到郊区，看夕阳在湖水上晃动，转一大圈再绕回来。那时候县城还只有一条街，慢慢地四通八达扩展开来。到康思进离开的时候，县城已经有好多条新马路。在省城，自然是任辰带着康思进，似乎是随意地走。走到了城边，城墙外有一片树林，深秋季节一阵风卷过，整片高大的树林飘落下黄叶来，漫天飘洒着，落得那么均匀。康思进问任辰，省城虽然大，机关总有相通之处，又能换一个怎么样的工作呢？总还需要忍受一些人与事。康思进在县城，忍了那么多年，才能够跳到省城来。人生有许多的无奈，这是康思进在生活中一步步感受到的。任辰微微一笑，神秘神情中，不是激愤而是一种宽容。这是康思进原来没有清晰地感受到的任辰的神情，也许是他多少年在大省城修炼出来的。任辰突然放声笑了一下，随手拍了一下身旁的树干，那棵树受到了震动，同时又似乎是被他的笑声震动，附近的树都向他们飘落下树叶，落叶映着阳光，显着金黄色彩。任辰告诉康思进，他不会在省城里另找工作。他要和两个志同道合者，一起下海去南方城市办公司。南方火旺，南方新城的变化非常之快，正是黄金时代。只要去，伸手便会抓到大把的钱。

康思进也听说南方城市日新月异的变化，但那是新天地新事物，想来不是每个人都能适应的，需要一点冒险精神。任辰一个夫子式的知识分子，旧文化接受得多，却这么快跳出来，跳进时时与金钱打交道的商界中。开公司赚钱在南方城市很流行，那里是一个新的时代，在那里的人都认真谈着变化。任辰过去谈《易经》时，就谈到"易"就是变化，随时而变。古时文人避谈钱，称是阿堵物。钱其实是个好东西，南方风水宝地，是钱的来源集中之地。

"你看着吧。哪天我再回来的时候，会把人民币与这叶片一样，撒落到你的头上……仰天长笑出门去，我辈岂是蓬蒿人。"

"我在县城。你到了省城。我现在到省城了，你又要去南方城市了。"康思进的话带着不舍的情感。

"是啊，人生总在变化中嘛。本来想着你将常居省城，有的是下棋的机会。可眼下我却要打点行装，不能和你好好地下一盘棋。也好也好，一切从简，我不为你的到来而庆迎，你也不用为我的离去而欢送了。"

康思进上班了，所在的文化单位临时寄居于一座古建筑中，到处堆着旧杂志。他离开县城时，文化馆刚搬入新大楼，办公室处处是新粉刷的气息。而这省城的新单位，却如一个旧式殿堂，到处溢着旧尘埃的气息。

那些天康思进想着要去给任辰打包整理，他刚搬完家，知道搬一个家不易。他也想与刘萍萍打个招呼，自那次旅行结婚见过一次，再没见她。但任辰说走就走了，再联系已不在省城。很快，任辰从南方城市寄来一封信，信依然用毛笔写就，开头依然是：别来无恙。对在南方城市的任辰来说，时间就是商机，公司须寻求变化，尽快开出一片天地。虽然在信中，能感受到任辰对新地方的信心，但那一纸毛笔字，一撇一横，都写得稳稳正正，力透纸背，一点没有因在快节奏的新城中生活而引起的变化。也记不得什么时候，康思进曾在通信中问过任辰，为什么一定还要用毛笔写信。任辰认真回道，他喜欢书法，像喜欢棋一样，但已经没有许多的时间去练字。好字还得要时间来练。古人书法好，不是他们专门练，而是他们平常撰文与交往都用毛笔写字，日久便见功夫。而现在的人，把毛笔字弄成书法专门来练，字便显得矫情，失了平常心。

康思进感觉任辰干什么事，都能说出个道道来。而那道道又源于他的文化功底。不过康思进依然认定任辰给自己写信用毛笔，是融着友情，他不可能完全借写信来练字。他不再在乡村生活，乡村里没有多少朋友需要写信。他进省城，他去南方城市，接触的面宽了，熟悉的人也多了，给每个人通信都用毛笔一笔一笔写来，该费多少时间？

　　毛笔蘸了墨汁，静静地对着毛边的信纸，偶有笔尖滴下小小圆圆的墨渍，慢慢泅开去……灯光在夜色中发着细微的嗞嗞声。

3

　　这么信来信去，多少年了？许多有过交往的人，在人生长途间，中断了，不再联系。康思进所在的办公室虽然已经有了电话，任辰的手边肯定也有电话，办公司嘛，商业联系少不了电话，但康思进与任辰之间还是写着信。对着电话话筒只能说些工作场面上的话，虽然在信中也没有什么私密话，但打开信封抽出信纸，便感受着带点暖意的友情。年轻时寄出了信，便会急迫地等待着回信。现在不会再有等着回信的心情，岁月缓缓流去，信中并不谈工作与生活，更多的会谈李昌镐的一盘棋，那总是在世界大赛中的半目胜。任辰的信依然写的是毛笔字，信虽然短了，但开头那句"别来无恙"是不变的。康思进的信写的是钢笔字，他的钢笔字也是临过帖的，清秀标准。康思进是搞文艺创作的，对友人总是有着怀旧情感。他坐在家中书房，看窗外那棵开了大朵的玉兰花树，会想到深秋季节从树下过，树上有黄叶落到肩上来。

　　这一年的春夏之交，任辰回到了省城，他们公司在省城代办一个商业活动，展销南方企业的商品，诸如刚开始进入普通家庭的窗式空调和最初的靠软盘启动的计算机。康思进听闻消息，便赶去任辰那里。任辰显得有点忙碌，与康思进没说几句话就会被叫走，很快又去而复返，再继续他们的对话。康思进起码能感受到任辰并没有在商界久了，便满是推销口吻。他曾侧面询问过任辰公司的资质，官方的人应一句：大概是皮包公司吧。从任辰公司办活动的场面来看，联系参展的企业不少，其中也有较有影响的品牌。不过，任辰公司的业务也只是穿针引线，赚不了太多的钱，并没有达到能将人民币大把挥洒出去的地步。在这期间，康思进多有作品发表，在业界也多少有了点影响，任辰也说已经注意到了。但康思进自己觉得没什么可夸耀的，特别是对着任辰，更无可说道。

康思进突然想到，前些时在一个饭局上，有一个外地老板，正想在省城购楼办公司，听人介绍说康思进懂得阴阳五行、易经八卦，便要拉他去看看楼的风水。康思进因受任辰的影响，多少看了一些这方面的书，也只是作为古代儒释道文化来学习，只说"看不好，不敢，不敢"，便推辞了。如今他对任辰说起此事，觉得任辰对风水一门也是精通的，风水的基础理论亦是阴阳五行，他提议任辰去给那位老板看一看楼的风水，助他选址装修。那老板很看重风水，一副虔诚的神态，任辰给他去看一下，那老板肯定会封上一个大大的红包的。

任辰正色回应康思进："我不会去的，哪怕老板给再多的钱。说实在的，风水好坏肯定是存在的。我对这一方面有关注，但只是作为学问研究，并不专业。子丑寅卯，我随便说说，没有问题，大致也在点上。专门要我去看，影响人家的商业前途，那就是行恶了。其实，在南方城市中，天天有新公司冒出，如我要走看风水的路，赚钱肯定比我现在要多得多。但易经八卦多有玄妙之处，说不清也理不明，就算钻研得深，一旦为赚钱而去谈朱雀玄武青龙白虎什么的，无非就成混江湖的鬼话罢了。学问是需要敬畏的，不能把它混同于商机。我虽然也是行商之人，但君子爱财，取之有道。如习惯了胡说八道，我就不是我，就不是你认识的任辰啦。"

到展会正式开始那天，康思进再去找任辰，任辰把他拉到一边，向他介绍正站起来的一位女子："内子唐灵。"

任辰介绍的内子，显然不再是早先在省城所见的刘萍萍。刘萍萍个子高高的，唐思进还记得那飘拂的腰带。眼前的是一位小巧精致的说话有着南方口音的女人。她脸上是活泼的笑容，明亮的眼，圆圆黑黑的眸子。任辰称她为内子，想是他在南方城市所娶的新妻了。那么他与原来在省城的妻子刘萍萍已经离了。他们是什么时候离的，又是为什么离的？康思进知道家庭是个婚姻的窝，是简单的又是复杂的情感所在。也许刘萍萍在任辰辞职以后，在他离开省城到南方城市去的时候，就和他分手了。康思进很想知道，但他不好意思问。朋友之间交往，有的事可以问，有的事不好问；有的事可以在人前问，有的事只能在人后问。康思进自己的妻子方颖，从县城跟着，一直跟到省城，并没有变。方颖在县城，也是一位干部的女儿。康思进生活在县城时，多有照应。康思进到省城拓宽了天地，方颖由原来的单纯，变成了谨慎。她在家庭中依然有着唠叨，又有着疑惑，有着不安，开始依附着他。康思进也是受旧文化熏陶的，虽然有所不满，到了省城也有新的诱惑，但从来没想到过离婚。他们已有了孩子，孩子一天一天长大，从入幼儿园到上小学。康思进的心思多在创作上，一天天过来，从来没想过家庭要有变化，那变化会引发的麻烦和震动，让人轻易也不会生出此种念头。但夫子式的任辰，却一而再地果断行事，是出乎康思进意料的，也许正合着当下南方城市的风气。

　　有一段时间，南方城市的变化和进步，为全社会所效仿。这一年，康思进随省城文化部门的参观团，来到了任辰所在的南方城市。这座南方城市早先还是海边的一片渔村，此时已是一座崭新的大城市，到处是高楼大厦。参观团中好几个人与任辰公司的董事有联系，毕竟他的公司是从省城出走南方城市的。任辰的公司是一幢两层小楼。底层有房间堆着货物。公司的人，楼上楼下，忙出忙进的。接到消息，任辰迎了出来，把参观团带到楼上。康思进知道南方城市眼下的房价是昂贵的，这么一栋楼，租赁该花多少钱？康思进不用听介绍，在省城，他便知道如今南方城市一是房价高，二是公司多。受影响，省城街上也逐渐开始流动着老板和经理。南方城市的公司可谓多如牛毛，在公司便要谈生意，谈价码，分分秒秒都是热腾腾的感受。康思进想任辰这个夫子，在这样的城市是怎么度过的？

　　任辰外衣之上，套着一件马甲。时值春季，马甲的穿着在南方城市也是流行。马甲让任辰的身子显得瘦了些，也精神了些。任辰和康思进在一边私聊，任辰只谈南方的气候与吃食，康思进忍不住问，租这房子需要多少钱？任辰摇了摇头，这算是简单的回答，似乎根本不用计较。那么公司所赚实在是巨大了，但看公司的办公用具，还不如省城大机关内的气派。

　　康思进到南方城市已有两天，已经感受到吃住的费用不菲，私下里悄悄地问任辰，个人收入高不高，在这南方城市生活下去，难不难？

　　"鸡肋。"

　　康思进明白任辰的意思。原先听介绍，公司的营业额，在康思进听来算是天文数字。但个人收入到任辰口中，却成了曹操的行军口令。

　　公司联系了当地对应的文化部门，当地文化部门的小楼，靠近任辰公司的小楼,下午进行两城文化交流,晚饭就在小楼里吃了一顿,席上自有南方的特色菜。吃完以后,把大厨请了出来——原来是20世纪80年代在电影中饰演民国总统的演员,过来和大家一一握手。一个其时有名的演员,到南方城市来做厨师,自然是拍电影的收入,大大低于南方城市做大厨的工资。当地文化部门请演员当厨师,当然不只是请他做菜,也有当名片的意味。对于内地来的人员,一时会有吃惊的感觉,更是显得自己的层次要低了不少。不过,康思进听说内地的有名人物,到外国去,做送快递的事,这类的说法后来有很多了。

"鸡肋。"任辰又哼了这么一句。

晚上,任辰带康思进走出院子,"回家吃茶去。"

自然没有时间和任辰下一盘棋,但他的家里还是要去看一下。路上康思进问到了公司的经营情况。任辰不免又哼了一声,毫无兴趣地介绍说,公司的小楼是早年来经营时买下的。幸亏买下了那栋楼。单单这一栋楼的价值,现在就升了几百倍。单靠租赁出去的收入,也够得上公司的利润了。眼下他们公司的竞争对手不少,毕竟南方城市每一天添出那么多公司来,扔一块砖头出去,便能砸中好几个经理。这势头,会在什么时候退潮?谁也说不准。总算他们来得早,占地占资源。生活在这样的南方城市中,看似如鱼得水的人,到底过得如何,只有自知了。

乘电梯来到十层楼,一层楼有几套公寓房,从02房间开门迎出来的是一个年轻女子,任辰介绍:"这是我的那位。"

眼前的女人自然不是唐灵。康思进说吃惊也不吃惊。他不问他们之间的关系,其实想一想也就明白了。都听说男女一旦离过一次婚,第二次再要离婚也就简单了。没有犹豫,没有感情留恋,也没有其他的牵扯,似乎一切熟门熟路。任辰已经四十岁开外了,眼前的女子最多也就三十岁吧。算起来应该是大男人小娘子。

认为任辰是夫子的感觉,多少有点不真实。毕竟任辰在南方城市久了,他有所不变,也有所改变了。任辰并不在意女子的反应和表现,自顾自过去,在一个大树根做成的茶海前坐下,也招呼康思进入座。茶海是便于烹茶、品茶的家具,这个茶海做工精致,色彩和室内的红木协调,颇显贵气。任辰往茶壶注了水,插电煮茶,待水开后,洗茶、洗壶、洗杯,动作不紧不慢。残水从茶海的排水系统流入盛水的容器中,他用竹夹夹了紫砂茶杯，放到康思进面前，随后端起茶壶注茶入杯。南方喝茶，壶小杯小，一道一道地喝，称之为功夫茶，喝茶自然也不是满杯牛饮，须慢慢地品。康思进和任辰曾生活过的县，是茶乡，产的是绿茶，用玻璃杯冲了，茶色碧绿。嫩的早春手工茶，泡了开水，一根根芽叶竖在水杯的上层。南方的功夫茶，是乌龙茶，浓浓的黑红色的茶。任辰看起来便是已习惯了喝功夫茶，想每日都在茶中花着功夫。不可能有太多的客人来访，自泡自饮，看来已成习惯。任辰多有变化，这变化正在习惯中。

"吃茶，吃茶。"

说吃茶而不是喝茶，这算不上变化。吃茶本是古代文人某个时期的流行说法，合着禅意。茶有南方茶、北方茶、江南茶，还有边疆的砖茶，各种茶有各种不同的喝法，都很正常和自然，并不局限于文人。用茶海泡茶喝功夫茶，偏于南方。

女子也喝了两杯茶，陪他们坐了一会儿，随后朝任辰点点头，又朝康思进打了个招呼，出门去了。康思进注意到时间已晚，意识到女子是让他们彻夜长谈，那么她另有住所？任辰说，他们只是交往，还没结婚。也许过去的几次婚姻，让任辰有点厌倦。在康思进想来，他不下结婚的决心，大概是怕再落入循环。

女子走了以后，任辰的情绪好了不少。也许是功夫茶刺激了他的精神。他又恢复往昔与康思进绕城而行时谈天说地的状态，仿佛喝了一点酒似的。

"来到南方，唯一好处便是能这样自由去感受。"

康思进问："还有更年轻的吧？"

任辰笑了一下，也是他习惯的笑，带点神秘带点宽容。"我和她的年龄差让你奇怪了吗？

任辰与康思进一边喝着茶一边聊着，说着对女人的看法。便听到隔壁墙那边，传来了声音。有凳子移动的声音，有人大声说话的声音，随后起了音乐声，喇叭开足音量的声响。康思进听着，感觉多少有点奇怪。他们喝茶所在的客厅，装修是很讲究的。所有家具都是中式红木打就，桌椅壁柜茶几连同茶海，都显得华贵，古色古香。如此花费的装修，却在墙上这么马虎，这么不隔音。

而这隔壁01房里又住的是怎样的人家，大晚上了会这么闹？几乎是不加克制，也不怕邻居抗议。当然 01 房在楼的最东头，主要受影响的便是任辰的居所。然而当声音响起来的时候，任辰却一点没有惊讶的表示，也没有任何不快的神情，似乎类似的情景已经历了不少次。那么其他上下邻居呢？也许上下的隔层并非不隔音，也许南方城市讲究夜生活，晚上热闹本是正常的。

原来，任辰他们到南方城市来办公司，最初最正确的决策便是买下了那座办公的小楼。而公司赚下第一桶金后，任辰便买下了这里的两小套公寓房。那时公寓房所在是城市的边缘地带，而现今已位居城市中心地带了。那时任辰与唐灵在这两套公寓房里成亲，就在客厅靠隔壁房间的墙上开了一扇门，两套公寓房连成了一套。而离婚的时候，任辰把隔壁的一套公寓房给了唐灵。所开的一扇门又用砖砌了起来。后砌的墙不那么严丝合缝，所以就不如以前的坚固和隔音。现在隔壁住的就是唐灵，她也没有另成家，经常会带一些年轻的伙伴回家来闹腾。

当初买的两套公寓房，本是便宜，而今价格不菲了，任辰分给离婚的唐灵一套，也算是给了她很大的一笔财富了。

隔壁有人在唱歌，歌声还听得不真，但带来的起哄声大，有喝彩声，有叫喊声，似乎还有人激动时，用拳敲着墙的声音。

那边一开始有响声，任辰便安静下来，话不多了。他绅士般地坐着，静静地听着，仿佛还有些许欣赏，脸上依然带着那种神秘的宽容的微笑。康思进却感觉那微笑中含着点冷静，添了点无奈，附着点看穿一切的意味。

那边的声浪暂缓了一下，但不知什么时候又会升起来。任辰站起身来，对康思进说："走，带你去看看南方城市的夜生活。"

"好，多感受感受你的生活。"康思进应着。

他们下了楼，走出小区，又走了几条街。任辰不像以往散步时谈天说地，像是所有的话在吃茶时说完了。来到一个街口，前方的街面店，有霓虹灯跳闪着。任辰带康思进入门，门面房并不大，任辰买了两张门票，价格相较省城的收入是挺贵的。康思进不明白这是怎样的一个活动场所。他随任辰走上了二楼，迎面的玻璃门开着，门里是一个很大的池厅，四围靠墙是一圈圈座椅，几把椅间是一个小圆桌，供客人放茶杯、饮料瓶。康思进坐下不久，头顶上的灯便灭了，舞池中间的上方，一个挂着的球形吊灯旋转起来，赤橙黄绿青蓝紫，多彩的光从灯中旋转出来，一片片地在池厅中盘旋，突然身边一声炸响，震耳欲聋的音乐响起，震得楼板像在晃动，震得人心仿佛要停顿。滚动的雷，强烈的雷，霹雳卷来。于是，舞池里出现了人影，三三两两而下，随着轰鸣的乐声跳动着，跳得自由，跳得随意。

跳者随着节奏，合着盘旋的灯光，在池厅间转动。康思进后来才知道，这就是一家迪斯科舞厅。那时由南方城市从国外引进，第一次感受最具南方城市特点的，便是这迪斯科舞厅。声音炸响，灯光明灭，暗影中端着盘送饮料的侍者在穿行，舞池中间有多多少少的人，在跳，在舞，人头攒动。跳的动作，舞的动作，像波浪似的摇摆。那乐声无休止地响着，相比之下，先前任辰家客厅隔壁的声音，根本算不了什么。这个快节奏的城市到了晚上，也许便有人想唱想叫，一切都是正常的。

在暗影朦胧中，有女子身子前后抖动着，沿舞池边而来。肯定是任辰不认识的女孩，一边随乐伸展双臂，一边朝坐着的他们招手。见两人坐着没动，于是步子不再向前，身子前后转动着，依然一只手招着。任辰坐不住了，拍一下康思进的胳膊，走下场去。他与这位女孩面对面地跳着，随着女孩的步子。舞池里，迪斯科的节奏强烈分明，一对对男女都是面对面舞动，身子虽不靠近，舞姿不同但自有互动。康思进眼光一直在任辰那一对身上。女孩似乎赞赏着任辰的舞姿，经历了许多女人的任辰，神态上便有吸引异性的地方，还显着在本地经营久了的有钱人气度，更飘洒着一种儒雅的韵味。很快女孩便顺应着任辰的舞步，还不时靠近做着近乎挑逗般的动作。在康思进看来，任辰认真地跳着舞，一副来者不拒却又不为所动的姿态。有一刻，舞厅内的射灯都灭了，旋转的圆吊灯光仿佛闪着慢镜头的光，舞池间的舞者，也如分割着一个个慢动作。康思进发现那一瞬间，任辰有点哈着腰，他的头往前勾，身子有点不甘似的扭着。康思进从来没见过任辰如此形象，这一瞬间又显得特别长，定格一般。他本来觉得任辰到了南方城市，形象并没多大的变化，但这一瞬间他显示了根本的变化。他哈着的腰，仿佛负载着多少重力，而他不情愿却又顺从着。灯光恢复自然，任辰的身姿也恢复自然，他与那个女孩已经跳到舞池中间，那里舞者集中，那个女孩在旋转身形时，朝向了一个高个的年轻男人，于是义无反顾地与那年轻男人对跳起来，又像是君既无情我便休。任辰随即便与一个转圈而来的女人跳成一对，仿佛同是天涯沦落人，面对面时便相识。其实，在舞池中间，舞者的对象不再固定，一个转去了，又一个转过来，面对面，跳得活泼，跳得舒展，不用认，也不用记。他们用肉体的跳动，来作情感的宣泄，让快节奏生活的压力，在这南方城市骚动的夜晚，在迪斯科中宣泄出来。城市的第二天早晨，是安静的，仿佛累后松弛了，久久才醒来。任辰不会感觉自己是沦落到南方来，他也许有过无奈却也不得不融入。就算生活中有屈辱，也都化入沧桑。南方城市的消遣不会是士大夫的琴棋书画。吃功夫茶，也许苦闷在功夫中消解。

　　后来有好些年，康思进想到任辰，便想着他与他的女人们，不知在何处快活，也不知在何地，经受着震耳欲聋的乐声。哈着点腰又拼命地抖动着身子，仿佛要把负载的抖出去，以求取一点新的感觉。康思进一直面对一个女人，那个从县城一路带出来的妻子，他不知道如果换了她，会经历怎样的内在感情危机，还有外在的眼光与议论。他们有孩子，实在不愿让孩子去感受离异家庭的不幸，许多的婚姻危机都在忍耐中度过。忍忍就都过去了，就算两性有别样的快乐，不也是一时新鲜嘛。任辰宁可一个一个女人经历，也舍得金钱、时间和精力。他要的是另一种人生，他可以自由选择的人生，选择不同，选择变化。但经历多了，会不会感觉疲累，会不会感觉负载太重，会不会感觉无趣？这也只是康思进的想法，他生活在内地，又从小县城中出来，积习使然。但他多少能理解任辰，因为他多具文化知识；也因为他童年在大城市度过，眼界是不同的；也出于他的性格，能相融相异。究竟子非鱼，安知鱼之苦乐。他不时地与任辰通着信，拆开来信，第一行依然是毛笔字写的四个字：别来无恙。

　　任辰还是不变的。

4

　　这么又过了若干年。这些年也不知道怎么过的，时代进入了新世纪，康思进到了知天命之年。儿子大学都快毕业了。人到这个年龄，也就没有太多的计较。康思进的作品发表了不少，作品中显现的人生，感叹的东西少了，借鉴的东西少了。悠悠长长的人生感受，有其独特性。

　　岁月匆匆，康思进的时间却显得悠长，这是对生活节奏的把握。一天，康思进收到了任辰的短信，开头一句别来无恙，接下去就说到近日他会回省城一次。刚放下信纸没一刻钟，他就接到任辰从宾馆打来的电话，说已住下，并告诉了他宾馆所在的位置。

康思进在电话中问了一句："此行是否考察商机？"任辰回道："随便走走。"

任辰的年龄虽然比康思进大一点，但也就两三岁光景。难道他已经退休？他的言语中透现着退休人平静的心境。

康思进一下班，便去任辰住宿的宾馆。两人一见面，任辰说了声"吃饭去"便领康思进往餐馆走。康思进清楚任辰好吃，从乡村出来的人，曾经度过饥饿的年代，有的吃便吃，形成习惯。再说，也到吃晚饭的时间了。

他们走进一家门面不大的餐馆，康思进没在意店名，见任辰径直走来，想这里离任辰早先在省城的居住地不远，他熟悉这一带，也许过去常来这里用餐，多少带点怀旧吧。

餐馆不大，干干净净的，任辰坐下来拿过菜单圈了几个菜，康思进想着给任辰接风洗尘，自然要小酌几杯，伸手让招待过来点酒。店里还只有他们两个客人，女店主过来招待。任辰将圈了的菜单递给康思进："你看看，还需要什么。"康思进看菜单上都是素菜名，翻转来也没找到肉品名。他原来就了解任辰很喜欢吃红烧肉的，每每吃完饭，都会议一议此顿红烧肉的做法。

站桌边的女店主已看清菜单上圈的菜，说了声："你们两个人吃这些菜，够了。"拿过菜单自去厨房了。这时康思进才发现这餐馆是素菜馆。店里响着低低的音乐，听来像是佛教音乐。

虽然都是素菜，但做得精致，康思进难得感到，食无肉也行。任辰放下碗时，赞了声："好吃。"原来任辰是好吃也要吃好，食不厌精，脍不厌细，南方那边的城市都很讲究吃的，这也是任辰去南方城市的重要原因。

晚饭后照例是散步。省城这些年也有很大的变化，城市改建模式接近于南方城市，高楼在建，地铁在建，一时到处拌着混凝土，扬着尘灰，经济发展的速度很快，城市建筑与街道拓宽，几年一个变化。

任辰并没有退休。他的公司被一家大公司兼并了，商业规律便是大鱼吃小鱼，但他在新的董事会里，是有股份的。凭股份分红，吃穿用度皆不愁。他这次回省城，确实可以说是随便走走。

这次康思进见到的任辰，似乎有很大的变化，主要在穿着上。他穿了一件中式外衣，中间一排盘扣。其实这很适合他，似乎他原本就应该穿这么一套中式服装。

初冬季节，新修的城墙外，没有连片的树林，道上却也铺着落叶，那种风吹过，叶片飘洒的情景，已在遥远的记忆中，又仿佛还能感受到。那时他们所感所悟所思所言，似乎都随风卷去。时光流逝已久，他们的青壮年时期都已过了，看任辰的头上，已经夹杂着白发。相比之下，康思进的容颜变化较小。康思进从事创作几十年，感叹的心绪多了，对风尤为敏感，往事如风，一切都随风而去……

"不是风动，不是叶动，是仁者心动。"

任辰说了一句。康思进知道这句话的出处，这并不让他意外。他确实是任辰的知己，能理解任辰的心境。他穿着返璞，身材瘦削，饮食偏素，显得沉静。他在南方城市待久了，他在女人之中待久了，繁花似锦，毕竟风吹去。时光无法留恋，他们已过天命之年，直向花甲之年而去，这是无可奈何的。

康思进告诉任辰，这些年来，缘于创作的中国化问题，他对中国古代文化有所研究，也有所思考。他最近用阴阳五行来对照了一些人的命运。阴阳五行化入的生辰八字，其实也只是测试人生的一个简单坐标。人生是丰富的，出生的年月日时所取的四柱八字，自然不可能涵盖整个人生。

任辰微低一点头，慈眉善目的样子，听他说话。康思进知道自己在这一方面所懂是粗疏的，本想任辰会说出专业性的道理来做解释，但任辰只是静静地听他说，并不反驳。

"皆有因果。"

任辰似是叹了一声。他的脸上又浮起那种微笑，带点神秘带点宽容。上一次他露出这种微笑时，吐出的是"鸡肋"两个字。任辰以前谈这方面的理论是滔滔不绝的，但他这次是安静的，像是赞同康思进的说法。康思进看着他的笑，才发现过去的任辰又回来了。同时康思进又意识到，自以为是地研究阴阳五行多少年，可引他入门的任辰，却一下子跳入另一扇门，那扇门里对康思进来说，是空落落的。

"你是有慧根的。这次到省城来我就想渡你一下。"

"渡我？"

"我们相交几十年，我想你应该与我有缘。你我聚散自然，聚少散多，各自有各自的缘法。但我相信你是有缘之人，我说的你自然能听进去。这也是一门学问，比阴阳五行更深邃的学问。"

毕竟多少年接触古代文化，听任辰这么一说，康思进就明白，他不仅接近禅学，也许他已走进了佛教。三世因果，六道轮回，佛教的道理，康思进也曾听说过。他能理解任辰在金钱和女色的迷惑之后，年龄到了生命的晚季，也许便看破一切了。康思进原来的看法，认为阴阳五行、易经八卦等，中国古代所谓窥破天地的玄道，多少有点实理。那么佛学的意味，连同任辰带着神秘的微笑，更具空感。

"来，站停了，眼皮垂下，眼观鼻，鼻观心，什么都不用观了，让心静下来，再静下来，只有风吹过你的脸，风也不存在了，你不再听，不再看，不再有外在感受。你原来所观的一切都虚了，都浮了，都空了，只剩你一个心，你进入了你的内心世界，只有意念在流动，你让你的意识，摈除'我'的存在，让它回到你日常的生活中，意识在自然流动中，三分钟，让它循习惯流动三分钟……"

康思进顺着任辰的指点，静心，无观，让意识流动在内心……三分钟到了，又响起任辰的声音：

"这三分钟，你心中浮过了多少意念？我来测一测：几点钟了啊，方颖快到家了吧……她每天迟回来，做着她那没意思的工作……我说她工作没意思，她脸就板下来了……我没做饭，早上买的菜也没择……她难得烧一顿，没问题吧……呀，忘了买葱，蒸蛋没葱，她会埋怨……今天星期五，儿子会不会回来……回来家里没吃的，可以到前面街上的饭店去……饭店里的东西确实贵，难得吃一顿嘛，不宽裕的人家，反倒常常去饭店……有人活得拘束，有人活得轻松，就像……"

康思进睁开眼来，停了口的任辰依然是带着微笑的神情，似乎显得越发神秘。

"真没意思。"

"是没意思，我猜的不一定对，但也离得不远，人在现实世界中生存，你或者行走在路上，或者安坐在家里，平常内心流动的念头，无非是这些老婆儿子、吃饭睡觉的事。就算你在上班，在纸上写字，向领导汇报，与同事聊天，也许更没意思。人生便如此一天天地过去。

"你会说你在写作，你又写了几篇作品？人说凭希望活着，你希望的是什么？你的作品中能给人希望么？能给你自己希望么？你生活的前方，有你的希望么？你走向所谓希望的一条路，中间有多少烦恼，有多少无奈。到你这个年龄，回头看，相比年轻时确实靠努力达到了某种希望，但你静心想一想，这就是你要的人生吗？这就是你希望的人生吗？"

康思进看着任辰，感觉任辰不像是在问别人，而只是在问着他自己。

"我知道，你说的是佛家的道理：一切皆苦。"

"佛说人生八苦：生老病死，求不得，爱别离，怨憎会，五蕴炽。这八苦是强烈的，是能对一般众人说得清楚、说得明白的。而我感觉能真正思考人生的人，最本质体悟人生的，是在日常生活中，充满整个内心的琐屑的无意义的念头，说不明白也道不清楚，是根本没意思的。"

"这样看人生实在是消极。"

"消极吗？只有看清这一天天、一年年，裹在一副皮囊之间流动的无意义的意念，才能斩断它……好了，言尽于此，能体悟多少，乃是你的缘法。真正的我尚未觉醒，又能渡得了谁，谁又需要我来渡？"

康思进觉得任辰的话很奇怪，他还是第一次有这种感觉。佛家之理，早先多少听说过。不过由任辰说出来，康思进认定依然是一种学问。古代文化，儒释道是主流。任辰走到了禅学，也是许多古代大文人走的路，也许是避不开的。康思进觉得任辰的人生，曾有许多金钱在最热闹的都市中挥洒，这一切经历了，他觉得空了，要往形而上的高层走。思想永远走在人的前面，也许任辰确实是积极的。

在这个社会当中，他们有过奋进，有过努力。这个社会也大有变化。他们经历的很多，曾经尝受过饥饿，曾经在农村辛劳，曾经看世道起落，曾经体会社会变革，现实的世俗生活确实一步一步往前走。不管是南方城市还是省城，大都市的灯红酒绿已司空见惯。说变化也对，说进步也对，经济的发展像巨兽一样，踩着隆隆的脚步。康思进细想起来，那些丰富的经历，是他作品之基础，是实在不空的。再说，他有不变的婚姻，有妻有儿，这也是实在不空的。但对于任辰来说，他经历时便感觉鸡肋，再回头看，空空如也。各人有各人的缘法，各人有各人的感念。

普通人用普通的生活支撑着这个社会的变化。当然社会的变化也合乎一定的规律，因果变化也是规律。

　　人在琐屑与碎杂的思绪中度过一天又一天，就算意识到在沉沦中冷冷的、寒寒的，但人还得这么过。

　　仿佛听到他内心的这些念头，任辰点点头说："一切皆有因果。一切自是有缘。我所说的，你有多少宿缘，你就能听懂多少。你若是无缘，我就是说破天，你也无动于衷。你若听我一番话便醒悟了，那就不是一般慧根了……这样吧，明天你陪我去一趟归元寺吧？"

　　任辰的口气显得特别认真，说到归元寺便有着虔敬之意，像是要回多少年前离开的故旧之地。归元寺远离省城，坐落在寒山之上，任辰当年在省城时没去过，康思进在省城生活了二十多年，也没去过。归元寺古时有名，近百年来已逐渐破败，近年来才重新修建，兴盛起来。想任辰心近佛家，自然听到了归元寺的声名，他回到了省城，不去一次古寺，怕会有遗憾吧。

5

　　寒山秋景，色彩极为丰富。行在寒山，看四边峰峦，层林尽染，红、黄、绿染成一簇簇、一团团、一丛丛、一片片，勾围着山腰处的归元寺大殿。

　　任辰在路上谈到归元。元就是一，元旦就是一月一号。佛家说开方便法门，引众生进八万四千不同法门。而归元，就是无数法门圆融为一体。具体说，哲学有一分为二，延伸出去：一生二，二生三，三生万物；哲学也有合二为一，也就是万法归元。

　　靠近寺庙处，路边有卖香的摊贩，见两位城市人模样，便来兜售，说自己的香便宜，香都是一样的香，越往里越贵。还有一位穿长褂的走到他们前面，看着他们说："两位不是一般人。"特别盯着康思进说："面相清贵，特别是鼻子，啧啧，让我细看……"

　　康思进笑了，指着任辰说："这里有一位大行家在呢。"那人原就注意到穿中式服装的任辰，听如此说，便退身去，口称道友，转头走了。

　　在门口买了门票，入门时，一个小沙弥出来迎着，带着介绍：弥勒殿大肚弥勒未来佛，四大天王还有韦驮菩萨三种杵的说法。新修的寺庙里面,有香炉,有殿堂,有钟鼓,也有僧众。小沙弥把他们带到中间的一个柜台前,柜台里有大大小小的香。"要请香吧,这里的香都经高僧开光的……"

康思进看柜角矗着的高香,算来有几十厘米,大概要花几百上千元吧,想有钱且虔诚的任辰,自然要烧高香的。然而任辰根本没在意似的,往大雄宝殿走,康思进跟着走,走几步转身看,小沙弥已不见踪影。他们走进大雄宝殿,大雄所指释迦牟尼,大雄宝殿供奉的便是释迦牟尼佛。任辰在中间新塑的高大佛像前站了一会儿,又绕到后面,在观音像前站了一会儿,没做任何动作,出殿走去,康思进一直跟着。

两人出了寺庙,就在寒山中转悠,任辰虽然没有来过,却似乎识得路,他们走过甬道,走到后面的林间小道,转了不少时间,已是无人处,但见有石壁。一块较高的石壁上,刻有一个拱形门洞,中间是一座立着的佛像。石像看来是有年头了,略显残破,但依然宝相庄严。任辰在佛像前站立,合掌许久,仿佛忘了时间。

归元寺刚修了供烧香的殿庙,而古时的寺庙区域很大,多少年中这偏僻之地没受到什么破坏,把石像划进归元寺风景区,是以后的事了。眼下,没有游人过来,显得十分清净。

路边有一块平整的石块,像是倒下的石壁,表面光洁。任辰仿佛知道有这么个所在,他坐到石面上,双腿盘起,双手下垂,一时眼光特别清澈,带着他那习惯的神情,看着康思进。

"你没有什么要问我的吗?"

"是有,我只问你。"

任辰说的那句话中,声音突出了"我"。

康思进说那句话时,着重了"你"。

"问吧。"

"你所学佛,是否重的是佛学?"

"我,重佛学,当然也不光是佛学。"

"你所求为何?"

"我,无所求。在物质和肉体的享受上,我比一般人要多得多。在精神上,我知外求无益。"

"那你,是不是已跨入佛教门槛?"

"我，是槛内人，还是槛外人？"

任辰像是微笑一下，但又显神色凝重："你大概认为佛教中人，应该烧香拜佛。烧香为何？拜佛又为何？……其实，就在刚才我与佛像对视之时，我烧香了，点的是心香一炷；我叩拜了，五心向上。一切在于心而不在于形。"

"你是不是感觉到了无法解脱的烦恼？"

"我，作为人，一生都脱不了烦恼。烦恼的根本在于心，那一天天无意义的琐屑如尘染心，于是某一天醒悟了，视金钱如土，触女人无趣，闻荤腥腻味……"

"你会不会像弘一法师那样，突然有一天出家为僧？"

"我，不是弘一法师。虽然有过类似李叔同抛弃俗世出家为僧的念头。寻一处来去从容，苦乐随风，吃斋唱经，禅修悟心的所在寄身。只是我走了许多庙宇，包括今天的归元寺，我发现寺庙中显示的，有的比凡俗还要凡俗。身在寺庙，靠寺庙吃饭，便有变着法子来取钱财的。古代禅宗道禅在挑水担柴中，又如何体现？"

康思进还是难得听到任辰言语激愤，且还是身在佛地谈着禅悟。

任辰或许也感受到了康思进的念头，叹了一声说："现实世界的一切，正是我缘法之心示现。我心未净，又如何去苛责外在的境地，又从哪里去寻无垢的净地？"

康思进看着任辰。任辰究竟是开悟得道呢，还是走火入魔？人生于此，他这也是一种选择。要说走的是思想弯路，应该是行到高层繁杂之地才有的。但看他习惯的神秘微笑之中，含的不尽是宽容，似乎带了点鄙夷的意味。

"你也许以为我走火入魔，曾有不少熟人这么看我。就算走火入魔吧，也不是一般的凡夫所达到的境界。从因到果，往生后再投世，便不会落在贫困乡村之地了，这许多的俗世之情已然消弭，会在高境速悟。"

任辰的说法依然自信乃至自满，却添了另一层意味。

从康思进接受过的唯物论来看，以前任辰说的阴阳五行之道是客观唯心主义的话，那么现在任辰所说一切唯心的话，便是主观唯心主义了。

一阵风吹过，眼前飘落一两片古树黄叶，面对连绵的寒山山峰，听着那边殿角的风铃叮咚，伴和着隐隐的唱诵佛号声。

康思进想到了外国诗人的一句诗：起风了，只有努力活下去一条路。

6

又过了多少年。一天康思进的手机上，发现了一个陌生的号码。那个给他打来电话的人，开口便是一句：别来无恙。他知道是任辰了。任辰做生意的时候，还没有这样的现代通信工具，后来有经理手握一个砖头般厚的大哥大，但从来没发现任辰拿过。手机联系，这还是第一次，毕竟社会在进步，人总得要顺应。

任辰告诉康思进，这一次他回省城来，是为参展。任辰总把到省城称作回来，似乎省城是他的根。那是源于乡愁。但他不会谈到那个县，那个乡村。或许省城曾经是康思进与他共同的所在吧。

康思进立刻放下正写着的那篇作品。他们有多少年没见了？人生已到花甲之年了，古代称之为老人。但康思进感觉自己还显年轻，这个时代的人比古代人的寿命要长得多，古时四十多岁的男人便自称老夫了，如今康思进看四十岁的男人，还是年轻人呢。

在展馆见到任辰，发现展馆里没有商品，一间间展厅的高墙上挂着的是一张张照片。任辰告诉康思进，他这次是来参加全国摄影展。

任辰依然穿一套中式服装，衣服有点旧了，袖口有磨损之处。离开了乡村以后的任辰，对外表仪容一直很讲究的。

任辰见面就说："我看到你新近的作品，越写越有深度了。我和你一样，走上艺术之路。我们是同行。虽然你写的是小说，我搞的是摄影，但艺术是相通的。其实，文学、艺术、哲学和宗教都是相通的。到了最高层次都要具有超越的意味。所有的理到最后都无理可说，能说出来的都不是至理。还是用艺术来表现吧，一张照片展现了作者的目光、作者的心念、作者的至境。就像围棋一样，落子无语，却是手谈。好的小说作品，也不是文字表面的意思，而是文字展示的形象，又通过形象而表现的意境。"

任辰开始谈艺术，一下子便谈到艺术的层次。他依然说的是理，却显得平和。康思进觉得他通过摄影回到了实境，归元俗世。古代文人，以琴棋书画陶冶情操，沟通天地。任辰的琴、棋、书，康思进都见识过，只没见他画过画，那么他的摄影作品便是照相机镜头里的画吧。

任辰举起一根手指来，说："好的艺术都要具有形而上的意味。"

看来，任辰进艺术的圈时间不很长，每句话都离不开艺术本体。其实，艺术的社会面越来越小，也只是在艺术的那个圈子里。所谓艺术脱离了大众，大众也就冷落了艺术。说到艺术本质，真正懂艺术，并不能说清艺术。每个人对艺术的欣赏角度都不同。所以，寄于社会层面的艺术，本来所具有的影响，也就是社会层面的，不合乎艺术规律的作品，自然随着社会的变化而失去影响。文学艺术哲学宗教，是相通的，在超越中，更进一步体现世相的根本。艺术不用言语来说，用形象来显示一切呈现一切。看着眼前的任辰，康思进感觉慢慢地时间仿佛又回到了过去。上一次与任辰分别以后，康思进老会想到任辰那一段人生，那个在现实中的任辰，又像在虚空中的任辰，是他不熟悉的任辰。朋友之交有慢慢贴近的，也有慢慢疏远的。当然对康思进来说，任辰已经不在这贴近与疏远的距离中。他们的友情超乎远近之间，毕竟几十年了。那个谈着禅学的任辰显得有点遥远，而现在谈着艺术的任辰也让他觉得陌生。但是这种陌生是在熟悉之中的。康思进多少有点高兴，任辰回来了，他是真的回来了。从事创作的康思进能理解任辰所说的艺术之理。然而任辰说出来的理，还是奇特的，还带点玄空。用任辰的话来说，艺术和宗教至高相通。

康思进随任辰去看展览。这个摄影展在省城新建的展览馆举行，展览馆气派高级，接待的都是高层次的展览。康思进认识的人很多，与他握手的人都投来赞赏的眼光。康思进还从来没有过如此的待遇。没想到任辰会一下子成为艺术之才，一步跨进了艺术的殿堂。相比康思进在几十年中努力地一个字一个字写作，他这一步，似乎像跳跃一般。艺术确实是讲究境界的。任辰达到了那个思想的境界，出手自然就不一样。

任辰那张参展的摄影作品被放大了，挂在了比较醒目的位置，可见任辰虽还是摄影界的新手，但在高层次的摄影展中，他的作品能得如此关注，是不容易的。康思进很想问一问任辰是什么时候开始搞摄影的，细想起来，他到南方城市时，在任辰公寓的墙上，看到不少照片，有风景照，有人物照，有几张还是他眼熟的省城情景，当时还以为是从哪个画报上选载的。现在想来，那时候任辰已经爱好摄影，看来在这多年中，他已提升到了专业水平。艺术创作毕竟不是一时心血来潮，不能一蹴而就，不会一下子达到高境界。

任辰的摄影作品，显得很别致。一眼看去，是在边疆沙漠地带，镜头很远，而近处是条条草叶，草叶因为近，显得虚，如一点虚影的背景，透现出遥远处的真切，真切地显现着无尽的黄色沙漠，沙漠之间也许有着治沙者的踪迹。几处稀疏的植被，燃着了一条炊烟，形如大漠孤烟，偏偏炊烟之边上，天之一角，是大团大团的火烧云，如狮如豲。一个视角透视出去的远方情景，似乎都到了眼前，比眼前的景物都看得真切，看得如身临其境，看得摄人心魄。

　　再细细看，近处草叶的虚影，形成一围艺术的框架，既提示当地现实生物的稀缺可贵，又象征人生隐隐的虚幻，那远景便有了一种窥破凡俗的无尽实相。在现实的世界之上，多了一层虚拟的世界，偏偏那虚拟比真实还显真实，仿佛在红尘之外又仿佛在红尘之内。康思进毕竟是搞创作的，他能感受到。照片情景的独特之中，含着许多的意味。这意味康思进以为是自己独有的理解，因为只有他真正了解任辰，知道任辰的世界观。

　　任辰的这幅摄影作品，在网上传播得很广，似乎是因为各种评价不同，有认为它有与众不同的表现，有认为它适时抓拍到一个镜头；有认为它展现出来的是精心构画的妙思，有认为它不过是构图很乱的业余水平；还有认为它具有现代感，或者开创了后现代的摄影艺术，也有认为它不过是受了把小便池搬进艺术来的启发。

　　网上越争论，影响便越扩散，已经有人指出这是一种带有包装性质的炒作。这天康思进去看任辰时，告诉了他网上争论的种种，任辰曾说过他不上网的，他的手机只是类似移动电话的功用。康思进相信任辰的话，那么会不会另有人操盘炒作呢？

　　康思进一一说了网上的论点，并对任辰说，"你现在成摄影名家了，有企业准备出高价聘请你当专业摄影师呢。"

　　任辰的第一个应答是："拍这一张照片，我是随意所得，只是缘法，哪来精心？"

　　第二个应答是："我的摄影是艺术，怎么可能为他人御用？"

　　任辰的两个应答确实合乎任辰的观念，合在一起，又似乎是矛盾的。不过康思进却都能理解。

　　不像上一次康思进听任辰说佛学，空空如也不知得失。此次看任辰的摄影作品，听任辰谈艺术，康思进不禁联想到了自己的创作，构思往往是直线平面的，难以表现更深层处，起码缺少虚实结合的形象，便对任辰说："不管随意而得也好，还是精心立意也好，对我来说都是一种启示。"他拱了拱手，"谢谢了。"

任辰又举起一根手指来，不过他没有说话。

三人行必有我师。任辰是师友，这是康思进诚心诚意的感受。任辰在中国古代文化中沉浸，同时，他在大学学的是哲学，对西方哲学也学有所获。他上次谈佛学时提到，存在是感觉的复合。他的摄影作品也合着现代哲学的意味。

然而，摄影展最后公布的参展奖，却没有任辰的名字。得奖的几张照片，康思进并没有多少印象，只是排在前列的那张女子拍的现实生活照，康思进还记得。那几乎是从生活中照来，不加修饰。有鸡有犬，有河有房，有田地有庄稼，有孩子有老人，有窗上贴的喜字，有屋里亮的电视，还有一个电工在屋外电线杆上操作，表达为农家乐。对此作品获奖，网上另有一片喧闹，说这得奖不公，又有获奖的年轻女人的什么传言流出来，还有人贬说那照片中的生活看似平俗，却又显修饰摆拍处处做作。但在康思进记忆中，那张作品虽不在显眼之处，他却是注意到的，并认真看过。平俗中有不俗的美，合着农家的生活，有一层温暖的气息在其中。也许正合着康思进对艺术的理解吧。艺术本无定论，各人的艺术眼光与标准不一样。按任辰过去的说法，各有各的缘法吧。当时，康思进只在不起眼的位置，对这张照片驻步一视，便留有这样的感觉，看来此作品还是有着一定吸引力的。

康思进把网上对年轻女子得奖的评论转告任辰，任辰只是习惯地微笑，说了一句："要是我的作品得奖，也许网上会议论我公司董事的身份吧。"

7

又有些年了。已经到了老年时光，康思进早就退休在家，儿子已步入中年，孙子也进学校了。身体检查没大病，但多个指标或高或低，康思进不再参加社会活动，很少结识新朋友，与老朋友联系也少了。好在他还有创作计划，虽然写得少了，但年老的人有一份事情做，也是值得庆幸的。

生活总还有要烦的事，烦妻子的事，烦儿子的事，烦孙子的事。儿子成家立业，买房子、娶儿媳妇都是大事。也许买房子比儿子娶媳妇还要烦人。儿子有了儿子，孙子要养育，要上幼儿园，要上小学，也许上幼儿园、上小学比养育还要烦人。烦恼，折腾，甚至有时候是屈辱的。然而，烦着烦着，一天天过着，似乎所有人家都这么过。康思进偶尔坐在书房的椅子上，就想到了任辰说过的，人生绝大部分的时间是意识流动在琐屑的无聊中。二楼书房的窗外，生长着一棵树。方颖说那棵树长上来，遮住了房里的光线。但康思进却在观察那棵树上枝叶的色彩，看它绿了，看它黄了，看它爆出花来，看它落叶空枯。人生也不过是一轮绿黄，他已走进黄的阶段，离落叶空枯还有多久呢？

于是，便想到了任辰。任辰怎么样了？他没有子女，他没再结婚，也就没有了一个完整的家，年老了，那些临时的女人们，还有留在他身边的吗？他的几任妻子，还有与他来往的吗？算来都离他去了。他的心境从佛学中走了一遍，也许不会再有红尘的执念了，孤独一人，存世度日。最早的时候，任辰与他面对面坐在泥炭河堤的湿稻草上，给他排八字，谈阴阳五行，大概也算得不错，那么任辰算过他自己的将来吗？康思进的人生是平缓的，而任辰的人生是翻腾的。任辰看来洒脱，但也许更多的负担和压力。康思进想到任辰，想到那次在南方城市的夜晚，在迪斯科舞池的情景，旋转的灯光暗了，移动变得缓慢，一个一个切片似的剪影，任辰双手伸展，想尽量放松自己，但哈着点腰的模样，仿佛肩上正扛着多少重量。现在想来那放松的姿态，并不是自然的，而是带着一点刻意。到了人生七十，耳顺之年，任辰的最后人生还有思趣吗？还有意合吗？

时间走到 21 世纪的 20 年代了。一场疫情流行于世，一时间交往隔绝了。康思进有些年没收到外地的信件了，似乎通信邮政这一行慢慢在萎缩，那旧时立在路边的绿邮箱，康思进疑惑还有没有信件投入，每天打开邮箱的邮递员还在继续吗？固定电话也在康思进视线中消失了，手机通话是最方便的，似乎又隔开了一些见面的交流。而今，康思进有点怀念当初接到信件的情景，那时唯一用信件来联系的，也只有任辰。他用毛笔书写的信，照例是苍劲的魏碑体。开头四字：别来无恙。原先这平常的问候语，在疫情时期，是多么郑重的一句问候语。信件没有了，电话也没有了。与任辰的联系似乎完全断了。打他的手机，永远没有回应。任辰不喜欢用手机，更不用里面的交友软件。那次摄影展时，康思进曾向任辰提到要加他的微信，任辰只是笑着摇摇头。康思进拿过他的手机，发现上面没有微信的图标，于是不由分说地给他手机下载了微信APP。任辰依然带笑看着他的举动，那意思是你很熟练嘛。康思进明白，就算下载了微信，任辰也不会去用。在任辰的意念中，生命应化繁为简，简单到能静下心来艺术地看这个世界，因此，他更不可能去接触费事费神的电子软件。

　　康思进联系不上任辰。他不知道他现在生活在哪里。通过打听，有传闻在国内封控前，任辰出国了。康思进相信这样的说法。古人言，读万卷书，行万里路。任辰想自由地旅行和摄影，出国很正常。也许他正走在国外的路上，出国去的人往往会关了手机，因为国外通信费用太高。任辰是公司董事，还有南方城市中值钱的房子。他过了女人这一关后，简装吃素，对生活的要求很低了，在国外旅行费用足够。想到任辰，想到"别来无恙"四个字，在国外疫情中旅行，他真的能别来无恙吗？他背着照相机一个人行走在国外，就是他有了什么问题，又有谁来告诉，又有谁来传达？后来，偶尔遇上一个在南方城市有过接触的人，他说任辰早已从董事会退休，与公司不再联系，股份分红直接打到银行卡上。又过些时日，传来消息说任辰在国外染了疫病，听说没救过来。寒冷的国外，一个老人居住在过客不断的旅店，倒下来，服务生是几时发现的？是几时送进了医院？疫情严重的时期，医院有空床救治吗？

　　任辰走了，他在向八十行走的途中消失了。康思进坐在书房对着亮着的电脑，突然想到，所谓宿命，便如电脑游戏中的人物设置，情景按设置的规定进行，可以有一点情节的变化，游戏中人物谁能知道一切被安排了？就是有所变化，又能有多大的变化？电脑关了，一切便不存在了。康思进想到了任辰说过一个佛学的词：同体大悲。心便是电脑，一切都在心间。世间之恶就是我之恶，世间之善就是我之善。世间的痛苦就是我内心的痛苦。存在即是被感知。在乡村的时候，只感受着那个村子里的人与事，到县城便感受到一个县的人与事，到了省城感受到更宽广社会的人与事。心放大了，整个世界就在我心中。心感世界越来越紧密，同时世界越来越紧张。世界上每一天发生了多少的事？有地震，有海啸，有战争，有救援，有呼喊，有饥饿，有高楼塌陷，有空中花园……是吗？不是吗？康思进感受到了更多的东西，那么他没感受到的时候，那些东西不存在吗？

他感受过的任辰，开始是棋友，没有棋，不是手谈而是嘴谈，以后手头有棋，说对局一盘吧，究竟棋力如何？胜率如何？如今年老了，再想起来，全都模糊了。当时激烈搏杀的棋，也都无法复盘了。康思进又有点疑惑起来，他都想不起来他们在什么时间，什么地点，曾经下过棋。是在县城他原来简陋的宿舍中吗？任辰来时，都是行色匆匆，村上人进城自然有事。他们有时间坐下来好好地下一盘棋么？康思进进了省城，在省城的任辰很快就去了南方城市。其间他们有时间对局吗？这一天康思进沉入思绪中，念头无法摆脱地沾染在心中，依稀听到任辰拉的二胡曲，咿咿呀呀的，带点悠扬的哀伤。再想任辰，他从来没对那个机关单位有过抱怨，似乎任辰是不会抱怨的，或许他认为抱怨是无能的表现。他经历过几次婚姻变化，经历过许多女人。应该烦恼过，也应该欢愉过。一个女人就是一个人生，所有的酸甜苦辣都在一生中。承受过，享受了，是快乐带着甜蜜的记忆，还是痛苦牵着沉重的阴影？感知繁杂的任辰是不是存在于多重人生？

　　任辰现在在哪儿？也许他真的不存在了。康思进的心中感知到任辰，那么任辰是不是还存在着？

　　康思进虽然不想承认，但认知告诉他，他与任辰以前相聚很少，特别是后来这么多年，几乎没有什么联系。还记得好几年前，他随旅行团去日本，在富士山上的邮政所，给家中寄上一封信，那像是一种牵念，更像是一种仪式，给旅游活动留下一个痕迹。在邮政所窗口看着积雪的火山口，他曾想给任辰也发一封信，但脑海浮现出任辰那习惯微笑的神情，便作罢了。他没收到任辰从国外发来的信息，但曾有一念，任辰在非洲坦桑尼亚小镇的旅馆中，看着窗外的高高雪山，念到了康思进的名字。康思进念时也疑惑，那幅情景，是他内心所生，是他的想象，是他的幻想。他只是因为看了一本叫《乞力马扎罗的雪》的小说，所以生出这个图景吧。既生感知，那也是一种存在吗？

　　同体大悲，我心与世界同在。任辰不在了，那么他所感知的世界也就不存在了。这是按任辰所说的推理。但任辰走了，世界在康思进感知中依然存在，没有结束与消失。他还能感知到有关活着时的任辰的记忆，连同与他过去的交往和生活。如果任辰能看到这一切，会改变他的想法吗？不是客体包容着个体，而是客体便在个体之中。他坐在石上盘腿而言，仿佛合起手掌脱体而去，便是另一世的人了。

如今，小年夜便开始有提前拜年的微信祝福语。康思进也想着要给亲友与熟人发一个问候，发现微信通讯录中有不少常年不联系的人。这种名录，妻子方颖都会删掉，但是康思进都留着，包括去世的父母长辈、同学朋友。留在那里，似乎和他们的联系还在，一旦删了，他们就彻底不在了。有时候他会在那些已去世人的名字上，留意一眼，感受一下他们的人生。一条长途快到终点，也许终点还远，也许终点很近。那些人走得快了些。尘世不再联系，留着还有牵念。

春节过去两月余，快到清明，春花开了天气还寒，晴一阵又雨一阵。这一天康思进起床后，习惯性地打开手机微信，突然发现跳出一个红点，有一条新的信息，带红点的联系人名移到了微信最上面：任辰。他盯着这个名字看了半天，疑惑是真实还是虚妄。他的手指有点抖动地点开了那条信息，是影印的书法魏碑字体，已经陌生但依然熟悉的四个字：别来无恙。

151

苍姨的蜘蛛湾

残 雪

苍姨终于从蜘蛛湾那些绕来绕去的小街小巷里走出来了。"蜘蛛湾"这个地名是苍姨取的，最近苍姨对这个地方着了迷，天一黑就往里面钻，一钻进去就迷路。苍姨迷过一次路之后就发现她其实并不害怕迷路，她甚至——喜欢迷路。这不她又迷路了，她经历了险情，在黎明前从那些蜘蛛丝的缠绕中走出来了。啊，多么奇妙的夜晚！多么热烈！快到家时，桐伯迎面朝苍姨走来。

"苍姨，您去哪儿玩去了？"他笑呵呵地问。

"去城市游乐场了。真好玩啊。"苍姨回答。

"嗯，那必定是销魂的。可惜我不能去，我得帮食堂挑水。"

他挑着那一担水走远了。苍姨想起他说的"销魂"这两个字。多么贴切！她转过身去看桐伯，桐伯的身影在晨光中显得很矫健，扁担轻松地上下晃动着。

苍姨回到家，洗完澡，做了早餐吃过，就上床休息。

"苍姨！苍姨！"梦里有个人老在叫她，还扯她的脚。

她觉得那人是要约她出去，可她实在太困了。她挣扎着醒来，迷迷糊糊地走过去拉上没拉好的窗帘，又躺下继续睡。睡了一会儿，那人又来扯她的脚，还说起话来。她似乎说她是苍姨的老姐妹，也是蜘蛛湾的老居民。

"真有个蜘蛛湾？"苍姨在黑暗中大喊一声。她想让那人听见。

房里没有人回答她。她有点慌张，于是又躺下了。蜘蛛湾当然有，不过这事只有她自己明白，如要说给别人听就比较难了。还是自己享受吧。她微笑着进入了梦乡。

苍姨睡到下午才醒来。她梳洗完毕就去买菜。

"苍姨，"菜贩伍嫂一边将莴苣放进苍姨的菜篮子里一边说，"昨夜我看见您过了桥，您走得真快！过了桥可得小心啊，桥那边什么人都有——"

"伍嫂，你发现什么异常了吗？天那么黑，你怎么看得见？"

"没有没有，一切都正常。我有一双夜猫眼。"

"你，真的看见了？"苍姨盯着伍嫂问道。

"当然是真的看见了。那种地方，一闯就进去了，进去后爱怎么走就怎么走，对吧？苍姨您放心，我决不会同别人说。"

"为什么要保密？这又不是什么秘密。再说我俩说的并不是同一个地方。"

"对啊！对极了！我俩说的也许是两个地方。可这样生活就变得有意思了。"

苍姨脸上显出不悦的表情。她拿着篮子赶紧离开了伍嫂。莫非伍嫂在开她的玩笑？人心莫测啊。不过不管它，她的幸福不会因这而打折扣。

苍姨又买了一只剖好的鸭子，打算下午来炖汤。晚上要好好地吃一顿，因为又要去蜘蛛湾。一想到这事就兴奋，巴不得马上就动身。这回她一定要沉住气，不要老想着摆脱困境和纠缠，而要就地坚持、静待。说不定就会等来一些东西呢。

好久以前，苍姨所居住的这条"绿巷"中的居民里的一些人就知道了她夜间活动的秘密。苍姨就是从那时起，对居民们逐步地有了一些了解。她于是以"知情者"和"不知情者"来对人们进行划分。很快地，"知情者"变得令她感到亲切，"不知情者"则令她感到淡漠。但也有例外，比如伍嫂。伍嫂总是让她有不悦的情绪产生。这位卖菜的大嫂什么全知道，思路远比她辽阔，判断也比她精确。有时候，她的话语会让苍姨的某些活动失去意义，虽然这样的时候不是很多。当她开口之际，苍姨感到她像探照灯一样扎眼。她最喜欢的知情者是桐伯。桐伯对他的交谈者体贴入微，善于营造身临其境的氛围。他可称得上是苍姨的知音。令苍姨感到奇怪的是：她在夜间活动时从未遇见过桐伯一次，但他说起话来却仿佛他时刻在她身边。苍姨想，这种蹊跷之处必定有一天会露出答案来。前不久苍姨同伍嫂在菜市场争吵过一次，是小小的争吵。开始是伍嫂提出对她的夜间活动的预测："快乐与悲伤各一半。"她说，还煞有介事地眨眨眼。

"你不是神灵，也没到过我到过的地方。"苍姨反驳她说。

"我当然有可能到过了，所有的地方都是大同小异的。"伍嫂坚持说。

"你还是在夜里哄好你的孙女吧，这样你媳妇就高兴了。"苍姨恶意地说。

"我当然要哄好孙女，这事同夜间出游的快乐有关系呢。"

苍姨在回家的路上一直怨气未消。她想，伍嫂会不会在有意破坏她的情绪？

伍嫂当然不会有那种坏心思，她只不过是说出她的直觉罢了。所以生她的气也只不过是自己的多疑所致。苍姨这样一想就释然了。确实，为什么伍嫂就不能有自己的蜘蛛湾？她从她那个蜘蛛湾向苍姨这边看，当然有可能看到她啊。她自己夜间在游乐场钻来钻去，目不斜视，别人作为旁观者看见她也是很正常的。幸好伍嫂听了她尖刻的话并不生气。很可能，她比她站得高，也看得远。她自己才是那个陷在小圈子里出不来的人。那一次，由于伍嫂这位"知情者"的介入，苍姨对自己的夜间活动变得谨慎了。她非常希望自己能耳听八方，可惜这一点很难做到。不过虽做不到耳听八方，她的思路却比过去活跃了。比如看见远处一座黑糊糊的桥，她就会想，这是桥还是山？抑或都不是，是公园的围墙？后来月亮出来了，桥的轮廓在月光下显现出来。幸福并不完全是在桥的轮廓显现的那一刻到来，往往是在猜测时涌现。

"苍姨，穿得这么周正，又要出发了吧？"桐伯问道。

苍姨笑着点头，眼看桐伯挑着担子远去——有挑不完的水在等他去挑。

苍姨走出绿巷，拐到刘家桥下时，天就黑了。出了刘家桥就是那个长坡，远远望去，坡上的那些板车像乌龟一样爬行着。苍姨自己也在坡边的人行道上爬行，一会儿她就气喘吁吁了。她看不见拖板车的人，只听见他们在喘气。哈，身旁这一位请她帮忙推板车，因为实在是拖不上坡了。为什么不？帮他一把吧，毕竟这比她走路慢多了，她可以慢慢使劲。

她下了人行道，弯下腰，将双手搭在车后的货物上。她的手刚一搭上货物，板车就轻松地启动了。苍姨听见小伙子在念叨着："苍姨，苍姨……"她想，这个人是怎么知道她叫苍姨的？板车加速了，苍姨没来得及使劲它就跑了起来。于是苍姨也跟着跑。这是怎么回事呢？很快他们就上了坡，那青年停下来歇气了。

"小鬼，你认识我？"苍姨问他。

"蜘蛛湾的苍姨，谁会不认识？"他说。他的牙齿闪闪发光。

"可我从来没见过你啊。"

"只不过是您没注意我罢了。在黑地里，您用不着注意我们。"

苍姨离开他走了好远，心里的喜悦还没有消失。她转过身朝下面望去，看见长坡上的板车都在飞跑了，真是壮观啊。"苍姨，苍姨……"那些车夫似乎都在一边喘气一边唤她。"哎——哎——哎！"她挥着手一一回答他们。当她这样退步走的时候，有一道围墙抵住了她。"啊，这应该是公园。"她说。

围墙内并不是公园，从一扇门进去，就看见灯光和广场。广场上空空的。苍姨想去广场，可总是走不到。她迈步的地方是黑暗的，灯光和广场似乎就在眼前。

"苍姨啊。"先前拉车的小伙子在暗处说道。

"我要去广场，那里有我昔日的记忆。"苍姨大声说。

"您已经在广场了。闻一闻这雨后的水泥地面的气味吧。"

苍姨用力吸了一口气，说："对，这就是广场。我觉得我走不出这个圈套了。你怎么看？"

"多么迷人的氛围！您是问我关于货运的事吗？我一直觉得，货运是追求幸福的操练啊。就像您，夜夜都在蜘蛛湾，一轮又一轮地操练……"

小伙子的声音渐渐远去了。苍姨仍在用力吸气。她想，这就是"销魂"吗？

当广场的灯光暗下去时，更远的处所有一些东西发光了。它们是一排一排的，悬在低空，有点像石头的形状。难道是她听说过的"永生石"？有一条土路通向它们，苍姨就站在这条弯弯曲曲的土路上。她对自己说："我已经五十八岁了，还是这么贪玩。只要一看到好玩的事，就将其他的事全抛到脑后了。"

"有很多东西，看起来可以直通它们，实际上得掉转头反向寻找。"

在黑地里对她说话的居然是桐伯。但苍姨看不见桐伯。她尝试着掉转身往回走。现在到处都是黑蒙蒙的了，她只能没有把握地一步一步向前迈去。

"嗯，好！这就上路了。"桐伯又说。苍姨听见桐伯走远了。其实她倒愿意他留在身边。

她又走了一段黑路，为什么还没有看到永生石呢？土路上并不是完全寂静的，有人在路边说话。说话的人还不少，好像路的两旁都有。苍姨想，这个蜘蛛湾，唯一缺少的就是真正的孤独。总是有人有事发生，这不正是她所向往的吗？瞧，又有人伸出腿来拦她了。她很谨慎，不会轻易被绊倒。

"您对我寄予了什么样的希望，请问？"苍姨小声问道。

"我希望你去死！"那人气急败坏地诅咒她。

苍姨想，这句话是什么意思？然而说话的那人似乎隐没了，没有回答她的询问。

又来了一个人。这个人的声音听上去不太年轻了，他老追着她问："苍姨，苍姨，您在哪里？"

"我在蜘蛛湾！"苍姨尽量清晰地回答说。

可是她觉得那人听不见她的回答，因为他还在问同一个问题。苍姨为了摆脱他，又转过身反向行走。她小心地注意脚下，害怕被绊倒。

"她是多么灵活矫健啊！"有一个人叹道。他不是问问题的那个人。

苍姨觉得这个人很会说话，甚至带给她前进的动力。可这里面有没有阴谋？她停下来，用一只脚向四处扫了一圈，没有扫到障碍。路边有个含糊的声音有点像桐伯，仔细一听又并不是。她倒希望桐伯出现。

她并没有拐弯，就进到窄窄的小巷里了。这才是真正的蜘蛛湾。先前那些长坡啦，广场啦，还有土路啦，都只是蜘蛛湾的外围。一进到窄窄的小巷里，苍姨的心就静下来了。这里有光线微弱的街灯，蘑菇一般的小矮屋，还有白天里不容易见到的梧桐树。那些小矮屋的窗户总是黑黑的，从来没打开过。苍姨想，屋里是有人的，不过不能同她见面。

小巷一般来说不长，一会儿就走到头了。所谓走到头，就是说转入了另一条方向不同的小巷。这另一条巷子格局不同，灯光更弱，她简直是摸黑行走。她又走到了尽头，转入了第三条小巷。好久以前她就发现了，这些小巷的共同点就是寂静和狭窄。一旦进入就只能乖乖地顺路往前走，想要在它们里面找出白天的那种异常乐趣是不可能的。巷子里所有的事物都显得单调、刻板而又意义不明。然而就是这种意义不明挑逗着她的神经，让她跃跃欲试地想要肇事。比如这盏街灯，光线很弱，还带着红棕色，为什么要不停地眨眼？它是努力要熄灭，还是顽强地挣扎着不肯熄灭呢？苍姨飞起一脚向那灯杆踢去，街灯立刻就熄灭了。而且不光它熄灭了，这条小巷的所有街灯全熄灭了。苍姨站在漆黑之中。半空里响起一个狂人的笑声，苍姨全身起了鸡皮疙瘩。但那人也只是短短地笑了几声，小巷里又恢复了寂静。苍姨缓慢地迈步，伸出两手向前探索。她竭力回忆刚才这件事，想从中分析出某种喻义。当然这是不可能的，因为一切线索都还在游动之中。她只能继续行动，用她的行动来推动事物成形。

　　走了一段时间，她感觉到自己在不由自主地转弯——她进入了又一条巷子。这条巷子里的街灯更亮一些，灯杆非常粗，质地竟然像是铸铁的。她是不可能用脚动摇它们的。每一盏灯都在阴险地按自己的节奏眨眼。苍姨凝视着它们，眼前出现了橘园。她将自己的脸贴在一个灯杆上时，橘子花的香味就更浓了。灯杆的质地不再像铸铁，而是有点像人的肌肤了。"你好，你好……"苍姨小声对它说。"不是梧桐树，而是合欢树。"灯杆里面响起一个人的声音。苍姨看着小巷里的合欢树，心里升起一股满足感。可是现在她得回家了，天马上要亮，天一亮——

　　她来到了街口，这是真正的街口，而不是通往另一条小巷的转弯处。大马路上的街灯一下就灭了，白昼的光线占领了整个城市。苍姨回头一看，小巷不见了，仅仅在她的右边还有一棵孤零零的合欢树。

　　苍姨睡到下午才起来。她一边穿衣一边记起了昨夜的那些事。似乎发生过的事都是模模糊糊的，时间的区分也不清晰。一共有多少条小巷？每条小巷有些什么样的格局？这些事当时是清楚的，现在却混成了一团乱麻。关于昨晚游戏的开始她也有几种印象：一种是，她是从在长坡推板车开始进入蜘蛛湾的；另一种是，她是从脚踢一根灯杆认出蜘蛛湾街区的；还有一种是，她没有真正进入蜘蛛湾，她是从此刻开始才进入它的，她喝完这杯茶就会在那条小巷里追赶那只肥鹅了。

　　苍姨从菜市场回家时看见桐伯已开始了下午的工作。

　　他放下那担水，亲切地对苍姨说："心想事成了吗，苍姨？"

　　"我不太能分辨。桐伯觉得我像个能成事的样子吗？"

"像，很像。"桐伯肯定地点头，又加了一句，"我体验过了。"

她又一次转过身观察他担水的样子，她想桐伯必定知道她在看他。哪里有桐伯，哪里就是蜘蛛湾。她的脚步变得有定准了。

饭刚刚煮好，苍姨就听见雨点打在窗户上的响声了。苍姨很喜欢江南的小雨。她想象着独自举着一把伞在蜘蛛湾错综复杂的窄巷里行走的老妇人，那画面令她动心。雨点是最好的陪伴者，它们总能回答她心中那些琐碎的问题，并以它们的笃定给她带来勇气。"嗒嗒，嗒；嗒嗒，嗒嗒……"苍姨听得入了迷。

有人敲门了。居然是伍嫂。苍姨对她的怨气已经消了。

"我来，是想告诉您，桥那边的扶手缺了一块，是暴风雨弄的。"

苍姨请伍嫂坐下喝茶，可是伍嫂得回家去哄她的孙女了。

"我俩今夜还会相见。"她边出门边说。

苍姨一边吃饭一边想，在她住的这一带，伍嫂算是最惦记她的人了。可是苍姨不太喜欢她的惦记，没来由地认为她总有恶意。这是为什么呢？想来想去，这还是因为她对自己所做的事不够有把握吧。常常，她感到自己的夜间活动鬼鬼祟祟，意义不明。这种时候，她往往希望没人注意到自己。当然，像桐伯那种贴心人又另当别论。刚才伍嫂说她夜里还要到她所在的地方来，就好像她时时刻刻都知道她在什么地方一样。她应该是真的知道吧。好，不去想她了。

苍姨收拾好厨房，又洗了个澡，吹干了头发。她朝窗外一看，雨已经停了。真好，空气真新鲜。可是她还是得带一把伞，这个季节，雨说下就下的。她已经不记得上一次她在蜘蛛湾时，发生过一些什么事了。忘记了就忘记了吧，应该每一次都重新开始。也许伍嫂同她一样，是从这种角度去考虑问题的，所以她才会说"我俩今夜还会相见"这种话嘛。看来伍嫂能说出自己的意思，而自己在这方面远比不上她。莫非她是因为心中隐隐地嫉妒才排斥伍嫂？不管什么时候，当一件事还没开始做时，苍姨是不能总结出什么看法的。她的思路一点也不能超前，即使是已经做了某件事，她常常也要隔一段时间才能想出那件事的意义来。那么，既然她是这种性情，就顺着性子去做吧。即使真碰见了伍嫂，也不是一件坏事嘛，干吗小题大作。想到这里，苍姨感到很好玩，就笑了起来。外面有只狗听到她的笑声，就汪汪乱叫。莫非那只狗也是从蜘蛛湾出来的？"她不会亲自来，但你一定会遇见她，今夜一共遇见两次。"她心里有个声音说。苍姨轻松起来，她兴致勃勃地走进外面的黑夜。她从家中出来的最后印象是一个人影弯着腰从她面前经过，手里提着一盏橙色的灯笼。她问那人是不是桐伯，那人回答说怎么会是桐伯，他是刘家桥下的老七嘛。苍姨不知道老七是谁，就不理他了。可是她还是忍不住在心里嘀咕：他的口气是多么理直气壮啊，这正是蜘蛛湾的风度嘛。

朦胧中看见一条马路，她觉得这应该是郊区的马路，因为路的两旁没有房屋。

马路上有不少人，都在吵吵闹闹的。似乎这些人分成了两派，情绪都很激动。苍姨夹在这些人当中，情绪也没来由地变得激动了。她旁边一位中年男子推了她一下，质问她为什么大晴天还带着雨伞。苍姨回答说她从家里出来那会儿还在下雨呢。那人就粗鲁地笑起来，打了一个不雅的比喻，大意是说她"杞人忧天"。苍姨有点生气，就避开了那人。然而她这一避就踩着了一个人的脚，那人坐在地上大哭起来，说"疼得不想活了"。苍姨只好蹲下来安慰她。

"您是谁？为什么不知道这里的规则？"她问。她的声音听起来很年轻。

"我的确不知道这里的规则。"苍姨诚恳地说。

"现在去了解也没什么用了。您，您好自为之吧。"她抽抽搭搭地说。

她显然不愿苍姨待在旁边。

苍姨猛力往人少的地方一蹿，用双手抱着头跑了一会儿。当她停下来时，天就下雨了。她撑开伞时心里有点高兴，自言自语地说："杞人忧天还是很有必要嘛。"现在她又走到刘家桥下来了，这里是蜘蛛湾的外围。也就是说，刚才她所在的乡村马路也是蜘蛛湾。她又记起刚才那女孩的声音很熟，她应该是她那条街的百货店的店员梨子。为什么梨子没有认出自己？梨子心中的规则是什么规则？还有，她心中的蜘蛛湾肯定不叫蜘蛛湾，而是另外的名字吧。她刚想到这里就听见梨子说话了。现在她俩一块走在人行道上，远处有一盏街灯。

"奶奶，刚才我没认出您，因为您没有打伞啊。现在下雨了，我俩都打伞了，所以就心心相印了，对吧？"她讨好地说。

苍姨十分感动，觉得这姑娘很可爱。

"梨子的脚还疼不疼？"她关切地问。

"一点都不疼了。幸亏奶奶踩了我一脚，我才有了与您同行的机会。"

苍姨抬头看刘家桥时吓了一跳，因为那座桥已变得非常巨大了，要穿过它还得花不少时间呢。桥下一阵乱风刮起来，将梨子的伞吹到了半空，梨子用两只手死死地抓住伞把，随着伞飞。

"奶奶，您可要好自为之啊！"她的声音传到苍姨耳中。

苍姨看见她越飞越高，内心不由得激动起来。原来雨伞还有这个用途啊。可是她也有伞，为什么没有飞到半空？看来梨子才是属于夜晚游乐场的，她自己还只是个业余爱好者。她往上跳了两跳，她的雨伞丝毫没有要飞起来的迹象。

苍姨终于走出了刘家桥，进入了蜘蛛湾。这些小小的窄巷，苍姨每次进入，心里就为之一振，就仿佛回到了演习的场地似的。至于演习的项目是什么，那倒是无关紧要的。比如在此刻的这条巷子里，她的步子不能忽左忽右，而是要在想象中基本上成一直线，尽管这小巷里墨墨黑黑也得如此。这是她的经验告诉她的。从前有一回，她看见右边一团光，就往右边走，结果脑袋被撞出一条血口子，晕了过去。后来她又知道了，只要努力走成直线，或想象中的直线，甚至道路情况的变化对她也不会有影响，即她总能找到好玩的事，去到她想去的地方。可以说她从未失败过。难怪桐伯说她总能心想事成。

这条小巷并不熟悉，可以说，苍姨到过的所有小巷她都不熟悉。也许有的到过好几次了，但每一次都是陌生的。这种陌生感其实让她放心：她不喜欢走老路。桐伯也为她的这个习性夸过她，他说不走老路的人总是有福气。苍姨问自己："我究竟算不算有福气？"一旦开始判断这种事，她的注意力就分散了。这时她感到有人在她腰的一侧推了一把，似乎将她推到了正确的路上。"走直线，走直线。"她嘀咕道。陌生的氛围又出现了，她听到小动物在谁家屋顶上跑过，有人在暗处拍手。她心里咯噔一下，神经反而松弛下来了。虽然她愿意天上有一弯明月，可她也喜爱眼下的黑暗。黑地里可以什么都不看，大胆地迈步啊。她到蜘蛛湾来，不就是为了这吗？那个人，是为她这老太婆拍手呢。因为这里只有她一个人，没有别人闯进来啊。

雨又下起来了，苍姨撑起伞。忽然，她感到她的雨伞在上浮。她立刻用两只手抓紧了伞把。哈哈,浮上去了!瞧,她已在屋顶之上了。现在她眼前不再是黑糊糊的一片,而是出现了清晰的轮廓。这些轮廓就在她下面,她不知道它们是什么,但的确有趣。有些轮廓一动不动,有些却像被风吹得在动。她的身体已变得这么轻,像一团丝绸一样,所以她挂在伞把上毫不费力。天上并没有光,她却可以辨认事物了,这种通透的体验让苍姨激动不已。雨伞带着她缓缓地移动,她参观着下面那些新奇的、说不出名字的轮廓,一遍又一遍地在心里同它们打招呼。后来,当她感到自己在下降时,有一个巨兽般的轮廓占据了地面。她的伞从容不迫地朝这个大东西的中心飘过去,一会儿她就稳稳地落地了。

她站在街口了,一切都没有什么异样。她听见梨子在问她。

"奶奶,在篷篷街那里,将您推上天空的大婶是谁?您认识她吗?"

"篷篷街?当时没人推我啊,我自己飞起来了。"苍姨不解地看着梨子。

"我想起来了,她是菜市场里的菜贩。她那么卖力地推您,我以为她是您的亲戚。"

"对,她相当于我妹妹。"苍姨大声说,"她不仅仅是菜贩,她还同梨子一样有特异功能。她总是助人为乐。我叫她伍嫂。"

苍姨收好雨伞,阳光洒在她和梨子的身上,两人都感到心里暖烘烘的。

"奶奶,哎呀,幸亏——"梨子说。

"幸亏什么,梨子?"

"幸亏您踩了我的脚啊。原来我还以为您不属于这个萝卜屯呢。"

"萝卜屯?"

"就是我和您飞过的这些地方啊。"

"这个名字真好。"

"我也是听人说的,不过我忘了是听谁说的了。"

梨子在人行道上蹦蹦跳跳,她说她太激动了,现在还不想回家。她要同男朋友一块儿去萝卜屯,将她昨夜飞过的地方指给他看。

苍姨赞赏地看着她的背影,在心里不住地说:"后生可畏,后生可畏啊……"

迎面走来了伍嫂，她睡眼蒙眬。

"我今天不出摊，夜里我一直在干活。"伍嫂说。

"多谢伍嫂对我的帮助！"苍姨说。

"咦？您不生我的气了？我是指昨天白天的事。"她有点意外。

"伍嫂一直在帮我——白天和夜里，我对你只有感激。"

伍嫂听苍姨这样一说，脸上就笑开了花。她一点睡意都没有了。

"苍姨，您还有什么需要我做的吗？"

"暂时没有。我已经知道了你是我的保护神。"

伍嫂脸红了，连连摆手，说："哪里哪里，我不算什么的……"

苍姨入睡前老是听见她的雨伞发出响声。似乎是，这把黑布伞仍在激动。它大概在回忆它在半空的游戏。但苍姨自己却不太记得她在半空时的情形了。那种体验是有点异样的，但并不异样到离谱的程度。她可以将它归结为一种娱乐。那么，对于梨子和伍嫂，还有桐伯来说，这又是什么样的娱乐？苍姨不清楚。哈，一想到每天都可以有这种娱乐，苍姨就像吃了定心丸一样，什么都不怕了。她感到她自己和她周围这几个熟人都是有福气的人。他们相互之间并没有直接约定什么，忽然就——对了，忽然就有了这么深的默契。好多年过去了，岁月突然就给了她和他们这种说不清的馈赠。现在她同这三个人的关系比家人更亲密了，想一想都感到惬意啊。苍姨脑海中出现淡蓝色的水泡，一个接一个……

桐伯穿着深蓝色的丝绸褂子，悠闲地朝苍姨家这边走来。

"我今天休息一天。正准备去刘家桥买中药，治我的风湿腿。"他对她说。

"桐伯，你对道具一事如何看？冷不防某样东西就成了道具，这是怎么回事？"

"让我想想——嗯，这应该是一种规律吧。表面看起来是冷不防，不是刻意为之，但事情的发展总是有脉络的。那是一种更深的需要，没人能从一开始就完全知道的……"

当桐伯走远了时，苍姨还在想他说的话。"多做，少想。"她对自己说。

尽管天仍然下着毛毛雨，苍姨晚间出去却没带伞。她在头上戴了一只轻便斗笠。她觉得，雨伞已经做过一次道具了，就不能再做第二次了。她现在戴斗笠，并不是为了做道具，只是为了遮雨。桐伯真了不起，一下就领悟了她提出的问题。或许昨夜他一直在她的附近？因为毛毛雨，到处都是一片阴暗，尽管是熟悉的地方也看不见路。苍姨放弃了辨认，信步乱走。她两次一脚踏空，走到人行道下面去了。"管他呢，反正又没有车辆。"她嘀咕道。她还是采用老办法，大致按设想中的直线走。因为是毛毛雨，斗笠很管用，她也走得轻松。她隐隐约约地看得见天。走着走着，她的宽边斗笠就撞到了墙上。于是她知道已经进入了蜘蛛湾。有人推着她转了个身，莫非又是伍嫂？

"在这种窄巷里，出路在你的一条腿上，也可能在你的一根手指头上。"这句话出现在她脑海中。她兴奋起来，开始集中注意力。她明显地感到，她正在顺着一个斜坡往下走。那斜坡比较陡，她收不住脚步。她忽然一下意识到，她该做的不是收住脚步，而是稳住身体，保持直线行走。

前方有点点火光，可以看到有烟，那里像一个巨大的洼地，给人以鬼魅出入的印象。苍姨正在向那地方冲去，她已没法走回头路了，她的速度在加快。就在这时，她撞了一个人，那人直挺挺地倒下了。苍姨自己也停了下来。她听见他说："我可不是她，她取代不了我。"

苍姨蹲下身，问他伤着了哪里。

"我没伤。将您那该死的斗笠取下来吧，它一直挡着我的视线。"

苍姨取下斗笠，惶恐地站在那里。

"将斗笠扔掉。"那人又说。

"这还是一只新斗笠，轻型的……"

她不情愿地将斗笠扔在一旁。

"踩着我的身体往前。"他又命令。

苍姨迟疑了一下，那人便愤怒地破口大骂。于是她踩着那人的胸膛过去了。她感到那人的心脏在她的脚下有力地跳了一下，这让她惊恐不已。

她跑了起来，现在她是跑在平坦的路上了。多么舒畅！她听见那人在她背后喊道："那是累赘还是什么别的，请问——"

她心里一惊：难道他在说我的斗笠？

现在那些亮点就在她周围不远，一闪一闪的，却原来并不是火光，是人身上某个发光的部位，因为她看到了人影。苍姨快步走到离她最近的一个人身边，这个人坐在一个露天野井的边上，用一柄长勺舀水。他身上发光的部分在额头上，一闪一闪的，让他的脸显得很英俊。他舀了水又倒回井里，重复这个动作。他抬起头来招呼苍姨，说道："您的发光的部位在左眼，我的发光的部位在前额。"

"可是我的左眼并不发光啊。"苍姨说。

"您自己看不到，我看到了。原先我也不知道我的前额发光，别人告诉我了。"

"原来是这样。这些光真美。我们蜘蛛湾不错，只是太昏暗了。"

那人听她这样说就笑起来，说这种昏暗的氛围是天赐良机。

"您瞧，"他又说，"这位走过去的邻居的发光部位在肩头，她的姿态多么美！还有您，苍姨，您具有世界上最美的表情。"苍姨感到自己脸红了，幸亏四周这么黑。她心里升起了一股激情。

"我将斗笠扔了，幸亏没下雨……"她听见自己胡乱说了一句话。

"您还有一种英雄的气概。"

"可我这样的老太婆——"

"这里没有老人。您以为我是什么年纪？"

"四十岁吧。我是你母亲那一辈的。"

"我已经七十五岁。"

"这太奇怪了，瞧这些闪闪发光的人们……"她想问这人是怎么会认识自己的。

苍姨的话还没说完，那人额头上的光就熄灭了，他的身体也随之消失了。苍姨不甘心，伸手往他坐的处所扫了几下。苍姨心里想，原来这些人身上的光只能欣赏不能就近去辨别，它们是人体内的某些东西的杰作。比如伍嫂，比如梨子和桐伯，他们的身体的某个部位一定有这种功能，就像她自己一样。可是在白天却没有人会发光。一想到自己的左眼能发光，还可以让自己的面部表情变美，苍姨就不由得激动起来。刚才这位七十五岁的老汉这么美，她自己也像他一样美吗？多么不可思议！她看向远方，看见这片洼地里那些星星点点的光正在移动着，好像是聚拢，又好像是散开。她觉得这些人的活动含着某种寓意。后来她慢慢地又看出了这种活动有一个中心点，是一团圆形的大光，那些人正朝这团大光聚拢。苍姨也往那大光走去，她已将自己看作这群人当中的一员了。不知为什么，她的动作似乎比别人快,她一会儿就穿过人群到达了大光的附近。她听见那些人都在"啧啧"地称赞她动作敏捷。其中有一位男子甚至称她为"姑娘"。

圆形的大光是正在熊熊燃烧的一团火。有一名小男孩将手伸进火里去摸什么东西,却并没有被烧伤,也没见别人阻止他。"这里面像绸缎一样。"男孩对苍姨说。

苍姨鼓起勇气也将一只手伸进火中。她摸到了火光里面的物体,她的手慢慢地沿那物体移动着,辨别着。过了一会儿,她恍然大悟:这不就是她先前戴在头上的斗笠吗?她早将它忘了,现在它却成了此地这种活动的中心点。苍姨既诚惶诚恐,又感到幸运。她当然不能将这斗笠拿走,这么多的人趋向于它,它已经不属于她自己了。苍姨身旁有很多人发出赞叹,她觉得那是对她本人的赞叹。为了什么呢?她看不见这些人,只能听到他们发出的含糊的声音。她想将她占据的位置让给这些好心人,可是大家都在簇拥着她,用动作鼓励她停留在这个位置。这时苍姨一抬头,看到了远处蜂拥而来的小光。人们从四面八方向她站立的这个中心赶来了。苍姨对自己说:"这不是我的斗笠,我不过是偶然接受了它,它是被传送到了我的手中。可是这多么迷人啊。"

这团大光终于渐渐地熄灭了,苍姨看见了斗笠的暗红色的骨骼。苍姨伸手去摸,那骨骼就迸发出火星。苍姨感到自己的手痒痒的,好像要长出很多嫩叶来。"她是多么——"

苍姨听见一个人在说。

"你们大家是多么——"苍姨接着那个人说。

她的话音刚一落,四周就变得静悄悄的。她用手向周围扫了一圈,一个人都没触到。与此同时,斗笠也摸不到了。它原来所在的地方有一只凶猛的大鹅。那只鹅在苍姨脚上用力啄了一下,啄得她很痛。

苍姨想,斗笠消失在人群中了。它本来就属于这些人啊。

先前伸手去火里面摸的那个男孩又出现了,苍姨闻了闻就知道是他。

"奶奶,您觉得那像不像绸缎?"他问她。

"像,很像!你喜欢吗?"

"喜欢。我天天晚上到这边来,就是想摸一摸它。有时我摸到了,不过不是每一次。"

男孩凑到苍姨面前说,明天夜里斗笠还会出现的,他明天还要来这里。苍姨问他住在哪里，他说就住在这里，同她一样。

"您一定知道这里是哪里。"他又说。

"好像知道，但不那么确定。我称这块地方为蜘蛛湾。"

"这就是蜘蛛湾嘛，还能是什么别的地方！"男孩笑起来。

苍姨心里涌出一股暖流，她问男孩愿不愿意同她一块儿走出这地方。

"不能。"男孩忧郁地说，"我不能离家太远。这里这么黑，我走出去会迷路。"

苍姨问他是住在右边的那一排矮屋里吗，他说是的。他还说苍姨是住在洼地边缘的小山底下，他见过她从那里出来。

"我们都知道这里是哪里。"他用下结论的口气说。

男孩说完就掉头跑掉了。

现在周围什么也没有了。似乎这是一块荒凉的空地。

苍姨决定回家。她往右边那一排矮屋走去。路很平，很好走，苍姨按往常的习惯尽量走成一条直线。可是她走的到底是不是直线呢？不清楚。走着走着，那排模模糊糊的矮屋竟然消失了。现在周围再没有参照物了。苍姨心里既高兴又有点担忧。现在是不是可以不走直线了？她试着斜跨出左脚，但有看不见的手推了她一下，似乎是在将她扶正。那么，还是得走直线。她踩到一小堆很滑的东西，拐了一下，那只手又将她扶正了。她叹道，真是无微不至啊。

"回家吗？我同您一块儿走！"一个男声不容分说地冲她说话。

"刚才是您在扶我吗？"

"不是我，是您自己。我在旁边看得很清楚。"

苍姨有点不好意思，又有点不高兴——这个看不见的人破坏了她的好心情。

明明是有一只手在扶自己，让自己走成直线，为什么他要说那只手是她的？唉，不去想它了吧。马上要到街灯下了，一到街灯下——

苍姨站住不动了，因为第一盏街灯下面站着的是伍嫂！

"这个人非要同我一块儿走，像我的保镖一样。"她向伍嫂抱怨说。

"谁？"伍嫂吃惊地问，举起了手中的大蒲扇说，"让我来把他赶走！"

伍嫂用蒲扇空扑了几下，拍拍苍姨的肩笑着说："什么都没有嘛。苍姨越来越敏感了，让我们佩服！"

伍嫂搂着苍姨走在她们那条街上。苍姨问伍嫂夜里出去了没有,伍嫂回答:"整夜都同您在一块儿嘛,我还能去哪里?"

她的话让苍姨感到特别惬意。她们在合欢树下分手,各回各的家。

苍姨的家里变样了,每间屋子都变得很昏暗。她连忙拉开所有的窗帘。忙乱了一阵,屋里并没变得敞亮起来。她仔细倾听了一下,外面既没下雨也没有打雷。怎么回事?

"奶奶家里什么都有。"屋角响起熟悉的声音。

是他,将手伸到火里的小男孩。

"你怎么这么快就到了我家里?你有飞毛腿吗?"苍姨高兴地向他发问。

"我不用腿走路。当我想'去奶奶家里'时,我就在奶奶家里了。"

"真了不起啊。我应该送给你一样什么东西呢?"

"我已经看好了,就要奶奶的通火钩。我拿走可以吗?您再去买一个吧。"

"好,你拿走吧。我问你,这里这么黑,你是怎么看见通火钩的?"

"我不用眼睛看,我用手摸。我已经将这屋里的东西全摸了一遍。"

苍姨抚摸着男孩圆圆的头,口里念叨着:"真可爱,真可爱……"

她还没说完,男孩的身影就消失了。可是那根通火钩却遗落在地板上。她的脚踢到了它,她怀着温情想,夜里外出时一定要带上这个东西。

啊,客厅已经变得敞亮了,接下来每个房间都敞亮了。苍姨想起来忘了问小男孩的名字了。他是谁家的孩子?他说他住在蜘蛛湾,可他说的那处地方并没有房屋啊。他应该就住在她家这一带,苍姨想。

傍晚时分,桐伯同苍姨相遇。两人站在杂货店说话。

"苍姨啊,我听说您成了游戏场的中心了。我早料到您有这份能耐。"

"并不是我本人成了中心,是我的斗笠。"

"那也一样,那也一样!"桐伯笑眯眯地说。

"怎么会一样?差别太大了,我完全是无心的嘛。"

"世上没完全无心的事。我要是您就好了——多么了不起!心想事成的人。"

"桐伯,我倒愿意你是你自己。实际上,你无处不在。我在那下面的洼地里能随时感到你。一旦感到你在身旁，我就对自己有信心了。"

"真的吗？我有那么好吗？"桐伯脸上笑开了花。

"当然是真的。你是我的福星。"

桐伯张了张嘴，激动得说不出话来。苍姨猜出来他竭力想说的是三个字："今夜见。"多么热心的邻居！苍姨打算夜间游戏时在中途停下来，同看不见的桐伯说话。桐伯、伍嫂还有梨子，这些好邻居，难道不是他们建起了夜间游乐场吗？总有一天，她会从蜘蛛湾的人们当中认出她的每一位邻居来的。

桐伯买了蚊香就回家了，他家在街的西头，苍姨家在东头。苍姨看着桐伯一瘸一拐地行走的背影，记起来他患有关节炎。可是他多么乐观啊。

苍姨在夜里出发前背了一个背包。因为气象预报说夜里要变天，她在背包里放了一条毛巾，还放了一些止痛膏药。膏药是打算赠送给桐伯的。她想，这一回，当桐伯和她说话时，即使见不到他的身影，她也要送膏药给他。说不定他会因此现身？她设想桐伯在小巷里突然现身的滑稽场面，就嘻嘻地笑了起来。临走前苍姨又将通火钩洗干净，放到包里头。通火钩的钩子从包里伸出来，苍姨对它说："你会成为道具吗？"

外面刮冷风了，是降温的前兆，但苍姨一点也不感到畏缩，她包里的东西让她的整个背部都暖烘烘的。她心里在说："又是一个美好的夜晚！"

这天午夜有点异样，苍姨出发不久，就发现前面不远有个人影。那人看上去是男性，不过不是桐伯。他不慌不忙地在苍姨平时所走的那条路上行走，那条路通往刘家桥。一个念头出现在苍姨脑海中：他会不会是她去世的丈夫阿非？从背后看去不太像阿非，但她又总觉得有什么地方像他。她加快了脚步，那人也加快了脚步。苍姨对这种快速行走并不适应，于是开始喘气了。她同他在渐渐拉开距离。苍姨于绝望中喊道："阿非！阿非！你等等我……"

那人竟然停下了。当然，他不是阿非。但他是谁？苍姨对他有了兴趣。

他转过身来了，是一张陌生的脸——虽然苍姨看不清。

"我们已经过了刘家桥。"他说。

苍姨心里想，他竟然说"我们"，真怪异。她礼貌地向他点点头。

"我们还要走一段路。"他又说。

苍姨觉得这人似乎在掩着嘴笑。她再打量周围的朦胧景物时，发现它们全成了很陌生的。她鼓起勇气问他："您贵姓？为什么您认为我一定会同您走？"

"因为我们目标一致嘛。"他笑出声来，"我已经观察您好久了。"

"原来是这样。那么，您是属于蜘蛛湾地区的吗？"

"这还用问，我当然属于您的蜘蛛湾！我今夜要去那里挖坑种点东西。"

"种东西？您有收获的预期吗？"

"没有。但别人一定会来收它们的。"

"这样的话，我也想同您一道去种东西。我背包里有一些膏药，还有一把小小的通火钩，我能将它们种在地里吗？"

"当然能。"他肯定地说，"您想得多么周到啊。您是一位高尚的女士。"

苍姨的心一下子就敞亮了。现在她走起路来像脚下生风似的。

他们俩很快就进入了一片更黑的地带，苍姨猜想这里是一片荒地，因为她的脚给了她这种感觉。那人用锄头挖下第一锄时，苍姨吃了一惊。他是从哪里弄来了锄头的？他一直空着手走路，现在忽然就有了锄头！

他让苍姨将膏药放进他挖出的坑里。苍姨说她看不见坑在哪里。

"没关系，扔在这里吧，它们自己会找到这个坑。"

苍姨将止痛膏药从包里取出扔在了地上。不知为什么，她觉得有一双手接住了它们，然后将它们拿走了。"真不可思议。"她喃喃地说。然后她又取出通火钩。这回是真的有人一把抢走了通火钩，那人还发出了笑声。不一会儿他就跑远了。难道是小男孩？

"当然是小男孩贵。"面前这个人说，"至于膏药嘛，也去了它们该去的地方。您听！"

苍姨听到有人在地下发出惬意的哼哼声。

"这下面是桐伯的家，我一锄头就挖到了他家里。他正在贴膏药。您从家中出来那会儿他就在盼着这些膏药了。"

"很久以前，我以为蜘蛛湾是我一个人的。"苍姨感叹道。

"刚开始都这样，每个人开始时都这样想。这并不妨碍——难道您不是一直都知道邻居们在您身边吗？蜘蛛湾是一个人还是几个人的，有什么关系呢?"

"您哪,简直是一位先知。您能告诉我您姓什么吗?"

"我的姓说不出来。既然您是一位女士,您将我设想成一位男士吧。"

"好,我称你为黑夜骑士吧。"

"您愿意尝试挖掘吗?"

苍姨高兴地从他手里接过锄头。那锄头出奇地轻,苍姨举起它向下挖去,心里盼望着挖进桐伯的家。但是怪事发生了,她的锄头挖不到地上,也挖不到任何实物,每一锄都挖在空虚中。好像她并不是在挖,而只是做出挖的样子。苍姨烦躁起来。

"为什么我的锄头接触不到地?"她问那人。

"您已经挖进去了。要有信念嘛。听,桐伯在为您鼓掌,他说'加油!'。"

苍姨确实听到了从地下传来的掌声,还有桐伯为她发出的鼓励。她的血冲到了头上,握着锄头的手也开始发抖了。她更加卖力地举起了锄头,以此来应和桐伯。现在她不再关心自己手里的锄头挖到什么东西上头了,她只关心下面的桐伯的反应。

"啊,桐伯!"她含泪叹道。

她挖了好一会儿,身上都出汗了才停下来。她听到桐伯在地下劝她休息。

她将轻巧的锄头交还给那人。那人对她说道:"您真是很不一般啊,我是说您的能量。您小的时候栽过向日葵吧?"

"栽过的。"

"我也预料到是这样。了不起,真了不起。"

"谢谢您给我今夜带来的快乐。我现在要回家了。"

苍姨满怀喜悦地走到她家所在的那条街。一进街就看见桐伯在挑水。

"苍姨,您是我的福音!"桐伯说着放下担子来同她握手。

"桐伯好些了吗?"

"好多了!我觉得我快要完全好了。在那个绝望之乡,您给我送来了最好的礼物!"

"您真的觉得游乐场是绝望之乡吗?"

"我真是这么认为的。可您在那里……起先什么都没有,后来就什么都有了。"

"我也曾这样想过。起先我每一锄都挖进了虚空里，后来我就听到了您的掌声。那个人启发了我，他不是一般的人。"

"当然不一般，他是住在这附近的花农。他使用锄头有经验。"

苍姨在家里吃完了早餐还在回想夜里遇见的那位花农的一举一动。可是她的回忆很模糊，而且在黑暗中她也没法看清他的模样。他真是一位花农的话，在此地已住了几十年的自己怎么从来没见过？桐伯是不会撒谎的，一定是真有这么一个人。也许他在白天是隐身的，这周围并没有花圃。当然桐伯所说的"花农"是另外一种意思，苍姨一贯觉得桐伯高深莫测。苍姨越想越觉得自己在蜘蛛湾的收获大，一环套着一环，越来越有趣味了。她发出了轻笑。当她发出轻笑时，对面的墙壁里就响起了一个声音："您哪，您哪……"那声音有点像花农的，但是不是他？不，应该不是。老实说，她连他的声音也记不起了。才过了多久啊。只有当时她同他相处时的愉悦还荡漾在心中。这个是她的邻居却又并不是她的邻居的人，今后还会出现在她的夜间活动中吗？如果出现了，她会一眼认出他吗？她不知道他的模样，会以什么特征认出他？想想看，一位从未见过面的花农，教她用锄头随便在空气中挖了几下，就让她心想事成了。这对她来说可不是一般的运气啊。桐伯早就认识那位花农吗？桐伯会不会认为她昨夜的表现不够好？突然一个念头从心里冒出来：莫非桐伯就是花农？

苍姨躺下好久了还在想这个问题。她仔细回忆夜间同花农在一起时的情形，当时他对她的诱导，还有他说话的声音。她在心里肯定，的确有两个人在那黑咕隆咚的野地里对她说过话，一位是地下的桐伯，一位就是地上的花农。有没有可能地下的桐伯并不存在，而地上的花农本人就是桐伯，是他在模仿一种从地下冒出来的声音？但花农同她说话的声音并不像桐伯的声音啊。会不会是桐伯装扮成花农，用一种不同于平时的声音在同她说话？苍姨被自己的设想绕来绕去，好久没能入睡。她还记起了通火钩，担心它并未真正落到男孩贵的手中。她深深地感到，蜘蛛湾的游戏虽然令她迷醉，但这种游戏应该是不会很快结束的，时间长了，她的体力还能不能胜任？对于这一点，她既感到欣慰又隐隐地有点惶惑。她入睡之际，就听到男孩贵在窗前的阴影里反复地、一声接一声地唤她。她挣扎着想回答，却没能成功。

快天亮时，有人在她窗户下面大声说话。好像是一些年轻人。

"我敢打赌,今夜她一定还会来!"

"你赌什么?"

"我赌……我赌……"

苍姨没听清那人要赌什么,她摸黑穿好衣服,然后去窗前往下看。那下面黑洞洞的。

那么,她自己需不需要同自己打赌?她觉得不需要。

激动人心的新的一天又开始了。苍姨的每一天都是从傍晚开始的。傍晚是多么美好啊。苍姨兴冲冲地给自己做好可口的晚餐,然后坐下来慢慢享用。窗外的天空呈现出玫瑰色。按以往的经验,玫瑰色的天空预示了夜间活动的激烈和冒险。苍姨一边吃一边隐隐地激动着。有人敲门,是梨子。

"吃过了吗?"

"吃过了。奶奶,我来借一样东西。"梨子有点腼腆地说。

"好啊,梨子。你要借什么东西?"

"借您的灯笼。我看见您用过它。在一片黑地里,有个人提着灯笼绕来绕去的,那种形象特别美。当时我一下子就被吸引住了。"

"真是个好孩子,我这就给你去拿。"

苍姨赶快吃完,就去大柜里将那盏灯笼拿出来了。灯笼有点旧,但却是用上等的丝绸做的,显出昔日富丽堂皇的风采。

梨子发出惊叹,口里千谢万谢,拿着灯笼出去了。

苍姨脑海中出现的不是梨子,而是她自己拿着灯笼在黑地里转悠的形象。

她收拾好厨房,回到客厅里喝茶。她端着茶杯站在窗前时,就看到了排成一队的年轻人从街上走过。他们在说话,他们显得情绪热烈。这是在黎明前打赌的那些人吗?

"我要赌你们每个人的美梦!"苍姨向这些年轻人喊道。

年轻的人们全都停住了脚步,将脸转向她的窗口。

苍姨不好意思了,连忙离开窗口。

她犹豫着,不能决定要不要带伞。她想:"也许有人会来保护我不被大雨淋湿吧。"然而这个问题缠绕着她,让她感到脑海里面雾蒙蒙的。

忽然，她猛的一下站起来动身出门了。这回她什么都没带。

刚刚入夜，街上还有不少人在行走，有熟人也有生人，他们都自动地、沉默地给她让路，好像不愿离她太近似的。为什么呢？莫非她身上有什么记号？她还没来得及弄清原因，就已经到了刘家桥。这会儿刘家桥下冷冷清清，一个人影都没有。这是很反常的。然而黑暗减轻了，似乎有来历不明的光源。苍姨看见了自己那稀薄的影子。她是在进入蜘蛛湾的那一刻看见自己的影子的。她记起以前在蜘蛛湾，她从来就没有影子。因为那些时候周围太黑，什么都看不清，更别说影子了。现在她走几步又回一下头，发现影子始终没离开她。她觉得蜘蛛湾今夜有了巨大的改变。是因为这，邻居们才要同她疏远吗？苍姨笑了笑，觉得自己太多心了。邻居们也许是没注意到她所以才没有招呼她，同影子会有什么关系呢？现在她已经进入蜘蛛湾了，这里却并不像往常那么黑，这对她来说应该会有一些新的体验吧。多么温暖舒适的夜晚啊。她振奋起精神，集中注意力来辨认出现在面前的五条小巷。她在心里惊叹道："真是个蜘蛛湾啊。"

"是的，是一个蜘蛛湾，但并非乱糟糟的一团！"她又大声说道。

她的声音发出回响，好像她是站在一间空房里一样。她很吃惊。

她看见其中一条巷子扭动了一下，黑溜溜的一条延伸到了她的脚下。这时其他的四条巷子就消失了。巷子的两边有芭蕉树，苍姨在小路当中走。她情绪高昂，可是听见有个人在叹气。那人好像在芭蕉树后面，又好像始终在陪伴她行走。

"在蜘蛛湾这种地方，会有什么烦心事呢？"她终于忍不住说了出来。

芭蕉叶骚响了一阵，一位年轻人走了出来。他剪着平头。

"苍姨您好。我知道您会来，一直在这里等。我的小名叫黑山羊。"

"你有什么烦心事？"

"我想跳崖，可又找不到断崖，为这事日夜烦恼。他们都说只有您熟悉那地方。"

苍姨响亮地发出笑声——这是什么样的信赖啊。她让青年跟在她后面走，不断地回头对他说话，以转移他的注意力。

他们走出了这条小巷，又进入了另一条小巷。这条小巷要宽敞些，路旁生长着高大的白蜡树，树形在夜间的微光中看上去美极了。苍姨回过头来对黑山羊说道："请注意脚下。"

"脚下的路不是很平坦吗？"黑山羊不解地问道。

"那是因为你没有发力啊。你瞧这静谧的夜，你一点都不想发力吗？"

"我想，想极了。啊，苍姨，这就是那里，我看到了！我看到了……"

黑山羊蹿到她的前面，飞快地奔跑起来。他成了一团火焰，越跑越快，最后就看不到了。苍姨情不自禁地用手蒙住了脸，呻吟般地说道："啊，断崖。"

苍姨记起了儿时的那些梦境。那时她一次又一次地爬上树梢，然后是树枝断裂，她坠落下来。这种游戏曾令她上瘾。她不止一次想过，如果坠落下来之后并不是终点，而是另一个梦境呢？不，那种事从未发生过，将来也不会发生。她为此感恩。人应该拥有美好的梦境，以享受这人间的乐趣。她又想，是因为她抱着这种信念，桐伯、伍嫂还有梨子等邻居才能随时进入蜘蛛湾来的吧。蜘蛛湾并不是真正的梦境，却比真正的梦境更有意思，从一开始，当她在黑暗里撞上了合欢树的树干，坐在地上呻吟时，她就发现了这一点。这个地方有种网状物，柔软地罩着她，为的是让她时刻保持警觉。她这样想。

有声音在她旁边响起，是另一个人，苍姨看不见这个人。

"我们是一队人马，从您窗前经过。现在，我们都飞越过去了。谢谢苍姨。"那人说。

"怎么样——感觉好极了吧？"苍姨喊道。

"美极了！美极了！美……"一些年轻的声音在巷口那里响起，像大合唱。

苍姨自言自语道："真是热血沸腾啊。"她爱这些青年。

忽然，黑山羊又在白蜡树下面出现了。

"怎么样？达到预期了吗？"苍姨问他。

"比预期更好。苍姨，我想问问您，是否我今后就不用别人带领了？"

"当然，当然。这是你自己的本领，不是别人教给你的。"

"我明白了，到处都是断崖。"

他跳得那么高，居然翻过了围墙，进入了公园。

苍姨的心在胸膛里怦怦直跳，就好像是她自己演示了这种技艺一样。

她发现那一队年轻人没有走远，他们一直在围绕着这附近活动。一想到蜘蛛湾在夜间焕发的青春活力，苍姨心里就感到无比欣慰。她在心里呼唤道："黑山羊，我想同你一块儿跳墙！"刚才她不是已经跳过了吗？黑山羊替她跳的。

她没有带伞，夜里也没有雨。应该不是巧合吧。

这种不太黑的夜晚，还是很久以前遇到过一次。那时她还没有现在这么老。当时她在窄巷里发现了小鹿，小鹿掉头就跑，她跟在后面追。就是那一次，她在窄小的石板路上掌握了跳崖的技艺。回想起来那过程真是不可思议。现在唯一能记住的印象就是，当她腾越之际，上面的天穹闪闪发光。如果有人问她下面的断崖是什么样子，她是答不上来的。是不是根本就没有断崖呢？当然不是，断崖是有的，那种惊心动魄的体验不会从虚构中来。现在，既然年轻人的肇事冲动已经有了，断崖就及时地出现了。

苍姨在小巷里信步前行，心情开朗。她知道芭蕉丛里藏着随时准备出击的年轻人，她对他们很放心。她边走边在脑海里设计自己未来最后一次跳崖的情景，越想越兴奋。她似乎听得到青年们在随着芭蕉叶的摆动，用簌簌的响声应和着她。那么，会有最后一次吗？还是每一次都是"最后一次"前面的那一次？听，在围墙的后面，黑山羊正在操练，背景是地底传出的少女们的呢喃声。多年以前，苍姨见过那些少女，那是月亮向蜘蛛湾偶尔洒下银辉的一瞬间，她们的情影像昙花一现，很快就隐没到了地下。

她发现自己回到了刘家桥。桥下站着一个人。

"我是见证人，苍姨能容忍我吗？"那人笑吟吟地说。

"当然。我也有这种需要。我想，您是从外乡来的，您一定见过——我想说的是，您什么全见过了，对吗？"

"对。您只要见到我，就全都记起来了。"

"多么美妙。我现在明白了，原来是这样。"

两人握手，苍姨握到的是树枝。她想："他真是不同凡响。他一动不动地站在桥下，这么多年过去了，我才第一次见到他。我有见证人，我真幸福。他是我的幸福的源头。"

她穿过了大桥。这时她回头一看，见证人还在那里。往事在她身体里汹涌不息。

有人握住了她的手，是伍嫂。伍嫂粗糙的手掌很温暖。

"我们又出来了，哈，我们随时都可以做的。还会有好多年好日子啊。您今天想吃点什么？我下午给您送去。"她对苍姨说。

"我想吃冷水鱼。"苍姨高兴地说。

"真巧,我正好进了这种鱼!蔬菜呢?来点荠菜吧。"

"好!就是荠菜。伍嫂真贴心啊。"

苍姨问伍嫂看见桥底下的见证人没有。伍嫂说看见了,还说他是她的本家。

"我们完成了一些小小的工作,还有了见证人。"伍嫂说道。

分手时两人的心里都暖洋洋的。苍姨临近家门时看见了黑山羊的身影,小伙子正从一栋楼的屋顶上飞越过去,显得勇猛又沉着。

苍姨在少女们的呢喃声中瞌睡沉沉,因为这浓郁的幸福感,她有点不想马上入睡。她在入梦时想到的一句话是:"那人站在那里,因为他站在那里,所有我想要的都再也不会消失了,它们只会转换。"她的睡眠无比安宁。

苍姨下午醒来,站在窗前,便看见了黑山羊在外面向她招手。先前那一队青年也在那里。

"苍姨,苍姨——"他们齐声喊道。"哎,哎——祝你们好运!"苍姨一边挥手一边大声说。

这一天,苍姨夜间没有出行,因为她打算在白天里寻找一下蜘蛛湾。

一大早,她就精神抖擞地出发了。一路上,去上班的人们都热情地同她招手。很快她就走到了刘家桥。刘家桥上人来人往,桥底下也是。她刚走到桥的附近,就被一群青年男女簇拥着了。他们拥着她往前走,大家热烈地交谈。苍姨听见他们说话,但一种嗡嗡的响声穿插在谈话声中,所以她听不清谈话的内容。苍姨也变得兴奋了,她突然提高了嗓门说:

"我想同你们一块儿跳墙!"

周围的谈话声突然停顿下来。沉默了几秒钟后,所有的人都看见了墙。

他们已经过了桥,从上面过的,墙在远方,是红墙,像浮在半空。

"有苍姨在,我们怕什么呢?"一个声音在人群中响起。

他们所走的这条路没有通向红墙,却拐了个弯,通向了一条大马路。

现在所有的人都欢呼起来了,他们看见了不远处的露天工场。这是一个巨大的手工作坊,用油布围住,里面搭着棚子。有制陶器的,有染布的、有制乐器的、做皮鞋的、编鸟笼和菜篮的，还有做香料、做首饰的，等等等等，让人看得眼花缭乱。这群年轻人一哄而散，都不见了，可能是加入作坊的工作中去了。苍姨想，为什么她以前从未在城里见到这个露天作坊？这地方离刘家桥不远，难道是刚刚建立起来的？她记起她以前做过编织工，就用目光在这些作坊之间扫来扫去。

哈，还真有绒线编织作坊！墙上这些小娃娃的衣服和帽子，太可爱了。人们的技艺在怎样地突飞猛进！作坊里的大嫂们见苍姨进来了，都站起来。

"您是来寻找道具的吗？"一位年长的大嫂问苍姨。

"不光找道具，我也是来重温旧梦的。"

大家都拍起手来，苍姨也很高兴。年长的大嫂送给苍姨一大包彩色绒线，叮嘱她："这些线啊，您想织什么就可以用它们织出什么！"

苍姨同她们告别时迟疑地发问道："请问，这里是不是蜘蛛湾？"

"当然是，怎么可能不是！"大家齐声回答。

从编织作坊出来，苍姨来到了露天工场的外面。

桐伯从大街的人行道上走过来。今天他休息，穿着宽袖的布衫。

"谢谢苍姨啊，我的风湿病全都好了。"他笑盈盈地说。

"您手里的这包绒线是宝贝，里面藏着一个宇宙。"他又说，"您的更大的好运来了。"

苍姨回到了家中，洗了脸，坐下来休息。她注意到这包绒线仍在发出细微的嗡嗡的响声。在街上走，当她将耳朵贴在它们上面时，她就听到了这种嗡嗡声。她将这一个大包小心地收进了柜里，自言自语道："真是一个无边无际的宇宙啊。"

她感到白天的这一趟巡视收获特别大，于是满怀喜悦地开始做饭。

九重葛

邵 丽

1

她是个闲不下来的人。她不停地擦拭房间里的物件，每一件东西都纤尘不染。她不停地拖地，木地板已经有了明显的深浅不一的凸凹。她一遍遍地重新摆放柜子里外的器具，那些器具本身已经排列整齐，如同久经训练的列兵一样。清洗床单和每天换下来的衣服。她一个人的家，衣服洗了又洗，床单至少得用够一个礼拜吧。每天分配给清洗洁具的时间更长，这是一项比较复杂的系统工程，频繁地更换一次性手套，使用三种工具：擦洗坐垫的一次性消毒湿巾，彻底清洗马桶内侧的洁厕灵和软毛刷，擦洗马桶外侧的一次性小毛巾。

她一个人的家，这些能令她身体处于活动姿态的活儿实在少得可怜。

还能干些什么呢？

干完这些事情，她换掉工作时的全套衣服，扔进专用的小洗衣机里，打开淋浴器清洗自己，然后换上干净的衣服。

她不睡懒觉，六点半准点起床。早餐很简单，牛奶加速溶麦片，一个鸡蛋，一片加热的面包片蘸蜂蜜。

差不多上午八点钟的样子，她便做完了所有要做的工作。

余下的一天要干什么呢？

不知道从哪天起，她开始不喜欢看电视。她觉得电视开着像是和许多人共处一室，一点隐私都没有，那些人那些事儿，会让她心烦意乱。她会随意翻看一本书，但只能看三四页。现在的书往往字号太小，她不允许眼睛太吃力。她闭上眼睛呼唤小度:"小度小度,放一首《蓝色天际》。"小度说:"好的主人,现在为您播放班得瑞的《蓝色天际》。"音乐响起,她有片刻的松弛,像踩着沙滩慢慢沉浸到海水里,边听边在屋子里走来走去。音乐声慢慢淡下去,她像从潮水里抽离出来,焦虑开始袭扰她。

她的一天很难熬!

她的一年很难熬!

她今年才五十二岁,做了一辈子小公务员。两年前她以心脏早搏的理由申请病退,获准。她不知道自己还能活多少年。如果是秋天,如果是阴天下雨的日子,她愈加发愁,余生该如何度过?她恨不得吃一种药,睡上一觉,十年、二十年就过去了——但未必是死,未必是自杀。即使对再也醒不过来她也毫无畏惧——她真的试过两次。第一次一次性吃了十片艾司唑仑片,除了有点困意,其他基本没什么反应。她给自己加了十粒,一次性二十粒,虽然睡过去了,但不到两个小时就醒了过来,再也没有一点困意。后来她看手机新闻里说,一个想自杀的人,吃了一百片舒乐安定,睡了两觉,起来没有任何事,事后还特意给药厂写了感谢信。后来她想,一个人要真的想睡过去,至少得吃一千粒。那一段时间她像得了强迫症似的四处求人,真的弄到了十瓶。她看宝似的看着那些贴着蓝色商标的小白瓶子,不知道自己究竟要干什么。

我只想睡过去,可并不想自杀啊!

她是独生女,父母都是解放战争时期的干部。母亲四十多岁才生了她,父亲比母亲更老。等到她也四十多岁的时候,父母已经先后不在了。他们都是年龄大了,无疾而终。

慢慢地,她成了个孤儿。尽管她受过完备的大学教育,喜欢读文史哲书籍,却丝毫不影响她成为一个孤儿——虽然从法律上讲她已经超龄,但她执意这么认为,同时也觉得这个想法并不违法。

父母是老死的,虽然她伤心了好一阵子,但是她接受。她只是常常心神不宁,不知从哪一天开始,她不能让自己闲下来,闲下来就会变得很沮丧,心情受潮似的湿哒哒的。每天早晨起床情绪就很低落。她穿着旧而宽大的袍子,站在二十五楼的窗前往地下张望。远远近近的道路上,车流涌动,争先恐后,像一群蚂蚁。这样的情景周而复始。她觉得生命毫无意义。

每天她至少要洗两次澡。晚上清洗干净自己，坐在干爽而舒适的床上，冥想一会儿。其实除了忧愁本身，她并没有什么值得忧愁的事情。活着也还好。既然活着还好，她又因此而恐惧：人会不会睡着了就再也不会醒来？毕竟，她还是有些事情在心里搁着。

她是这个城市的原住民。父母给她留下的，加上她自己的，共有四套房产，都是在最好的地段。在一座特大城市里，每个月收到的租赁费就是个大数额。卡上每个月增长的数额令她不开心，多金于她而言也是个不小的压力。

病退前，她总觉得身体不适。查来查去，身体真的没什么器质性病变。后来来得多了，医生还是给她开了一种药，她看了说明书：主治抑郁症，治疗伴有或不伴有广场恐惧症的惊恐障碍。她有点生气，我好好的一个人，怎么会有抑郁症？医生好言相劝，说如果没有这种病，吃了并不会有什么副作用。她出于好奇，实在忍不住取出一粒药片，把它分成两半，然后再把其中的半片分成两半。医生让我吃一片，我吃四分之一片，也可能会有传说中飘飘欲仙的吸毒的感觉？她吃了四分之一片，然后索性又吃了另外四分之一片。她看着剩下的半片在她眼里慢慢模糊，困意快速袭来。那天晚上她睡得很安稳，真的安稳。早上醒来她没再起来看楼下的蚂蚁，而是坐在床上哭了。我？患抑郁症了？

但她拒绝继续服用那种药物，她认定自己没病。

也就是三两年的工夫，她懒得再去逛商场；偶尔去一次也只是胡乱地看看，她什么都不买。那些很正式或者适合聚会时的正装、礼服，她完全没有兴趣。

她没有场合。

她吃得不多，口味淡到可以白灼青菜不放盐。她的食物链也仅仅满足活着的最低需要。

如果不是疫情管控，她每天都会在附近的紫金山公园走走路。一位女大夫告诉她，你身体很好，瞧你苗条而匀称的身形，说明你的身体没有什么器质性问题，加强锻炼会更好呢。她喜欢听这话，也喜欢放大它。我就说嘛，我没什么病！她相信这个女大夫的话，强迫自己喜欢公园和太阳。太阳光里，她的心真的就明朗起来。太阳补足了她的钙，太阳会把她照射出一身微汗。她想着这种温暖和照耀，心里就有了一点快乐了。她张开双臂站在太阳光里，觉得自己就是一株禾苗，一棵占地不大的树。

疫情管控之前她家里来过一个男人，他们是在公园里认识的。男人不知道是怎么知道她的住址的，这让她很恼火。他捧着一盆开得正盛的九重葛，郑重得有点不合时宜地说道："我自己培育的，已经长了三年零五十七天了。你看，牌子上写的有幼苗的日期。"然后又补充道，"它特别好养，很泼皮。"这是一株木本植物，树干有人的大拇指粗，巨大的树冠把那人的上半个身子和头脸都遮住了，他在树的缝隙里和她说话。那么老大的一个盆子，得有二十多斤吧？他一直抱在胸前，像抱着圣物。她终于不忍心地说："你放地上吧！就搁在门口那儿。"

他说："早晨收拾园子，看它开得正好，想着送来给你做个伴儿。红红绿绿的，养眼。"他支叉着手，神情试图说服她，我该给你搬进屋子里找个地方安置好。

她看懂了他的心思，说："不，就放门口边上。我说不准会花粉过敏。"

僵持了老大一会儿，气氛非常尴尬。她就那么堵在门口。他抱着花，手上沾满了泥土，头上的热气把几缕头发都汗湿了。后来他坚持不住了，终于把花靠着门口的墙边放下。她看了看他，犹豫了一下说："你别动，我拿水给你。"

她提出一大桶"农夫山泉"，她平时做饭用的水。另一只手拿了肥皂。她指了一个地方，就给他在步梯口冲手。水顺着楼梯缓缓地跨着台阶，弯弯曲曲地不知道要流到几楼去了。她前后让他打了三次肥皂，嘴里不停地说着："手心、手背、手指间……"一桶水终于洗完了，她说，"你别动。"

她反身回屋子里拿出一条半干的毛巾递给他，让他浑身上下都抽打一遍。一切似乎可以结束了。可他眼睛看着那盆娇艳的花，并没有要离开的意思。她几乎是被逼无奈地取来一双鞋套，给人开了半扇门。人是进来了，她却堵在玄关处，拿一桶消毒喷雾，把他上下喷了个遍。然后指着卫生间说："你去洗手吧。"

那人宽厚地笑了，再去洗手间用肥皂仔细洗了手。他出来，发现沙发上特意铺了一块干净的罩布。他知道那是他的特定位置，便轻手轻脚地走过去，乖乖地坐下了。她端了一杯白开水给他。他又笑了，说："这杯子……不是一次性的，可以用吗？"

她说:"没关系,你用完我会消毒。"

那天那个男人在女人家里坐了十来分钟,喝了一杯水,几乎没怎么说话。他自己着急走是因为内急,女人的卫生间他是不敢奢望使用的。

过了几天,女人突然打电话给他。他们互留电话号码已经差不多半年了,一次都没用过。女人在电话里说:"若是方便,可否再劳烦你一次,把花给我搬到客厅窗下的台子上?"

他记起,她家的客厅是落地窗,窗台很宽。设计师说不定就是留着给人养花用的。

2

女人姓万,单名一个水字。她父亲姓万,母亲姓水。她叫万水。她小时候躺在妈妈的怀里撒娇:"你和爸爸走过千山万水。我要是有个哥哥就好了,可以叫万山。"

不过是一句娇昵的话,可母亲的神色却立刻黯淡了。吓得她从此再不敢浑说。

万水每天上午都准点在公园散步。她练过芭蕾,学过游泳,对文学多有喜爱,自认为年轻时还算个文青。即使现在她也气质出众。她头发剪得很短,身材偏瘦,脊背挺得倍儿直,走路像风一样快。很多初识她的人都忍不住会问:"你当过兵吧?"她咧嘴笑了,笑起来模样还是很耐看的。她说:"我爸妈都是军人出身,我也是在大院里长大的。他们打小就对我军事化管理呢。"

"大院"这个词儿,有一股神秘的横劲儿,可于她而言,不过是外强中干。其实没人知道她要用多大的毅力才能在这里快速走动。她恐惧着,焦虑着,不能停下来,停下来仿佛会死。她不怕死,可又不想死。这让她很纠结。可这种纠结同样又让她觉得自己有问题:不怕死又不想死,不正是军人的特质吗?不怕死才能勇敢地上战场,不想死才能凯旋。你纠结什么呢?

她在散步的时间点常常会遇见一个和她岁数差不多的男人。男人的衣着基本上算是体面的,中等偏上的个头,微胖。和她不一样,他总是悠闲地踱着步子,不是八字步,他走路的模样倒像是个学者。万水从他身边走过，目不斜视，从不看他一眼。有一天她发现男人的速度也快起来，在距她五步左右远的地方跟着，她走了三圈都没甩掉他。到了第四圈，她回头挑衅地看着他，目光凶狠地问道："你想干什么？"她看看天上的太阳，差不多十点半钟。这个时间，是一天中最安全的时段。

男人冲她一笑，是那种善良温厚的笑。他说："你调动了我的积极性。跟着你的步子走，人会变得很起劲。"

她很久没看见这么纯粹温厚的笑容了。她还看到他干净的手和修剪整齐的指甲。嗯，还行。她在心里暗暗说。虽然这个"还行"不知道是指男人还是他的跟随，反正她居然默许了。打那天开始，他们就变成了两个人一起走。没人会关注到他们，别人也许会想，不过是一对平常的夫妻。

大概一个多月后，她突然缺席了。男人算着，快半个月了呢。

她终于出现的时候，好像大病初愈般的虚弱让男人吓了一跳。她面孔显得虚白，走路的速度显然有些慢了。走了一会儿，她出汗了。她冲他不自然地笑了一下，寻了个向阳的椅子坐下来。男人又走了一圈才过来。两个人坐在同一张长椅上，中间隔了很远的距离。她主动说："病了，急性阑尾炎。小手术，还是挺竭力的。"

这是他们第一次正常说话。男人说："我就说是病了，否则你这样严谨的作风，不会无端缺席的。"看她不说话，然后又道，"人不服老不行。身边一定多留几个人的电话，否则遇着什么事求救都困难。"

他的语气带着诚恳的关心，一点虚头巴脑的东西都没有，仿佛这一阵子他是挂牵她的。万水心里有一点感动。她说："你呢，怎么也总是一个人？"她是个不习惯打听别人隐私的人，从不。问了有些后悔，脸上现出愧色。

男人反问道："你呢？"

万水说："我是个独身主义者。"她不知为什么隐瞒了之前的婚史。她曾经结过婚，勉强过了两年。头一年也还好，第二年他生病了，胃食管反流。这种病怎么说呢，说不严重也不算严重，不影响上班，也不影响社交；说严重也算严重，睡觉都得在身下垫一个三四十度的支架，半躺半坐着睡。每天晚上想抚慰他一下都得爬到他那斜坡上去。细心照顾他一年多，不但没有好转，反而更加严重。床前百日无孝子，夫妻也不行，何况她是一个超级洁癖者。这一年多下来，什么情啊爱啊性啊，磨得比纸片都薄。后来丈夫被姐姐邀请去美国治疗，他们也都想松口气，很快他就过去了。他适应那边的环境，医疗也很有成效，一来二去就移民了。丈夫也诚心邀请她一起过去。那时她的父母都还健在，她拒绝了。

再过一年，丈夫提出离婚，说这样长期分居对两个人都不公平。她反而松了一口气，像卸下了一副盔甲，感受到异乎寻常的自在。她买了一个四寸的小蛋糕，点上蜡烛，悄悄庆贺了一下。一别两宽，各自安好。从此她再不肯走进婚姻了，她喜欢一个人过日子，任何时候去看爸爸妈妈都不用顾忌其他人的感受了。爸爸妈妈一如既往，像疼惜一个小娃娃一样爱她。她在他们身边的幸福横无际涯，不需要揣测彼此的心思，不需要顾忌彼此情绪的好坏。父母全心全意地陪伴着她，一直到他们一个个撒手人寰。

她变成了一个纯粹的自我，越来越自由，也越来越自闭。上班的时候还好，每天能说上几句话，全是工作上的事情。后来退了休，便几乎与世隔绝了。她没有男朋友，女朋友也没有。

男人说："独自习惯了，一个人挺好。自在。"男人又说："我老伴走了。"他迟疑了一下还是说了出来，"是那种不好的病。两个儿子都在美国，念书念得年份长了，就入了籍。我去住过一段时间，原本是要长期住在儿子们身边的。可他们都忙得聊个天的工夫都没有，一个星期陪我吃顿饭就不错了。我每天一个人闲逛，逛着逛着就又逛回来了。还是国内舒服，亲戚朋友都在。"

"你会做饭吗？"

"我儿子给我请了个阿姨，一天做两顿饭。"

万水发现，她不太抵触这个男人。

两个人说了一阵子话，到了饭点，就各自散了。等再见了，就觉得自在了许多。走路却依然是一前一后，几乎不说话。一个走累了，老地方坐下来。另一个也坐下来。一切都是自然而然。有一次，男人介绍自己说："我是个搞林业的，大小也算个专家，刚退休。单位返聘，我儿子不让。可总这样闲着也不是个事儿，正琢磨着找块地自己种点啥。"

对于这么庞大的话题，万水没有准备，或许是没有如此大的精力讨论，便随口说道："我是个耗日子的人。"

男人说："我家的阿姨今天休息，中午我可以请你吃饭吗？"

万水怔了一下，随即羞红了脸，她说："我从不在外面吃饭，我——"

男人说："我明白了，你爱干净。"他没用洁癖这个词儿，觉得这样不尊重人。然后他掏出手机找出自己的二维码，站起来远远地伸向她："都认识这么久了，我们加个微信吧。"

她也立即拿出手机，朝他笑了一下。男人明白，她是想弥补她的歉意。

男人加了她的微信，说："你的名字叫万水，可真好听。你的朋友圈怎么什么都没有？"

万水说："你叫张佑安。你妈一定只你这么一个儿子，要诸神护佑你平安。"

张佑安笑道："如她所愿。"

"哎，你的朋友圈简直就是个植物园。"

那阵子万水的心情好了许多，手术后的身体也在慢慢恢复。本来嘛，阑尾炎微创就是个小手术。晚上她躺在床上，会翻一翻张佑安的朋友圈，了解一点花草的知识，木本植物和草本植物的养护方法等。但他们彼此没有联系过。

张佑安有好一阵子不上公园来了，也没和万水打个招呼。万水自然是不会问的。她在他的朋友圈看到，他在黄河滩上租了几十亩地，还建了一座小木屋。有一张照片是他赤着脚在泥土里栽种什么。想必这就是他踅摸的一块地了。

那时候麦子刚刚收完。后来又下了一场千年不遇的暴雨，这个干旱的北方城市竟然淹死了不少人。地上都是大水袭击过后留下的创伤，她觉得遍地都是细菌。万水的心情突然又低落下来，她不再出去走路，一个人关在屋子里也要不停地洗手。再后来，疫情复起，城市静默，楼下的街道空空荡荡，她再也看不到成群结队的"蚂蚁"。不过，并不是因为这个，屋子外的一切和她似乎都没有关系，即使不静默她也不到任何地方去。她只在夜深人静的时候出去倒一次垃圾。她干任何事情都是静悄悄的，邻居们以为她来去无踪。她的家是一座空屋。

后来她连朋友圈也不看了。窗台上的那盆九重葛懒于浇水，竟然越开越盛，艳得让人心惊肉跳。那花团锦簇的热闹繁华，仿佛是她的一团幽梦，被悬置在一个肉眼可见的世界。

原来姹紫嫣红开遍,似这般,奈何天……她索性关了屋子里所有的灯,在灯火璀璨的夜色里,分不清什么是什么。

3

万水每天只等夜深人静,已经听不到一点声音的时候才悄然打开房门。她戴着一个黑白格的洗澡用的塑料浴帽、N95口罩,裙子外面套了紫色的雨衣,脚上也是绿色的半长筒胶鞋。垃圾袋套了三层,她唯恐在电梯里留下垃圾的味道。其实电梯里是充满异味的,尽管排气扇一直在吹。所以,倒垃圾对她是一种巨大的挑战。她不想被人发现,只是轻轻的一声门响,楼梯间的感应灯就亮了。她看见了一个奇迹,原来放那盆九重葛的地方,并排放着两个墨绿色的方形塑料盘子,一盘是清水养的韭黄,另一盘是泥土养的芫荽。一黄一绿,在静夜的灯光照耀下煞是好看。黄色的像小鹅苗的毛,绿色的像海底史前植物。她看了再看,竟然一片残叶都没有,旺生生地鲜嫩着。

她丢完垃圾回来,那两盘东西仍然还在原地待着。她弯下腰又去看,第一次不嫌弃地嗅了嗅韭黄和芫荽的清香。恋恋不舍地关上了房门。她重新洗了手脚,躺到床上,准备关机睡觉时却发现有一条未看的微信消息。她吓了一跳,她的手机从来不曾接到过微信。她颤抖着打开,原来是张佑安两个小时之前发来的:"万水女士您好,这是我种植的两盘盆栽,没有使用化肥和农药。知道你忌讳外面的细菌,特意清洁后,委托小区的门卫师傅给你送至家门口。长期居家,叶绿素少不得,希望你尝尝我的劳动成果。如果你实在担心,就放在窗台上权且作为风景观赏吧。"

两个小时前?她想回复一下,可老半天不知道该说什么。后来下床拿了干净抹布,打开门去,仔细擦拭了已经很干净的塑料托盘。托盘很轻,也很精致,可见他的用心。她小心地把它们放在窗台上,收拾干净重新躺在床上。百度了一下,韭黄可以用剪刀剪下来食用,留下根部,每天换清水,仍然可以生长。至于芫荽,她知道的,小时候妈妈在院子里种过。只掐苗尖,不伤着根它就有重新生长的能力。她那天抱着手机就睡着了,嘴里一夜都含着芫荽的清香。第二天醒来,她发现前一晚没服用安定。难道这两种植物有助眠的作用?

她解冻了一条冰箱里为封控备着的黄河鲤鱼，去了鱼皮，只取两边鱼脊上的精肉。用刀背拍碎收在玻璃碗里，放一点生抽和料酒腌着。然后和了一团小麦精粉饧着。最后拿剪刀小心翼翼地剪了一把韭黄，摘了一撮芫荽叶子。

万水把鱼骨头放在清水里炖上，盘一棵小葱放进汤里，再放几片姜，两勺白胡椒。水滚开后改成小火，慢慢熬，像熬着自己的日子。

韭黄细细地切了，放入腌好的鱼肉里拌匀，淋一点小磨芝麻香油。面饧好了，拿出来揉了，揪成小面团，一个一个地擀成圆圆的饺子皮。包饺子要快，好把韭黄的清香锁进皮里。氤氲的水汽里，妈妈笑吟吟地说着话儿：妞妞，擀皮要让小擀杖摇着面饼自己转圈，中间厚四圈薄，这样包的时候可以用力装一兜菜，馅大皮薄。那时，她也就是十二三岁的光景……她一瞬间真的看见了妈妈，幸福得眼泪都滚出来了。

一群白鹅似的饺子煮好了。先给妈四只，再给爸六只，爸吃得比妈多。她自己盛了总有十几只，一口气吃完才品出鲜味来。鱼汤已经熬得浓浓的，她捏一撮子芫荽放在空碗里，然后加入沸汤，一口一口地慢慢品。妈在叮嘱，妞妞，好好儿活着，如今日子多好啊，想都想不到的好啊！妈妈行军打仗那会儿啊，饿得地里的生土豆带着泥挖出来，来不及擦干净就往嘴里送。困急了几个人就拿绳子一个一个捆成一串，走着路就能睡一觉。妈这一辈子啊，啥安眠药都没吃过，饿了张口就吃，困了倒头就睡。那时候，爸常常批评妈，好好个孩子，怎么就给惯成个豌豆公主了？

她吃饱喝足了。太阳正好照进屋子里，她就在西窗下的餐桌上盹住了。妈和爸好久没唠叨过她了。

她被秋后的太阳晒得暖暖的，有一种死而复生般的庆幸。

本来想给张佑安回个微信，后来想想，还是给他打了电话。她在电话里说，韭黄馅的饺子太鲜了，好久没这样吃，撑着了呢！那声音她自己都有点吃惊，竟有点撒娇的意味。可不，中午盹着那会儿，跟着妈妈包饺子，也就是撒娇的年纪嘛！她到这会儿还没从那梦里回过神来。

张佑安说："终于敢和我聊天了，不怕电话里传过去病菌吗？"

万水在这边也笑了："我待会儿打完了，会用酒精棉片给手机消毒呢。"

又一天，到了晚上七八点钟，万水又想着打个电话过去。正迟疑着，张佑安却打了过来。她内心禁不住一阵欢喜。接了电话唠唠叨叨说了许多废话，看了什么书，吃了什么饭；九重葛生命力可真顽强，试验了一回，一个礼拜没给喝水，人家越发开得烈火红颜。絮叨完了自己，然后终于问道："你呢，你一天都干些什么呢？"

张佑安说："我在黄河滩上培育苗木呢！连口罩都不用戴，一面坡下就我一个人。"

"一个人好！"她向往地说。

张佑安说："我种了三十棵本地老玉米，快长熟了，到时候新鲜玉米可以烤了吃。不过，你在家里可烤不了。"

万水说："怎么烤不了？我有电烤箱啊。"

"用烤箱烤？"张佑安想了一下，"对对对，用烤箱是一样的。"

"我明白了，还是炭火烤的好吃。"万水脆生生地笑道，"我倒像是争吃一样，好馋的嘴。"

后来就分不出谁给谁打了。她似乎也不在意这个了。开始聊半个小时，慢慢变成一个小时，后来时间刻度就消失了，有时竟然聊到深夜。前三皇，后五帝；山之南，海之北。反正，一个小小的话头，就会放大成一个话题。

4

张佑安的老家是在农村。他爹要强，也是个能人。烧砖制瓦、养兔子编筐，反正是个"闲不住"。他家住在黄河边，蒲草苇子铺天盖地地疯长，人家晒太阳唠嗑的工夫，他就能织一张蒲席，趁天黑偷偷拿到集市上换两块钱。张佑安上面是三个姐姐，他爹让四个孩子都上学。张佑安念高中那会儿，恢复了高考制度，他的三个姐姐先后考上了学。后来改革开放了，他爹承包了村里的砖窑。他爹不让他管家里事儿，摁住他的头一心只读圣贤书。果不其然，张佑安考了县里的状元，上了北京林业大学。

有一拉溜儿四个大学生——那年头考上个中专也叫大学生，其实他三个姐姐都是中专生——撑着，他爹的胆子更壮了。一口窑变成六口窑，后来摇身一变又成了砖瓦厂。土地承包后，各家的地各家种，粮食亩产一下子翻了几倍。村后的张存有家种了苹果，一年收成抵三年粮食。大家都改种果树，因为离城市近，很快都赚了钱。张存有家盖了四间瓦房，用的都是他家的材料。村后的张大嘴经常往城里跑，房子晚盖了两年，从城里拉回了预制板，盖成了平房。张佑安他爹背着手转悠了两圈，给自己的砖瓦厂增加了预制板业务，他家头一个住上了三层小楼。村里家家都学样，砖和预制板生产多少都不够卖。一时之间，张老板成了闻名遐迩的人物。

有人通过张佑安的姐姐，给他介绍了一个对象。是乡干部家的闺女，在县里念中专。他姐说长得好看，又是她单位一个小领导亲自介绍的，也算知根知底。找个干部家的闺女，还有自家闺女政审，他爹当然喜欢得不行，假期便让俩人见了面。银盆样的一张大白脸，喜眉笑眼。有那么厚实的家庭背景和超强的女性特征，从未谈过恋爱的张佑安哪还有还手之力？一下子便被弄晕了，好似任她宰割的羔羊。见了没两次，女孩就主动跟他亲嘴。她比他懂的还多，拉了他的手从衣服领子塞到两个大奶子上。后来也是她先脱了衣裳。事情一下子就完了，他惭愧得不行，有些不知所措。姑娘安慰说，不碍事，慢慢就好了。

俩人行的好事儿，都被张佑安他娘在窗子外头偷听到了。这也是他们那里的风俗。待他们出了门，他娘就挤进屋子里看。床上脏污了一片，却没见红，登时就愣了。当即就去找媒人。媒人说，生米已经做成熟饭不啥都晚了，你儿子一个大学生，把人家动了，咋还敢说反悔？他娘一路哭着回来，把儿子拉到自己房里斥责了半天。张佑安完全不懂这些事情，改天再去审那姑娘。姑娘说是之前定过亲的，谈了三年，后来她考上学了，那对象没考上就散了。再问，说是在学校还谈过一个，谈了两年，那个人考研考走了，就和她分了。她话说得云淡风轻，他却听得电闪雷鸣，死的心都有。事已至此，别无良策，便咬牙切齿地追问致命问题：都跟人家上过床吗？他闭着眼睛，只想听到否定的回答。哪怕是假话，也好让他遮遮脸。可人家愣是承认了，理由还很充分：那时候太小，不懂事。不过原本也是想着一起过日子的。张佑安读了那么多书，思政课还是优秀，知道这事儿是豆腐掉到灰堆里，吹不得也打不得，心里别扭得像吃了半只苍蝇。

人家姑娘偏就大大方方地住在他家不走了。白天他还气着恼着，晚上看见她白花花的身子，恨着却忍不住发了狠劲用力。他心里五味杂陈，可这事儿只能砸在自己手里，爹不知晓，娘不敢说，一张又瘦又小的窄脸越发枯黄。好不容易熬到假期过完该回学校去了，这姑娘却说怀上了，让他问他爹怎么办。他这才如梦初醒，知道行敦伦之事还会有后果。但踟躇再三，还是不肯告诉爹。人家姑娘不管不顾，把这事儿大剌剌地跟他爹说了。他爹直欢喜得不要不要的，说舍得六门窑不要，也得保住孙子。儿子还差一年毕业，就先上车后买票，那张纸等毕了业再说。办酒席的时候，张佑安托词学校通知紧急返校，便连夜溜之大吉了。他爹安排吹吹打打，待了十几桌客。媳妇自知理亏，压着不让娘家找茬。事儿办得倒也圆满。

张佑安大学还未毕业，大儿子就出生了。他爹看着大胖孙子高兴得合不拢嘴，让他姐姐立马给他写信报告这个天大的好消息。张佑安拆开信看了，恨不得一头栽倒在地死了。但事已至此，当了爹的他，毕业志愿只好填上自己的老家，毕业分到县林业局。媳妇在乡医院当护士，他一两个月都不回来一次。媳妇催着领证，他说孩子都出来了，领不领证有啥意义？凑合过行了。

张佑安总不回来，不是个办法。她娘就出招，给闺女找了个偏方。让她去城里找他。他刚到一个新单位，媳妇来了也不敢声张。媳妇倒也是贤惠人，买个炒锅，在屋子里弄个小电炉，又是菜又是酒伺候着。两个人挤在单人宿舍的一张小床上，一来二去就又怀上了。那时候计划生育正严格，媳妇东躲西藏，到七个半月上就打了催产素生了一个男娃，孩子放在媳妇姐家养着。张佑安只能认了，把柄攥在人家手里，计划生育超生，她一告一个准。后来是他自己托关系把她调进城里，单位给了两间公房，算是团聚了。可是两夫妻脾气不对付，吵吵闹闹地没有消停过。那媳妇有两个大胖小子垫着，感觉自己翻了身，吵起架来从来不让他。张佑安被逼无奈，复习一年又考回学校读硕士去了，硕士读完又接着读博，假期都不回来。学校都不知道他是结了婚的，介绍对象的还真不少，他都一一回绝了。有一个女同学是真的喜欢他，他也喜欢她，不明不白地和人家暧昧了两年。那女同学认了真，死活要跟他结婚。他眼看躲不过去，才说了家中的事。女生哭着说她不在乎。他也想说不在乎。可儿子都那么大了，你不在乎？爹在乎，娘在乎，全村子几千口子人在乎！女生一把鼻涕一把泪哭了几次，到底没把长城哭倒，一气之下赌气嫁给了别人。

他博士毕业选择回到省林业研究所。媳妇一直在县上，想吵也够不着。两个儿子在父母的吵闹声里长大，学习倒是争气。老大大学毕业后考到美国留学，后来指点着弟弟也走了同样的路。五年前，媳妇患卵巢癌，一直瞒着丈夫。其实是她自己放任，错过了最佳治疗时机，以致不治。

讲完自己的故事，张佑安说："我的半辈子就是这样过来的。仔细想想我也挺对不住她的，一是自己年轻时不懂事，不该那么冲动。二是之前的事，我也过于计较，儿子都那么大了。"

万水说："是啊，你的确不应该。过去的事，毕竟是你孩子的母亲。"

张佑安长长地叹了口气，然后伤感地说："她拖了两年，我尽心尽力地伺候了两年。她眼看自己快不行了，哭着对我说，自己年轻时不懂事，有今天这个结果，都是因为自己作孽太多。我堵住她的嘴，说自己更不懂事，等她病好了就好好跟她过日子。后来她还是走了，临了拉住我的手说，你伺候我两年，我这辈子就满足了！"

这话让万水在电话这边哭得抽抽噎噎，不知道哭的是他的妻子还是他。

"你想过再找个伴吗？"这话搁过去，打死她也不会问的。

"想过，想尝尝爱情的滋味。但都这岁数了，哪里偏就有合适的？"

她的声音突然冷静下来："也是，婚姻其实挺怕人的，过得不好，还不如一个人来得轻松。"

他问她："那你呢？"

她说："我其实结过婚。我那点事儿，淡得跟白开水一样。父亲战友的孩子，到了结婚年龄，双方父母一指派，就结了。我们俩很友好，像亲兄妹一样。可是亲兄妹也吵架，我们俩比亲兄妹还好，架都没吵过。后来他移民了，我不愿意去，就离了。反正就这些，说是结过婚，其实跟没结过婚一样。过了两年，分开时才明白自己是结了婚的。"

"那后来怎么就一直没找呢？"

"我恐婚，对所有男人都抵触。我和前夫分开时，觉得一下子就放松了。我们俩在一起时，我每天呼吸都是紧张的。医生说，这是我结婚两年一直没怀孕的原因。现在想想男女那些事，我还是会紧张。我觉得跟谁过都过不好。我生不了孩子，何苦祸害人家。"

5

万水说："我是在部队大院出生的。后来我父亲认命，他老了，跑不动了，主动要求回到家乡工作。父亲回到地方上，当过连片地区半个省的副书记。"

张佑安说："万水，真看不出，你还是个高干子弟。"

"高干子弟？"万水笑笑，不置可否。

"你看我像什么子弟？"张佑安逗他。

"你吗？"万水煞有介事地说道，"往大里说，像是农民企业家的子弟；往小里说，像是砖厂老板的儿子。"

张佑安笑得喷饭。

万水也开心地笑了，她说："我们这样聊着，让我忘掉了时间。这日子我简直数着秒熬日子，有个人聊天真好，我给你行个军礼，感谢老张同志！"

张佑安说："该谢你才对。埋在我心底半辈子的秘密都吐给你了，也算是自我救赎吧！"

万水说："老张，你想过自杀吗？"

"没有。从来没有。"张佑安郑重起来，"为什么要自杀呢？只要活着，总有一天能把心底的秘密与人分享。之前不说，只是没遇到过合适的人。要是什么不说就死了，那不等于我白活了一生？"

万水说："我倒是想过许多遍，但就是没有自杀的理由。如果有，那唯一的理由就是活着没意思。我父母都活到八九十岁，一天天地为活着而活着。他们只有我一个女儿，我又没给他们生下个后代。你说，他们的内心该如何孤独？"

张佑安说："那是你替他们孤独，你怎么知道他们内心想些什么？他们身经百战，枪林弹雨都过来了。生死置之度外后地活着，那心胸和境界不是我们普通人所能够理解的。否则怎么能活那么大岁数？现在的人太脆弱了，都是享福享多了。"

"你这是在批评我矫情。"她嗔道，"你整天这么乐呵，是真的快乐吗？"

"快乐有多解，我忙碌，怎么样都是一天。"张佑安的情绪突然高涨起来，"我忙得很呢！伺候土地，兹事体大。我租了六十亩河滩地培育苗木，一个人干一天活，吃点土里长出来的新鲜东西，倒头就睡，那才是天人合一！哪还有心思想什么死不死的！"

"哎，说说你的小木屋呗，那里都有什么？"

"有一间厨房，是我用来做饭的地方。有一间客厅，其实是我吃饭喝茶的地方，我还真没接待过客人。还有一间卧室，卧室里有个卫生间，是我如厕洗澡的地方。虽然我委身土地，可是一天必须洗两次澡。我在泥地里干一天活，不洗澡可不行，我也努力做个爱干净的人。"

万水说："不许嘲笑我！"

"我的卧室里有一张大床。人老了，劳累一天，喜欢睡得舒展一点。我躺下，就像一个大字。万籁俱寂，我觉得全世界都是我的。"

万水心里想，要是每天白天晒晒太阳，晚上躺下就能睡着，她的世界可能也会好一点。她说："这日子，真让人羡慕嫉妒恨呢！你像个古代的隐士一样，过着陶渊明的日子，你是自己的王。"

张佑安说："每个人都是自己的王，看你选择怎样统治自己了。"

万水笑道："哲学家！你和第欧根尼只差一个木桶了。"

"黄河滩里遍地都是黄土，你可有勇气来参观一下？"

"当然可以！我有帽子、口罩，有雨衣、胶鞋。我不是每天都去公园走路吗？"

6

封控的日子大街上寂静无声，只有一城的灯光在闪烁。万水也不想再让自己的日子那么清冷孤寂，她打开所有的灯，一个房间一个房间察看自己所拥有的，一时之间竟觉得它们都是那么中用和可爱。然后，她关了灯，坐在洁净、干爽、温软的床上，开着窗帘，看外面的七彩流光。如果世界末日就是这样多好，她的床就是方舟。她被光托着飘着，飘到哪里是哪里，她不管不顾了。

上帝给她打开了另外一扇窗，她的世界再也不是封闭的了。关了灯，她每天和一个人悄悄说话。他在说："我和那个女同学说了家里娶妻的事情，她说她不在乎。她长得不十分漂亮，可是她眼睛是亮的。有学养有教养的女人，眼睛里都有神采，她们能把握自己的命运，因此活得自信。我们俩在一个小西餐厅里坐着，外面下着大雪，玻璃窗里看着，灯光里的雪花和枯枝上的树挂像是油画。开始喝的是咖啡，后来换了茶，再后来换了一瓶红酒。女同学点的，为了不让她喝多，我自己却喝多了。女同学把我领到她的宿舍，她脱了衣服钻到被子里。我坐在小沙发上。我很困，我喝了红酒容易犯困。后来她光着脚下来，把我拉到床上去了。我穿着外套和她并排躺着，开始是装睡，后来就真的睡着了，一直睡到天亮。或许离天亮还有一小会儿，我起来悄悄地走了。我知道她醒着，可她没说话。"

"哎哟，穿着衣服？穿着满是病菌的衣服躺进别人的被窝？天呀，她怎么肯？"

"我太困了。"

"那，你一定也是爱着人家的，对吧？"

"不能说是爱吧，是有好感。"

"我喜欢简单明快的女人。"他补充道。

"也许你自己不知道，也许你是被自己的妻子孩子所羁绊。我觉得你一定是爱她的，否则，你不会跟她回宿舍。"

"我喝醉了。"

"还不敢承认。"

"一定爱过！"

"真没想过。"

"好吧，你说有就有。"他想很快结束这个话题，"你不高兴了？"

她突然羞愧起来，着急辩解，"我哪有不高兴？你胡说八道什么？我怎么会为不相干的人和事不高兴？"她嗔怪道。

"看看，我就知道你不高兴了！好吧，既然不相干，往后就不说了。噢，对了，我种的麻叶海棠开花了。花是一串一串的大红，叶子阔大，叶子上的麻点都是漂亮的。哪一天我送一盆给你好不好？"

"我喜欢玻璃海棠，肥厚的叶子跟翡翠一样，花是正红。它是最干净的植物。我还喜欢栀子和茉莉，它们的漂亮就是干干净净的那种。"

"那这两天我想办法送一盆给你。不过，我悄悄放你门口，在你那儿洗手消毒太麻烦了。"

她恼起来，"哼，你想说什么？与你那衣服不脱就可以让进被窝的女同学比起来，我确实有毛病对吧？"她竟然真有点生气起来。

"你这人，我们不是聊海棠花吗？"

"海棠花我也不要了，我又不请你喝酒。喝酒的人，醉了醒了，她们才关心海棠花，关心绿肥红瘦啥的。"

"你这人，我不说你非让我说，亏你还是学哲学的。当你能正视自己历史的时候，你就差不多忘掉它了。"

"可是，我不能正视。因为我没读过博士，我只是一个学过几年哲学的女人，又枯燥又乏味。眼睛里面又没光。"

"我都放下三十一年了，你只是听听就放不下了。"

"还说不上心，连三十一年都记得这么清楚？"

"我投降，你可别生气。你想听点什么咱们就说什么。"

"你这是在责怪我吗？哎呀呀，我真的是多事了，对不起对不起，此处应该有道歉。"她脸红了，突然清醒自己在无意识间又犯了个大错误。

"我是个好人。"他在电话那端憨厚地嘿嘿笑道，"只是证明自己是好人不容易。"

那天晚上挂了电话，她真的有些惭愧，自己是不是强迫症又犯了，人家的事情和自己有什么关系？她后悔不迭，心里躁得慌。忙不迭起来关了所有的灯，吃了一片安定，等到十二点还没睡意。后来觉得不睡一会儿明天会撑不住，又起来吃了一片，开着喜马拉雅听《道德经》。不知道什么时候睡着的。梦里梦外的，一时清醒一时糊涂，手机里的声音响了一夜，她也懒得关。

第二天她觉得自己清醒了很多，对前一晚的表现愈发羞愧。我这是怎么了？要干吗啊？把好好的聊天给搅黄了。尽管如此，她也没好意思叨扰人家。到了晚上八九点钟，张佑安却打电话过来。她接了，心里竟是欢喜的。

到底有昨晚小小的不快在那儿垫着，俩人开始说话都小心翼翼，像避着地雷似的。她少说多听。他也是尽找那些远离现实的话题说给她，讲了一晚上的花木知识。"我育了一亩合欢苗，落叶乔木，喜欢温暖湿润和阳光充足的环境。叶子细细碎碎的，花丝一团一团的粉红，是最适合栽种在行人道路上的观赏植物。"

她听着，一下子回到了五六岁的光景。他们家院子里有一排巨大的合欢树，树龄得有四五十岁吧，树冠郁郁葱葱，满院子都披着浓荫，显得阴郁而神秘。粉红的花朵不管不顾地盛开，从春天一直开到夏天。她和妈妈展一张竹凉席，她躺着，妈妈坐着。妈妈得摇着蒲扇替她打蚊子呢。

她说:"绒花树。"

妈妈说:"那叫合欢。"

她说:"不,就是绒花树!"

树上的绒花指不定什么时间啪地掉下来一朵,用手拈了,凉凉的绒绒的,不香,却有股子清甜。她顽皮,捡一朵放在额头上,再捡一朵放在鼻子上。后来她睡着了,被妈妈抱进屋子里去了。

早晨醒来,她一骨碌爬起来去看。哇,席子变成一幅画了。再看地上,到处都是花团儿。工人要过来扫院子,她拦住不让。爸爸笑哈哈地说:"留着,让她玩吧!"到了中午放学回来,发现花全蔫了。她站在树下伤心了半天。那时她很奇怪,那树怎么那么大的力气,每天落每天开,好像无穷无尽。

听着想着,她的眼睛湿润了。她说:"你弄个梅园呗,腊月里开。我妈妈喜欢蜡梅,她总是说:'蜡梅不是梅,一花香十里。'"她没有告诉他,她生在腊月。保姆说:"这孩子生下来身上带香,冷香。"妈妈说:"一定是墙角的梅花开了。"

张佑安说:"我就说给你弄几盆梅,还怕你嫌它清冷。"

7

张佑安没有等到梅花开,他大儿子要在圣诞节举行婚礼,邀他去美国。他走得很匆忙,晚间好不容易抢到一张机票,第二天早上就出发去上海转机。他只好在电话上给万水告别。

张佑安出境的时候还顺利,但回来却很麻烦。很难弄到一张机票不说,即使能够回来,也要经过多重隔离。儿子劝他道:"爸,你反正在哪儿都是一个人,就在美国过年吧!你烧一手好菜,也让中国文化在这里发扬光大。"他想想也是,儿子这理由他还真不好拒绝,就让他的学生雇了两个人,帮他把苗圃照顾好。

他住在美国东部,时间刚好和这里错十二个小时。再加之休息时间的错位,两个人倒是不常打电话,只是不定期地发发邮件,或者在微信上留言。张佑安有时会发一些他用手机拍的图片。万水醒来打开电脑,屏幕上全是风景。你还别说,摄影技术一流。她常常这样夸他。他说,不是我照相水平高，而是这里风景太好了，随手一拍就是屏保。有时候她会连续几天收不到消息，原来是他到拉斯维加斯去看红石峡了。后期发来的图片上，他看上去精神抖擞，大红的羽绒服，蓝色的风雪帽，像个小伙子一样提劲。

万水的生活又恢复了过去的样子。有天她不知道想起了什么，又站在二十五楼的窗前往下张望。她又看到了过去的景象，远远近近的道路上车流涌动，像一群蚂蚁。解封了，大街上又开始车水马龙。好像疫情没有发生，好像没有下过一场大雨。消失的人永远消失了，也不知是谁和谁，反正她所熟悉的人都好好地活着。万水不再去紫金山公园，她听说那个园子的一堵墙塌下来，砸死了一个避雨的人。也有人反驳道，哪有啊，墙都好好待着呢。其实是她自己不想去了，一个人挺没意思。她连走路也不想继续了，偶尔穿着厚厚的旧长羽绒服出门，戴了帽子口罩，围了围巾。帽子和围巾也是旧的，尽管洗得很干净，但还是灰扑扑的，旧得不合时宜。她走在大路上，看那些年轻女人穿着裙子和长靴子，中间露着一截子光腿，外面白色的羽绒服在阳光下十分耀眼。女孩子们的绒线帽也是时尚的，她们戴给欣赏她们的人看。没人欣赏万水，她戴给谁看？她因此懒得买新衣服。

有一天，张佑安发了他在费城的照片。有一张是他和一个很洋派的中年女人，微胖的，圆脸圆眼睛，满脸的喜庆。她没问是谁。张佑安主动解释道："我工作时的同事，中间移民了。她和我大儿子相识，是儿子帮我约的。"

万水没头没脑地说了一句："祝福你们！"

张佑安说："这祝福个什么，只是同事。约了出来一起旅行，她刚好也没来过费城。"

万水说："这才更值得祝福。"

张佑安也没再解释。这让万水心里多少有点失落。她想，也许他想的是，随她怎么想去！他与万水，也并没有需要解释的理由。

一天三餐，万水很认真地吃饭，保证足够的营养。她想让自己胖一点，可却越来越瘦。后来张佑安让她发一张照片，她犹豫了很久，才站在九重葛前自拍了一张，还有点逆光。张佑安看后说道："万水，你是属合欢科的，你适合阳光充足的环境。你还是出去走路吧！"

万水不知道自己哪来的一股子劲儿，第二天竟然买了一张机票飞三亚去了。这是她第一次独自出来旅行。那时候父母在，他们一起去过北京，去过杭州，也去过四川和东北。后来和前夫还一起去过一趟云南。说不上有多喜欢，至少宾馆的卫生问题就让她头疼不已。她更愿意待在自己家里。

万水住进了亚特兰蒂斯大酒店。她舍得花钱，只是没处花去。她不知道腊月的三亚竟如夏天一般，带的衣服还是厚了。反正也没带几件，满箱子塞的都是床单毛巾、拖鞋牙刷、便携式烧水壶什么的。她基本不用宾馆的东西，嫌脏。她在酒店大堂买了两身素色的单衣，穿上倒是出人意料地放松。她去吃自助餐，有白粥和海鲜粥，有白灼虾和芥蓝菜心，竟然吃得很好。她本来想要波塞冬海底套房，可一问两个月前都被订空了，只好挑了一套最好的海景房。折腾一天累了，窗户都没关，便在海风里沉沉地睡去。

第二天她只是在附近的沙滩上走一走，然后躺在伞下的椅子上吹吹海风。第三天她买了裙式的游泳衣，竟然下到水里漂了好长一段时间。小时候她在少年宫受过专业游泳训练，只是后来再没派上过用场。她虽然瘦了点，但是属于那种小骨架，身体哪都饱鼓鼓的，穿上游泳衣倒是年轻了不少。她的肌肤太需要滋润了，她白，泡一泡竟然泛着瓷白的光亮。

她一直以为旅行是可怕的，一个人的旅行更可怕。现在她觉得很好。

她不再想胖和瘦的问题，几乎是忘记了。这里没有一个人是她认识的，怎么自在怎么来。没人注意她，她也不注意别人。她松弛下来，竟是胖了几斤。

有一次，她游泳游累了，就铺了浴巾在伞下迷糊一会儿。睁开眼，她发现另外一张椅子上躺着一个四十多岁的男子，那男子正看向她。她以为自己会尖叫，但是却发现内心没有一点儿慌张。男子冲她点点头，她也冲他点了点头。后来游泳又碰到过一次，竟然互相还打了招呼。再后来，在餐厅吃饭遇着了，男子自然地坐在她边上，她也没有拒绝。她已经能自在地在人群中生活，这令她满意。此后的几天，她与这个男子又碰到过几次。她不反感，这是一个温文尔雅的男人。她记得他们也说过几句话。有次他对她说："你长期在三亚休息，倒不如去租一间公寓酒店，会节省很多费用。"她只是笑了一下，那笑容里有不置可否，也有感谢他关心的成分。还有一次他说:"你喜欢这里,为什么不买一个小套房呢?现在高端楼盘很多。"她仍然是笑笑,不置可否。因为从内心里,她不知道该怎么回答。思考这样的问题太累了。他就又说道:"你是一个很特别的女人。你看上去很朴素,但你的朴素是尊贵的。你很谦和,你的谦和却让人难以接近。"她的脸色立马就变了,她不喜欢人家这样评价她,即使恭维也不行。不过后来她想,这也许不是恭维,甚至连评价都算不上吧?人家说的没错,无非是客观描述了她。于是她又笑了,觉得因为互相理解而近了一些。她明显地感觉到,这个人在有意靠近她。也很有可能完全不是那么回事儿,是她自己过于警惕。但无论如何,对于她这种习惯身心都包裹得严严实实的女人,不可能发生邂逅的故事。

万水在三亚一直待到过完春节。她竟然想,就这样待下去好了,她不想再回她北方的家了。家很舒适,但她只是一个舒适的孤儿。

在她长大的城市,她是一个孤儿!

8

到了二十五岁,万水还没有恋爱过。妈妈说:"孩子,你得成个家,我和你爸也没有别的亲人。可我们俩结婚生了你,我们仨就有了一个家。"妈妈再说:"爸爸妈妈都老了,我们迟早有一天会走的。我们想看到你的孩子,你的家。"

万水二十五岁时被爸爸嫁掉了。二十五岁,是一个不大不小的年龄,刚刚适合结婚。丈夫和她一样,也是个大院子弟,所以他们的生活习惯很容易适应。他们俩原来就认识,只是从来没有来往过。他们谁都没觉得这样有什么不对。尤其是对于万水而言,结婚的意义无非就是换一张床睡。丈夫不在或者有应酬,她还是回到妈妈这里休息。妈妈说:"结了婚在一起生活,比谈恋爱更容易产生感情。"妈妈说得没错,她和爸爸就是如此。

结了婚之后她仍然不太爱讲话。丈夫是个活跃的人,他家有五个兄弟姊妹,姐姐和弟弟常常会到他们家里来,打牌、摸麻将、聊天、一起包饺子,他们把大家庭延展了过来。而万水没有过这样的经历,怎么样都融不进去。她插不上嘴,也不会打牌,就躲到厨房里去帮阿姨做做饭,找一些活来干。几次三番,那姊弟几个就把她忘了似的,好像她是这个家里的客人。

万水和丈夫的夫妻生活也不是很和谐,她总是说疼。男女之间相交,应该是欢愉的。可是她总是疼,让他也出现了心理障碍。他把这事儿悄悄告诉了姐姐。姐姐是医生,医生对待病人的方式总是很直接。在他们眼里,没有人这个总体概念,只是一个个器官而已。他们再来家,姐姐在餐桌上像摆冷盘一样把这个问题摆了出来:"水儿,你该去看看妇科大夫。你们这个年龄,夫妻生活应该是特别和谐的。"姐姐十三岁特招进部队,十六岁就在野战医院手术室备皮,什么没经见过?她说出来的话本来没什么,可万水听着却是硬邦邦的,有点伤人。万水看了丈夫一眼,羞愧得无地自容。这种事情怎好给别人讲。而且,姐姐即使是知道了,不该私下里跟她说吗?哪能在大庭广众之下公开夫妻的性生活呢?

万水不肯再和丈夫行夫妻之事,她碰都不想再让他碰。他们本来是在一个被窝里睡的,但她给自己另弄了一条被子。丈夫人真的特别好,他不强迫她。两个人生活得很不错,只是回避着不谈那件事。慢慢地,他的兄弟姊妹们不再来他们的家里聚了,丈夫也常常不回来吃晚饭。他本来不喝酒,可最近常常会带回来酒味。他们的衣服是阿姨负责清洗,万水也不是个有心眼的人,可她偏巧在丈夫的白衬衣上看见了口红印子。万水从不吵闹,有事就憋在心里,她借口两个人睡在一起相互影响,直接搬到客房里去了。丈夫是个敞亮人,什么事都快言快语说出来。可对万水这样没有缺点的女人,他一点办法都没有。口红是趴他肩上看牌的妹妹给弄上去的,他希望万水能和他吵一架。但是万水连吵架都不肯。两家是世交,两亲家处得特别好,离婚也是没有理由的。那个年代,不会有人因为夫妻生活不和谐离婚。

万水的丈夫变得和万水一样不爱讲话,跟他的姊弟在一起也不快乐了。他瘦得很厉害,吃不进东西,整夜睡不着。小两口到医院检查了身体,他好好的,没什么问题。可长期失眠也不是事儿。姐姐带着弟弟去看了精神科,医生说他患了严重的抑郁症。那时不叫抑郁症,只是说他精神方面出了问题。姐姐对万水说:"怎么会呢?他这么快乐的一个人。"她并没有责备万水的意思,甚至还有点歉意。可万水听了,觉得责任完全在自己,因此心里更加惶惑了。

如果不是丈夫的身体出了问题,万水还没有"妻子"的意识。她那么爱干净的一个人，现在对一个病人一点都不嫌弃，努力尽一个妻子的责任。她每天把自己打理得很干净，把丈夫也打理得很干净。遵照医嘱，每天牵着他的手到公园里散步。他不说话，万水就刻意找些话题给他说。她给他讲刚从书里看到的故事，她正在看马尔克斯《霍乱时期的爱情》，每天看一章，然后再慢慢讲给他听。"弱者永远无法进入爱情的王国，因为那是一个严酷的、吝啬的国度。女人只会对意志坚强的男人俯首称臣，因为只有这样的男人才能带给她们安全感，以面对生活的挑战。"她想与丈夫一起，与书里的男女主人公共情。他听她讲故事的时候紧紧握着她的手，亲切地目视着自己的妻子。她娴静、温和，她讲述的时候是最美丽的。他越来越依赖她。他的面色红润起来，吃很多饭，重新长出来的头发茂密得像五月的青草地。但一个新的问题出现了，万水发现丈夫越来越喜欢把自己关在洗手间里。她待他出来进去察看，一股新鲜的精液味道，新婚第一夜她就闻到这种味道。万水脸红了，她把自己的被褥搬回他们的婚床上，头一回主动要求丈夫做那件事情。可是丈夫不行了，他们无论如何努力，他一次都不能正常勃起。他哭了，像个孩子一样，他说："水儿，我对不起你。"万水呆呆地看着他，不知道该如何安慰。但更想不到的是，他的精神压力太大，很快就发现了第二种病，反流性食管炎。

　　妈妈开始日日盼着万水赶紧生个孩子，后来却怕她生出孩子来了：女婿有那种精神疾病，会不会遗传？

　　丈夫后来被二姐接到了美国，他在那里恢复得很不错。他在美国和妻子之间首鼠两端。他舍不得美国，在那里他作为一个完整的男人满血复活。他也真心舍不得万水，他病了那么久，她都那么耐心陪伴他。他和姐姐都诚心说服她过去。万水拒绝了，她舍不得爸爸妈妈。

　　万水的丈夫在美国结识了一个热情似火的美国女孩，他们在一起一个月后，那个女孩就怀孕了。他告诉了万水。万水没有伤心，她为他感到高兴。接下来，离婚就是题中应有之义了，不管谁提出来都一样。万水直接在他寄来的申请书上签了字。离婚于她而言，是一种救赎，也是一种解脱。

　　妈妈再托人给万水介绍对象，她都一味拒绝，只说不合适。妈妈一直到死，都觉得放不下女儿。妈妈临去的时候，紧紧拉住女儿的手不舍地说："妞妞，妈妈走了你就成了一个孤儿。"她觉得妈妈说得对，不管她长多大,只要没有爸妈,她就是个孤儿。

妈妈心有不甘地闭上了眼睛。

除了爸爸妈妈,万水的心平和而宽厚。她不爱谁,也不恨谁。

9

万水关闭了微信,手机也调成飞行模式。只要她不找别人,没人会找她。至于张佑安,她不想让他知道她去三亚的事情。这是个人的隐私,干吗要让别人知道?

在美国的张佑安,也正在一场别人设计的激流里漂流。他没有反抗,只有顺流而下。两个儿子很想让父亲找个伴儿,他们认为父亲的前同事不错,开朗、活泼、快乐。同事在国内时叫赵明兰,在美国都称呼她兰。儿子们给父亲规划了旅游计划,他们请兰做父亲的导游。兰很愉快地接受了。兰出国差不多二十年了,行为方式很美国化。刚一出发她就提出:"我们订一个房间如何?这样可以为你儿子节省费用。"说完大笑。张佑安也笑,他说:"我自己可以支付费用。"

在费城的那一天,他们预订的旅馆可能搞错了,只给了他们一个双人间。兰笑着说道:"这是命运的安排,没有办法。"张佑安也没过多说什么,反正入乡随俗就行了。人家说在美国,一男一女住一起正常,两个男人住一起才不正常呢。他索性就正常一次。他简单地洗漱了,早早躺在自己的那张床上睡了。半夜里兰钻进了他的被窝。张佑安礼貌地抱了她一下,她赖着不走,张佑安只好下床睡到另一张床上去了。他自嘲道:"老了。过去有力无心,现在有心无力了!"

兰说:"安,你是介意我在国内的事情吗?"

"国内的事情?"张佑安像是很吃惊,"我不知道你在国内有什么事情,你知道我的,从来不爱听人讲闲话。"

兰说:"我出国是因为出轨,丈夫和我离婚而走的。当时闹得很厉害。"

张佑安说:"哦。谁没年轻过,都几十年前的事情了,还提那干吗!"

兰叹口气说:"我是个冲动型的人,一高兴就忍不住放纵自己。"说完,她像是什么都不曾发生,很快睡着了。她大概是太累,偶尔会发出一阵轻微的鼾声。张佑安心里怦怦跳动，兰要是再过来，他也许就控制不住了。他的下面硬挺挺地立着，他和妻子半辈子不和顺，自己都忘了这儿的功用。

兰过去的事儿他如何能不知？她业务能力很强，人缘也不错，热情，直爽，就是作风问题上屡犯错误。她和助理出去考察，一路上快活得形同夫妻，但是考察结束，她就坚决不肯继续了。她是有夫之妇，好像这是她回来之后才想起的。那助理还是个小伙子，爱喝酒，喝醉了就对她纠缠不休。后来单位把助理调到别的地方去了。丈夫原谅了她。中间她给他生了一对龙凤胎，儿女双全。丈夫是个好人，从不提起过去的事儿，对她一如既往地好。孩子们上了小学，她竟然又和一个林业技术员好上了。她总是利用工作理由往山上跑，他们在林地的大树下疯狂做爱。她主动告诉了丈夫。她不想离婚。其实丈夫也不想离，他们从感情到肉体都很和谐。但这事儿毕竟纸里包不住火，丈夫家里的人接受不了，他们觉得出过两次这样的事，再过下去太丢脸了。婚终于还是离了，儿子给了丈夫，她带着女儿去了美国。

第二天起了床，兰像没事人一样。她依然简单、快乐，甚至在早餐时还取笑他："安，中国人吃肉太少，又不喝牛奶，哪还有爬高上低的能力？"说着，又往张佑安的盘子里放了几片培根。

那是次愉快的旅行，和兰这样的女人在一起，很难不被她的快乐点燃。儿子们期待着二人有个结果，但兰笑着告诉他们："你父亲不行，他不能满足我。"两个儿子也被她逗得哈哈大笑。他们想不到父亲一点都不介意。"这有什么？你母亲活着时我就不行，好多年喽！"

张佑安的相机里存了许多他和兰的合影，有时候她张开双臂搂着他，有时她踮起脚亲吻他的脸。这个女人，和她在一起随时都得接受被她抱一下亲一下，比握次手都随意。

张佑安在美国变得年轻了。兰说得没错，吃肉喝奶确实比吃面条喝粥更让人健壮。他想把这里发生的一切告诉万水，可是他打不通她的电话。他往她的信箱里发了许多照片；还给她写长邮件，讲兰的故事，包括他和兰的那个夜晚。

在邮件里，张佑安告诉万水，美国人大多不戴口罩。兰和她的女儿女婿都感染了新冠，不过，很快就好了。他没有，他的体魄是强健的。他劝

203

万水，人一定要多运动，要晒太阳，要接受风。

张佑安几次提出来想回国。他惦记他的苗圃，春天来了，各种苗木都要发芽，他担心雇佣的工人不知道怎么照顾它们。他打电话让学生们去看过几次。他们要他放心。他每次咨询落地政策，都说国内为保证不被外来人员感染，各种隔离措施相当到位，回来大概要隔离三四十天。他想，别说四十天，就是八十天他也无所谓。他只是担心万水的洁癖，估计一年之内她都不肯见他。他理解她，一个人孤独惯了，好像生活在真空里。他真心地同情起她来。

张佑安在儿子的家里被关得很无聊，他试着把上学时的那点英语捡起来。不久他能半看半猜地读英文报纸了，一个人出门也对付得来。他在商场给万水选一条围巾，开始挑了蓝的和白的，觉得万水肤白，哪一条都合适。想一想，突然就换成了洋红的，他觉得这个女人太需要颜色了。他想着她会拒绝收他的礼物，但先买了再说，毕竟这是一份心意。路过一个书店，他进去看了看，一本英文版蕾秋·乔伊斯的小说《一个人的朝圣》吸引住了他。书薄薄的，纸质柔软，拿在手中极其舒适。一个人，八十七天走了六百多英里。有关爱的回归、自我价值发现、自我救赎以及万物之美。从主人公迈开脚步的那一刻起，与他六百多英里旅程并行的，是他穿越时光隧道的另一场旅行。他被简介吸引住了，多少年不看小说了。过去他开始读英文报纸只是为了学习英语。

张佑安开始读这部小说，他一边看一边查阅英语词典，深深地被书中的故事吸引住了。虽然过去他英文不差，但毕竟几十年不碰它了，开始一天只能看几页，后来速度变得快了一些。他感动着，忍不住写信给万水分享。到后来他每看一段就翻译成中文讲给她听。哈罗德走了八十七天，他分享了一个月零一天。他突然决定要回去，便在网上订了机票。也许隔离会很痛苦，可总比不上六百二十七英里更艰难。

张佑安要回国去了，而且说走就走，一天都不能等。儿子很奇怪，回到国内也是一个人，为什么这么着急呢？

大儿子的媳妇是个美国白人，她问："安，你在国内是不是有个心爱的人，她在等你吗？"

张佑安哈哈笑道："我有个苗圃，有几万棵心爱的树在等我。"

张佑安的英语口语比较难懂，儿媳妇问："几万个情人？"

儿子笑得眼泪都出来了："爸爸的情人，几万个，能装满一块巨大的土地。"

10

万水从三亚回来了，走的时候她克服万重困难，回来的时候也是如此。她上了家里的电梯，整个电梯都是抖的。满脑子只想着一个词，孤儿、孤儿、孤儿……

电梯门打开了，她过桥一样地跨出来，看到了门口放着两盆波光潋滟的玻璃海棠，花开得红艳艳的。打开门锁，天啊！那盆被她遗忘了的九重葛还旺生生地开着。这世上还有生命力如此旺盛的植物？难怪树能活上几千年。她走的时候在花盆下边放了一桶水，把一截用棉线包裹的橡皮管子插在花土里，管子的另一头放在水桶里。她那时只是试着安慰一下这株植物，让它知道，它没有被抛弃。现在桶里只剩下不多的一点水，可那根管子是潮湿的。九重葛，多么聪明的九重葛！它有九次重生的能耐吗？

万水第一次没有顾得上给自己消毒，她用沾着泥土的手打开了电脑。

哈罗德、奎妮，还有几乎被人忽略的哈罗德的妻子莫琳。

他在一个酒厂干了四十年微不足道的工作，他缺乏理想，没有信念，他给不了妻子和儿子想要的。没有亲近的人，没有朋友，他似乎就应当这样过完此后的生活，直至结束生命。

一个永远弯着腰活着的人。

人最深的孤独，是不被人理解。

奎妮只是哈罗德曾经的一个同事，算不上是朋友。哈罗德想不明白，奎妮为什么要写信给他？他甚至不知道该如何给她回信。她得了癌症，她就要死去了。

孤独——孤独——孤独——

奎妮是勇敢的，她给他，一个旧年还算熟悉的同事，写了一封信。否则她在这个世界上就是一个彻底被人遗忘的人。

在给奎妮邮寄回信的路上，他突然决定："我要一直走下去，走路去看她！"

他有了平生第一个信念："只要我走下去，奎妮就会活着。"

行走是艰难的，伴随着身体的疼痛，他想起生命中一些更疼痛的过往：

母亲离开他时，是那样地毅然决然；

酗酒的父亲把一个个女人带回家过夜，他是多么孤独而又无助；

儿子每一次犯病，他都束手无策地望着，他竟然没有想过给他一个拥抱或者一句安慰；

儿子离世后，妻子住进客房。他没有试着挽留她，没有做过哪怕一点点感情的修复。

一个人，八十七天，六百二十七英里的路程，注定是一场孤独的旅程。可正是这份孤独，让他经历蜕变，实现了自我救赎。

万水的父亲去世十多年后，母亲也因多器官衰竭离开了她。她的世界从此孤独到绝望。她不信任任何人，更不相信爱情。她无数次地想到死，可又心有不甘地活着。她嫉妒别人的快乐，全世界的人都比她幸福。母亲刚去世那会儿，不停地有人给她介绍对象。有一个条件很不错的领导干部，丧偶。那个人对她很有好感。谁对她没有好感呢？一个洁净安详的女人，家世好，受过完备的大学教育。他们交往过一段时间，一起散步，一起吃饭。那人还邀请过她去家里度周末。家是阔大的、华丽的，温暖、舒适，阳光普照每一个角落。家里用着干净利索的阿姨。唯一的女儿在首都有一份令人羡慕的工作，她的丈夫和孩子也都体面。

一切皆好。她丝毫没有抗拒地接受着。有好几次，男人拥抱了她，她很顺从地让他接触她的身体。愉悦地，温暖地。万水有了一个亲人般的被珍惜的感觉，但她没有把她的感觉表达给他，她只是不擅长。有两回，男人要留她在家中过夜。他热切地、孩子一样地望着她的眼睛。"留下来，我们在一起。"

她迟疑地说："我们，再等等，会准备好的。"她微笑着，带着少女般的羞涩。

她准备好了，她喜欢这个兄长一样的男人。她没有兄长，兄长大概就是他这样的。

一切和顺，似乎一切顺理成章。

从春天开始。夏天就要过完了，那个人约了她去一个她喜欢的西餐厅吃饭。她去了，刻意穿了他喜欢的碎花连衣裙，漂亮、年轻、知性、优雅。

那个已经非常熟悉了的男人，依然用欣赏的目光打量她。他为她点了全熟的牛排，他自己则是七分熟。吃完了牛排，让服务员撤了盘子，换上热腾腾的咖啡。她的习惯，咖啡和茶一定得是热烫的。话虽然不多，但交流却是和悦的，他对她总是那样，带着些关怀和疼爱。她习惯了这份温暖。

男人突然说道："小水，我吧，对你的感觉是很好的。但是我也不能太自私。"

万水轻言慢语地笑着说："不，你不自私，你比我好很多。"

男人说："万水，我一直觉得，你对我似乎不完全满意的，至少你很犹豫。"

万水心里怔了一下，随后又笑道："我做得不够好，请你原谅。"她甚至有点撒娇地看着他。我还是满意的，很久没有得到这样被人爱护的满足了。他比她大六七岁，她那时才四十几岁。但是万水没把这句话说出来。

男人说："小水，有人又给我介绍了一个女人，她很主动，我们一共见了两次面。小水，你对我应该有所了解了，我不是个花心的人。她很主动，两次都是她主动约的我。我就是想征求一下你的意见。"

"征求我的意见？"万水犹如万箭穿心，她用力地抓住桌子才不让他看出什么来，"她肯定各方面都比我好。"说完她就觉出自己有点失言，她用力地掐了一下自己。

"不，她和你不是一般的差距，她就是个普通的女人。她男人出车祸去世了，她带着一个女儿过，比你还要大几岁。可是她……"

万水没听到他在说什么，她庆幸自己在悬崖边没有掉下去。"抱歉，我去趟洗手间。"

万水在洗手间抱着马桶把中午吃的所有东西，所有的，吐了个干净。她出来的时候照照镜子，看不出有任何异样。

男人说："小水，你没事吧？"

万水仍然是她惯常的微笑："没事儿。"

男人说："小水，哪怕你心里有一点爱我，都不会这样无动于衷。你真的让我恨。你为什么不哭？为什么不骂我？我在你心里一点分量都没有吗？"男人的眼泪出来了。

万水说："祝福你们！"

她拒绝男人送她回家，很友好地和他道别。回到家关上房门，她撕心裂肺地哭了一场，就像妈妈死去时一般。

她再一次被亲人抛弃了！

晚上，男人给她打过一个电话，他问她："我是不是可以去你那里看看你？"

万水说："不。我一个人挺好的。"

男人说："我的手机不关机，你随时可以打我电话。"

万水一个都没打过。

11

这是一个晴朗的早晨，春光灿烂。张佑安大清早接到万水的电话，她对他说："可以给我发个位置吗？我想去看看你的苗圃。"

张佑安说："你确定我不用去接你？"

万水说："我确定！"

万水把柜子里的衣服全翻出来了，每一件都是旧的，每一件都不能与这个春天相配。但是她顾不上太多，在旧的衬衣衬裤外面，套上了一件洗得发白的蓝帆布连衣裙，她第一次结婚时穿过的。戴了宽檐的灰色帽子，穿了半高筒的胶鞋。

一小时后，她被出租车送到了张佑安的小木屋。

张佑安打量着她，打趣说："要不是你提前打了电话，我还以为是夏洛蒂的简·爱穿越回来了。"

万水说："没有办法，我只有这些旧衣服，我就是一个陈旧的人。"她闭上眼睛低头嗅着木屋的栅栏上爬着的南瓜花，淘气地说，"太阳每天都是新的。花每天都是新的。只有人是旧的——"

话还没说完，她的身后环过一股身体的热气。她猛地睁开眼睛，脖子上多了一条热烈的洋红围巾。她眼睛里漫出泪水，她说："你别再让我哭了，我昨晚已经哭了一夜。"

张佑安说："对不起对不起！简小姐，赶紧进屋参观一下。"

小木屋里弥漫着浓郁的松香味。他看到万水眼睛里的疑惑，便解释道:"芬兰原装进口的原木。订购后,人家派工人负责组装。"

万水里里外外看了一遍,低头对床上的被褥嗅了一下,说:"刚换的。"

张佑安开心地笑了,说:"你是本小屋接待的第一位女贵宾。接到你的电话,我快速换洗整理,不是怕被你嫌弃嘛!只是这原木,不能使用消毒喷剂,不然屋子就会失去木头的香味。"

万水端起桌子上的一杯白开水,不凉不热,温度刚刚好。她一口气喝了下去。张佑安说:"我第一次遇到一个这样的女士,喝水一点声音都没有。"

万水说:"你没见识的还多着呢!"

张佑安说:"你不嫌弃我的杯子吗?也不问问消过毒没有。"

万水说:"早看过了,厨房里有消毒柜,杯子上指头印都没有一个。"

"哦。还有我的手呢,需要消毒吗?"

"我看见了,门口的吧台上有酒精棉片。"

"你可以参观我的苗圃了吗?"他做了个请的姿势。

她挠挠头,做了个不好意思的表情。"不瞒阁下,我从昨晚下飞机,还没给自己洗个澡呢。你的卫生间可以借我用一下吗?"

张佑安笑道:"浴者有其水,耕者有其田。我先去地里干活了。这个房间只归你一人所独有。"

万水洗了个透水澡。这个张佑安可真是个细心的人,毛巾拖鞋都是一次性的。她在卧室里擦干净自己,仍旧穿上自己的衬衣裤。

张佑安还没回来,这是个真正的绅士,他给她留下充裕的时间。但是困意袭来,她整整二十几个小时不曾合眼了。她躺到床上,钻进了被窝。在进入梦乡的一瞬间,她对自己说:"真不可思议!"

她重新睁开眼睛的时候,天地全是黑的,什么都看不见。黄河岸边是没有灯光的,夜黑得彻底。她大声地说:"有人吗?我这是在什么地方?"

外面的灯啪的一下亮了,有人说:"我在客厅里!"

她套上外衣走出去:"我这是怎么了?因为醉氧而昏倒?"

张佑安说:"简小姐,你不是昏倒,是昏睡。你一口气睡了十几个小时,你把天地都睡昏了。"

"天,你该喊醒我啊!我要是一直这样睡,你就一直等着?"

"那还用说!"他指了一下旁边的餐桌,"我煮了鸡蛋秋葵汤,里面的叶子都是园子里的青菜,你能放心吃一点吗?"

"天，我快饿死了，你给我毒药我也吃。"

"毒药有。后悔药没有。"他说着去给她盛饭。

他看着她吃了一小碗大小米两掺的二米饭，喝了一大碗浓菜汤。然后任由她去洗碗，仔细放进消毒柜里摆好。

他说："是我走还是我送你走？"

她不回答，却问道："你的小木屋真是个睡觉的好地方。你肯卖给我吗？"

他嘿嘿嘿地笑了："可以卖，不过得连人一起买喽。"

然后他正了色又说："我走了你一个人会害怕吗？"

她说："当然会！"

他走到她跟前，带点坏笑地说："我陪你，你不更害怕吗？"

她笑着捶打他："我怕什么，你和几个女人睡一屋都坐怀不乱，我有什么怕的。"

张佑安拉着她的手打开了卧室的灯，做了个请的姿势。万水也眨眨眼睛做了个谁怕谁的鬼脸。她在卧室的门口呆住了，房间的木墙上挂满了应季的时尚衣服，还有帽子围巾。床前的柜子上放着乳白色的短靴子。崭新的，内敛而清新的颜色。

她喃喃地说："天！刚才你可是看见我向南瓜花祈祷了，这是它给我变出来的？"

"那可不！没有南瓜花我哪有恁大本事？看吧，南瓜花显灵了。"他拉开衣柜的抽屉，里面有换洗的内衣和睡衣。他说："你一直睡，我只好帮你洗干净晒干了。"他张着手，很被动的样子。

他们躺进了一个被子里。一个男人和一个女人。

男人没有坐怀不乱。女人也没有感觉到疼痛。屋外是黄澄澄的土地，沿着土地往前走，就是奔腾不息的黄河。

万水在他们最欢愉的一刻问道："我不是一个孤儿了？！"

她的语气分明是笃定的，自己已经给出了答案。

渔 火

沈 念

一

五月的最后一天,我去亮灯村报到,陈保水见面第一句话,撑腰的人来了。我顺势拍拍他的腰,笑着说,这腰没人撑也蛮硬。傍晚他陪我沿亮江溪走了两小时。这是个老渔村,一条看不见尽头的溪流穿村而过。他像导游,一路讲个不停,说溪水直接流进洞庭湖,四季可以游泳、捉鱼罩虾;"亮江"人们叫顺口了,外人却错把一条溪流当成了江河。又说到他十一岁那年夏天,长江过洪峰,湖里涨大水,过了警戒线,半夜水倒灌进来,往低处漫,一觉醒来,淹了不少周边田地;但村里人没事,家家户户都有船,大伙把家搬到了船上。

亮江溪也可以说是条河,湖区这样的河汊沟港多,宽处十几米,窄处也有两三米。沿岸建了三座风雨桥,桥上有长椅,带孩子的老人、妇女,没事的时候就坐在桥廊上晒风景。风景多少年没变过,但生活在这里的人,过去沿水迁动多,来来往往有人气。现在老人老了,年轻人离开了,村子就有些灰暗,死气沉沉的。

陈保水是在外务工返乡的"渔三代",春节前才上任的村支书,一九八四年生,左眉间长了颗肉痣,抬头纹密麻麻的,看起来比大几岁的我还显老。我们很快处熟了,说话做事有了默契。我拍过他的腰后,他的背似乎挺得更直了。在他心里,他想带着村民过好日子,我是来给他撑腰的。有次喝过酒,我夸海口,我也找了个撑腰的。他很欣喜,问是个什么大官。我说,不是大官,但比大官有名气,是位知名教授。在陈保水的惯性思维里，村里最缺的是钱，有钱腰杆子就硬气了。我说，钱是重要，更重要的东西是多少钱也买不到的。我让他在网上搜曹毅环的名字，他一搜果然各种新闻链接，就催我赶紧把这位高人请过来。

曹毅环是我的同门大师兄，农大的教授、博导、专家，头衔能写半页纸，四处行走，讲学授课，离登《百家讲坛》一步之遥那种。那时导师经常把他的刻苦发狠和聪灵悟性拎到其他弟子面前赞美，爱意浓密，让人羡慕嫉妒恨。他是硕士毕业留的校，又到北大读了个脱产博士，据说他是导师多少年第一次找校长开口要的人。

业界对这位师兄褒贬不一，有人说他通达事理本质、敢说真话，也有人说他罔顾现实、纸上文章，但这些评价丝毫不影响他这些年如日中天的声名。天下乌鸦大同小异，哪个行当不是摸爬滚打，不是多年媳妇熬成婆。导师八年前病逝，农村农业改革研究这块阵地的旗帜，慢慢的就是他扛起来了。有几个铁杆公众号，连篇累牍推介他的现代乡村营销理念，我浏览之后，心里有怪怪的感觉。大众传媒和自媒体发达的时代，各行各业都在蹭流量，有同门说他滑腻了，走离正道，剑走偏锋；但看到点击量和粉丝拥趸，成败论英雄，大家叹着世道，也就不便打击他了。人家出席各种活动，帮人营销，也营销自己，互惠双赢。吃酸葡萄的人总是感慨，成功者画的任何圈都是圆的。

下乡前一天，原本他答应给我饯行，临时出差取消了。我在电话里给他备底，我在亮灯的事情，就是他的事情。他当然不会推托，笑呵呵地鼓励我，凡事既要规划先行，也会草鞋没样，边打边像。他又说，一个人，一件商品，一个村庄，都大有营销文章可做。话初听有点像忽悠，一深思是那个道理。我到亮灯后思来想去，发现顶层设计的事延误不得，也势在必行。我得自己搞清楚，亮灯未来是朝哪个方向前进，但这不是件简单的事。我也容易脑子发热，急火攻心时，有事没事就让他支招，明面是找他讨教，暗中是想让他出手相助。说句真心话，我们一群人从省城下到村里，有的原本是乡里伢子，哪个不想干出点模样，因此就是把自己当作本地干部，设身处地想着解决现实难题。

曹毅环是个大忙人，平时应邀讲座、课题调研、会议评审，飞来飞去，前不久又喜事临门，接任新院长一职后就更忙了。他被我逼急了，就允诺推荐一个弟子，是位女博士。他并不详细介绍女博士的成长历程，我更加忐忑，直接质问他为什么不亲自出马。他说，你要相信我，不需要我介绍她，你慢慢接触后就会认识她。我不依不饶，还是觉得没他不行。他说，小村国是，全国一盘棋，乡村积聚了那么多力量，前面的脱贫难题翻了篇，过渡到乡村振兴，这是更高难度的挑战，我们不妨用用新人，新人有新办法。最后他油皮地说，凡事你去信，信了就能成。

二

转眼到了九月，我周末回城，特地去了趟后稷园。后稷园大树成荫，虽然开学人来车往，喧声不断，但临街有两幢新楼遮挡，把吵闹声屏蔽了，拐进来就像到了另一片天地。那幢有百年建筑历史的传习堂，几经修葺，老旧气息挥之不去，几间教室灯火明亮，偶有声语，也是如昆虫私喁钻入尘土。

我上次走进这园子的时间忘了，多年前的大学青春是在这里度过的，回忆有不少，只是被自己掩埋而已。讲座早开始了，曹毅环眉头微锁，双手撑在讲桌上，像在用力推一块巨石。这是他多年来没变过的讲课姿势，手撑累了，或者需要板书某个关键词，他才转身，继而双手插进裤兜走来踱去。每次我策他时，他就替自己辩解，西西弗斯才是最幸福的人，可他成不了。

我在后排找了座，开了半下午车，有些犯困，中途打了个盹。似乎记起些故人旧事，又是个很混沌的梦，能确定的一幕是后稷园那棵活了千年的香樟，树皮坚硬得像是穿着一身铠甲，几个恍惚的人影都是树下走出来，又绕到树下消失，粗壮的树身像打开着一扇隐形之门，人人皆可自由出入。有关这棵树，有人考证是王阳明先生经澧水入湘讲学，亲手栽植，但树原是栽在别处，新中国成立初期一位做湖湘地理植物分布调查的老教授发现，建言移植过来，乃为荫护师生之意，后来成了镇园之宝，也被人叫作"阳明樟"。校方慎重起见，不想担挖古树进城的恶名，只在吊牌上打了两个字——"古樟"。

梦中醒来，我心头闪过一丝惊慌，旋即意识到并没有打扰到别人，就有了莫大的庆幸。眉头皱锁的曹毅环还在滔滔不绝。同门师妹曾说喜欢他这眉头，深邃、起伏，有雕塑感。讲座接近尾声，我往台下看，看到的都是听众的后脑勺，心想哪位才是他要推荐的女博士呢。不经意朝隔着走道的右前排女生多瞟了几眼，一张素净的侧脸，扎着短马尾，过膝的锦灰色长裙包住下身曲线，一双湖蓝色帆布面鞋，笔记本上写得密密麻麻。有那么一瞬间，我眼前浮现出罗琼的身影，当年坐在这里刻苦学习，她和我一次次探讨着朦胧诗中橡树、田园、四季、远方的意象。我也曾有过当画家、诗人的梦想。二十年眨眼就过去了，时间经不起回忆，回忆的欢欣也是苦涩的味道。我很好奇，现在读农大的学子们，还会去读诗歌吗？真正理解关心大地的有多少？

热烈的掌声结束了这场讲座。学生一窝蜂散去，剩下几个还缠着曹毅环，不知在讨论什么。从我的视角看过去，是学生说话多，他倒显得有些局促，大概是不知该如何拒绝并退出这场对话。

站得笔直的瘦男生眨巴着眼睛，语气充满敬意：老师，乡村那种隐秘的社会契约关系，内化为村庄的地方性规范，这种关系当真牢不可破？有的男生说话做事过分柔软，少了阳刚旷野之气，反而令人不适，这一点曹毅环也偶尔吐槽过。

换作我，早就会明确告知此门不开。但曹毅环永远不会直接拒绝一个人，他宁可表情木讷，双眼发直，让你猜不透他心里的答案。晚上的讲座让他看上去筋疲力尽，我朝讲台走过去，他手臂半缩，五指抠动，像要抓救命稻草般抓住我。他的电脑和书本已经被那位短马尾女生收起来，装进黑色提包。

我假装挤出微笑，扶起曹毅环的后肘，像是亲密交谈，把他请出教室，借机甩掉了那个男生。短马尾女生拎着包紧跟身后，我装作没看到。后稷园的夜色中流动着青草的涩味，时浓时淡，这是我喜欢的。在亮灯的夜晚，我常一个人走在田埂上，呼吸着田野上才有的味道。

走到停车场，女生止步，想说什么，又在等着曹毅环发话。他从女生手中拿过包，像是突然想起来，给我介绍，叶博士，这就是我准备推荐给亮灯的人。

女生知道我和她导师关系非同一般，落落大方地鞠躬说，老师好，我叫叶明朗，请您多多指教！我看了两眼，真有这么巧，就是教室里我打量过的前排女生，突然没忍住就笑了。曹毅环不知我笑有何意，说，你们之前认识？我连忙摆手，初次见面。又朝女生说，我不是老师，我请你导师喝酒，你可以一起去。她因为我莫名其妙的笑而有些发窘，看了看曹毅环，似乎是征询导师意见。曹毅环不多饶舌，说一起去吧，你正好和魏书记聊一聊，约个时间去一趟亮灯。

上了车，我从后视镜看到坐在后排的她，坐姿笔直，很用心地听我们的聊天。曹毅环长吁口气，说起刚才那紧追不舍的男生，资源环境学院的，想跨科考农学的博士，凡讲座必来，总要提几个三言两语回答不了的问题。我说，资源环境学不是挺好嘛，很热门啊，就业方便。转而我问叶明朗，女孩子学什么农，难道真想广阔田野战天斗地，退一万步，以后择业除了高校也没啥好的去处吧。我言下之意是，这么美好的年华，学农可惜了。

叶明朗的回答让我心头一惊。她说，人生定论一说，在现代社会已不成立。留短发的女性都有个性有主见。夜风吹进车内，曹毅环拉合上衣拉链，说人家博士毕业，转头扎进金融行业，也不是没可能的，你不就是跨界前辈吗？

他说的也属实，大学期间我曾想当画家、诗人，喜欢写写文章四处投稿，学校的神地文学社我算是骨干之一。毕业后，我却进了一家新成立的城市报社，负责文化地理，与我的专业风马牛不相及。后来几家报社合并成立传媒集团，我凭借做记者积累的一点人脉资源，考公务员转入宣传部做起了新闻宣传工作。两年前，部里下去对口扶贫村的一个副处长调去政研室写材料，临时少了个人，我被抽调下了乡。后来部里联点村转到湘北，分管副部长找我谈话，说我基层工作经验丰富，又是农大出来的，让我带队在村里再干两年，言外之意是对将来的发展百益无一害。我答应下来，也没再去征求家中老人的意见。人到中年，和罗琼离婚后过得曲曲绕绕，日子似乎变窄了，每个人的孤独也远非三言两语讲得清楚，都是为"将来"所累，家里的将来、单位的将来。我郁闷时也飙几句脏话，谁想活在将来谁去，我只想活在当下。几个朋友把酒一喝开，心里也想通了，去就去吧，就当是一种逃避。

现实又是没法逃避的。去了就得干出点名堂，母亲也这么叮嘱我。下乡的任命文件公示，我第一个信息是发给曹毅环的。他说，文件都下了，我不支持也得支持，抛给你一个思考题：如何建立生机勃勃的城乡关系？

我说这个理论问题是学者研究的，他说这也是一个实践探索问题，是你要脸对脸背靠背的。下乡干事，有一段日子感觉人变成了一台连轴转的机器，要走家串户，要跑资金项目，要求人办事。日子貌似热闹，说句心里话，我始终没弄明白那个"生机勃勃"究竟要如何去理解去建立。村庄巨变属实，但空有器物堆砌，无人气升腾，纵然造就万千景观，不过徒有其表。我不相信曹毅环不知现状不懂我的困惑，但他永远都是乐观主义者。

转了十来分钟，才终于停进学校路口停车场的车位。与当年不同，农大几经扩招，人车流量剧增，道路几次扩建，不得不把某些路段交通规划成单行线。路两旁都是统一设计标牌的特色小店，青春男女进进出出，校园里吃的花样众多，从店面里飘出尖辣椒的呛鼻味道，两个喷嚏下去精神一振。

我假意讽刺曹毅环，你不邀请我来，母校变化这么大，当年的根据地，都换了面目，认不出了。他仿佛受了天大的委屈，说领导不体恤民情，不深入群众，现在倒打一耙。我笑嘻嘻地说，我哪敢到曹教授的地盘造次，铁打的教授流水的学生，徒子徒孙围着转圈，教授的饭局一般得提前一个月约吧？曹毅环急了，对叶明朗说，毕业以后千万别当公务员，机关里待久了，就这么油腔滑调。我看到叶明朗嘴角微笑，反驳道，典型的以讹传讹，叶博士要以正视听啊。

我们说说笑笑，走进那家叫"朋聚"的老店坐下，人头攒动，人声鼎沸，混着酸菜肥肠和铁板鲫鱼的气味扑鼻而来，这是店里的两道招牌菜。那个曾经忙里忙外的女老板，脸上皱纹多了许多，涂了脂粉描了横眉，半老徐娘。我还记得她素颜的相貌，热情似火，仿佛有使不完的气力。那是创业者前景无限的模样。

看见我们走进来，她左右没瞅到得空的服务员，立即腾挪着发福的身体从吧台后迎出来，动手收拾了一张角落刚腾出来的小方桌，把我们安顿好。曹毅环盯着女老板的脸，严肃的表情让她有些不知所措。据说这家店在城里开起连锁了，想当年，也就是从农村进城的年轻夫妻俩起早摸黑辛苦经营。我问道，生意好啊？她笑盈盈地说，劳烦你们的照顾。我又问，还认得出我们不？她蒙在那里。大学城每年数万人来了走了，都要被她记住的话，难度太大了。我接过菜单，点好菜，说看你还记得不，店子开张做的第一笔生意就是我们，一共摆拼才三张桌子。没想到眼前人知道她的历史，她一惊一乍，贵客啊！我让老公亲自做我们家的特色菜。

曹毅环从包里摸出一瓶没有标签的黑金瓶白酒，感慨道，看看这一家子，时光不负赶路人啊。我扑哧笑着，对叶明朗说，贵导师总是喜欢用乐观的理论总结悲观的生活。他把手一挥，说你不要上升到理论高度，也没有任何一种理论能总结多元的生活。我顶回去，说生活到处渗透着理论，也在诞生新理论，理论就是顺着生活的楼梯往上爬的。在他面前，我很放松，喜欢斗嘴，说话无遮无拦。当着学生的面，他让我几分。叶明朗听任这种老朋友之间的你来我往，满脸笑意，不做评议。

她拿酒瓶给我们的玻璃杯满上，倒出个双眼皮。我说，这不喝酒的人倒酒功夫却厉害。她的脸红到耳根。突然店外的一阵喧哗声把我们的目光吸引了过去，两个年轻女孩在店前空地又唱又跳，摆弄各种身体造型做直播。一个女孩穿件橙色T恤，棕榈树的高腰长裤，头上却扎了一对兔耳；一个女孩脸稍圆胖点，粉色针织衫，紫色波点宝塔裙，扮洋娃娃公主状，甜美可人。

我朝表演的女孩嘟嘴，问道，网红达人，大学生的精力都搞这个了，叶博士怎么看？叶明朗也多看了女孩几眼，说，自媒体打开了人更多表达的空间，校园里见多不怪，也不都是学生，有的就是职业网红。曹毅环不以为然，说，时代大潮，总是不断有新生事物加入奔流的队伍。我叹了一声，鱼龙混杂，鱼目混珠。叶明朗轻声说，太纯粹就会单一。我说，不愧是曹导师高足，他过去有句话挂在嘴边，世界死于单一。她一笑，所以道家才说，一生二，二生三。

几杯酒下去，言归正传，就说到去亮灯的事，这是我来见曹毅环的目的。我假意叫苦，实则激将，说曹导师不帮我把顶层设计做好，不出好点子，到时两年一晃眼过了，不是组织上让不让我回来，而是有没有脸回来。在我心中，他是唯一能帮我支高招的人，也是能照亮亮灯的那盏"灯"。

叶明朗朝直播的女孩看了一眼，眉宇舒展，说，你们有没有考虑过，把亮灯村做成网红村庄？

曹毅环望着我，似乎等我对她这个点子的反馈。我不得不承认，这极可能是个大胆且能一炮打响的创意，但内心又很快否决了。没有长效的发展模式，图个炒作，热闹一阵，人走了，一地鸡毛，村里的变化不是从根上长出来的，这样的热闹不凑也罢。可我假惺惺地点头说，愿闻其详。

她看着我，端起杯子，说网红其实就是营销学中一种现代方式，很多人接受不了，观念不转变，没有认同感，站在潮流之外，这样的合作很难。我笑着迎杯，一口饮尽。也许是酒劲上来，我被门外人群围观的网红直播感染，时代大潮顺应者立潮头，突然对这位有想法的女博士生出一种信赖，一口抿尽杯中酒，说，那我在亮灯等你。

直播结束，女孩拆掉支架，套上米黄风衣，盘散长发，人变了个样。她们拎着长条形的旅行包，手挽手，亲密地消失在夜色中。街巷里的喧嚣渐渐平息，时间跨入新的一天。我们准备撤了。我酒喝多话痨，搂着曹毅环的肩喋喋不休，做成了网红村庄，我陪你醉一回。

等代驾到来之前，我们在路边先帮叶明朗拦了辆出租车。帮曹毅环叫的网约车很快也到了，他取下眼镜，鬓角被眼镜架压出两道凹痕。车启动了，又停下来，他伸出头说，有件事告诉你，小叶老家是巴丘的，听说她爷爷年轻时也在亮灯待过。

车屁股吐出一缕白色气雾嗖地跑远了。叫来的代驾麻利地把他的小电驴放到后备箱。我斜靠着座位，车载电台的音乐节目，播放着《乌兰巴托的夜》。穿越旷野的风啊慢些走，我用沉默告诉你我醉了酒。灯光在挡风玻璃上一亮一灭，夜色闪烁，真是愿意沉醉不醒啊。歌词写得多好，唱歌的人不许掉眼泪。我脑子似乎非常清醒，小叶的脸和笑犹在眼前，曹毅环也不把话说透就走了，讲半截留半截，是何意思呢？新人有新办法，信了就能成。我耳畔回响起他的话，那就信了吧。

三

住在亮灯的渔民，有的祖上是从甘肃、江苏、湖北、江西过来的，虽经几代人沉淀，但口音难变，各说各话，也都能互相听懂。也有的过去是天吊户，花钱托关系，洗脚上岸，弄到一个户口，在这里落下根，虽然生活没变，还是在水上漂，但像有了地的农民，心里格外踏实。

巴丘的本地渔民在村里占多数，洞庭湖是一片肥水，不能尽落外人田。以前几个强势点的，占着管事的位子，或者游荡在湖上做着收鱼贩鱼的二手生意。这生意赚钱来得快，不分本地外地，鱼都要过他们的手，稳赚不赔。渔民敢怒不敢言，认了太平世道下的潜规则。有门路的，私下攒厚了底子的人，几个合伙跑运输，从鹿角码头、南岳坡、街河口到城陵矶，远一点跑到钱粮湖、南县、华容、安乡。最多的是运芦苇，沿湖都是芦苇场，川黔湘西来的砍苇人割好码齐，用改装后的手扶拖拉机运到岸边，有空船来装货。船老板都小气，不肯有一点浪费，吃水吃到船舷，恰恰好，再多一分就漫水了，堆起老高的芦苇，穗花白白的，像是一座雪山在水上航行。

　　回村后，我跟陈保水打听村里有没有姓叶的人家，话刚出口，我就觉得问了个离谱的问题。叶明朗的爷爷肯定很早就离开这里，而且据我所知，村民主要集中在陈、盛、冯三大姓氏上，加上零碎的匡、彭、许几个小姓氏人群，没有叶姓。

　　陈保水肯定地说，冇得姓叶咯。他家祖上是从益阳沅江迁过来的，话土得掉渣，把"喝茶"说成"恰拿"，妹妹叫"老米几"，中年男人叫"南宁嘎"。村里另一群人说话的声调像唱歌，发音是卷着舌头的，会把事情办好说成"搞死火哒"，有麻烦了就说"噶哒卵"，一群人茶余饭后聊天变成了"玄哈雅白"。我像听天书，半个月后才敢连蒙带猜，牛头不对马嘴地搭腔。

　　他的老父亲插嘴道，乱胡讲，谁说冇得姓叶咯。我一听，马上请陈大爹讲明白。他捋捋下巴几根稀疏半长的白胡子，说解放前一年冬天，有个躲到村里的地下党自称姓郑，其实他本来姓叶，人高马大，相貌堂堂。他藏的那户就是老盛家，老盛是江苏漂过来的，他的女儿是根独苗，喜欢上了这个高大俊秀的地下党。姓郑的是为了掩护身份，但老盛家女儿真心生出好感，两人简单办了一场水上婚酒，男的倒插门；但后来又分开了，老盛闭口不提，不知具体什么情况。

　　我想其中定是有故事，没这么简单，盘根问底，他是怎么到亮灯来了？陈大爹说，很久以后我们才知道，他是带着任务来的，应该是开春，他坐着匡大嘴的船，先到艑山待了两天，然后来了亮灯。那时仗打得人心惶惶，说是要渡江了，老蒋千方百计要守长江江防，派了几个兵团几十个师守着武汉、南昌、九江，守江的是白崇禧。解放军要过江，就四处在两湖两江找渔民,他的秘密任务就是组建一支数百人的渔民队伍去帮着部队渡江。哪里有那么多人啊,兵荒马乱,人都跑不见了。

我边听他说,边在网上搜索渡江战役的经过:

> 5月14日,第四野战军先遣兵团在湖北团风至武穴地段横渡长江,16日解放汉口,17日解放武昌和汉阳。国民党军第十九兵团司令官张轸率部2万余人起义,加入人民解放军。与此同时,为策应第四野战军先遣兵团的渡江,第二野战军一部于5月17日解放九江,22日解放南昌。

我放下手机问道,后来呢,去了多少渔民?陈大爹摇了摇头说,姓郑的有次去艑山,遭了埋伏,县城保安队的截和了,他受了点伤,死里逃生跑到芦苇荡里藏了一天一夜,被老盛家救了,悄悄地带了回来。

那个动乱的年代,人的命运真就像一片落叶,在空中飘着,遇到风起,又被吹远,不知什么时候落地,也不知落在哪里。我心中唏嘘,又在网上查到:

> 7月20日,巴丘所属地区全部解放。

陈大爹讲述的从时间点上考证逻辑是成立的。那位郑地下党要完成的任务,那些渡江战役参战的渔民,有人去了没有,去了多少,也许要去查一查档案馆的史料。

我问,他和老盛家女儿后来什么时候分开的?

陈大爹重重地叹了声气,说道,差不多是秋天过完的时候,姓郑的要走了,组织上召他进城,就再也没回来过。后来当了大领导,又结婚了。盛家女儿就一直留在村里,没再嫁人,也没进城。她活到六十岁那年,生日一过,突然不吃不喝,痴痴呆呆,一整天可以坐在湖边,望着远处的艑山,也不知道在看什么。市医院派医生上门,检查了一番,说不清原因,一个月下来,人瘦得变了形,仿佛随便一阵风就能把人吹得没影了。没过多久人突然死了,被发现的时候,身体已经冷了,可能死于后半夜。当时有人说,她要是做场寿宴,热热闹闹,叫上村里人去吃点腥素,喜气冲一冲，就不会得这种奇怪的病了。

陈保水突然想起什么，拍拍大腿，打断他父亲，说道，老盛家上一辈听说来生根的是两兄弟，湖上遇龙舟水，浪卷起十几米高，船被打翻后，抱着一块船板漂过来的。他们中的老大学酿酒，老二还是打鱼，现在的盛全伍是当年酿酒师傅老大的后人。

陈大爹满脸不耐烦地瞥了一眼，好像是责怪他把要说的话都抢走了。我问陈大爹，这个地下党尊姓大名，我查了巴丘地区历任的领导，没有姓郑的。他怔了一下，眼神一片迷茫，像起了浓雾的湖面，缓缓才说，他那时候干地下党么，用的假名字，后来他恢复了真名，像是叫叶广志。

我说改天去核实一下，找政府部门工作过的老人一问，应该不是件难事。如果真姓叶，那估计曹毅环讲的没错，但叶广志还在不在人世不好说了，至少也有九十岁了。陈大爹说，名字就是一个符号嘛。他翻了翻眼，眼里像起了大雾的湖面，白茫茫的什么也看不清。我岔开话题，对陈大爹说，我在亮灯待的这两年，您老人家得好好帮我，大事小事多顾问顾问。他没明白我的意思，瞪我一眼说，土埋脖子，问个么子？我马上解释说，亮灯没有您不知道的，顾问的事不难，对您来说是易如反掌。他这才缓缓站起来，把瓷缸里的茶饮尽，摇了摇，亮在我眼前，脸上皱纹一根根颤动起来，算是答应了我的请求。

地方政府十年前启动了渔民上岸工程。"人是漂泊的船，家是温暖的岸。"这两句宣传标语像广告一样刷满了空白的墙。时光兜转，沿湖村庄像模像样起了变化。亮灯的房子外墙都刷成了米黄色，人们说老渔村变成了渔民新村，黑瓦翘檐，前坪后院，前窄后宽。有几户种了些月季、栀子、三角梅，深红浅绿；有几户搭了竹架，葡萄叶攀着长出一片浓荫，下荫处养了几只鸡，后面方方正正弄出块菜地，南瓜、辣椒、茄子、豆角、空心菜。但更多的地是荒着空着，年轻人都出远门了。上面把亮灯定成扶贫村，经过一轮建设后，通村公路修阔了许多，准确地说，是没有修不好的路。修路是乡村建设的最大公约数，亮灯人走惯了水路，一看到那条宽阔的柏油马路，太阳照在路面上，银光闪闪，像是水波泛光，大伙都说奇怪，怎么头有晕眩感。

我初到亮灯村那些天，陈保水有事没事请我去家里吃饭，话篓子似的往外倒。他是个热情坦诚的人，肚子里有话就要悉数倒出。他说过去巴丘的经济不好，靠山吃山，山上除了禁伐的杉、松，少有特色出产；靠水吃水，湖里的渔业资源，滥捕滥捞后日益匮乏，一年中过了春季禁渔期，渔民夏、秋两季下湖。加上水情复杂，弱势的渔民风里来雨里去，怕大风大浪，一不小心，一条船连同身家性命也保全不了，起早贪黑混张嘴，一年到头积攒不下几个钱不说，最怕下一代继续漂，居无定所，读十年书换九个学校，那个托人求人难死了。亮灯的孩子大多送到岸上的亲戚家寄住，花钱买有希望的日子，但一些年过去，真正有出息的少，中途主动辍学、初中毕业就外出学手艺的居多，也有不少人子承父业继续水上漂。

陈保水接着说，亮灯有名无实，要借光才能亮起来。陈家父子在一起时，陈大爹总打断儿子说话，批评他胡乱讲，意思就是别瞎乱说话。老人风浪里来去，凡事谨慎，我也理解，他对我这个上面派下来的书记还在观察。陈保水不管，说自己性格生成的，变不了，也不想变。陈大爹水上漂了多年，患有严重的骨关节风湿，干不得重活；陈保水读到高二，老娘生了场大病，家里急用钱，他一咬牙就退学去打工，结果钱花了，病没治好，又把读书耽误了。他是个能干人，灶台上三下五除二，弄了个四菜一汤，水煮鱼头、油煎毛哈鱼、豆豉炒青椒、红苋煮皮蛋。陈大爹从壁橱摸出一瓶酒，说是村里老盛家后人盛全伍酿的谷酒。他的手有点抖，抖了几年了，下乡义诊的医生说了是帕金森前期。斟酒时，我要抢过酒瓶，但被他挡住了。很奇怪，抖手倒酒，斟满时酒贴着杯沿冒出一条弧线，但没有溢出一滴。

把酒干了一杯，陈保水就讲他养鸭子的经历。第一年，遇到雨季，收上的稻子烘不干，眼睁睁地看着稻谷烂掉。他看着我，你说悲惨不悲惨，换作是你，会怎么办？

我从他表情里看出蹊跷，一定是逢凶化吉了。但我回答不上来，就眯笑着摇头。

我一摇头，陈保水就得意起来，他说，谷子烂掉当时死的心都有，毛估算，村里所有家户累计起来，该是烂了十几万斤。烂了就烂了，那段时间我人也要烂了，口腔溃疡，蹲厕所屁眼火烧似的。但我不能死啊，是哪个伟人讲过，哪里跌倒哪里爬起来。他立起身子，拍了拍屁股后兜，坐下来接着说，我能有什么办法，干着急干等。天无绝人之路，最后邻县有个养鸭子的人找上门，当作鸭饲料收走，五角钱一斤。

就这么简单，我愣住了，这不像是我期待的那个结局。

他似乎猜到我的心思，笑道，谁会想到我从那个养鸭子的身上受了启发，来年我继续种水稻，稻子收割，碎稻谷落在田里，也养群鸭子。我算好每天一只鸭子吃多少稻子，就圈一块地，把鸭子赶进去，第二天再换一块地。第二年收稻子，我就真用这个办法喂鸭子，你说鸭子进了田，拉屎拉尿，渠沟里的水又变"肥"了，我琢磨着这肥水能干点啥，思来想去就养了泥鳅。那两年粮食价格不高，但养鸭子和泥鳅帮我赚了一笔钱，这算不算循环经济呢？

从那之后陈保水就不在外打工了，回来头一年受挫，但想了这么个点子，说出来有理，做起来可行，实践出真知。村里有些人家就抄作业，到年底赚了钱，村委会班子改选，民意所向，把他推上去了。

听儿子说话得意忘形，陈大爹露出老江湖的威严，旁敲侧击，说别听他吹牛，水深鱼多，人多智广，没有谁天生通晓天下，他是我的崽，几斤几两我还不清楚。

陈保水也不恼，反过来斗嘴，你不就是渔业队干了几年队长，那时是过度捕捞。现在什么年代了，水里都快没鱼了，你信不信，哪一天就彻底全禁了。

陈大爹在湖边生活了一辈子，对湖有感情，心里有张活地图。清道光年间洞庭湖的面积达到鼎盛，后来围垦造田，缩小了许多，剩下不到过去的三分之一。这些年人又悔恨了，开始退田还湖，水流穿过数不清的小村庄，摊开水域图，密密麻麻的。那些村庄有名有姓，但后来上岸、禁渔的大势所趋，年轻人都不愿留在水边活着，人走了多半，有的村合并后搬迁，老地名被打入了历史冷宫。亮灯的地理和历史有些独特，近水，也近山，人口稍多些，打鱼的名气也传得远点。一度有几年，城里还有人驾车数十里来这里买鲜鱼，留下一条青石板街市场。鱼市终没有做成，还是离城远要开车又易堵塞，即便基础条件改观很大，但人气冷，转来看去总差点什么。

陈大爹跟我说起祖辈饿肚子的年代，亮灯人总能从湖里和湿地弄到吃的，日子好起来后，反倒显得拮据了，那是有了比较心。人与人，最怕比，也比不得。我早听说前些年，城市搞东扩，新城区越走越远，老街区越发破旧。后来换了一任主政者，说不能忘本要往南延，借着老城区改造和沿湖地产开发，城市的边界往亮灯村靠近了不少。禁渔的事也摆在面前，媒体已经吹风，就等一声令下了，我猜不到这些水上的老伙计会是什么感受。陈大爷把吸得嗞嗞响的酒杯放下，禁了好，禁了不去遭那个水上的罪，还怕政府不给口饭，有口饭吃也蛮好的嘛。

不是吃口饭，讲的是要共同富裕。陈保水无奈地说，我的咯酒迷糊爹爹，老班子思想，做撞钟和尚，过一天算一天。

四

进村第二天，我就找了张地图看地形和县情介绍，巴丘往东边走，山岭起伏，海拔五百米以上的山有三十七座；地势是自西向东倾斜，最高的九龙池有一千零二十二米，最低的善溪口海拔只有五十七米。沿着亮江往上走，进了一座像一笔水墨画成的线状山岭，当中有一段突兀成峰。我问了好几位村民，无人说得出山的名字。终于有一个人回答："老山。"有多老，也没人说得出来。奇怪的山名，但好歹也是名字。来巴丘前我做过功课，这儿的地貌就是由线状山丘和龟状山丘组成的，"巴"在过去是蛇的古称，"丘"与"龟"在古文字中互通，古代西域的龟兹国，其实是要念"丘兹"。陈保水听我说，边搓手边说本地人过的糊涂日子，奉承我见识"水多"——渔民的生活中常拿水搭配组词来形容一些事。

我把村里每家每户和周边都走过了，几次都想要爬爬这座老山，但事情缠着，陈保水也说找人陪我，一直没有成行。

过完国庆，有一天吃过晚饭，天色尚早，我决定去爬山，突然想起和叶明朗约的时间。拿出手机翻微信，一分钟前她发来一段语音，说她计划不变，第二天出发，希望我能帮她安排一户人家住下。

她的声音从手机里传出来，有种山涧泉水的甘甜和畅快，说话的利落劲，让人踏实。现在的年轻人起点都很高，曹毅环带在身边的高足，必定不一般，他那天暗示小叶和亮灯的关系，虽还不明确，但用意我是能猜到的。我回复鼓掌欢迎的表情。她再三强调，她有过下乡经验，有个睡觉的落脚地就行。

我决定不爬山了，得跟陈保水商量，把叶明朗的住处安排在哪户人家最合适。城里来的，跟过去的下乡不一样了，不管条件是否简陋，首要是干净。走到村口，我看见陈保水在风雨桥和老五保盛跃飞说话。我打过招呼，把想法一讲，他立马说就去盛蓉和家，她老公上月刚外出打工，家里盖的一栋两层楼，有空房。过去湖区的村镇很少有人盖楼房，吃穿用度在船上和身上，房子盖得再好，住的日子少，洪水一来，房子就淹了，头年新房水淹一回泡一次，就塌了样子。这几年慢慢建房的多了，崭新的安置房建起，别的村民不甘落后，在各家老宅基地上噌噌就盖起来楼房了。

我当即同意。盛蓉和是村里的妇女主任，说话做事不怯场，家境这几年改善不错，跟老公也出去打过工，算是见过些世面。我说，你让盛蓉和收拾好卫生，问问她住一晚多少钱，到时记到我个人头上。陈保水摆手说，来的都是客，为了村里的事，哪能让你掏腰包，先住下再说吧。我拍他硬邦邦的腰，催他赶紧去办事。他转身就发动那辆在二手车市场买来的三轮摩托车走远了。我当初不明白他为什么要开个小三轮，后来他告诉我，村里剩下的老人居多，腿脚不便，有个头疼脑热，需要送个粮米油盐，三轮车安全方便。冲这一点，我对这小子又刮目相看了。

我和陈保水没少争论把亮灯变亮的问题，但我们的出发点一致，这种争论就变得有意思。他有股子干劲，也是寄希望于我给亮灯"刺激"一下。我说，你希望我怎么刺激？他说，你们在省里，随便想点办法就成了。我不想让他抱太高的期望，告诉他，首先你这个村支书要打鸡血。他撸起袖子，说我愿意打，但不晓得怎么打。我说你家老头讲"涉浅水者得鱼虾，涉深水者得蛟龙"，细细想就是这么回事，我真还佩服他。我告诉陈保水在找人策划的事后，他对策划高人的期待比我还强烈。我说，先不论人家能否想出发展好点子，首先我们得稳扎稳打，做好自己。他就再也不说"找刺激"的事，而是很本分努力地做着本职工作。我在他身上能看见些早年曹毅环铆着劲读书的影子，我打比方跟他说，若真能找到好的策划点，就像一条路，修好了，车还要跑起来，修路的价值才显现出来了。他摩拳擦掌，夸我：你来亮灯来对了！

我调侃他这话听起来像领导表扬，他不好意思，轻轻拍打自己的嘴。我心想，一个人与一个地方，也是讲缘分的，我自小在山区长大，走多了弯来绕去的山路，人生半山腰，好的坏的也有所经历，到湖边上打开一下心结，都是上天的安排。

我又一次梦到了小魏子。白天忙碌我很少想他，晚上安静了却常梦见。他一直往前奔跑。我看不到那张脸，天飘着纤细的雨丝，我的喊声被雨淋湿，落在地上，像一颗颗珠子嘭嘭滚动。我们之间的距离让人焦虑不安，他从什么时候开始跑得这么快，我居然追不上一个孩子，又疑惑他并不是小魏子，那就更想知道他是谁，心情愈迫切，灼烧之感愈烈。有人敲门，这才把我从梦中拉回现实。

我迷蒙着睁开眼，天色是灰黑的，耳畔传来两三下有节奏的敲门声，伴着一个低低的声音，起床啦，公鸡已经叫啦。

我想起昨晚答应叶明朗的事，要陪她爬山看日出。我匆忙洗漱完，闹钟才响起。她站在门口，有些抱歉地说，择床，迷迷糊糊的，睡不着，比约定时间早了点。我擦洗了一把脸，嘴里说没事，但声音被毛巾挡住，不知她听到没有。

叶明朗昨天坚持不让我们去接，下高铁后在城里吃了晚饭再打出租过来的。她一身户外装扮，推着一个小拉杆箱，拉杆处放着一个电脑包。我认出她上衣的品牌是始祖鸟，裤子是两个半环相扣的安德玛。那只骷髅鸟，是生活在侏罗纪晚年的小恐龙，不过是头部像鸟、身上有羽毛而已，在希腊文中是古代翅膀的意思。这不是我自己了解的，是小魏子告诉我的。他缠着我逛过专卖店，一看标价，我实在是舍不得，小孩子长个子快，眨一眼就淘汰了。他并不是要追品牌，就是喜欢骷髅鸟的图案，哼哼唧唧的，磨不过了，最后我哄他选了一顶还能接受价格的棒球帽，才把他带出那家冷气过足的商场。

陈保水拎着叶明朗的箱子，我们把她领进盛蓉和家。她看到临时落脚地干净整洁，甚为满意，但也没有多少客套话。和屋主人寒暄过，她说，明早陪我去爬山？我迟疑了一下，说行啊，我还没正经爬上去过。她打了个响指，说那我到时去村部叫你，我起得早。没有导师在身旁，她变活泼了，也像是对村里情况做过了调查。

为什么一大早去爬山？陈保水悄悄跟我嘀咕，被她听到了。她眼角翘了翘，莞尔一笑，说陈支书哪有那么多为什么，爬山锻炼身体，正好看看亮灯的风景，一起去爬？陈保水讪讪地笑，从小爬起，爬厌了。我也跟着笑，叶博士要看清楚我们亮灯村，然后画幅最美的图。叶明朗得意地说，那可不是，这段时间我都在研究亮灯，曹师训导过我们，时间不是用来浪费的。

我蛮喜欢她这样的性格，说话干脆，不拖泥带水，做事的人时间观念最重要。待她把屋子的功能熟悉了，想到这一天奔波，我不想打扰她休息，就起身告辞。我从盛蓉和家走出来，她送下来，走到院子外，说道，亮灯名不副实啊，黑灯瞎火的。

我脸唰的就红了，好像是听人批评自己家，心生不快，也有些羞愧。幸好夜里她看不到我的表情。我转身去喊陈保水，说叶博士的批评就是我们工作的动力。他垂着头不说话，估计心里也不爽。月初，云厚，没有星光月色迎接她。我看了看村道，节能自动灯的光忽闪忽闪，弱弱地闪着，村里人家早已闭户熄灯，安静的夜晚，被一张黑色大幕铺天盖地罩住了。

五

沿着亮江走一段，然后上山，我也变成了一个导游。河床里石头多，方圆长短有别，大小色泽各异，水清流浅，沿途偶尔遇到几只体形娇小的白鹭扇翅飞远，驻足在露出尖角的大青石上，照着石缝下的水面，梳理瘦长的影子。叶明朗拿出手机拍个不停，夸赞这里生态好。

生态几好巴好，白鹭钩（都）挥（飞）来了。我模仿当地人口音说上几句方言，惹得她捂嘴笑，说，魏书记融入得真快。山上栽植着马尾松、水杉和不知名的矮灌木，长得郁郁葱葱。山间小路盘旋向上，极少分岔。走到半山腰，再往上走，就没有路了。封山育林，禁止砍伐，野蛮生长，上山的人少之又少。山那边是哪里？有人说是隔壁乡镇的后山，有人说是公路，没个确定的说法，就好像一件无关紧要的东西，天天摆在面前，却从没引起过注意。

站在山头上，往东北方向看得到一片洲滩，入秋后，芦花银白如雪，会有赶早来的年轻人抢着晨光拍婚纱照。我实地勘察过，有一大片废土，疙疙瘩瘩，很多碎瓦片暴露眼前。传说那里曾是南宋初年杨幺带农民起义的藏身、练兵之地，打过仗，死过人，也沉过船。有人想承包下来做苇场，发现总不长物，芦苇不生，别的杂草也不生，刨去上面几厘米厚的土，发现了很多瓷器。品相好的被博物馆、瓷器馆挑走了，残缺的被收藏者打包买下。不知是当年的窑址还是运瓷器的船沉没倾覆于此，至今说法不一。但可以断定的是多少年前这是汪洋一片。脚下的瓦砾碎石踩得响。这些都让我激动，历史不去翻，就积满尘灰，你翻动它，它就藏金躲银。后来我兴致勃勃请教省里一位瓷器研究专家，他一句话消解了我的期待："那不过是些再平常不过的民窑，破碗碎罐，年代久也不值钱啊。"我立刻明白那块地空荡荡的任人踩踏的原因了。临别时，专家又耐人寻味地说，重要的东西是眼睛看不见的。

我转述给叶明朗，她说，这是小王子说的，我觉得挺正确的。

亮灯村有什么重要的东西是我们看不见的呢？我嘀咕着，和她边走边聊。她做思索状，脚步加快。我赶了几步，没话找话地问道，听说你老家是巴丘？她停下来，看着我的眼睛，像是在问我是不是想八卦什么。她脸上却笑着回答，南水桥，我导师告诉你的吧？我答道，南水桥大名鼎鼎，出将军的县，革命老区。她并不领我的情，说沾着革命的光，过去戴着贫困县的帽子不愿摘，其实藏富于民。不得不说，她和曹毅环一样喜欢反向思维，让人刮目相看。我称赞道，你看问题蛮深刻的。她叹息一声，捷径都是最远的路。

地方上的事，面上的底下的，道理和事实大家心知肚明，只是不愿戳穿罢了。但这么讲也有失公允，待在象牙塔里，哪有基层工作难的切身感触，站不同的山上唱不同的歌，时代不同，政策左右，也怨不得地方政府和基层干部。到了乡下，我既身陷其中，又必须跳出来思考。

她问我亮灯村民的年龄比例，又问我互联网应用遭遇农村老龄化问题。我说，农民是风险厌恶型的生产消费者，慎重选择新技术应用是必然的。偏远山村通信基础设施滞后，影响了网络信号覆盖，考虑基础建设先行是首要的，也是地方政府最棘手的，投入与回报不成正比。她摇头摆手，说课堂上讨论过"乡村的流变结构"，互联网带来的体验经济，是年轻人的钟爱，农村的老人显然不可能成为其生力军，他们还是喜欢隔三岔五地出山赶集，见面、吹牛、买东西，也卖点积余的农产品。这应该被视为留守老人的社会交往。即使是中年农民，突然让他改变习惯，在看不见的网络上购买种子化肥，他都感觉是冒着天大的风险，一年的农业生产，是万万不能瞎耽误的。

我佩服她的一针见血，能看到事情的症结上。即使是有的地方干部，还是只能头痛医头，脚痛治脚。我问她，你们在课堂上高谈阔论，城里生城里长的年轻学生能领悟到多少精髓，毕业后会心甘情愿去田间地头扎根吗？

叶明朗略加思索，不以为然地说，选择一件事情，不是因为看不到结果就放弃，而是因为去做了才有不一样的结果。这个理，对那些学生和每一个人，都是同一个理。

我们沉默了片刻，又抬起头往山上走。周围鸟声啁啾，声声脆亮，天光已经渐渐明朗起来。太阳颜色如婴儿红，浮凸在水天相接处。水面上像铺着一块巨大镶金边的丝绸，由鲜红向橙黄过渡，水上的光把天空洗得更亮了。走到一块凸出去的矮岩上，眼前没有了遮挡，虽然不是最高处，但开阔的水域渐渐从丛林间展露眼前，风景一览无余地打开了。亮灯村的屋舍首尾相连，统一新建的渔民新居，像几块颜色混搭的积木，藏身在深蓝的湖面和灰绿的大地之间。那条通向村外的道路，黑色的路面被阳光照耀，像漂着贝壳白的浪花。挂在竹竿上的鱼鲞在风中摇晃，穿过田野，绵延而去的，是更大的旷野，也是被湖水滋养过的村庄。

叶明朗突然问我，从省城下来，你觉得亮灯比过去变好了吗？我也曾经萌生过这样的疑问，原生态的亮灯，有烟火有喧闹有冷暖的村庄，似乎是离我们远去了。我脑子快速盘旋，却不知从哪里回答，只好含糊地说，任何时候的变化，都不能用绝对的好或坏来概括吧。她撇嘴一笑，好像是对这类其实没有任何观点的话表示不满。我接着说，比如村里的基础硬件是好了，但年轻人都出去了，地荒了不少，只有老人会去翻耕；渔民没法捕鱼了，似乎丢了老本行，但上岸转产另谋生计了，还是可以干与老活计相关的，做餐饮，卖风干鱼，虾稻套养，水产养殖，去做护渔员旱涝保收也不错。

走在前面的她停下来，转头看着我，并不接续我们前面的讨论，却说，你看上去有点忧郁，像忧郁的大叔，别人对你有过这样的第一印象吗？

我故意做了个夸张的表情说，有吗？怎么会是这个印象？嘴里这么说，心中却记起刚到亮灯不久，当地组织部的领导来看我，先夸奖我看起来老成，我心里说这不就是说我显老嘛。又说我有艺术家的范，我这才没忍住问对方，没留长发，没奇装异服，何以见得？他说一个人稍不留神，就会不自觉地把身上的忧郁气质暴露了。我倒不觉得这个印象有多不好，恰好说明了生命底色中的东西，怎么也修饰改变不了的，只是忧郁的人显老相，让我有点小受伤。

她不回答我，径直朝前走了。走急了，我的小腿肌肉有紧绷的吃力感，我看她的刘海被汗珠沾湿，一小绺一小绺地，贴着额头，变成了卡通里的小丸子发型。昨晚离开盛蓉和家，陈保水悄悄问我，小姑娘能行吗？曹教授不来是不是怕我们出不起钱？人是我请来的，我装无所谓地说，曹教授太忙，小叶好歹也是博士，是曹教授的弟子，没理由小瞧她的。我把曹毅环送我的话转送他：凡事你去信，信了就能成。

叶明朗本科读的是地理信息科学，硕士转的土地资源管理，都属于地理科学专业，帮好几个地方成功打造过省里的地理标志产品，读到博士竟然选的是乡村问题研究。曹毅环说出这些信息，我又好奇又讶异，平常没觉得自己有多与时代相隔，听到年轻一代的想法经历后，就有种被巨大的惊叹击中之感。

湖风远远吹来，山间一下就清爽了，她额上的头发被吹干，摇头之际又在眼睛上活蹦乱跳起来。我们坐着休息了一会儿，她突然站起身，意味深长地说，这里我好像来过。我说，故地重游？小时候被家长带来这里是完全有可能的。她呵呵一笑，风景旧曾谙。她的笑很容易感染人，我也开心地说，如果有这样的感觉，那就太好了，说明这次的合作成功了一半。

叶明朗说，我很怀念读本科、硕士时做田野调查的日子，不管是炎夏酷暑还是数九寒冬，白天到田间地头采访劳作的农民，晚上就在蚊虫飞舞的院子或寒风呼啸的屋里与农民聊天交心、吃地道的风味，有时就地取材动手下厨，条件艰苦却并没人埋怨。那不仅是学术研究上的新鲜体验，对一个人的生活和成长而言，也是终生难得的大收获。

我心中对她又多了些敬意，下乡前要听到这些话，我一定为我的犹豫惭愧。我说，走进生活之中是对的，真实的人生虚拟不出来。叶明朗摆摆手说，浪漫主义者都在虚拟人生，我不是浪漫主义者，但务实者也要务虚，有时候人不能只追求精确的东西。

这些话从她嘴里说出来，总是感觉有着更深的深意。我脑子时刻在加速转动，我们总在想象一种乡村，想象一种农民，却没有把他们想象成现代社会的一分子，缺少了这种想象，视野又怎么能打开。这么一想，我就有些小兴奋，为叶明朗的到来——说不定她才是那盏"灯"。

六

从半山腰下来，我们去盛蓉和家吃早餐。五个小碟，兰花萝卜、油炸蚕豆、腌酸菜、葱花炒蛋、油沥小鱼，一碗放猪肉炒码的面条。盛蓉和做坛子菜是把好手，又清爽又开胃。渔民水上做事，要吃盐吃咸，收网抬鱼撑船，双脚在淤泥里踩动，都是费力出汗的事，吃淡了寡味，所以兰花萝卜必备，吃多也就吃出感情了，一日三餐少不了。我怕辣，第一次吃得哑巴着嘴，不停地往嘴里换空气。盛蓉和做事用心，往后给我的在辣椒配量上减了，萝卜吃起来有酸甜味。

叶明朗也不客气，拍着手说，看着就食欲大增。握起筷子夹几片萝卜塞进嘴里，嚼得咯吱脆响。我问她，你不怕辣？她笑着看我，这是个什么问法？我重复道，你不怕辣？她嘴里吞着面，含混地说，你知道我绰号不？"辣不怕"就是我。一旁的盛蓉和打趣地说，怕辣的只有魏书记。我笨笨地点头，乐了起来。

立秋后，亮灯已经有人家在晾晒萝卜，准备储过冬吃的坛子菜。湖区的田畴上，盛产一种皮薄肉嫩光洁的鲜萝卜，切成片状，稍稍风干，辅之以辣椒粉、盐和香油，就能卤制成风味独特的酱菜，吃起来鲜香脆辣。萝卜到处有，在别的地方，变成了萝卜条、萝卜丝，制作方法改了样，虽各有风味，但兰花萝卜在当地是一绝。

盛蓉和听到叶明朗边吃边赞美，就骄傲地说，我们这里的兰花萝卜，制作的历史最早要从清代算起，我家的这个做法爽口味道与众不同，有家传秘方，是我妈手把手教的。我听陈保水讲过她的本事，她传承了这个手艺，过去被县里一家兰花萝卜厂请去当技术指导，领过几年工资，她屋里几件用过些年头的电器，都是拿工资买的，亮灯当年可没几户人家有这么齐全。

小碟一扫而空，面汤一滴不剩，叶明朗吃完后眼睛放光，愣愣地看着我，不知是兰花萝卜辣到了，还是在回味这顿开胃的早餐。看着光盘光碟，我开心地说，叶博士，我们到村里转转，想看点什么？她说，客随主便,你带我看什么,我就看什么。我说,那依着陈保水做的安排,先带你看看酿酒坊。

我们穿过几间错落的房屋,屋前屋后都散落着几件渔业用具和船上工具,破洞的渔网、发白的缆绳、灰扑扑的浮筒、残缺的船板和划桨。空气里总有股散不去的鱼腥味,时有时无,时浓时淡,好像粘附在屋墙上,多少年都不会变。手一摸,就变成曙白的尘灰扑扑地落下来。亮灯村种地的人少,也许与渔民在水上漂习惯了,上了岸,一下还不能转型为农民;加上种水稻的收益,大家看在眼里算在心里,欢天喜地忙碌一年,要么是谷贱伤农,要么是增产不增收,戏唱了不好看也不好听。

我问叶明朗怎么看农业和种地的问题,她不愧是曹毅环的高足,几句话就看出理论底子。她说,古典经济学与马克思主义的传统,都反复在挖掘农业中的规模效应。我说这是曹毅环饭碗里的研究。她点头说理论的公共性其实人人都懂,但现实的残酷性在于,农业的产销像是同性排斥,永远不可兼得。

来到亮灯后,我就从没想过要去发动渔民种地,除了种地收益少的原因,更多是骨子里的,两个群体有着天然的差异,安居乐业的田耕,哪比得上居无定所的流浪、变幻和邂逅。脑筋活的渔民,驾着大船,水上走得久,索性在甲板上搞几个大泡沫箱,种蔬菜,养几只鸡鸭。对他们来说,水就是大地,有水就有一切。

说话之间,我们走到村十字路口,半栋新建的环保砖屋还没粉刷外墙,旧房子的门匾上,掉了漆色的招牌:打鱼佬酒家。这是个酿酒作坊,用的是古法蒸馏,酿的纯粮食酒,老板是盛全伍,村里人习惯喊"老盛家"。

盛跃飞从酒坊里出来,脸红扑扑的。看见我们,他迎过来,比画了两根指头。屋里的盛全伍有什么事要交代,追着喊道,盛二两,慢咯些跑。他们嘴里的"走"与"跑"是同一个词,走就是跑,跑也是跑。盛跃飞停步,慢悠悠转回头,吐了个酒嗝说,有屁快放!

叶明朗开心地笑起来,问我,名字有来历?二两酒量很一般嘛。我赶紧摇头,说可别小瞧,他是有故事的人。

盛跃飞洗脚上岸后,一直还没结婚成家,不是不想结婚,是结不起,或者说是要结婚的人,因为喝酒耽误了。他从小就在水上漂,出一次水,打一网鱼，就要酒醉三天，比老话讲的"三天打鱼两天晒网"还要恶劣。有回在六门闸弯船，救了一个失足落水的寡妇；又有人说是寡妇寻短见，让他捡了漏。寡妇年纪比他大，救人一命，两人就好上了，起初他想朝着好的方向发展，多打鱼挣点钱，把岸上的家也给安了。但嗜酒的毛病改不了，喝了酒手脚就重，重了就有磕碰打斗，打斗起来就忘了形，寡妇经常青一块紫一块，他的脸上也是刚结痂又添新抓痕。寡妇本就是个倔脾气的人，有天趁着他喝醉，船靠岸，卷了钱物跑了。个中细节，不知真假。盛跃飞也不怕丢丑，人家问，他换着说法回答，像是编别人的故事，但喝酒后一把鼻涕一把泪，辛酸真切得很，让人不得不信这就是发生在他身上的。有天晚上我请他喝酒，想把他的往事撩出些真相，但他偏不上当，像是压根没发生过，或者是早忘记了伤心旧事，反而让我猜猜他的酒量。我说猜不着，不会是一直喝吧。他摇头，先伸出食指，再伸出中指，像是比了个庆祝胜利的动作。我说，二两不过冈？他眼一闭，继续摇头。我觉得他这身体绝无可能是两斤的量，不会看走眼的，懒得瞎猜了。我不接话了，他急了，赶紧揭秘，左手拎起酒瓶左右摇晃，右手握拳，然后又重复了一遍动作，说一斤酒每次喝到只剩二两，不到这份上不尽兴啊。我哈哈笑起来，又帮他倒满酒，说他是酒醉人不醉，算术做得好。

　　盛全伍的新酒清早刚出锅，让我们品一品头道酒。叶明朗捏着鼻子不肯品，说闻一闻就醉了。看我们品酒有滋有味，她忍不住也浅抿了一口，咂咂嘴，说这酒好啊，像老班章茶，有回甘感。盛全伍并没喝过老班章茶，听到是好评，立马骄傲地伸出大拇指。老盛家的打鱼佬酒，方圆村镇有名得很，出酒没几天就会被买空。有时盛全伍也开着小四轮去城里给几个老客户送酒，人家一次买三五十斤，用配好的枸杞、海马、人参、天麻封坛，假以时日，不比电视广告宣传的养生酒效果差。

　　叶明朗问，怎么不注册个商标？盛全伍说，这么小的量，打死也没想过商标的事。我补充说，打鱼佬的酒靠的是喝酒人的口头传播和懂酒人的口碑，我也问询过工商局，小家作坊，不量产就没法申请。叶明朗说，那就想办法量产，搞个村办酒厂，让盛大哥当大股东，技术入股。

　　盛全伍一个劲摇头摆手，说牛皮可不敢随便吹，没资金没场地，还当大股东？说得那么简单。叶明朗说，当然是不简单，但人要有梦想嘛，连梦想都不敢有，那发展也不要想喽。她看看我，又看看盛全伍，我脸上有些发涩。我承认是我帮他们 pass 了这个念想。世界上原本有些事是不敢想，想了也不敢干。冲这一点，叶明朗就比我大胆，至少她敢想。亮灯要的不就是敢闯敢干的人吗？我偷偷给曹毅环发信息：令徒是个人才！

七

我没想到叶明朗和陈大爹一见如故。那天我陪她去找陈大爹采访，陈保水留我们吃饭。进了门，陈大爹搓揉着膝盖，那里的关节早已变形，像一块蟠屈奇特的瘿瘤木。这是吃水上饭的人的常见病，风湿、关节炎、肺弱。她立刻撸起袖子，说她未婚夫中医学博士刚毕业，她跟着学过穴位按摩。就当起了按摩师。

叶明朗边按边聊天，说起陈大爹当渔业队长的传奇，尤其是上了湖，哪里深浅，哪里弯绕，您在就是上了保险，人家都叫您"活地图"。人人都有虚荣心，省城来的博士这么赞美，陈大爹精神立刻抖擞起来。湖泊变迁、渔民轶事、渔村历史、婚丧嫁娶，叶明朗像做社会学调查，悄悄把一支录音笔放在桌角。两人像是久别重逢的朋友，叽里呱啦，谈笑风生，我都插不上话。陈保水添了几次茶水，示意父亲不要话痨，但陈大爹兴致高，说话时如开了闸的水流向旱地，水花欢蹦乱跳，又像是终于逮到一个可以说话的人，恨不得把一辈子的话说完。我算是认清陈保水话多的原因了，还是遗传基因决定的。有个间隙，他趁叶明朗起身小解，低声说，我总觉得小姑娘像一个人？

我说，像谁啊？他瞪了一眼说，说了你也不认识。我说，您讲了我不就认识了吗？

他神秘兮兮，靠近我耳旁，说，还记得我跟你讲过的盛家妹子吗？我睁大眼睛，竖起耳朵，一言不发了。我和叶明朗第二次打照面，交情还没熟到可以打听人家家事的地步。但陈大爹这么一说，我想曹毅环也不是空穴来风，多少是知道点内情。我正要和陈大爹继续探讨，叶明朗回来了，疑惑地看看我，又看看陈大爹。我笑了笑，她很快忽略了我，又和陈大爹聊起了这个地方产酒的历史。

陈大爹也像忘记刚与我说的这茬事，用手蘸了水在桌上画了一个圆，说这个是代表洞庭湖平原，过去临水的地方有大码头，酒是码头文化，南来北往的人，停船靠岸，探亲会友，提壶买酒，推杯换盏。那时候的巴丘酒业盛行，有"三十六米铺，七十二糟房"之说，名气在外的有杜康记、永昌行、怡兴祥等，前店后厂，满街飘香，一壶酒醉倒半城人。

我特别佩服那些说话活色生香的人，陈大爹就是这样的人。他说着话，眼睛眯缝，陶醉的模样，真是像空气中飘来醉人的酒香。我不由自主地深深嗅了一口，叶明朗扑哧笑了起来。

陈大爹丝毫没停的意思，滔滔不绝地说起那时候，有头有脸的城里人喝纯粮白酒中的"堆花""镜面""冰梅"，又叫烧酒，请客送人，红纸上毛笔写酒名，装瓶配对，捆扎后拎在手上走亲访友。码头工人、排古佬、渔民只能喝头锅子酒和尾子酒勾兑的大路货，又叫二锅头，价格便宜，喝起来辣喉劲大。

陈大爹又发了一番感慨，酒是粮食精，祛湿寒，渔民少不了，我们湖区的人喝早酒，晚上睡前也要抿两口。过去一个渔业队每交售鲜鱼一千斤，奖白酒五斤，而渔业队对渔民每交售鲜鱼一百斤，奖白酒两斤。那个时候，人人都爱酒，人人也都喝酒。叶明朗眨巴着眼睛说，亮灯真可以考虑自己办个小酒厂，或者找人投资，控制规模，肯定有市场和效益的。

跑了几日，叶明朗每天都兴致勃勃，一点累乏之意也没有。此前，陈保水多嘴，说了一句话，叶博士每天东家西家采访，也没忙出个什么结果。他小瞧叶明朗，陈大爹就生气了，说真金不怕火来烧，明珠不怕鱼目混，人家小叶博士看一眼，就知道有知识，你不读书能瞎鼓捣个什么名堂。陈保水百般解释不是恶意诋毁，陈大爹又是一顿训斥，好像是替自己的亲闺女辩护。

到了周末，叶明朗想去湖上兜个风，我原本联系借了渔政的船艇，却临时接到通知要参加市里的项目会。我跟她解释，她也不介意，说改时间再去，就留在盛蓉和家整理采访录音，梳理一下思路。

会是市文旅局组织的，我进了会场一问才知道是个"神仙会"，主题是新文旅项目申报，但完全没定思路和方向。大家东一榔头西一棒子也没拉扯出什么有价值的东西。我拍下会标传给叶明朗，半个小时后她才回了一张露出龅牙的笑脸表情。

趁着大家七嘴八舌，我到楼下的史志办串门，之前结识的一位副主任，给我找了两本二十世纪九十年代编撰的巴丘文史资料。我带回会场，读到几篇回忆新中国成立前地下党活动的口述文章，作者中没有叶广志，但在一篇文章中读到了有关他的事迹，大意是说他十三岁参与交通站情报的传递，机灵勇敢，后来在执行渡江战役的特殊任务中负伤，被亮灯村渔民保护，新中国成立后先后在公安、司法战线工作，又担任地委主要领导多年。

会议结束，我又被拖着吃了顿闲拉胡扯的晚饭，回亮灯的时间有点晚了。从主干道拐上一条乡间公路，路上很黑，夜空里的星辰格外明亮。我突然兴致一来，把车停在路边，打开手机夜景模式，拍了几张照片发给叶明朗。她很快回复，问我回来了吗？要不要一起去看湖？我说一刻钟到，你在路口等我。

离村一公里有个老码头，老码头离湖不到三百米，老式红砖砌了一座简陋的灯塔，四面用厚玻璃镶罩着，这些年风吹雨淋，只剩下个壳。过去每天会有村里的老人等天黑之后，爬几步台阶往大油斗里加油，点燃灯火，一斗油正好保一夜不灭。也有个说法，油灯很神，遇上狂风暴雨，灯若突然熄了，就预示那夜会有人翻船遇难。老一辈说起哪一回灯灭了，天蒙蒙亮，村里就传来了伤心恸意的哭声。陈年旧事，孰知真假，我当时听了心里总觉得怪怪的。

从村里去老码头有条瘦长的水泥路，车可以通行。叶明朗上车，问我下午的会有收获吗。我说，不是正想听你的高见。她比画着我们身高的差距，笑着说，高人才有高见，矮个子只有矮见。我笑着说，依我们老家的说法，个子矮，点子多。她不和我贫嘴了，很认真地问我，为什么有人会仰着脑袋伸长脖子，借助望远镜看夜空，看那些闪耀着又在百万年前就消失的星辰？

我说，是不是只有在无边无际面前，人才会感到渺小。她点头又摇头，说，人也只有在遥望时，会产生探寻的欲望，人飞往太空的梦想不就是遥望时产生的念头吗？我还想说什么，已经到了离湖最近的停车处。

打开车门，一股风灌进来。夜风沁凉，把衣服裹紧一些，在衣服与皮肤摩擦的瞬间，又生出些热量。叶明朗痴痴地望着，灯塔孤独地站成一尊黑影，湖上深邃，天地之间都是黑蓝色。但这黑蓝色又是发光的，真是奇怪。如果是过去，有渔船夜归，有渔民夜捕，有钓者夜钓，人也会给湖带去亮光。

叶明朗伸出双手，像是要抓住夜风，然后转头问我，为什么大地上有山峦有湖泊有深谷？我答道，是因为地壳运动？但我知道她想告诉我的肯定不是这个答案。她的手在空中画着圆，说，其实我们看到的是一片废墟。我惊讶她的说法，废墟？她似乎瞧不起我的惊讶，说，山峰隆起，深渊崩裂，有高低起伏，有峭立塌陷，我挺喜欢这样的堕落，这样的废墟。我故意抬杠，堕落和废墟是你们的修辞吧，现实可不是修辞。

她不说话了，怔怔地盯着什么也看不到的远处湖面。过去我在村里，到了晚上，寂寞难挨，到湖边走一走，听着夜色中若隐若现的湖水声，心里会慢慢暖和起来，人一暖和了，寂寞也就排空了。夜风紧起来了，我担心她感冒着凉，就提议往回走。她说再坐坐吧。我脱下外套递给她，裹紧衣服，席地而坐。

风制造着沉默，也在打破沉默。她说，每个地方都有它的故事，我给你讲闺蜜同学的一个故事？我目不转睛地看着她，等着她的故事。她故意沉默，我说，那你快讲讲，洗耳恭听。

湖面上有的地方黑，有的地方水光反射，像是挑动着要燃烧完的灯芯，拨出一小片光花。叶明朗把看向远处的目光收回来，说闺蜜拿到农大的录取通知，家里人一片反对声，说一个女孩子读什么农业，人家都往大城市往国外走，你难道还要倒退回乡村。只有爷爷很开心，爷爷年龄大了，身体也不怎么好，那段日子还违反医生的规定，破例小酌了两杯。闺蜜不明白爷爷为什么高兴，后来爷爷在病逝前把她叫到病床前，说希望她以后用学到的知识多为乡村做点事。

我说，你同学的爷爷是干吗的，老农民？她说，闺蜜的爷爷曾经干过地下党，后来是市里离休老干部，逢年过节享受着被市委书记登门慰问的高级待遇。闺蜜从家人那里得知，爷爷年轻时结过婚，当时为了掩护身份，组织上安排的，但后来回城这段关系就结束了，两人也没有真正地生活在一起，那个农村老婆也从没进城找过他。

我说，那个革命的年代，有太多这样的悲欢离合了。她说，你说爱情是不是从来都如此脆弱？我说，你就这么肯定是爱情？也许当时她爷爷只是为了革命事业。那你问问闺蜜，她爷爷后来是不是很愧疚？她说，爷爷去世时交代要把所有工资积蓄都捐出来，之所以有这样的念想，既是为广义的乡村，也许真是有赎罪的想法。我说，两者都有吧。她说，唉，谁说得清呢，往事不提也罢。我说，你知道吗？故事有一个功能，就是唤醒。她说，为什么要唤醒，人任性一点，沉溺在过去有什么不好呢？我说，唤醒且不沉溺，是要面对未来，"未来"说起来好听，但太多不确定会让人并不想那么快走进未来。她说，亮灯的未来，你有信心吗？我感到了些凉意，搓了搓手说，别岔开，先说为什么要讲这个故事。她说，你不觉得此时你是最好的听众吗？我"揭穿"她说，有人讲自己的故事，总喜欢安插到他人身上。她欢快地笑起来，我说，你这个"小说家"露馅了吧。

远处有水声，但什么也看不见。叶明朗把头扭过去，偷偷瞄我两眼，又假装看向远处。我叹声气，说你听说了吗，那个女人一生未嫁。她也长长地吁了口气，缓缓地说，我不是故意的，其实我讲的就是我家的故事，我没见过那个人，但爷爷说她也是我的奶奶。

我不知该如何接续这个话题。叶明朗声音低沉，接着说，很长一段时间在我们家都不允许提她的名字，爷爷进城后，革命工作忙得昏天黑地，一年后，她托人把他的东西都送了回来，爷爷抽空找了她一次，不见人，听村里人说远嫁他乡了。爷爷真以为她又结婚了，就再也没回去找过她。

我心想，那个年代的人，有多少让人痛惜的爱情故事啊。叶明朗喃喃自语，那些年，她为什么不来找他？为什么要撒谎呢？她一个人是怎么过来的？

我缓慢而凝重地说，这也是你到亮灯走这一趟最重要的原因吧？

叶明朗像是魔怔了，过一会儿才说，我要看看一个女人一辈子没离开过的土地是什么模样。她起身站立，粲然一笑，把手伸到我眼前。我被她拽起来，冷风吹得我哆嗦了一下。冷不冷？她问我。我摇头说，我下乡来到亮灯，第一感觉它的名字真好听，一定是个温暖的地方。她从背后推着我，说，大叔赶紧走起，亮灯才会变亮。我什么也没说，像是被一股力量托起，在风中轻快地跑起来。

八

又过了两天，陈保水打电话来，说陈大爹喊我到家里吃饭，给叶明朗饯行。那天我正从市里开完会往村里赶，小魏子十几分钟前发微信问我，夜晚是什么形状的？我没作答。又追问什么时候归窝。"归窝"这个词是跟我母亲学的。

　　上次回去也是和小魏子有关，学校老师此前发信息，周末青少年宫有一场公益讲座，通过选拔的孩子家长务必到场。小魏子叮嘱我不得缺席，讲座我迟到了，但也并不可惜，老师讲课比较水，"信息学程序设计人才培养专题报告会"，光听题目就提不起兴趣。小魏子明年六月小学毕业，我去了乡下后，家里就是老人管着日常起居。他的学习能力不差，成绩稳居班级前列，但老人说他不是这里马虎，就是那里自我要求不高。告状过来，我一只耳朵进，另一只耳朵出。我劝老人，别大人卷小孩卷，小学阶段主要是多培养点兴趣，快乐学习，健康成长。老人不听劝，三天两头微信语音批评我管教不严，将来必定后悔。说多了我也有了错觉，以为"后悔"离我不遥远了。我知道小魏子的心思，既不想兴趣班占了太多业余时间，又不敢在老师面前直接拒绝。对他试探性的提问，我回复：你的选择你做主。接着又补了一句：去参加一下也无妨，老爸全资赞助。他回了一个闷闷不乐又无可奈何的表情。

　　我有时闭眼想到他，就会看到他扒拉地球仪的模样。他从小喜欢研究地图，最高的山最深的海沟，最大的草原最长的河流，地球仪换了好几个。他把口水流在美利坚合众国的版图上，也把鼻涕擦在南极冰川上。无聊的时候，他就跑到离家不远的省图书馆，手里捏着一支微型激光笔，绿色的光点落在那只自动转着的硕大地球仪上。这是一个铜制的地球仪，陆地海洋凹凸不平，他嘴里念叨着那些国家的名字和它们的面积、人口、首都，让从身旁经过的孩子把他当成怪物。

　　我拨通叶明朗的手机。她说，准备明天回学校，把这次收集整理的资料递交导师，如果有需要，过段时间再来。

　　我当然不舍得她这么快离开，这一个星期突然觉得生活充实了许多。我问她想到好点子了吗。她说暂时保密。我说，那太好了，保密就是有戏了，我回省城后替你向曹师请功。她说，我可没邀功啊，今晚吃饭后陪我去湖边散步，算你请功。我呵呵笑道，遵命。她说，友情提醒，大叔把眉头展开一些。我说，不是距离产生美吗？说这话是有来历的，我们交往算得上很投缘，说话相处都有了一种心底生出的信任。有一次我说她与亮灯很有缘分，她却说不如讲我俩有缘分。我说那得感谢曹毅环，她说下次找盛二两把曹师放倒。还有一次她开玩笑问我，为什么眉头像上了一把锁，难道不能保持点距离？难道不知道距离产生美吗？我被她逗乐了，眉头展开，她眼疾手快拍了照，时不时拿着这张笑得很率真的照片在我眼前晃，调皮地说，你看看嘛，距离产生美。后来我看到她偶尔皱眉，也会拿这句话撑她。

盛全伍送来两瓶老酒，盛蓉和送了刚揭坛的兰花萝卜。陈保水的厨艺超常发挥，一桌人热闹，陈大爹就把酒喝多了。带着醉意的他，口无遮拦，话像网一样就撒开了。他端着杯子，手颤抖着，说道，朗伢子啊，朗伢子哦。我们都噤声，不知陈大爹要发表什么指示。

他饮尽杯中酒，神秘地说，当年，朗伢子的爷爷做地下党的时候，来我们亮灯，说是执行一个什么计划，你们猜叫什么？

叶明朗和陈大爹已经很熟了，他们私下见面聊天，有时不知是为什么事笑，笑得前俯后仰；有时又叽叽咕咕，像一对秘密共谋者。我猜他们不止一次聊到过盛家妹子，那个时候，她的表情就很感伤。我没有打听过盛家妹子的名字，亮灯村的人也似乎都忘记了。

陈大爹见我们不接话茬，自顾自倒满杯子，说道，那个叫渔火计划，任务就是找上百名的渔民给解放军当船工。陈保水插嘴，计划成没成？陈大爹白了他一眼，这是问的什么傻问题，天下都得了。我们都跟着笑起来，叶明朗递了我一个眼色，我也会心笑了。前几天我把在史志办找到的那两本文史资料辑给了她，口述文章中确实提到了渔火计划，与陈大爹的讲述大同小异。我问过她，资料里为什么没有采访她爷爷叶广志的文章，知道原因吗？她说，爷爷拒绝所有关于那段历史的采访，我也很好奇，死缠烂打问过爷爷，但到了亮灯后才一点点明白，爷爷是铁了心要把秘密带到另一个世界，包括所有的愧疚。

饭后，大家散了，叶明朗和陈大爹告别，两人泪流满面，一别三回头。陈大爹一个劲地劝她莫哭，自己却一把老泪止不住。陈保水喝了酒话更多，重复着一句话，叶博士留下来不走啦。陈大爹剜他一眼，说朗伢子是要跑大世界的人，你要说多请她回来，把这里当自己的家。叶明朗说，我有时间就会回来看大爹的，您和保水哥记得答应我要办的事，让村里的年轻人都回来，亮灯有人就有未来，等我们的渔火计划成功实施，回来了保管不会差。

回来了不会差。一听这话，我心头一酸，眼睛红了。走到湖边，风一吹，酒劲慢慢散开。叶明朗抵不过大爷的劝酒，喝了三小杯，脸红扑扑的了。我说，你要多来亮灯几次，陈大爷保管把你的酒量培养出来。她假作嗔怪，没点保护意识，让我喝成酒迷糊，谁帮你们出点子。我马上大包大揽说，下次你的酒我都替你喝了，你把最好的点子给亮灯想出来。

走到湖边，叶明朗停下脚步，问我，你想成为怎样的人？我一时语塞，这个问题我也曾认真思考过，但没有答案，因为我并没有朝着那条道路走。我反问，你呢？她不假思索地说，喂马、劈柴、周游世界。我嬉笑道，这不是海子的诗吗？我也曾经想当个诗人，信不信我背给你听。她也扑哧笑起来。她说，我就想过诗意的生活、自由的生活。

之前我们曾聊到农大，我问她很多年轻人都会选择金融贸易那类专业，为什么她不走寻常路？她就给我讲了七年前她大学本科男友的故事。那是一个来自川西北农村的男生，他第一次坐火车出远门就是上大学，下了车，坐地铁，正是高峰，人海之中，波浪涌来，他突然有种溺水的感觉。他跟她说过自己的担心，他害怕找不到回去的路了。他的家乡很贫困，一家人为了他来上大学，攒了很久的钱，借了很多的钱，将来也要还很多的钱。他本科毕业，没有考研，而是毫不犹豫地选择回到了家乡，当了一名乡镇干部。他们两地相隔，他主动少了联系。时空会掩埋一切热切的情感，她是无意中从同学群里才得知他牺牲的消息。那年夏天暴雨引发山洪，他跑到山里通知一户人家，为了救一个老人，他们一起被泥石流冲走了。她后来去了事发地，听说他原本不会死的，那个没救成的老人，曾经借给他父亲八百块钱，那是父亲为了他能去县城读高中借的学费。叶明朗讲完这个故事，静默了，眼神暗了下来，我看到她脸上的泪痕，像夜空彗星消失的尾巴。

湖上的水汽，蔓延到岸上，爬到正在疯长的芦苇上，在风中发出潮湿的气味。我说起小魏子喜欢地球仪的事。叶明朗说，喜欢地理的孩子长大后都是浪漫主义者。我不以为然，学地理的人要脚踏实地，最接地气，需要尊重常识，怎么和浪漫合而为一。她否定我的质疑，说地理学家都是勇敢的探索者，人类每一次可望而不可即的探索，归根到底都是由浪漫的热情驱动的。我心想，研究理论的人总在寻找各种自圆其说的借口，反正老子也管不了儿子一辈子，梦总要人去做，实现与否，另当别论吧。

她不管我有没有在听，继续讲她的梦想。她曾经迷上了地理学，想去探险，带着测量和绘图的技巧本领，成为沙克尔顿那样的人。我说你说的这个沙克尔顿我没听说过，请原谅我孤陋寡闻。

她皱着眉，问我平常读不读书，看不看新闻。她还朝我白了一眼，这是我第一次见到会笑的白眼。她说，沙克尔顿在南极探险的经历闻名于世，他的经历要搬上银幕，会像伊丽莎白和甘地的故事一样引起轰动。我故意逗她，真有你说的这么厉害？

她嘟了嘟嘴，说，我给你讲讲沙克尔顿四次南极探险中最惊心动魄的一次。他带领"持久号"探险船于一九一四年八月从伦敦出发，二十八名船员的探险目标是徒步横穿南极大陆。行进中浮冰将船围住，即将面临沉船的危险。沙克尔顿那时只有一个愿望：活着走出去，一个都不能少。随后的五个月里，二十八人登上了一块巨大的浮冰，这块浮冰随着时间的推移不断地碎裂，并慢慢变小。在浮冰彻底碎裂前，他们分乘三艘救生船漂了七个昼夜后，登上了荒无人烟的大象岛。沙克尔顿觉得不能坐以待毙，带人乘坐最大的救生艇横渡八百英里，来到了南乔治亚岛的捕鲸站寻求帮助。捕鲸船经历了四次尝试，终于从一段浮冰上穿过，留在岛上的二十二个同伴安然无恙，每个人都获救了。我们能想象得到吗？这群人一年多在浮冰上的日子，那个艰难过程无法想象。

我听得入迷，问她那艘探险船后来怎样了。她掰着指头，说，沉没在南极冰下，已经有一百年了。我说，沙克尔顿后来呢？她说，他四十七岁时心脏病发作，死在了南乔治亚岛上，那也是他最后一次极地探险。我有些怅惘，说探险家多数都是客死他乡，但于他们而言，最好的归宿是死在路上。我说小魏子昨天还跟我留言，要写一个探险的故事，沙克尔顿的经历正好启发一下他的灵感。她说，以后我和小魏子结伴旅行探险。我哈哈地笑起来，你们还应该去玩密室逃脱。

这段时间，陈保水配合我悄悄做了件事，他这次很得力，麻利地把路灯弄好了，村里的路到夜间明亮起来了。我没主动跟叶明朗说，但看到她发了朋友圈，照片里的小路，在夜色中像一条游动的银光带，前方闪烁着一团火。叶明朗第二天大早要赶到市里坐高铁，我送别她时，她郑重其事地说，夜黑下来的时候，渔火要亮起来。

　　回到村部，我立刻在日记本上写下这句话，并激动地朗诵着。我对曹毅环又添了一层感激，他派叶明朗来的决定太正确了。我们怎么就没想到，渔火就是灯火，有了渔火，那才是亮灯村该有的模样啊。我打开微信，琢磨着说几句致谢的话，又不知说什么才合适。她却发来一条信息：谢谢大叔带给我的灵感，我们的渔火计划，希望早日实现！

　　我回复她：叶爷爷在天上看着你，我替亮灯感谢你！

九

　　叶明朗回去后，起初还有信息，但各自忙碌，回复不及时，联系也就不热络。有次我回省城跑年度项目资金的审批，想去趟农大也没成行。疫情管控的紧张度一点也没减，我和陈保水难有闲工夫，慢慢也不再提到她。倒是陈大爹念叨过几次，还是说朗伢子像盛家妹子，一个模子出来的。陈大爹是喝了酒说的，酒话我不信。

　　我问过他，为什么盛家妹子没有去找过叶广志？陈大爹一声长叹，说，过去那么些年，事情说不清了，都是命定吧。叶广志回城后，盛家妹子固执得很，自己驾着渔船悄悄躲了起来，有人说她跟别人结婚了，叶广志大概是听到这些消息，再也没回来过亮灯。隔了有两三年吧，叶广志是真结婚了，盛家妹子回来了，不喜不悲的样子，从此一个人在村里过生活。

　　一个月后，曹毅环给我打电话，左兜右转，说，也不见你再邀请我去亮灯了。此前我给他电话汇报过叶明朗亮灯之行的表现，他话里酸溜溜地"刺"我。我说，叶博士是替你老人家打前站，也没了音讯，你老人家千请万请不过来，我都急死啦。曹毅环说，你心里明镜似的，还跟我兜圈子，明朗做的项目设计大纲，我看过后觉得非常好。我故意撑他，说，先别王婆卖瓜，好不好还未经我过目呢。他一点也不谦虚地说，名师出高徒。听他这么骄傲，我心里挺受用的，但也担心依叶明朗果敢的性格，不知落地的可行性多大。

　　曹毅环说内容经过讨论后叶明朗还在改，随后只给我发来一张项目书的封面图，主题是"亮灯渔火季"，副题是八个字：

千盏渔火万家灯火

　　曹毅环电话里也带给我一个不顺耳的消息，叶明朗最近忙着准备很多材料，农大推荐她去香港科大参加优才的一个项目，未来博士的课题和研究会集中在香港完成。我也不明白怎么一下就急了，嘟囔道，才刚开始，主创就撤啦。他安慰我，说明朗表态了，不管人在何方，心在亮灯，渔火灯火都会点燃的。我是真担心一件事刚有个好的开头，又中途夭折了，但也只好顺着梯子下来，不忘给他敲警钟：我只管要结果，学生完成不了的，导师可不能推托。

　　当天晚上，我上门找陈大爹讨主意，想听听他怎么看渔火季这个创意，也是想再挖一挖还有哪些文化资源。没想到他一听"渔火"两个字，就双眼放光，从磨破皮的旧沙发椅上站起来，身体摇摆几下后立定，手抖着说，这是件大好事啊，亮灯的渔火过去可是远近有名的，再说，"渔火"这两个字就是成功啊。

　　陈保水也在一旁附和，腰挺得笔直的，显得很激动，好像成功伸手可摘。我原以为要花很多口舌来沟通，没想到就这么愉快地得到了陈大爹的认可。陈大爹眨了眨眼，说，这是朗伢子出的主意吧？我伸出大拇指，说，什么都逃不出大爹的眼睛。

　　我们还在热火朝天地讨论着，市文旅局的甘耀明打来电话，开门见山，找我要渔火季的项目。他是局里分管文化旅游项目策划推广的副局长，和我也是校友，平时见面不多，但总比外人多一份亲近。他说，赶紧把亮灯渔火季的创意报上来。我很纳闷，他从哪里听到的风声，旋即想到是曹毅环泄密的，便故意装糊涂地说，甘师兄从哪里道听途说，八字没一撇呢。

　　他颇为不满地说，有一撇就有一捺，不要吃独食啊。

　　年初市里下了任务书，谋划后疫情时代的促消费、稳增长，这两年旅游萧条，文旅部门急火攻心，领导都坐不住。我想他大概也是觉得这个点子好，就顺着他的话说，独木难成林，渔火季的文章，没甘师兄助力，这份独食我是吃不了的。他说，创意是你们的，落地也在亮灯，要夺也夺不走，我们到时再开个诸葛亮会研究。今天找你这么急，是省文旅厅有个

"网红村庄"的项目申报，要选中的话，连续三年，一年少说也有三五百万的资金支持，我准备建议市里重点推一推亮灯。

听说有资金支持，我也来劲了，答应尽快把项目报上去。甘耀明得意地说，就是嘛，我觉得有曹毅环出点子，省厅又有罗处长，也是我们自己人，这个项目必须拿下。我多嘴问道，省文旅厅是罗琼管这个申报？他意识到说漏嘴，支吾道，你把项目书写好，申报那一块我们去争取，志在必得。我心里明白了，肯定是罗琼所在的处室分管，不然甘耀明不会这么自信。我说，如果是罗处长管这个项目，我就不给她添麻烦了。

他急了，马上开炮了，魏东来，这么好的机会，你报也得报，不报也得报。我慢悠悠地说，甘局长报什么都行，不过和我无关。

渔火季的项目书迟迟没有定稿，叶明朗却像突然消失了一样。她是个做事认真的人，但这份等待让人忐忑不安。有一天，她发信息给我，说项目申报的事曹师告诉她了，他们正商量着改，主要是有些概念落地的可行性，最后定稿了再和曹师来亮灯一趟。

情怀不能当饭吃，乡愁不能改变现实。临走前，她和我谈到的设想是，未来亮灯可以把老传统工艺的现场体验与网上传播结合在一起推广，国家级非遗保护代表性项目洞庭渔歌要打造成精品演出，让外地游客和本地人来了有节目展演看，有传统美食吃，有传统手工和文创产品买，过境游就变成了目的地游。我承认这个饼画得挺圆的，曹毅环说，把饼画圆也不容易。

这些天，我满脑子是"渔火"两个字，有一次，我一个人在外跑累了，呆呆地坐在村部，喃喃自语，渔火总是要点燃的。陈保水突然从我身后冒出来，问道，你和谁说话呢？我四面看看，没有一个人，怔怔地看了陈保水一眼，我没说话啊，你耳朵有问题了。

晚上闲下没事的时候，我就琢磨叶明朗走过的地方，会给她留下些什么记忆，又会带来哪些灵感。晚上我坐在办公桌前，在一张白纸上写写画画，那些线条的波纹，像是洞庭湖的水，有了颜色有了形状也发出了嘭嘭的声响。我认真地填好了项目申报书。拿到资金有了保障，才能确保在亮灯实施好渔火季计划，这是大家的愿望，我比谁都更希望叶明朗的心血能在亮灯开花结果。

甘耀明还是不断给我发微信,问渔火季的项目设计进展情况。原本着急的我,看到他这么急,心情反而平静下来了。罗琼做事情,讲原则是出了名的,我既不想去碰钉子,也不想让她破例开口子。我想起离婚后那段日子的颓废慌张,容不得梳理对错,整夜在梦中奔涌而至的是沉重的挫败感,水浪般拍打着我的五脏六腑。她援疆两年回来,职务提了正处,到文旅厅换了个新岗位,她是那种上进心极强的女性,注定不能牺牲自己来成就我。我们在生活中的认知差异越来越大,她和我母亲的性格也不对付,特别是在孩子教育上一个喊东一个朝西,应了自古婆媳是冤家那句俗话。这成了她下定决心离婚的理由。离婚时,她把抚养孩子的优先权给了我,但请求双休至少有一天让她带带孩子。她的态度我既意外,又很生气。我后来理解了,她是考虑我父母从她怀孕起就和我们住一起了,又是一手一脚把小魏子带大的。我现在甚至有些感激,如果没有小魏子,老人肯定会更为孤独。生活往往不为人的意志所改变,老小安好,于这个阶段的我而言,就很心满意足。感情的事像水,有的细水长流,有的声浪滔天,都是一去不回头。过去罗琼在我心里弄出的声响,从我到亮灯之后,奇怪地平息且消失了。

+

小魏子参加了编程班组织的竞赛,拿了个市级二等奖,通知我参加他周末的颁奖活动。还嘚瑟说,奶奶讲的,爸爸小时候连手抄报奖都没拿过,就更别提这个高科技的奖了,是不是该给配套奖励。我平时在家里电话向领导说过的那些词都被他学上了,真是让人哭笑不得。我答应周末回一趟家,带他去贝拉小镇一日游。

那天临出发前,叶明朗来电话,说项目内容紧赶慢赶,定稿还是没能做到完全满意,她就要走了,后面的曹师会亲自上手,目前的这个内容也是具有可操作性了,待会儿就传到我的邮箱。

叶明朗把话说完,我问她在哪里,她说在农大附近的咖啡馆,我说我刚好回来了,中午请你吃饭吧。她答应了,好。

我跟小魏子解释,先把他和奶奶送到贝拉小镇,得他一个人玩,我要赶回来处理一个工作上的事情,下午再来接他们。他不高兴了,眉头皱成了一道拱桥，问我到底什么事这么重要。我说是改变村里的一个重大计划，不能耽误的计划。他说，我想参与你们的计划。为了哄他开心，我说，我们这个计划，是爸爸请人量身定制的，到时说不准真需要你的编程设计，你可不能袖手旁观。他这才开心起来，说道，不要小瞧我学的编程，无人机组队表演，我可以遥控指挥。

我和他拉完钩，一起出门。母亲也善解人意，让我帮他们叫了个网约车。送走小魏子，我就开车去了后稷园，途中看到手机邮箱的提示，是叶明朗发来的邮件。我打开邮件，下载附件，把车停好后读起这份期待已久的项目文稿。不得不说，从大目标到小细节，从节会上一次性的节目表演到衍变成长期存在的项目，她动了心思，环环相扣。仅夜经济这一块，谈到了夜购、夜食、夜娱、夜游，具体到网红小吃、文创产品的名称和制作都提供了参考思路。而在传播这一块，她提出了开幕式上的情景舞蹈、专场音乐节和洞庭渔歌这些国家非遗演出，以及直播间、热搜等时髦词。最让我没想到的是，她还对巴丘的火车站遗址公园、街河口、鱼巷子、南岳坡这些老地方非常熟悉，设计了烟火秀、灯光秀、大湖夕照摄影展等各种形式的活动。从设计来说，近期远景，下里巴人与阳春白雪，点线面结合，近乎完美。

咖啡馆窝在多年前我也去过的书店里，店门口挂着一块锈蚀斑斑的铁艺招牌，很有岁月的沧桑感。我记得这一排门脸，最早多家经营本地小吃，逢"文明迎检"就要大动干戈，后来学校索性收回来化零为整，扩充了变作出版社门店，出版社经营不景气，又隔出一片区域卖咖啡。叶明朗坐在高脚椅上，笔记本电脑是打开的，目光落在玻璃窗外出神。我站在她身后，她并没发现我的到来。她的笔记本电脑上是发完邮件后的界面。我拍了拍她的右肩，却侧身坐到了她左边的空椅上。她回过头，看到没人，转身才看见是我，噌地站起来，满脸欣喜地望着我说，我小时候就常常这样骗我爷爷，他左看右看，故意装没看到，我像个小傻瓜一样跳到他面前，他就一把抱住我说找到啦。

她话音刚落，突然脸色一变，两行泪水就落了下来，又惊慌失措地去擦。待她情绪稳定，我说，是想爷爷了？她摇摇头，要离开这里了，有些难过，刚把亮灯的渔火季方案发你，又想起爷爷当年在亮灯时的日子，想我从没见过的盛家奶奶。

我说，亮灯建设好了，叶书记的在天之灵是能看到的，他一定会为你骄傲。她的眼泪又哗啦涌了出来。我一下找不到岔开的话题。周边有人偷偷看着我们。我们找了个沙发卡座，她说，爷爷在遗嘱里交代过两件事，一是找个合适的时机把这些年的工资积蓄捐给亮灯村，二是想把一半骨灰埋在老山上，一半撒入湖里。我说，市委听说了叶书记的遗嘱，也很感动，市老干局的同志到现场看过了，放心吧，我和陈保水会落实好的。

我们身后摆了几排书架，纸页油墨的气息，和香草拿铁的奶香混在一起。大落地窗外，马路上人来人往，几棵高大的法国梧桐，黄叶飘摇落下。我们谈到渔火季中的一些具体项目，她变得活跃起来，逐一详细讲解设计的初衷和操作方式，脸上渐渐灿烂起来。临近中午时，我要请她去吃一家喜欢的餐厅，她选择了在咖啡馆点牛排简餐。我问她去香港的行程定了没。她说，半个月后吧。我说时间过起来超快的，原先舍不得你走，但一想也就是去交流学习一年，还会回来的。她说，我回来，等我去亮灯，说不定就大变样了。我说，你是规划设计师，我们保证一张蓝图画到底。

吃过饭不久，她未婚夫催她去银行办事的电话来了。叶明朗抱歉地皱着眉头，说，大叔欠我一顿大餐。我说，对对对，欠着欠着。她张开双臂，我闻到她发丛飘出一缕只有大地花草才散发的清香，愣怔了一下，也把手臂打开。她迎上来，紧紧抱住了我。我说，叶博士，别皱眉了，距离产生美。

叶明朗离开后，我又续了杯咖啡，周围都是青春洋溢的面孔，我有个错觉，她悄悄地回来了，躲在角落朝我笑。我给曹毅环打电话。他说，我保证，这个项目是近几年我看到过美丽乡村建设中最出色的一个设计，全省也找不到比它更好的。我心里明白，这已经不再只是我的工作，而是亮灯一个来之不易的契机。挂断电话，我把渔火季的设计方案和项目书发给了甘耀明，申报的事交给他了。

半小时后，甘耀明兴奋难抑地回了电话，说在电脑前看了两遍，这个定稿更完美了。他说，小叶博士真不错，有很多文旅产业运营的新逻辑，搞成了，就是一个特色文旅网红打卡地，有了这么好的创意，一定争取到省市配套资金推动渔火季。他接着说，你得好好感谢这位小叶博士，过去在我心里，总觉得八〇后、九〇后有一个普遍问题，间接经验的触须非常发达，但缺少直接经验，其实说白了，无非就是书本知识学了不少，对真实世界的了解、对生产生活上的经验，还是差上一辈人一大截。没想到小姑娘看得这么透彻，又和时代接轨这么紧密。

我笑着说，时代的革新往往是靠年轻人的力量改变的。这句话是叶广志说的，叶明朗讲给我听的时候，眼神里闪动着钻石般的光。

十一

三个月后，市里举办叶广志同志捐赠和骨灰下葬仪式，叶明朗没有赶回来。两个月前她去了香港后，发给我一张面朝大海的照片，傍晚拍的，水面上浪花的亮光像一团火球，她的侧影，投在沙滩上，却成了仿佛也在粼粼闪动的一片光影。

因为疫情，仪式从简，原本准备的领导讲话、记者采访那些程序都取消了，这也是叶广志同志家属的建议。陈家父子亲自驾船，把一半骨灰撒入洞庭湖中，盛全伍、盛跃飞和几个回来的年轻人把另一半骨灰埋在山头一棵柏树下，那是山上长得最直最粗的一棵。

人群散去，车队要离去时，我从陈保水手上接过一个包裹，送到叶明朗母亲乘坐的车上。那是渔火季的设计稿。设计稿装订成册，有些压手，里面有很多叶明朗拍的照片，有她爬过的山路、流过的汗水，有她在亮灯的白天与黑夜，是她用梦想设计过一遍又一遍的新亮灯。她母亲微笑地看着我，说，谢谢你陪明朗完成她爷爷的遗愿，那也是明朗的心愿。我说，叶老的捐赠，叶老的情怀，亮灯村民都很感动，渔火计划即将启动，到时邀请您再来亮灯。

车队离去，暮色如漫水，八方来袭，亮灯村又沉入一片深海般的寂静之中。我抬头望了望，远处的湖面上，泛着折弯的光，一片片，一丛丛，像是谁点燃了渔火，闪闪烁烁，眨着孩子般明亮的眼睛，好奇地看着人世间。我意外地发现，原来亮灯的每个夜晚都有着不易察觉的变化。

老药工和他的女儿

南 翔

1

大约是四年前，我开始采写各类非物质文化遗产传承人——简称非遗传人。

非遗包罗广泛，既有文艺类别中的口头文学、美术、书法、音乐、舞蹈、戏剧、曲艺和杂技，又有传统礼仪、节庆等民俗，还有传统体育和游艺，甚至还有不少吃吃喝喝的玩意儿。譬如距我住地一箭之遥的深圳福田下沙大盆菜宴，是省级非遗项目，二十年前因一次举办五千多席，吃客逾六万众而获得上海吉尼斯纪录总部颁发的证书："最大规模民间宴会——大盆菜宴"。

我去过一次现场，登高俯瞰，一时想不起用什么词语来形容才合适。以往描绘吃喝的觥筹交错、高朋满座云云，都太小儿科；深圳近海，用吃客潮涌、盆菜千叠来形容，当不为过吧？

可是，有这样来比喻民间盛宴的吗？

你若是想一睹深圳吃大盆菜的盛景，不妨在某个初春时节过来。

我心里，一直希望先行采访一些与民间技艺相关的工匠，那些手作工匠如木匠、铁匠、篾匠、石匠、泥瓦匠、雕刻匠……均与我们现在或过去的衣食住行息息相关，最能从中窥见一个时代的物质生活，乃至精神生活的变迁。于是，我第一个采写的便是宝安松岗的岭南木器农具传人——木匠文叔。此文，成了我那本后来有些影响的非虚构作品《手上春秋——中国手艺人》的开卷之作。

私心而论，在"非遗"一词尚未进入大众视野乃至词典之前，我便对各类匠人存顶礼膜拜之心。若说排队论先后，我更想采访的却是一个当今已经不大有人注意到的职业——药工，具体说，就是中药炮制的非遗技艺传人。在中医药行业，一般尊称他们为药师。

采访熊药工，是一个临近清明的春日。二十世纪八九十年代，我曾在内地大学任教十多年，一茬茬的学生来而复去。全日制本科生留下记忆的不多，倒是教过的成人班或夜大学生，因年龄相仿，不少成为朋友乃至挚友，保持经年的问候。这次带我到素有药都之称的M市采访熊药工的便是当年成人班的学生胡风益。风益热爱写作，先前也做过市直机关的科长，后来去了史志办、图书馆等一些坐冷板凳的单位。我约有二十年没见他了吧！岁月不饶人，原本留在我脑海里风华正茂的一个中青年，如今两鬓飞霜，眼袋也大如两枚陈年吊坠，宣示老境冉冉将至。

他自嘲道，我们馆里有个姑娘每天折腾一张脸，祛斑、除痘、拉皮，她说，可以有车贷、房贷，就是不能有眼袋。我跟她讲，我们可以互换，我把车贷房贷给你，你把眼袋给我，多大的眼袋我都不怕！我原来没有这么明显的眼袋，这个牛皮一吹，不仅眼袋看涨，还谢顶了！医生说是雄性激素分泌过旺。嘻，我这把年纪，独处也已多年，还需要分泌那么多雄性激素干吗！

风益如今是M市博物馆的研究馆员，挂了一个副馆长的虚衔，正好得空写作一系列酝酿已久的先秦历史人物小说。我知道他性喜淡泊，不是一个爱交际的人，那几天却为了我的采访，四处打电话联系。命令有之，躬身作揖也有之。我跟着他跑了几个大小药厂，基本上都无功而返。原因一是现在的药厂都是机械化生产，未必需要以往那些师徒心传口授的加工炮制技术，好不容易找到有中药炮制技艺非遗传人的药厂，俩传人偏偏又一道出差了。厂长说，如今非遗热闹起来了，传人到处讲课兼表演，比他还忙。二是原先的一些老药工逐渐凋零，存世的也垂垂老矣。我去见过年逾九旬的张老师傅。他因摔跤后不良于行，卧床导致肺栓塞，记忆蹇涩，言语迟缓，问两三句才答一句，对话进行得十分困难。一下午的床前浇灌，后来仅仅结出一枚果实——一篇刚过两千字的文章。

我告诉风益，只要是老药工，精通中药材加工炮制，是不是非遗传人都没关系。相较于年深月久、技艺精湛，我对是否有一顶非遗帽子戴在头上，不那么在意。

奔波寻找之际，风益脑子里电光石火一般想起了一位熊姓师傅，那是他在史志办的年月，分门别类整理材料时留下的印象。

费了一番周折，我俩在一条面临拆迁的窄巷子里找到了熊炳根。没有电梯的老单元房子，步行上四楼。

应门的恰是熊师傅，今年刚好米寿。我俩都大为吃惊。一位八十八岁的老人，精瘦矮小，一头雪白，视听与行动却俨如中青年。风益介绍了我之后道，熊老师，还是那年报送市里的先进人物材料让我对你有印象，这么多年过去了，还真怕您老不在了啊！

熊炳根哈哈一乐，张开掉了一颗下门牙的嘴巴道，身上没有四两肉，连阎王老子都不肯收我，希望我养壮一点再去报到。

他嘴里叼着一支烟，感觉更像是一个习惯，烟早已熄火了，也不啐掉。他让我们称他为熊药工，或老熊。他曾经带过很多徒儿，称他老师或师傅的，都有。他自我调侃道，一来我也老了，二来，也没有哪里需要像我这样炮制中药的老药工了，我乐得清闲。他进一步解释，现如今，叫老师的，师傅的，医师的，药师的，都有；叫药工的你们哪里听到过？于是乎，乐意听到有人叫我熊药工，它使我想起了旧日时光。

看到熊药工身体如此健朗，又如此健谈，我和风益都很开心。我采访老匠人的目的，一是写个人经历，二是写行当技艺，三是写传承难点，起码都是半百以上的人，才有足够的经历。光有经历不能畅谈也不行。

听我讲起张老师傅病后几乎失语的遗憾，熊药工道，他是我师兄啊。说着他起身到墙边，把一个老式垛柜的盖子掀开，抱出厚厚一摞笔记本放在桌上道，这都是我做的笔记，有一些还是当年跟张师兄在一起做的啊！

面前的笔记本，大小不一，厚薄参差，却都泛出年深月久的枯黄，还袅袅升腾起一股药味。前后跨度三四十年，都是首尾相同的纯蓝墨水笔迹，说不上工整，却不难辨认。林林总总的各式中草药，分别罗列处方用名、来源、炮制方法、成品性状、性味归经、功能主治、用法与用量、贮存方法等等。譬如黄精，炮制方法：原药拣洗干净，置箩内润一天，切厚片，晒干；将干黄精装入有气筒的木甑内用大火蒸一天，再用黄酒拌润，反复蒸数次，至内外呈滋润黑色，取出晒干备用；每一百公斤黄精，用黄酒二十公斤。

我在赣西生活多年，对木甑和鼎罐之类的炊具很是熟悉。我问，反复蒸数次，到底是几次？九蒸九晒吗？

熊药工坐下来，似乎要想想怎么回答。此时从楼道"嘀嘀嘀"上来一个女子，风风火火地推门进来，左右看看道，来客人了？老爸，你也不泡茶！

熊药工满眼爱怜地看着她介绍道，这是我女儿梦芳，这两位是来采访的客人！又道，你不回来，我哪里记得这些，好久没来客人了，只顾得高兴谈讲了！

他女儿很快烧了开水过来，沏的是一壶庐山云雾茶。谈话间，我们知道熊梦芳原先在一家规模不小的药厂做财务，几年之前跟几个朋友出来开了一家药材公司，闲散得很。她道，快退休的人，做点自己想做的事情，自由自在。

风益惊道，看不出来啊！你哪里像是快退休的人！你不叫老爸，我们只当你是熊老的孙女辈呢！

梦芳身材饱满，却凸显一个大号S，肤色白皙，一对大眼睛黑多白少，玲珑传神。风益一双睁大的眼睛，就没从她身上离开过。他也确实没夸张，说她三十多岁，也是肯信的。

熊药工呵呵乐道，她是我最小的一个女儿，刚过四十不久，离退休也还早，她不想朝九晚五上班，也就由得她出来找乐子。

我是穷折腾，梦芳瞅了风益一眼道，我是工人编制，五十岁就可以退休，也就剩十年了。好在我也无牵无挂，挣那么多钱做什么！又加了一句道，好在我老爸比我还能挣钱，还能给我钱花。

老大不小的人了，还是一副娇羞模样，却也天然，谁说世上只有妈妈好呢？

风益涮她，你刚才讲，挣那么多钱做什么，却还要花你老爸的钱，羞不羞啊？

梦芳反唇相讥道，一个人花老公的钱，花老爸的钱，都没有什么好羞臊的。我老公七八年前就因车祸走了，我享不到他的福，他也享不到我的福，两清了！我老爸八十八了，我还能享他的福，几好啊！你嫉妒我不是？

风益眉头一跳，不无挑逗道，我是有点嫉妒啊，一个叫梦芳的妙龄女子，孤零零一个人，应该有个好男人邀她一起享福才是啊，男女享福是互利互惠。

梦芳轻觑了他一眼道，你怎么晓得我是孤零零一个人？我每天帮老爸做事情，包括电脑打字、整理资料，还要跑东跑西买药材、辅料，忙都忙不过来呢！

他俩在一旁唇枪舌剑，我和熊药工到桌边去，边翻资料边听他讲解。他告诉我，明清以来，本市因水路通达，药商云集，加之药材炮制形成了特色，为后来的"药都"之誉奠定了基础。其中，枳壳凤眼片、厚朴肚片、黄檗骨牌片、马钱子腰子片、川芎蝴蝶片、附子临江片、四制香附、猪心血炒酸枣仁、鳖血炒柴胡、山羊血煮藤黄、尿泡马钱子、木甑蒸熟地……这些都是能够托起"药都"加工炮制的主要特色。

见他如数家珍，我兴奋道，现在这些还在如法炮制吗？还能看到吗？

他抬头，穿过老花镜的双眼，是一片虚空，叹道，现在大都只能从我的资料里看到啊！不过，我可以带你到我的小作坊里去看看。

2

我连忙说好，搀扶他站起。他却一把推开我，虽然起身已慢，但是他掌上的力量依然格铮铮的。我叹服道，即使熊师傅你比我大了近两轮，要是约架，我都不是你的对手。

这话他爱听，他举起小臂道，放在二十年前，我上大岭山去采药，连腰绳都可以不系！过了八十，就是王小二过年——一年不如一年啰！

楼下的作坊，乃原先的一个地下柴草间改建。即便伸出去一间，依然满满当当充斥着各类炮制工具：药碾子、铜药臼、竹筛箩、切药刀、铁锤、土灶、铁锅、木甑、乳钵、锉刀……除了这些老物件，也有电磁炉、煤气炉以及电动切刀。

我问，既然有电磁炉和煤气了，还用土灶的目的是什么？

他专心揩拭一件研钵，反问我，你这个年纪，家里有过用土灶的记忆吗？

我说，有啊，六七十年代，厨房的一孔土灶就是我母亲请师傅过来砌的。

他问，是水泥砌的还是泥土灶？

我答，里面是黄泥的，外面糊了一层水泥。那时节水泥金贵，我母亲一直管水泥叫洋灰，现在还这样叫。

他转头问，那孔灶现在还在吗？

我答，早不在了，铁路企业的老房子是平房，八十年代初就拆了。

他摇头道，可惜了，留到现在，那孔灶就都是好药。

我说，我晓得，灶心土的中药名叫伏龙肝。

他眼睛一亮，追问道，我考你，为什么这么卑贱的泥土，有一个伏龙肝的高贵名称？

我答，古人祭拜灶神，灶神的别称就是伏龙。灶心土取的是土灶中下位置的泥土，故称肝；天长日久，火、柴、土三样共同融合，练就了这么一味既卑贱又高贵难寻的中药，有温中燥湿、止呕止血之功。

熊药工朝我跷起了右手的大拇指，他把擦拭后的乳钵轻轻放下道，我这么一把年纪，各路来采访的人也见过不少，可是真正懂得药道的人太少，你是一个例外啊。

我呵呵一乐告诉他，我父母年事已高，作为他们唯一的儿子，我一直在中西医两条河道里倾注了泅游的热情。别人家是父母亲必看一些重要的健康养生类电视节目，我们家则是儿子替父母汲取各种有益老人的医疗新知。我正是在央视的《中华医药》节目看到一个病例，一位福建某地的八旬老者肠出血，群医束手，后来得到一个方子，需要灶心土作为君药。后来还是在他老家坍塌的老屋里得到几块有钱难买的灶心土，服用后立马见效。剩下的放在冰箱里冷藏备用。

他听得开心，一脸皱褶也舒展开来道，老屋不值钱，值钱的是那孔土灶，越老越好，越土越好！发现了就不要轻易放过。

我掀开灶上的木甑问，您现在还经常炮制药材？

他道，不经常，有时节，自己家人、亲戚朋友要一点好药，药店抓的不放心，就自己动手润一润、蒸一蒸、炒一炒。现如今一切向钱看，做任何事情哪里有先前那样耐得烦！我也正好活动活动大脑和手脚，权当是锻炼了。

我脑子里忽然闪过一个念头，琢磨着怎样跟老人开口。风益和老药工的女儿梦芳闯进来了。梦芳道，我爸这么快就收了一个徒弟吗？

她爸赶紧道，阿弥陀佛！我们小地方人，脑门子还没有人家眼窝子深！人家才是真正的老师啊。

我见风益目光有些躲闪，就刚才那一二十分钟工夫，他在楼上跟独身女子梦芳不会发生了什么故事吧？

风益也道，我的老师教书是一把好手，学生不才，跟老师是同龄人呢。

梦芳不让道，裁缝绣娘，各干一行！不信我老爸的一身好手艺，你老师比得过。

听她这么一说，我脑子里适才闪过的那个念头，愈发强烈了。

晚饭是风益做东，加上熊药工父女、我，一共四人。选的是熊药工家就近街上的一家菜馆，名"枳壳饭店"。饭店简陋而寻常，装修却颇费了一番土心思，竹桌竹椅竹台面竹墙壁，连顶棚也是竹子编织的阴阳八卦图，窗牖之上覆盖的是大块大块的杉树皮，山野气息飘然而出。

风益看着窗外的一丛小山竹，忽然吟道：伞盖白杨梢，遮瘦突兀腰。青竹两三页，拔竿节节高。

梦芳一边烫碗筷，一边瞟着风益道，你还诗兴大发呢！目光里却流露出一缕赞许。

风益难掩得意之色道，这不是我写的，我出过一本诗集《药都拾翠》，还是请老师做的序呢！可以送你一本啊。

梦芳拍掌叫好。

二三十年来，我给学生、同学及朋友所出的诗集、散文集、小说集作序撰评，总共有一二十篇吧，最近的一篇是给远在拉萨的学生次仁旺久的诗集《一棵树的力量》作的序。风益是个聪明人，他的诗集《药都拾翠》出版都有二十年了吧？依稀记得吟咏的大多是药都的药材、人物与故事，未必每首都好，却也不乏一些好句子、好意象。可惜他中途转车，迷上了几年钢笔画之后，又拐进了撰写历史小说的快车道，写的是春秋时代的背景，都下笔二十多万言了，还未抵达构思的一半。以我徒增马齿，越写越短的作为，只能叹服。

他却谦益道，我知道自己不可能青出于蓝。

服务生递上来菜牌。风益放到桌边道，这家饭店我舌尖都吃出茧子了，不用看，先来一个招牌汤吧，枳壳煲乌鸡。

熊药工告诉我，枳壳是本地的道地药材，皮青、肉厚、气味浓，性苦、辛、酸、温，具有理气宽中、行滞消胀的功效，适当用一些枳壳煲乌鸡，滋补和消食兼得。

我道，药膳我在广东也吃过，但用一味道地药材做饭店名的，我还没见过。

梦芳道，本地道地药材还有好几味，譬如黄栀子、陈皮、车前草……

我问，那是不是还有黄栀子饭店、陈皮饭店、车前草饭店？

梦芳看着风益迟疑道，好像还没有吧？

熊药工道，此地陈皮虽好，也是道地药材，可早被你们广东新会陈皮抢了风头去！

我点头道，疫情耽搁了，原本去年我就要去一趟新会做采访的，新宝堂是广东省级非遗生产性保护单位。

乌鸡枳壳汤上来了，上面还漂浮着枸杞、西洋参等几味药材。刚喝了一口汤的熊药工忽然抬起头问，你什么时候去新会采访？有机会我也想跟你一起去看看，主要想看看他们的加工炮制工艺，跟我们药都有什么不一样。

我的兴头上来了，把此前飘浮的念头和盘托出道，我在深圳采访的时候，结识了一位潮汕老板，他曾提到过希望请一位老药工去给他做药材炮制，你正好去看看，如果谈得拢，就正好待下来，如何？

老药工回头看看女儿。

梦芳利索回答，可以啊，我陪老爸一道去深圳。

风益看一眼梦芳，幽幽道，不能把我一个人扔在这儿啊！我也跟你们南下到改革开放的窗口去吧？

梦芳哈哈笑道，好啊，你去正好给我老爸打下手，反正现在待在一个半养老的单位，有你不多，没你不少！

见女儿如此支持，熊药工搓手道，我可以去，趁现在身体还扎实。

我告诉老药工，深圳这位老板姓吴，做电子配件起家，在福田保税区的写字楼金枝大厦中买了三层，现在生产工厂转移到了惠州博罗，喜欢交朋结友……经常约各路朋友到他的十八楼吃私房菜，我去吃过一两回，知道他祖上开过药铺，谈起中药来也头头是道，似乎兴趣很浓。如果你愿意去的话，我立马给他打个电话，你俩再谈谈条件。

老药工问,谈条件?什么条件?

梦芳抢答,当然要给你条件啊,你为老板打工,工资总要付的吧。

她这样讲时,瞟了我一眼,似乎想探知底细。

这令我略有不安,愈发觉得,如果老药工过去,一定要把一些基本条件谈妥,尤其工薪。虽然他对女儿的要求回以喃喃,只要有吃住的地方,工资多少无所谓的。

我打通了吴老板的电话,大致介绍了一下老药工的情况。感觉吴老板也在那边的饭局上,座旁人声起伏,他的舌头大了,像是自己灌醉自己的架势。

我放弃了让老药工听电话的念头,径直问,如何开工资?

吴老板大度道,你问他,他讲多少,就是多少。怕我不放心,又道,底薪一万,其他的另外算。

风益道,我感觉,这个老板不是小气人。我老师介绍的,你们尽管放心。

梦芳听到电话里吴老板的开价,顿时说,那我们回去就准备,跟老师一起过去?

风益道,还是单身好,一人动身,全家起驾!

梦芳追问,耶耶,你不也是单身吗?

风益顿时飞红了脸道,我是准单身,你落了一个"准"字。

梦芳不让道,我可不管你准还是不准,只要你讲了是单身,我就把你跟我放在一起,合并同类项。

他俩你来我往之时,老药工搛菜的筷子头也停摆了,看看梦芳,再看看风益,更多的目光却是落在老大不小的女儿身上。我没来由地想起大文豪鲁迅的一句诗:知否兴风狂啸者,回眸时看小於菟。

风益起身道,老人家过去肯定要带一些东西,我年前刚买的这辆SUV,还没跑过长途,我开车送你们过去!

我见他不像是开玩笑,便问,你还在上班啊,非节非假,如何走得开?

他朗声一笑道,老师有所不知,我五年前可以去市直机关,上不了高坡,进一个台阶的机会还是有的。我放弃了,就是想给自己存留一点可以放肆的时间和空间。一个人到两腿一伸的时候,如果连一点有价值的东西都没留下来,他就白到人世间走了一遭!我现在挂了一个副馆长的职位,几自在。馆长是位八〇后,雄心万丈,我不在他身边碍手碍脚,就是对他最大的支持啊。

我感觉他这个"态"有一多半是表给梦芳听的,梦芳看他的眼神已经流露出一丝崇拜了。我道,那好吧,要不要给熊药工一两天准备的时间?

熊药工道,给一天吧,总有一些工具要拣拾拣拾。

一言为定。

3

梦芳第二天要帮助老爸收拾东西,老药工便嘱咐风益带我去狮子山走走。他告诉我俩,狮子山是他小时节常去的地方,斫柴是其一,采药是其二。狮子山也可以讲是一座药山,黄精、生地、石斛、枳壳、黄栀子、杜仲、桂枝、砂仁……他都采过。

第二天早饭后,风益便开车到酒店接上我,径往狮子山。狮子山已经整修成一座森林公园的模样,大树成荫,山道井然,不复老药工当年斫柴采药的野趣。东侧一座新庙,白墙黄瓦,乏善可陈,唯有庙名别具一格:蝉蜕寺。我跟风益说,药都处处都见药,可是蝉蜕也不是本市的道地药材啊!

风益笑道,这里原本有个弥陀寺,早就不存了。重修之后,新上任的文体局长是中文系研究生毕业,他说弥陀寺不知凡几,没有特色,药都的寺庙就取个药名吧。正好有人在一旁的乌桕树上掏蝉衣,他就说这个好,蝉蜕疏风清热、定惊解挛,药贱而功著,做人做事,都应如此。遂名蝉蜕寺。

我说,挺好啊!无论人名、地名、庙名,首先是独一无二;其次是有意义。禅的本义就是寂静,祖籍在广东新兴的六祖慧能解释说:妄念不生就是禅。你看蝉蜕亦蝉,禅宗亦禅,一取其药用,一取其精神,颇有相通之处。

风益拍掌道,老师,你这个解释好,我要传达给局长,他当时肯定没想那么多,你做了升华!

在一路绿荫拂拭下,我们二人上了千余级台阶。久未登山,我已觉腿力不支，风益尚觉轻松。我打趣他，雄性激素发达，到底是得多失少啊，失的是面子，得的是里子。这时他接到一个电话，正在狮子山上呢……你放心好了，把老师交给我，你还有什么不放心的……后来他到一边去，声音也低下去了，感觉像是有什么悄悄话。

我有意朝前快走，与他拉开距离。待他收了电话赶上来，我问，你们这个关系是不是也发展得太快了？

他挠挠头道，没有啊。我只是觉得她性格外向，好像可以无所不谈。

我道，她是单身，你不是吧？不过，这次也不见提起你夫人，好多年前我见过她一次，好像是中小学教师？

他叹道，分居多年了……不说也罢。

这么多年来，貌合神离，类似的分居家庭景象不是个例。他不说，我也无心再问，信口念了欧阳修《浪淘沙》中的一句：把酒祝东风，且共从容。

他接了下两句：垂杨紫陌洛城东。总是当时携手处，游遍芳丛。他露出的笑脸，似有一丝无奈。

第二天一早，风益就开车先来接我，之后去接梦芳父女。父女俩的东西可真多，主要还是老药工的碾子、切刀之类的，塞满了后备箱。

梦芳问风益要了车钥匙。

我道，花木兰要御驾亲征啊！

她脚一踩，手头点火，不好意思道，我跟老爸讲不要带这么多东西，现在不少电动工具更好用。他不听，这是他一辈子的伴侣，比女儿金贵多了！

风益在副驾，我跟熊药工落在后座。老药工作势拍了一下女儿的头顶道，瞎讲！女儿是我的眼睛和手脚，没有女儿我哪里去得了深圳开眼界！

一路说笑，车子顶格跑。风益不时盯着里程表，撮唇吸气道，果然是女中丈夫，一往无前。我只怕回去以后要连吃几张超速的罚单了。

梦芳顺手扣上一副墨镜道，吃了罚单算我的。我可不爱听女中丈夫、巾帼英雄之类的大话，我就是一个小女子，更喜欢旅游拍照、莳花弄草、洗衣做饭。她略略偏头对后座道，还有就是照顾我老爹，我妈不在了，我是替代老妈照看他的啊！

我回头见老头眼角有一点儿莹莹发亮，赞曰，如此小女子，人见人爱啊！

梦芳哈哈道，听老师一夸，我脚下都轻飘飘的了。我要是人见人爱，也不至于至今落下一个单身啊！

我道，说不定此次深圳行，就将绽放出绚烂的花朵呢！深圳可是一个没有冬天的城市，我刚调深圳不久，它就被评过一次世界花园城市。

梦芳道，托老师吉言，到深圳看花开花落，日出日降。

抵达深圳已是晚八点，到了金枝大厦，一身灰色夹克的吴老板挨边七十，依然精神头十足，左手的中指上戴了一只镶钻的大金戒指。他满面红光地握住老药工的手道，听老师介绍以后，就一直盼望你过来。公司的十八楼早已备好了一桌不错的筵席，席间自然是谈中药。吴老板显然也不是外行，他讲祖上几代都是药商，下南洋的亲戚，做药材生意的很多，现在还有在印尼加里曼丹岛的远亲，那里开金矿的中国人多，他们习惯用中药。

吴老板感叹道，好多年前，看到一句"中医亡于药"，我就很担心，道地药材要重视，加工炮制也不可小看啊！前几天家人去开药，连中医师都把怀山的"怀"，写成了三点水的"淮"。道地怀山产自河南焦作怀庆府，跟三点水有什么关系呢！

熊药工朝他跷起大拇指道，很多药材的第一个字，就是产地的代称，譬如党参，古代以山西上党产的为上品，故名。广东、广西也是很多道地药材的故乡，广藿香、广金钱草、广豆根、广陈皮……这些都是。还有高良姜，原产高州；化橘红，原产化州。高州和化州都在广东吧？

座下一个殷勤给大伙儿倒茶的精干小伙子连连道，都是广东的，都归茂名市。

吴老板介绍道，这是我的侄儿，吴桶金，一桶金啊！你们叫他小金就好。读了个大专就出来了，不肯读书，到哪里去挖一桶金啊！只怕抠出一粒金沙都困难。

吴老板言下有叹息之意。我问，读的什么专业？

小金大大方方道，读的国际贸易，可是连国际的一根毛都没沾到。还不如早点出来给我叔叔打下手，学到一点是一点，实实在在。近水楼台，我也懂点中药，就是跟叔叔学的。

我道，你学得不错啊，高州、化州都归茂名，这个地理知识，我都要想一想。

吴老板道，他原先有个女朋友是高州的，女朋友的姐姐嫁在化州，他如果这个都不晓得，那就不是一桶金，而是一桶饭了！

吴老板的戳穿，惹得一桌人都笑了。

我问，现在的女朋友呢？怎么没带出来？

小金自嘲道，现在我是孤家寡人，一人吃饱，全家不饿！

我道，钻石王老五的条件，只怕是挑花眼了。

小金道，托老师的吉言，我是一切随缘啊。

小金不仅伶牙俐齿，动作也敏捷，端着红白两种酒的瓶子，不停给客人斟酒。在梦芳面前，他举起的是一块白餐巾包着的红酒，边斟边问，是不是应该给你上白酒？药都姑娘，应该晓得，酒为百药之首。繁体字的"醫"中就有个"酉"，酉者酒也。

梦芳似乎很受用被称为药都姑娘，起身端起边上的白酒杯，仰头便喝尽了。

座下便有人起哄，叫小金别欺负药都姑娘，自己也得喝。

小金自然不能推辞，一饮而尽，空杯照人。一张脸却很快拉上了红幔子。

席间，吴老板讲起了自己的发家史，一圈人犹如鸡在食槽边，不再言语，只见频频点头。

一路乘车劳顿，老药工累乏，很少开口，也不点头。此时说了一句，吴老板能干，做了天大的事情。

吴老板呵呵笑了，似乎专等老药工一句赞。谦虚道，我没别的本事，用我们潮州话讲，刻苦食！刻苦堵！刻苦囥！又道，这就是深圳，一坨生铁在这里，都可以打磨得银光闪闪。

见老药工倦怠，吴老板道，一路过来蛮辛苦的，安排了员工宿舍，梦芳父女一间，风益一间。转脸问我，你要安排吗？

我赶紧摆手道，不用，以后若是下岗了，再来找你安排。

吴老板双手一摊道，那你不可以食言啊！

进电梯后风益道，这就是深圳老板和内地老板的不一样。梦芳转脸看他。他道，如果是内地老板就不是这样回答的。梦芳随即道，内地老板会讲，我们家的庙太小了啊。

电梯里的人都笑了，包括吴老板。

吴老板道，我这里抓紧派人去办理药材炮制加工和出售的各种必备手续哈。

下得楼来，天黑如墨。疫情起伏下的深圳，保税区的车辆也远不如从前那么稠密。老药工问带来的家伙放哪里，吴老板说已经在楼的东侧找了一间地下室，明天再卸货吧。宿舍在保税区的另一头，风益开车先送梦芳父女去宿舍安歇，宿舍虽然简陋，但是吴老板在十楼给梦芳父女安排了两室一厅。十楼的走廊尽头，风益那个单间则狭小得多。风益不在乎道，我只要一床一桌，足矣。事实上，也只有一张双人床，一张电脑桌。

再下楼，风益开车送我。我脑子里回旋着他们仨简陋住所的影像，人家从内地生活安逸的小城，跟我奔赴所谓一线城市，同行的还有一位耄耋老人，结果条件如此这般。我想，这样做是不是太冒失了？

风益宽慰我道，老师放心，你这样做已经是尽了心力了。我们都是可进可退之人，这样一则你多了一个就近观察熊药工加工炮制的机会，这是你一直想深入了解的；对我而言，也是多了一个就近交流的机会。另外，我带了手提电脑，在这里安安静静，看看书，码码字，还更专心一些。

他虽然表述得平淡，我却明白了他的"就近交流"既不是与我，更不是与熊药工，而是梦芳。我早知道风益的家庭分歧，夫妻二人始终形同冰炭，他不瞒我。他的同学此前也是劝离的多，认为不分对错是非，两人只是不合适。如此长期分居，何不一拍两散？男主人的过于柔弱，一再延宕，以至于他的同学们都认为过了离异的窗口期，那就不如回归与将就。

梦芳的兀然出现，会是一个新的契机吗？

不好说。婚姻家庭，我见到过太多的欲益反损、高下相悬，事出有因，毋庸置喙。

4

回到深圳之后，我因为忙着一系列的文化讲座，包括策划、约请、主持，以及自己的讲课，约有十来天没有过去看老药工他们仨。只是跟风益说，新来乍到，肯定有很多不便，有任何情况，及时给我打电话。

风益微信语音回道，没有任何情况，一碗一榻一桌，于我足矣。我是一个很简单的人，也喜欢独来独往，在这里能满足读书和写作的基本条件，一日三餐可以吃食堂，省去我在老家天天自己做饭，便利太多了！

大概真是独居惯了，我在深圳书城主持每周五晚八点的书友会，邀请他一道过来见嘉宾。他既不肯过来与嘉宾一道吃饭，也不肯在大台阶前面来与我排排坐。只是远远坐在高高的后台，听完讲座招招手，就独自离开了。

我问，他们父女呢？

他回道，梦芳和他爹早出晚归，在大楼东侧的地下室搞了一个作坊，挂牌"本草坊"，我只下去过一次，你得空也可以去看看。

我追问，你这样过于散淡，过于疏离，那怎么跟梦芳"就近交流"呢？白天你写作，她上班，晚上呢，出去逛了吗？有交流吗？男人就得主动一点儿，你看看动物界，大家伙如狮、虎、大象，小点的如猫儿、狗儿，都是雄的追雌的，你何尝见过反过来的？

他乐了，我只在电视纪录片里看过那些为了获取交配权，打得不可开交的景象。就不允许人类反过来吗？让雌性追逐雄性，或许更文明一些，少了打斗的血腥。我是属猫的，晚上才是我写作雄性激素分泌的旺季。为她我愿意出去交流，可是他们父女俩吃了晚饭回来，也都累了。安排完她老爸歇息，她也就没精力出去逛了。以后，呵呵，我主动一点儿。

听他这么一说，我觉得有必要过去看看。次日下午我抽空到了保税区，事先并未告知风益，当然也没有告知梦芳父女。我来到地下室，迎面一块一米见方的铜匾，写有"本草坊"三个大大的行草。四面围着透亮的玻璃门窗，像是一些大厦楼下的豪华洗车馆。"本草坊"里早有十来个人在围观、问药。熊药工正弓腰用一把铡刀切中药，近前我看出切的是白芍。

梦芳在一旁讲解，白芍要切得好，可以用四句话来形容："薄如纸，吹得起，断面齐，造型美。"

边上吴老板的侄儿小金便说，这位老爷子切中药的功夫上过吉尼斯纪录的！

老药师头也不抬地嘟囔道，上吉尼斯纪录的是另外一位老药工，比我年轻得多。

小金似乎有意抬高嗓音盖住他道，老药工硕果仅存，只有他亲手炮制加工的药，才有事半功倍之效，不然就是事倍功半！有几句顺口溜怎么形容的？白芍飞上天，什么不见边来着？

梦芳瞥了他一眼，流利地念道，白芍飞上天，木通不见边，陈皮一条线，半夏鱼鳞片，肉桂薄肚片，黄檗骨牌片，甘草柳叶片，桂枝瓜子片，枳壳凤眼片，川蝴蝶双飞片，槟榔切一百零八片，一粒马钱子切二百零六片……

老药工摇头道，那都不是哪一个的功劳，是药都一代又一代药工的传承。制药不仅仅是切工，切工仅仅是其中的一道程序，"七分润工，三分切工"。润工也很重要，甚至更重要。

有人问，什么叫润药，是不是把药浸在水里打湿？

熊药工在答话之时，一刻也没有停下手中的铡刀，刀下的白色药片飞飞扬扬，如密集的雪花飘落。此时他停刀，揩汗，起身到一边去，大家跟他到一溜儿齐膝高的木桶边。他双手揭开桶上厚厚的湿布道，你们晓得这里面是什么药？

一通乱猜。

熊药工一一告诉周围，这是白芍、生地、川芎，也有肉苁蓉……

边上就有一个秃顶男子笑道，我在乌鲁木齐的大巴扎里买过几筒肉苁蓉，邦邦硬，钢刀都剁不动，放久了全霉了。只好送给一个搞装修的人去喂猪了，他在韶关老家有个养猪场。

一个戴墨镜的男子挖苦道，这么大补的东西，你送去给猪滋补，那还不搞得猪圈里鸡飞狗跳啊！

另一个小个子不屑道，到底都是钢筋水泥森林里长大的，分不清五谷，识不得公母！养猪场又不是配种场，公猪母猪都是骟过的肉猪，吃再补的东西也是送把梳子给和尚——看走眼了。

见此话让人尴尬，梦芳转圜道，有一些根茎类的药洗净之后，必须放在桶里润。为什么要润呢？一是为了好切，二是不让切的时候破碎。不要小看一个润药，润得不够切不动，润得过头伤药性。

秃顶男子呈现感激的眼色道，我住益田花园，常去不远的福民路同仁堂拣药，那副对联还记得，上联是："品味虽贵必不敢减物力"，下联是："炮制虽繁必不敢省人工"。今天到"本草坊"看了熊药工炮制的工艺，精细，精心，精到，肯定不在任何老字号之下啊！

忽听背后发一声喊，老师来了，也没通知我一声？

因都戴着口罩，我一直在边上观看，未让他们识得。我转过来问风益，你不是在埋头笔耕吗？

他嗓音并不低道，听你的话，要多来看看梦芳和她爹啊！

我还未答话，小金忽道，吴总来了。

先前的客人未走，吴总又呼啦啦带来一拨客人，总共有上十位吧。吴总在兴奋中，多少有点紧张，一身西装也觉得不很搭，远不及他平时的一件灰色夹克随意。吴总一一给我介绍身边的客人，多为各行各业的老总，也有一些来自政府部门。这种场合，泛泛的介绍我一个都记不住，详细的介绍则不可能。

只能是握手，点头，呵呵，呵呵。

不得已，熊药工又表演了一次快刀切白芍，自然又是一阵掌声。

戴墨镜的男子忽问，吴总，你这些老药工加工炮制的药材，在哪里购买？

吴总一愣，他的侄儿小金抢答道，找我就行。不过有些不常用的药材估计要事先订购啊。

秃顶男子问，哪一些可以现买？

小金退后一步道，这个问题要请熊女士来回答，她不仅是老药工的女儿，多年的耳濡目染也让她成了中药材炮制的行家里手。她爸人称熊药工，你们称她熊药师该是不错的。

梦芳大大方方上前，领着大家到一张一米见方的中药材炮制分类图前，举起一根教鞭，一一讲解净制法、切制法、炒法、炙法、煅法……这里面又可以细分，譬如一个炙法，就分酒炙、醋炙、盐炙、姜炙、蜜炙、特殊辅料炙……在这里难以细说，不然，要给你们办班才行啊。

一位穿黑色T恤的老总说，我家早先也开过药铺，现在还能找到一个铁药碾子，要不是一天到晚忙得脚不沾地，我真想续上做一个当代药师。

吴总笑道，不用大家都去当药师啊，需要的话都集中到我这里来买吧。人人都去开药铺，谁去做手机、造无人机和研发芯片啊？我来做土鳖，为你们服务，你们一心攻高大上的项目就好！趁着老药工父女都在这里，你们还有什么要问的，赶紧问吧。

戴墨镜的男子问，什么叫特殊辅料炙？

这个图上没有进一步的标识，梦芳转脸看着父亲。熊药工缓缓道，比如柴胡，可以醋炙，还可以用鳖血炙。鳖血柴胡，填阴滋血，增强清肝退热的功效。又比如盐附子，洗净泥，加食盐水浸泡，再用清水泡一两天，用竹片刮去外皮，洗净，切成两三厘米的薄片，再放到米潲水里泡两三天，早中晚各换一次米潲水，取出加生姜片拌匀，放蒸笼里蒸透，取出扇凉，烘干……

一片啧啧声。

老总们齐赞，这么繁难，这么精贵，只怕用黄金来换药也值！

吴总呵呵道，不必，人民币通用，只收成本价。

一直在边上观看未作声的风益，此时开口道，好多年以来，都有一种担心：中医亡于药。一个是缺乏道地药材，再一个是炮制上的偷工减料。刚才这位朋友讲到了一副对联，上联是："品味虽贵必不敢减物力"，下联是："炮制虽繁必不敢省人工"。我跟熊师傅父女，都来自内地号称药都的一个小城。那里日子走得慢，中药炮制也是一个慢功夫，有一些滋补药物，需要纠偏药性，增加药物成分，那就需要九蒸九晒——这就是一个典型的慢功夫。譬如黄精、熟地、何首乌等等。我们广东新会陈皮，是国家地理标志产品。柑皮以贮藏的时间越久越好，存期不足三年的称果皮或柑皮，存期足三年或以上的才称为陈皮。清代大医师叶天士所开的药方二陈汤，特别写明"新会皮"。因不是新会所产的，其药效远逊，且乏香味而瘆口，也就是苦和辣。你们平时在药房开出来的陈皮，就是黄色的橘子皮，估计也就一两年的时间。新会皮，有五年、十年、十五年、二十年乃至三十年的，价格成倍上涨。深圳是改革开放的窗口和前沿，有一句深入人心的口号：时间就是金钱，效率就是生命。这个时间讲的是快，是效率；反过来岁月悠悠，慢火细功夫也是金钱——后面这一条对中药生产和炮制特别适用。

梦芳两眼放亮地看着风益，伸长脖子低语道，此前只晓得你会爬格子、写材料，没料到讲起药材来，也头头是道。转脸呼应道，胡馆长讲得太好了，他是这方面的专家啊。

风益连连摆手，低声道，哪里谈得上什么专家，一个是耳濡目染，再一个也是现炒现卖，这段时间抽空看了一些相关资料罢了。

小金似有提防地斜睨了风益一眼，却也趁热打铁地吆喝道，其他一些地方的九蒸九晒都是糊弄人的，我们这里是正宫娘娘出身。这段时间要来买药的，不是脱发秃顶，就是小便不利索，夜里不举的……五劳七伤，呵呵，都有的。

那个戴墨镜的男子分明跟秃顶男子是一起的，戏谑道，听说秃顶是雄性激素分泌旺盛啊，如果治好了头顶一片水草茂盛，下面雄风不再了，那不是得不偿失吗？

小金赶忙说，不会不会，好的药材跟好的中医搭档，那都是双向调节。我们隔壁还请了一位退休老中医坐堂，给你们把脉之后开药，绝不会顾此失彼的。

现场这么一鼓动，就有人要看看九蒸九晒的黄精、熟地、何首乌，也有问价钱的，做出要买的架势。有一对中年夫妇，牵着手径直到隔壁去瞧老中医了。边上知情的小声道，这对夫妻结婚十几年了，肚子就是不肯大起来。

5

晚饭约在十八楼吃大围桌，下午参观的客人一多半都在，手里提了各种药材，满屋飘荡着药香。熊药工不惯热闹，毕竟高龄，一下午的切药、讲解也累了，说是只想吃碗粥早点休息。我便说附近有个顺德佬砂锅粥店。我跟吴总打过招呼，带上梦芳父女及风益走了。小金跟到电梯间帮着摁了大堂键，招呼道，干了一天，师傅确实也累了，早点吃完回去休息哈！

他这样叮嘱着，眼睛却一直是瞟着梦芳的。梦芳的眼神闪开了。

砂锅粥店的生米海鲜粥以及几碟小菜，熊药师吃得呼哧呼哧的，很开胃。风益说他这几天除了写作，必定骑着共享单车到处乱逛，把路上看到的西洋景，加油添醋地一一道来，说得梦芳很开心。我道，你是初来乍到，对眼前所见都有新鲜感。这是好的。不像我，来了二十多年了，感受早都退化了，迟钝了。改日我也要多骑单车出去采采鲜。

风益笑道，你这个采采鲜用得好！

我暗示他，你的鲜就在身边，可不要舍近求远，被别人采走了，你就追悔莫及了。

他笑了，看看我，又看看梦芳。

梦芳脸上有些挂不住，扯开道，没想到风益老师笔头子好，口才也好。可是他是一个要写书的人，不然就请到我们作坊里来做兼职讲解吧，给你开点工资，做不了大用，权当体验生活吧。

我立马举手赞道，这是一个好主意，既缓解了经济困难，又能就近体验生活，为下一步药工题材的作品奠基、打桩。

风益看看她，又看看我，摸着剃得溜青的下巴道，你们果真要拉我下水啊，那我就试试。

送他们仨回宿舍，风益拉我进他的单间再聊聊。才几天没来，靠写字台的后墙边已经多出一张竹制简易书架，摆了半架子书。

我惊道，这都是你最近买的呀？

他道，老师看看我这些书买得值当不值当？自从跟你去了书城，我没事就常去逛逛，逛了书店就手痒，不肯空手回来。

我道，你别叫我老师了，我现在读的书有些还是你推荐的，尤其是一些历史非虚构。

话题很快切入梦芳。我道，要害是你跟她不一样，她是独身，你还不是。他告诉我，分居已久，已经递交了离婚材料，最迟下个月就该判决了。

我道，那你就应该抓紧跟梦芳多谈谈啊，两个人都离开了本土，正好是萌芽分蘖的好机会。

他道，我不是没有跟她暗示过，尤其是微信表白得已经很清楚了。感觉她还在犹豫，我也不晓得她是怎么想的。

我道，好的，这个灶边的柴火，我来给你往中间拢一拢。不过，你也要更积极一些才好，女性多半都会矜持一些。

风益大嘴一咧老长道，她还矜持个啥呀，也老大不小了！

我也笑了，哪有老大不小就不允许人家矜持的道理！

我因开了车来，便不让风益送。下到电梯间，给梦芳发了一条微信：还没休息吧？如果方便到楼下停车场聊聊。

她秒回：好的。

停车场的篱笆边，几株浑身长满疙瘩的澳洲火焰木，一串串小铃铛似的花朵开得娇艳欲滴，车头上铺满落英。一位穿反光背心的清洁工打扫完毕，正在路边捆绑长短不齐的纸板，那是他一天劳作之余的犒赏。

不一会儿，梦芳下来了，她居然穿着一身白色睡衣，胸前颤巍巍的，刚沐浴过的头发袅袅散发出薰衣草的香气。我想起刚才风益说的矜持个啥，不禁哑然失笑。

梦芳仰头，双手握住一头黑发道，我都准备睡了的，老师不准笑我。

我道，我该让风益一道下来，他看到你这个样子，就该走不动了。

她道，那你就叫他下来啊。又赶紧做了一个"别"的手势。

我俩就站在车门边，径直聊到这一段的感受，包括她父亲的想法，以及对风益的印象。

她表示，这一段时间忙碌而充实，有很多在内地城市没有的新鲜经历。父亲也是如此，他是老一辈人，总觉得拿了老板的工资，就要对得起他的看重，每天下班后都会检查哪里做得不错，哪里还有欠缺，第二天要改进。至于风益，来"本草坊"不多。晚饭以后有一些交流，他是一个书生，她和他之间有距离，不晓得会不会有进一步的情感发展，尽管她从他的眼神里读得出他的含义——她没有讲他在微信中有很直白的表示。

她应该晓得，风益送她父女来深圳，当然不会是无所图的。于是我径直问，你不是心里有了其他人吧？

她并不回避我的眼神，道，目前我心里还没有其他人。对老师不该隐瞒，我也直说吧，小金在追我呢。看出了我并不惊讶，她索性撒开道，他三十多了，虽然没结过婚，男女经验应该不会少的。比我小一截的未婚男人追我，我可是一点儿心理准备都没有啊！

我道，这就是深圳啊，没有什么不可能的。问题是，你对他有感觉吗？

她道，现在还说不上。我担心我和风益之间文化有差距，他平时想的做的，都在吃喝拉撒之上，而我只是一个俗女人。要他弯腰依从我，只怕他会难过的。况且，以他现在的经济条件，能顾及长远吗……我当然不要靠哪一个的，我是要自己能赚会花，他若是过惯了苦日子、紧日子，那也是看不顺眼的。两个人的经济水平要大体相当，起码男的不要比女的差，不然男人会心理失衡，你讲是不是呢？我不喜欢过那种日子，戏台上的夫妻——有名无实。

我追问，你讲的有名无实，指的是？

她道，现在很多夫妻，精神、经济和身体，三不互通。那个样子，何必结婚，一个人过不好吗？我也害怕你们读书多的人，使劲地讲精神，高高在上不接地气。光讲精神相通，经济不通有用吗？我爸讲过，干裂了口子的田里，长出的草都是枯的，就莫想生出墨绿的禾苗！他原本讲的是脾胃，我用到这里也是适当的……

我理解她的意思了，她顾虑风益是一个书虫子，只会读书写作——这年头，不是名作家，不是网络写手，写作多半只是既费时又贴钱的买卖。风益尽管有一份安稳的工作，在内地拿的那一份薪水，过风平浪静的小日子没问题，要想大方舒坦，只怕还隔着山重水复。梦芳的这个想法是此前就有的，还是来深圳才萌生的？来到这样一个经济氛围浓郁的城市，容易放大生活的期望值则是没有疑义的，也无由苛责。

我脑子里忽然冒出一个念头，盯着她问，小金是吴老板的侄儿，若论经济条件，肯定比风益强。可无论在哪里，经济条件哪里有天花板呢！你今日见到小金是三层楼，日后见到五层楼、七层楼、九层楼……都会有的，那你该如何办才好？所以啊，上到一定生活标准，平衡它的就是精神追求了。

她握住双手道，可是，我现在还待在平房里啊，不要讲五层七层，我连三层楼也还没有上去过啊。

那风益是在几层啊，平房吗？一楼吗？

具体是几层，你比我更清楚啊。

好的，时间不早了，上去休息吧。你来深圳不久，就直接住十楼了，连九楼都跳过去了！完全跟风益是平起平坐。

笑而分别。

到家夜已深深，我还是给风益打了电话。他似乎正在等我，秒接。

我把梦芳的态度删繁就简叙述了一遍。当听到梦芳虽然目前尚无意中人，但吴老板的侄儿小金已经在向她进攻了……风益咬牙切齿道，野狼扒门——没安好心。头天我们来到深圳，晚上吴老板那个饭局，我见他给梦芳倒酒就觉得这个小子心术不正。可当时也没往心里去，想到梦芳虽然比我小一截，却比他大一截；而且女的曾经爬冰卧雪，男的从未结过婚，哪里是接得上的两个榫卯。

我乐了，还爬冰卧雪，你以为是写先秦小说呢，干脆攻城拔寨好了！

以为那晚小金就动了心思,那你是猜疑心重。如果不是后来小金晓得梦芳是独身,应该就不会有进攻一说。那么你想想,如果不是梦芳自己有意无意透露给他的,难道她父亲会讲?

风益便有些张皇了,讷讷不知如何是好。我劝他,既然对梦芳有意,就得尽快躬身俯就,今天白天梦芳对你的解说很满意,何不就坡打滚,顺势过去。你那个漫长的先秦历史人物系列小说,多一篇少一篇,又有什么要紧!比照一个你喜欢的女人转瞬琵琶别抱,孰轻孰重,你可要掂量好!

风益连连说,开窍了!人来深圳,还存留内地思维,大不可取。你就像一根灯芯拨子,把一盏濒于熄灭的油灯拨亮了。

我道,甜言蜜语,留到梦芳那里再说吧!

6

我们通话的次日,风益就到"本草坊"去上班了。

或因我与他年龄相仿,他也不避讳是不是老师了,时不时在微信里,把对梦芳的一腔热情,通过语言、文字或速写向我抒发。风益喜画钢笔画,尤擅人物,依次是鸟兽草木、城垣乡野。他曾经说过,如果他的先秦人物系列小说能够顺利出版,里面的插图必定是同名作者的作品。

他的速写对象主要在"本草坊"。梦芳父女、吴老板、小金、客人……还有他自己,当然入画最多的还是梦芳。梦芳的润药、春药、碾药、蒸药……乃至一颦一笑,无论妍丑尽收笔底。夸张自然不可免。那种情色意味明显、却并不低俗的突显,确实抓住了梦芳的形体特征。眼睛固然是心灵的窗户,别具意味的形体和动作,同样也是灵魂之窗。我从风益热辣辣而捕捉精准的笔触,也能感受到一个跃跃欲试的男人,是眼前这个成熟的女人,点燃了他的笔、大脑,乃至四肢百骸。

他的笔墨勾勒之下,小金显得滑稽、提防、疑虑,还有那么一点鬼鬼祟祟,整个一京剧脸谱中鼻头上涂白粉的角儿。如果说风益看梦芳的眼神,流淌着热烈、大方、期待和温情,小金看梦芳,则用四个字可以概括:鼠窃狗偷。

我问风益,梦芳看过你的速写吗?她是怎样的反应?

他答,她当然觉得好啊……

我不解，为何觉得好，而且当然？

他道，你想想，一个半老徐娘，在内地或许少人问津，到深圳之后，起码有两位男人向她大献殷勤，她的虚荣心，能不如吃饱了雨水的簕杜鹃一样瞬间爆棚？

我乐了，深圳有一个金句，来了就是深圳人。你到深圳个把月，就会就近取譬了，深圳的市花簕杜鹃这一向确实开得茂盛，跟雨水多、阳光足都有关系。

我提醒他，机不可失，时不再来。你确实需要主动再主动，不然就很可能花落别家了！

几天的沉寂之后，他连续发来一二十张速写，基本上都是小金与梦芳暧昧的主题。美目传情自不必说，也有牵手抚肩、搂腰抚肩的；还有影影绰绰，互相缠绕，白天不懂夜的黑——只在黎明混着夜色时，才有浅浅重叠的片刻。

我怕他陷得太深，拯救道，你是思想大于形象！工作场所岂敢如此放肆，况且梦芳她爹就近在咫尺；工作场所之外，你则未必看得到。

他承认，艺术必定有想象的成分，但是虚构的托底，还得是现实。就像你的写作有三个打通之说，其一就是虚构和非虚构打通。

我催他，除了主动，你别无选择；当然，放弃也是一种选择。

他认同，是的，我得尽快跟她摊牌，不能让她在我和小金之间骑跷跷板。简单地说，我虽然喜欢她，也不能无限期地陷进去，那只会像钱钟书老先生在《围城》中写的，老年人恋爱，就像老房子着火，没得救！我应该还没到老年，但这座情感的老房子也是年久失修，经不起扔进一根火柴！

正当风益想更多接近梦芳之时，接下来发生的一件事，却进一步拉大了两人的距离。

事情的缘起是最近一个流量很大的抖音号，推介一位名老中医的生发和乌发方子，里面要求的中药材，不仅需要有国家地理标志，尤需讲究炮制；其中三味要药何首乌、熟地和黄精，均要求九蒸九晒。

当下深圳，或许不仅仅是深圳，男人打拼，女人也不甘示弱，睡眠少，压力大，做事急——个个似李太白："白发三千丈，缘愁似个长。不知明镜里，何处得秋霜。"亦如白乐天："白发知时节，暗与我有期。今朝日阳里,梳落数茎丝。"

脱发与白头,是男人与女人共同的敌人;这跟生痘和长斑还不大一样,后者如果生长得恰到好处,倒也可以相安无事。此其时,"本草坊"应运而生,虽然没有抖音和小红书之类给其顺风顺水,口碑的力量却是无穷的,来该坊购买老药工道地炮制药材的人越来越多。订单都排到了三个月之后。

面对滚滚而来的客户,熊药工远不像那些工厂主和地产商那样,满面春风,干劲倍增;而是压力山大,愁眉锁眼,原本基本戒掉了的香烟,又吸上了。

此其时,梦芳、风益和小金,观念向右看齐一般统一:市场经济,卖方市场永远期望大过买方市场,小金甚至想到了利用涨价来调节供需矛盾。老药工略一犹豫,便坚决摇头,他希望用加大炮制加工量来缓解矛盾,而不是靠提价来阻止顾客购买的热情。

梦芳解释道,深圳是全国一线城市,有钱人很多,他们在乎的不是钱,是健康,是命!

老药工一头脑的经验和智慧,宛如森林中的一窖薪炭,应是在沉寂了二十多年之后,让深圳顾客的执着,猝然点燃了即将熄灭的荣光。一位即将融入夕阳的老人,对荣光的呵护,正如同这些不断涌来的顾客对健康和生命的珍爱,金钱远远不是至高的诱惑。

于是梦芳看到了,风益也看到了,老药工起得更早,睡得更晚,即便作坊里空调开得很足,老药工一条黑色大裤衩,一领T恤,依然常常汗湿。深圳太阳充足,楼顶开阔坦荡,为晒药提供了宽敞的空间。老药工似乎不放心别人的手脚,时不时会抽空从地下室上到楼顶,一簸箕一簸箕地依次翻晒。

如果你想到每一块饮片,都因一次蒸与晒,色泽由黄而赭,由赭而灰,由灰而黑,由黑而透亮……那就是时间的沉淀,气力的灌注,天地精华的吸纳。

这天上午,老药工正在电磁炉上蒸药,被刚揭盖的热气一熏,扑通跌倒在地。梦芳吓得一声大叫,小金赶紧叫公司的司机下来,开车送去医院。车到医院急诊室,老药工已经缓过劲来了。医生检验血压、血糖,结果大都正常,认为是劳累所致,让其回去多休息一下。听说米寿老人还在劳作，医生啧啧，说你们要想让老人长寿，就带他去旅游、疗养，哪有让这么大年纪的人干活的道理？这不仅是孝敬不孝敬的问题，还是人道与不人道的问题呢！

一顿教训，让梦芳羞愧满面。

7

父亲是自己人生最后的一道屏障。回来之后，梦芳强令父亲，以后只准动口不准动手。老药工眼神哀婉道，我只要拿起药铲子，走近药碾子，手和脚就痒痒。除非，再不让我进"本草坊"，那我就打道回府。

如此一来，为难死了梦芳。

小金想梦芳之所想，急梦芳之所急，告诉她早就觉得靠这样原始的药材加工难以为继，一是收效太慢，二是劳动强度太大。像老药工这样的干法，不仅是长者吃不消，青壮年也跟不上啊……

梦芳急问，那你有什么好招数？

小金诡秘一笑道，我前些时候，在南山一家中药加工器械厂考察，跟他们提到了合作，他们有各种设备，我给你看看。

梦芳着急地凑过去。

小金就势在她耳后轻轻一咬。梦芳作势打他，他闪开了，很快弯腰将手机里的图片一一展列道，我给他们提到了，要同时具有洗、润、蒸、烘等多种功能，人家略一改进就达标了。这种"南山釜"，跟别的中药釜功效大不相同。就像我叔叔讲的，这就是深圳，一坨生铁在这里都可以打磨得银光灿灿。

梦芳佩服小金的有心——为此投去温情的一瞥，却对那些银光灿灿的图片有些犹疑，问道，这些不就是中药釜吗？

小金答，看上去都是中药釜，简单地说，就是煎制或蒸制中药的呗。可是釜与釜不一样，这个是多功能的，既能润又能蒸还带烘干，那岂不比我们搬上搬下、九蒸九晒方便多了，也轻松多了！怕梦芳不信，他又从手机里划拉出几张检验单道，经过药检部门检验，加工后的药材成分是一样的！

小金趁热打铁道，深圳八九十岁的老人，有多少都在养老院的绿荫下，或者滨海公园的长椅上颐养天年！我如何能忍心我爱人她爹，每天像IT写字楼里的白领那样"997"呢！

梦芳轻轻刮了他一耳光，你先别甜言蜜语，首先要看看你的"南山釜"是不是效果一样，再是，要看看我爸能不能接受。

一周后，一只亮闪闪的"南山釜"运到了"本草坊"。尽管梦芳和小金事先做足了老药工的思想工作，将各式图片、数据一一展列给了他，但面对这只一人多高、一米直径的大肚子，带着各种吐纳配管的多功能中药釜，老药工释放的信任，依然大有保留。

整整一天，随车过来的师傅完成了安装任务。分立"南山釜"两侧搂不过来釜体的梦芳和小金，笑逐颜开。那一刻，似乎凸显了高科技面前人力的孱弱。老药工在大釜面前，愈发显得矮小、孤单、衰迈，一双略略眯起的眼睛，茫然中透露出心有不甘。

各种信息，当然都是风益传递给我的，即将失去心上人的想象，势必点燃一个节节败退男人的妒火。可你得承认，即使在心火翻腾云水怒之时，风益也恪守了镜头的写实原则，既无意丑化小金，更没有矮化梦芳。老药工的迷惘在一对男女的奔放映衬下，有了相得益彰的人物效果。

那一段时间，风益是不是经历了手足无措的精神煎熬？

两天之后，三样经典药材的炮制出炉了——黄精、熟地、何首乌。

三样药材平铺在几层夏布托底的桌面上，老药工净了手，用一块白毛巾擦干，走到桌边。他双手垂立片刻，左手拈起一块黄精，用门牙轻扣，再弹起舌头品咂，之后鼓动已经塌下去的腮帮子咀嚼，慢慢地、一点点嚼碎，待得唾液满嘴，分几口徐徐下咽。此时，他的双眼合上了。

此种品味，自然而经典，充满仪式感。

漱口，再品味的是熟地。

漱口，最后品味的是何首乌。

老药工的面部表情，都被风益细致入微地捕捉到了，他分别录制了几分钟的视频，视频之后是照片。

老药工在品咂、鉴定药材之时，也只有风益、梦芳和小金在场。为了不受打扰，外门关上了，挂起了暂停营业的牌子。

梦芳和小金，一边一个想搀扶老药工到沙发去喝茶。他摇摇头，双手扶案，缓缓道，你们去把我炮制过的三样相同药材拿过来。

梦芳和小金犹豫的片刻，风益拿了只托盘过去，将药材快速端了过来，照样平铺在桌子的另一端。老药工请他们仨分别尝一尝，品一品。

三人先是细嚼慢品了传统炮制过的，再尝了尝药釜加工过的。小金先表态，他没有吃出差别。梦芳道，我们炮制的黄精，更软糯一点，也甜一点，其他没吃出差别。

老药工转脸看着风益。风益道，药釜制作的何首乌，隐隐有点涩味，我们炮制的没有。

老药工点头赞许道，其他两味都有差别，只不过你们的舌头品不出来，这个跟吃茶、品酒、闻香是一个道理，日久才能见功夫。比较起来，何首乌的炮制更讲究，我们炮制的何首乌，润过之后，用瓷器、木甑、竹蒸笼都可以，忌铁器。华佗那时节就晓得用铁器会有不好的化学反应。为什么要加黑豆、黑芝麻水？为了去毒性，同时增加补肾水、敛阴的功效。

见他们仨有耐心听下去，老药工继续道，何首乌最好的加工就是我们先前的古法炮制，是一层何首乌，一层黑豆芝麻，用小火慢蒸，蒸汽一滴一滴落下，透过一层首乌，一层黑豆芝麻，将毒性带走的同时，也增益了药性。

风益点头道，这是对"时间就是金钱"的另一种诠释，同时搭配的是耐心、反复、不厌其烦。

老药工看着他道，一蒸一晒，谓之阴阳，阴阳和合，循环往复。这不是一个中药釜可以全部替代的。

小金道，中药釜我们可以跟厂家商议，不断改进。对于药品，我觉得最重要的还是检验指标。经过科学检测的指标才是金标准。

老药工坚定地摇头道，目前的科学检测，不是什么都可以黑白分明的。我就问你一句，十年的陈皮，跟二十年、三十年的陈皮价格是不是差很远？你拿它们去检测，能够测得出成分就有那么大区别吗？

小金嘟哝道，那就证明，它们的药性确实没有那么大区别啊。

老药工道，中药是一个大千世界，好些也是有毒性的，蒸制的过程也是一个减低毒性的过程。现在这个大釜是密闭的，即使有出气孔，也不能像竹蒸笼那样，一点点地制，一点点地淘，效果肯定不一样。

梦芳一头看看父亲，一头看看小金，神色迷惑而担忧。

老药工继续道，如果要搞机械化，我留在老家不出来就可以搞，那里的药厂早就有了，也愿意高薪请我去装门面。如果讲你这个是三代中药釜，那它们的还停留在二代而已。

风益说，一个2.0，一个3.0。

这一说，小金脸上下不来，不满道，没那么简单。不是二三代的区别，它们的差别好比计算机，是DOS系统和WINDOWS的差别。甚至还更大！

老药工不懂计算机，他举起两只茧皮深厚的老手，转脸面向风益。

风益定定神道，中医药是一个独立的存在，传统炮制中，除了蒸锅炉灶，还有日月精华，是没法让现代化工具一股脑取代的。而在此中，时间缓缓流过，才能淘洗掉杂质，存留下精华。

小金睁大眼盯着风益，语气不免咄咄逼人，你真是这样想的吗？你从内地来到深圳，脑袋后面是不是还拖着一根长长的辫子？我听说你一直在写历史小说，难怪啊！

风益双眼圆睁，欲言又止。

8

这个周末，在侨城坊的御香岩茶馆，风益刚落座就一泻千里地跟我讲，小金怎么晓得我在写历史小说？如果不是你讲的，就一定是梦芳告诉他的。为了写好这部先秦历史小说，我不仅仅读了很多历史，也读了很多小说；不仅仅读了历史小说，还读了很多现当代小说，比如柳青的《创业史》、周立波的《山乡巨变》、欧阳山的《三家巷》、周而复的《上海的早晨》……小金嘲讽我，脑袋后面拖着一根长长的辫子，就是讲我落伍啊！我写历史小说，就是想打破以前一些同类小说的格局，要跳出那种先入为主的写法。我欣赏周有光老先生的一句话，不仅要站在中国看世界，还要站在世界看中国。小金批评我，我听得进去，并不因为我们心中都有梦芳，而把他视作寇仇。我甚至感激他的提醒！我觉得来到深圳，如果不是疫情阻拦，最好再到国外走走，感受一下现代化的气息，慢慢来写这部小说，一定是有益的。我一直都在琢磨，我的思想是落伍了吗？我是《创业史》里面那个落后、狭隘、保守的梁三老汉？不是那个意气风发的梁生宝？当然，现在来看，梁三老汉是真的保守落后吗？梁生宝的努力焉知不是南辕北辙，欲益反损？

我连喝了两小盅酽酽的武夷岩茶，提醒他，你站在小金的对立面，也就等同站在了梦芳的对立面，那不会离梦芳更远了吗？如同你在风高浪急中拼命想游到岸边，头却朝向了大海的方向。

风益饥渴地喝尽了一盅，等待仪态优雅的服务生倒茶走开之后道，我并非有意站在哪一边，我既不想跟小金对立，更不想跟梦芳错位。我只是凭直觉，这一回老药工是对的，可又确实不像非黑即白，一加一等于二那么简单明了。"南山釜"不是不可以用，我只是认为，目前它还无法完全取代老药工勤劳的双手，还有他大脑里的丰富的经验——炒法、炙法、煅法，还有烘焙法、水飞法、拌衣法……如果哪一天他走了，很多东西都会随风飘去，留下空白和遗憾，那是不可替代的。可以替代的是切片机、药碾子等等。

我在琢磨，此间到底谁是对的，梦芳她爹和风益？还是梦芳与小金？抑或，没有判然的对错？

三天以后，梦芳提出了一个折中的办法，父亲依然按老法炮制，小金用"南山釜"炮制——在炮制的过程中还可以不断更新与提升设备。风益问梦芳，你用新设备为的是减轻老父亲的体力和精神负担，这样做能达到你的目的吗？

梦芳回答，如果分流了顾客，没那么多人来"本草坊"买药了，我爸的压力也就减轻了，自然也就没有那么大压力了。

显然，相较于挣钱，梦芳更看重老父亲的健康。对于梦芳这样的提议，老药工当时是认可了的。两处炮制点都在保税区——那个新取名"杏林坊"的加工点，在红树林附近的一座两层楼中，熊药师是挂名总监。梦芳代替父亲，给小金说好了，父亲只是挂名，实际上两不相干，各卖各的；当然，既然挂了老父亲总监的名号，他也会做一些指导，也要互相帮助。

渐渐地，"本草坊"的药不再供不应求，甚至还月有积攒。

老药工用不着起早贪黑了，梦芳也松了一口气。她给我发微信道，看到父亲终于可以放慢工作节奏了，我真心高兴啊。我能陪伴他，让他健康长寿，那是比挣钱更让我开心的事情！

我回复道，孟子曰：孝女之至，莫大乎尊亲。

我把她的微信转给风益。他没回我。直到周末，他才告诉我，经他一段时间的调查，了解到"杏林坊"是机械化炮制加工，药材售价是"本草坊"的二分之一，甚至更低，而且以批售为主，出具检验报告，用的是与"本草坊"一样的数据，既然价廉物美，又有"本草坊"同门攒下的信誉，还挂了熊药师的总监名头，顾客自然趋之若鹜。更重要的是，"杏林坊"已经在本市铺开了五六家门店，他们瞅准的竞争目标，已经不是单打独斗的"本草坊"，而是店面早已在深圳铺陈开来的"和顺堂"。

梦芳和小金的两相爆发恰在中秋，那是在南山方大城的一家江西菜馆吃晚饭。这次是我做东。因我一年前认识了鹭溪店主小谢，他从澳洲留学回来，小两口在书城晚八点周五书友会参加过我主持的活动，请我去吃过两次改良后的赣菜，我颇觉有味道。

席间，或许饮酒之后的燃烧起了作用吧，梦芳不顾忌老父亲在侧，指责"杏林坊"用了"本草坊"的声名，却反过来打压"本草坊"，典型的过河拆桥；而且，不用传统炮制方法的药材，却模糊两者界限，这也是违规。

小金一愣之后，反驳道，你不是也在"杏林坊"拿了一份工资吗？我从没有亏待你啊！况且，从我爷爷他们往上走，都是药商，药铺都开去了东南亚，我这条河流的上游可不止你这一个源头啊！他睨了一旁目瞪口呆的风益一眼——风益或许没料到他俩会在这种场合发飙吧？你总不能因是公交道，什么车都能上，就自认为天下无敌吧？

梦芳一愣，很快听懂了他最后一句丑诋，倏忽站起来道，你再讲一句。抄起一只盘子来，作势要打。

风益赶紧夺过她手里的盘子道，息怒。

我道，怎么会这样啊？今天可是中秋节啊。

这顿饭，是店主悄悄免单了。尽管他进来看见气氛不对，不时穿插一些自己在澳洲留学时的见闻和趣事，却因了梦芳和小金的对峙，一顿饭吃得气氛与节日大相径庭。

又过了一会儿，小金说晚上还有一个应酬，双手相抱，朝老药工和我各作一个揖，提前告辞了。

我这才对梦芳道，原以为你们一直在精诚合作，没料到还隐藏了那么大的矛盾。

梦芳盯着风益道，他没给你讲吗？我跟小金的矛盾，从他开了"杏林坊"就开始了。他明明是在借鸡生蛋，却假模假式。我最不喜欢的就是背地里搞阴谋诡计的人！况且，我爸爸，八九十岁的人了，他这样做，不仅仅是对一个老人的不尊重，不尊重他的隐形资产、知识产权，更是对老人人格的侮辱……我提醒过他多次，他辩解，动不动就讲他祖上就是开药铺的，我们过来，只不过点燃了他重续祖上荫庇的信心和决心。这还像是人话吗？

一顿饭，老药工几乎没讲话，梦芳与小金争吵之时，他有些错愕，却也没有言语反应。此时他缓缓道，小金也许没有什么错，他有自己的商业运作方式，只不过借了一点我们的力而已。跟不上的是我们，是我。转不过脑筋，又不想挣快钱，那你来深圳做什么呢？

梦芳连连摇头，这跟在深圳还是内地没关系，在哪里，我都不喜欢这样的人，为了挣钱，就可以没有良心，不讲尊重，放弃底线！

风益此时道，就目前而言，他的做派确实有一些问题，但要讲没有良心，或许还是言重了。

见梦芳又要发怒了，我赶紧制止风益，打圆场道，这种事情，我知道了一个大概，若要判定是非，等我深入了解之后再说吧。我准备近日就全方位了解一下，包括找吴老板叔侄以及一些客户聊聊。今天是中秋节，我们应该聊一些更开心的事情。如果你们不开心，尤其老人不开心，就违背了几个月前，我让你们南下的初衷。

老药工端起红酒杯道，老师讲得到位，来，吃酒！

我这才发现，他不知何时又掉了一颗门牙。

梦芳跟她爸碰杯的一刻，眼里分明莹光闪闪。我心里一震，女儿对老父亲的挚爱，也可以蓄积得那么深！

饭毕出门的那一刻，梦芳搀扶着父亲先出去了。我在屋里对风益道，现在小金不战而退了，你不正好捡了个时机吗？

他苦笑道，你看我，像是那种乘虚而入的人吗？

我道，你虚而不入，难道要人家已经有了，你再去加塞儿？

他扑哧一笑道，没想到老师也会讲笑话啊！

出了大堂，不见梦芳父女。下到一楼，方见他俩在一丛怒放的鹤望兰前留影，给他俩拍照的是门口的服务生。

梦芳搂着老父亲的肩膀，笑得十分恬静。

风益在我身后，迅速掏出手机，快速趋前马步，啪啪地给补拍了两张。

风益下地库去取车。梦芳扶老药工去大厅落座后，我和她走到门口张望地库出口。我道，小半年时间，我不知你内心感受如何，有两个男人爱上你了，现在的选择似乎更明朗了？

梦芳摇头道，其实，男女之间的事情，无论是一个女人对两个男人，或者两个女人对一个男人，并不是一道非此即彼的选择题。

这回轮到我有些糊涂了，问，如果说你看不上风益，到底是因为性格还是经济条件？

她想了想道，他身上有小金没有的优点，却也有小金没有的缺点。

能具体一点吗？

她收回目光道，来深圳的时间虽然不长，却积聚了很多互相矛盾的感受。这种感受我还需要慢慢消化。对风益，我很尊重他，两人的感情能不能发展，还要再看看……

连着两次车灯闪烁，风益开车出地库了。

我朝大厅里坐着的老药工招手道，车来了。

梦芳却大步流星地走过去，弯腰扶起了父亲。

女儿的一头乌发与父亲的满头白发，勾勒出一个迭代的省略号。华灯初上的大街上，连绵着蓝花草、美人蕉、小叶榄仁，流动着一个长长的未竟故事。

9

小说可以结束了吗？

这篇小说的写作费时较长，一则是中间穿插了我去采访深圳大鹏的几个非遗人物，占用了一些时间；二则是我想放一放，受熊炳根和熊梦芳父女润药、蒸药和晒药的影响，我明白写作也如加工炮制，要耐得烦，九蒸九晒的活儿，十年二十年的陈皮，比的就是一个平心静气、山河无恙，不能指望一蹴而就。

原以为写到以上第八节就可以结束了，几个关键人物，如熊药工、梦芳，以及风益和小金，他们的融合与矛盾、眼前与志向、利己与利他……都描述得差不多了，而且也为我素来推崇的小说留白做足了功夫。

却未料，"未竟故事"果然画不了句号。一周后发生的一件事情，将他们几个拖入了一个更为尴尬的境地，我这个当初的介绍人也难以作壁上观。

事情是这样的。鹭溪那顿饭吃得不欢而散，梦芳拟与小金谈判，要么撤回本草坊的一应无形资产，包括延伸到杏林坊的敷设——牌匾、广告、APP及各类活动，都出现过"特聘药都老药师熊炳根"的字样；要么继续合作，那就要重新拟定合同——这自然会牵涉到要价高低以及讨价还价的问题。恰好那一段时间，有一定话语权的吴总，因为公司本部的运营遇到了重大违约风险，无暇顾及蜗居在金枝大厦地下勉强算一片叶子的本草坊。

风益征求我的意见，我问他的意见。他挠头道，小金那小子已经怀疑我在挑拨了，他哪晓得梦芳是一个多么有主见的人。我看她来深圳时间不长，见识长了不少，法律意识也见长，除非你开口，她兴许会听的，至于我，还是少说的好。我毕竟是一个读历史书籍、写历史演义的人，很多人物、故事和细节，都能从下游看到上游的清与浊，若是讲多了，既有卖弄之嫌，也会招人忌的。不过……她这一向倒是到我房间来聊得多了，也会从我书架上抽些书去看。

风益这一向或许沉迷写作，黑了俩眼圈，眼神却清亮了不少。常说恋爱中的男女，是不难从眼睛里窥探到气息的。感觉有戏。

正打算找梦芳单独聊一聊，这天早上，她主动给我打电话了，并告知有急事，八点半到我小区门口的星巴克见面再说。

我俩几乎同时到达星巴克，为了不搅扰里面的安静，我们就在外面坐下了。梦芳身着一身豆青色的套装，乌黑的短发上跳跃着一只茄色的蝴蝶结，原本偏白的肤色已被深圳的烈日濡染了一片健康红。我道，都讲热恋中的女人最美丽，我看你晒黑了点，却比来深圳之前更漂亮了。

她并未坐下，一边问我想喝点什么，一边道，我出门从不打伞，平时都待在地下室，出来晒晒太阳正好啊。可是，恋爱真心还没有，等老师给我介绍呢。

待得她从里面端出两杯现磨拿铁,我啜了一口问,什么事,把你给急的?

她道,今早五六点钟,小金的电话把我吵醒了,他告诉我,杏林坊的灯牌广告昨晚被人砸坏了,问是不是我们所为。我愣住了,问他,我们,除了我、我爸,还有谁是我们?包括风益吗?我把他怒怼回去,说你不要演这种拙劣的苦肉计!我们不会同情你的!他说,现在高科技这么发达,你们即使蒙面来打砸,我也查得出来。我说那你报警吧!他说,你当我不敢报啊?说着就挂了电话。

我问,完了吗?那就让他报警呗,兴许是对他们营销不满的顾客砸的,报警还你们一个清白。

她摇头道,问题是没完。

我断然道,怎么个没完?你和你爸不会去砸,怀疑风益吗?也不可能,风益本质上是一介书生。

她正色道,我爸承认是他干的!我爸早起就穿一条黑色的大裤衩,站在阳台上做八段锦,这种简单易行的体操,他坚持了几十年。我跟小金对话,开的免提,他也基本停下来了,侧耳倾听。等我们通完了话,他就站在那里发呆,我告诉他,没事,反正不是我们做的,也许是哪个路过的街边小混混干的事情。我担心爸爸受不了这种突如其来的栽赃陷害,受刺激。谁知道我爸突然大声说,是我昨晚去砸的,砸得好!我蒙了,知道这不大可能,一定是爸爸气糊涂了,才这样往自己头上扣屎盆子的。可是,我爸爸坚持讲,就是他自己去砸的,他这几天都气闷睡不好觉,昨晚就悄悄起来过去砸了,反正也不远,路上捡了石块放在布袋子里。他那个杏林坊的灯箱广告立得也不高,一砸一个准……他这么讲,我也将信将疑了,这就来向你讨教了。

我不信道,他这么一把年纪,一个人半夜三更、黑咕隆咚跑去砸灯箱广告?你居然也不知道?

她连说是啊是啊,我一点儿也不知道。平时他夜里起来解手,我也是不声不哑的,怕他跌倒。医生朋友都提醒过我,年纪大的人,一怕跌倒,二怕肺炎。除了这两项,能吃能睡,就可以往百岁的门槛自在走去。

我道,很简单,深圳到处都是监控摄像头,一个老人半夜出去,也是可以录像为证的。

她想想道，我如果去查摄像头，岂不是惊动了派出所？

我问，那你打算怎样？让他去查？

她道，是啊，小金讲是我爸砸的，他去报警好了。我只是担心，如果真是我爸砸的，不会把我爸拘留起来吧？

她原来有这种担心，一位八十八岁的老人，即便砸了灯箱广告又怎样？况且他也不是完全地无理取闹啊。至多赔偿而已。一个孝敬女儿，为了父亲的荣辱，那种牵挂始终浮现在峻急的眼神里。虽则，她力争做到坦坦荡荡。原本一个电话就可以沟通的事情，她却要跑一趟来找我。

我把这一段时间以来发生在本草坊和杏林坊之间的纠纷，在脑子里飞速过了一遍。然后安慰道，你别管。首先未必是你爸砸的，再则即便砸了也没多大事，又不是砸了人。我觉得，与其你主动去找派出所查看监控，不如让小金去找。按照谁主张谁举证的法律原则，就该小金去折腾。我们随时奉陪，跟进结果。

她连说，对，对，我原本也是这样想的。只不过听你这样一讲，我心里就更有底气了。

我不失时机地问她，最近怎么样了？跟风益有没有更多更深的交流？

她睁大眼道，不晓得是不是跟最近闲下来有关，我对风益埋头写作读历史不那么讨厌了，甚至还有点兴趣了。我想自己以前还是读书太少了，如果没有人指导，既读不懂也读不进去啊。现时有风益在边上，就能慢慢读一些了，也觉得有味道了。风益讲，很多中医药书、文辞讲究，譬如《黄帝内经》《伤寒论》《本草纲目》……如果每天花点时间去读，不仅能了解一些中医药知识，也能大大提高语文水平。他跟我讲，宋朝有个叫林逋的，一辈子不做官，也不讨老婆，只喜欢种梅花、养白鹤。整天在游山玩水，交游一些穷朋友。最有意思的是，他在湖面上划船，如果有朋友上门来了，他的门童就把鹤放出来。他见家里的白鹤在天上飞，就赶快划船回来迎客。风益跟我讲，很多人都晓得林逋，是因为他的以梅为妻、以鹤为子，人称"梅妻鹤子"，却不晓得他还写过一本《省心录》。林逋讲：无恒德者，不可以作医。推而广之，无恒德者，不可以作药；无恒德者，不可以教书；无恒德者，不可以判案……他这种举一反三的读书方法，使我脑洞大开。

南下深圳几个月，梦芳从未在我面前这样夸赞过风益。她现在这样表达对风益的认识,那就绝不仅仅是从经济地位、个人爱好来评价,乃是从思想趣味上有了认同。我道,你能这样看一个人,我很高兴。不过,时间是最好的检验师,不急,能把这种评语保持到毕业那一天,才好。

她问,什么叫毕业啊?

我道,你是过来人,男女交往,何事叫毕业,何时能毕业,你说了算。

10

原本以为大街小巷举目都是电子眼、摄像头的时代,砸一个店招,即使在夜里,也难脱干系的。却未料,小金报警之后,街道派出所的警察查看了各种录像资料,一是基本排除了熊药工与此事有关,警察在录像资料中没有看到他的身影;二是砸店招的是一个穿着披风、戴着口罩、戴着墨镜的男人,估计一米六左右,身手还算敏捷,估计是一个中年人。杏林坊前面没有摄像头,只是那个时间段,出现了这么一个前瞻后顾、鬼鬼祟祟却佯作找人问路之贼,手头提了一个袋子,那就必定是石头、铁饼之类了。

片警把小金、熊药工和风益都找去过,论身高,小金一米七;风益比我还高,过一米七六了;只有熊药工一米六。如果说是熊药工,年龄则完全对不上啊,一个身手矫健的中青年,与一个米寿老人的举止,大相径庭。那不仅蒙蔽不了训练有素的警察,也逃不过普通人的肉眼。

我与这个派出所恰因一次采访熟稔,便主动过去介绍各自的情况。他们相信我的观点会比较客观,也希望多有一个佐证。

接下来,对他们四人的调查归纳如下:

调查熊药工:

问:你讲是你砸的,要拿出证据来。

答(固执):你们不要怀疑我的力气,我可以砸给你们看看。

警察带他去杏林坊现场,让他在一堆瓦砾中拣了几块称手的石头。在具有一定防护的情况下,让熊药工复原砸匾动作。老药工先后出手五块石头,譬如打靶,只有一块石头击中八环,其余都脱靶了。

警察不无揶揄道:我看过你切药,那是一把好手,把一根根药材切薄到飞起来，那是童子功。可是要把斤把重的石头扔得又高又准，除非是四五十年前的你！童子功缩回去了啊。

　　老药工一点也不沮丧道，你要熬到我这把年纪，未必尿得到我这么远哈！

　　警察笑道，我要能活到米寿，就烧高香啊。

　　调查梦芳：

　　问：你晚上一点没感觉老父亲起来过？

　　答：他这么一把年纪，能不起夜？你只要孝敬过老人，就晓得老人的康健就看三点，吃睡拉。跟拉比起来，吃和睡都不是最难。拉才是最难，表现有两点，一是频频起夜，再是大便困难。不是一般意义上的干结性便秘，是肠蠕动不利索了。

　　问：像你这样孝敬父亲的女儿已经不多见了。可是我不懂为什么老药工这么大年纪，你还带他来深圳做工。你知道深圳的人的平均年龄才多大吗？早些年更年轻！

　　答：年轻人，我告诉你，孝敬父母绝不只是让他们好吃好喝好乐，一个是让他们能动的时候，尽量不躺平，人的各个器官都是用进废退的；再一个，让他们有社交，不是窝在家里；最后一点，如果能让他们感觉自己是有用之人，那比简单的挣钱，对他们的身心健康更有利。

　　问：……你讲的对我很有参考价值，尽管你最多比我大七八岁。我不解的是，凭直觉，我也不相信是你父亲半夜出去砸的店招，他为何要一口咬定是自己砸的呢？

　　答：老人的思维有时候不是可以用常理去揣度的，尽管我以为我对他的心思了如指掌了。平时他眉头起皱，我都可以猜个八九不离十，他是哪里不舒服了？可是这件事，我还真没想清楚。不过你放心，我肯定会搞清楚的，而且无须太久。

　　调查风益：

　　问：我们知道你其实是一个旁观者，原本不需要找你，甚至我们原本也可以不对一个店招被砸做立案调查。但一则考虑到此店招刚刚过了案值线；二则本着辖区有报案必调查的原则，所以也想找你聊聊……听说你是熊梦芳的男朋友？

　　答（笑）：我很乐意跟你们聊聊。我是一个写作者，常年生活在内地一个四线小城，来深圳这半年给我的感受，无论是新旧人物还是城市细节，都是全新的。我平时埋头写作，写的主要是历史题材，却还不算是一个书蠹，不是一味地钻故纸堆。历史太悠久，越看越觉得太多尘垢，也太多心计重重，尔虞我诈，刀光剑影，你死我活。如果钻进去，不能时不时探出头来吸口气，那是会窒息的。所以我需要时不时感受一下现实的美好，如同一个在冷库里工作时间太长的人，乍一出来最想遇见的就是太阳，我要时不时探出身子，晒晒温暖的太阳。

我身边的太阳有在深圳的老师，有本草坊的熊药工，但我更觉温暖的是熊药工的女儿梦芳。她是我写作的滋养，也是每天盘桓在我脑海里的一个太阳、一簇籁杜鹃、一艘可以将我摆渡到理想彼岸的帆船。比之历史的沉积深重，现实生活中的种种遭际，包括目前的烦恼与困窘，我都觉得不值一提。譬如我可能是梦芳的男友，也可能不是——不瞒你们说，我目前与她的关系还止于拥抱与抚摸。起码在不久前，她对我若即若离。另外一个你们知道的，也就是此案的报案人对她的吸引力超过了我。我分析，他是地主，比我更有经济实力，还是他本身确实比我优秀？我不想让我的老师为我的情绪困扰做任何分担，他已经够瘦的了。有次我跟他一起去看中医，中医见瘦人，就是肝脾不和、脾胃虚弱之类的点评。但那个医生讲了一句很有意思的话：思伤脾。你见过账房先生有肥头大耳的吗？都是一袭黑衫，戴副眼镜，瘦长条儿。我老师怼怼了一句，你这话又对又不对，你看看获过奖的××，他不是一个胖子吗？他写了那么多东西，为甚就不思伤脾呢？哈哈哈。

所以嘛，凡事都是相对的。我在暗恋或明恋梦芳之时，利弊参半。好处是她激发了我写作的兴趣与热情。我以后如果写作与出版成功了，会讲讲这方面的体会，体会主题是——暗恋是长篇创作的原动力。不好的地方，也会时不时干扰我的写作，我有过疑神疑鬼的时候，我为她可能跟别的男人上床而提心吊胆、彻夜难眠，那种想象很是虚无，却很折磨人……

问（实在忍不住风益的滔滔不绝）：实话说，除了她的身材比较诱人，我们还没有看出她有那么大的诱惑力，为何会使两个都比较优秀的男人为之神魂颠倒。

答：男人对一位女性的喜爱，基于两种认知。一种是她确实具有那么多优秀的品质，譬如善良、优雅、能干、明事理、顾大局……还有一种是因喜爱而蒙昧。什么意思呢，就是因为喜爱一个人，就把很多她本身没有的品质附加在她身上，或者说，原本只有一点胭脂红，你愣是想象成了一片彩霞。若是前一种当然好；若是后一种，只要一方永远处于蒙昧之中，相安无事，也未尝不可。

问（好奇）：你对熊梦芳的认知，属于前一种还是后一种？

答（挠头）：实话说，我跟她认识的时间很短，原来在内地小城，肯定在街上照过面，却不认识啊。来到深圳由认识人，进而认识心，感觉到她是那种认识越久，就越能发现更多美好的人。这种感觉很好，不仅对我的身心健康有利，也对我的创作有利。我刚才讲了，我是搞历史题材创作的人，接触到太多人心叵测、不堪回味的素材，需要一缕阳光时不时照拂进来，温热我，点燃我。不然我真的不晓得自己能否坚持写下去，能否写得自己还愿意回头去翻看……

问：这么一个"认识越久，就越能发现更多美好的人"，肯定不会去半夜砸店招对吗？

答：你们跟我聊这么久，其实只要我回答一两个字，是，或者不是。我只能给你们讲自己的感受，对她的感受。至于要破案，那是你们的事情，你们的职责所在，我不表态。

调查小金

问：这是你报的案，一开始你就将一个并不复杂的案件讲清楚了，可是我们还是想再找你谈谈，你知道是什么意思吗？

答（转过脸去看窗外）：我晓得你找他们都谈过了，他们大概谈了些什么，我也猜得到。熊梦芳讲了些什么？

问：你不是都能猜到他们谈了些什么吗？干吗还问呢？而且，你为何尤其在乎熊梦芳讲了什么？

答：不瞒警察叔叔（笑），我心比天大，命是不是比纸薄，眼前还不好讲。我从小不喜欢读书，不是功课很差，而是没有心思读书，总希望出来做点大事。我叔叔就是前方三尺的榜样。我叔叔是那个年代的小学毕业生，因为"文革"没书读，吃过很多苦，却做成了一个像模像样的深圳老板。他二三十岁前都没穿过鞋子，穿的是木屐，没有吃过几顿米饭，吃的是地瓜和南瓜。吃过大苦又能熬出来的人，就是像我叔叔这样的人中龙凤，我佩服他！我以他为榜样，却不能总给他打下手。我父亲是他的亲兄弟,没有熬过来,刚刚改革开放就患重症肝炎走了,那时候我很小,几乎没有什么记忆。我母亲改嫁了,我相当于是被托孤给我叔叔,是他把我带大……嗐,他对我的照顾,三天三夜也讲不完。我像是一只永远飞不高的风筝,线轴在他手里,飞出去又被收回来,飞出去又被收回来。准确地讲,是我老不安分,总想单飞。我倒腾过电器,种过菠萝、香蕉和药材,想当农场主,每次都亏得几乎光屁股跑回深圳。我叔叔总是原谅我,他讲我父亲也就是他亲哥,是一个聪明绝顶的人,可惜生不逢时。他讲他亲哥如果活到现在,他给哥哥打下手都不合格,他现在所做的一切都是在为早逝的哥哥扳本。

如今的一家人,还能见到这么亲密的兄弟吗?不晓得。总归因他有一个骄傲的壮志未酬的哥哥,我这个不肖子的作为,他都能原谅。我当然是想出人头地的,奈何天资太浅,好高骛远,不着实际,亏他不嫌弃,想想都惭愧,夜半醒来,不免捶胸叹息。

贾宝玉面前,是天上掉下个林妹妹;吴桶金对面,是地上冒出个熊梦芳。他们父女带来的这个中药加工炮制,一个算是我们吴家的祖业功夫,再一个也是我喜欢做的事情——原先在粤西山边种药材,就是想种植、加工和售卖一条龙。生活富裕了,就图个身体健康;要想身体健康,中药材就要发展——理想很丰满,现实很残酷,遇到各种不如人意,输掉了底裤,不去讲它!梦芳给我带来了希望,重燃了几乎凉成了灰烬的炭火。她不仅给我打开了重振理想的窗口,也给我带来了一个男人的渴望。越到后来,越发觉得,我所需要的一切,她都能给我。

从本草坊分出一个杏林坊,虽然有点被迫,却也吻合我大干一场的雄心。在本草坊跟着熊药工——他毕竟年纪太大了,凡事谨慎,保守,缩手缩脚。可我没有料到梦芳会因此跟我摊牌,简单地说,基本绝交。这对我打击太大了。我不能允许这样的事情发生,而且发生得这样快,这样突然。这太伤一个男人的自尊了。我在绝望之际,觉得身边一个可商量的人都没有。那些平时来往的好朋友,除了喝酒吃饭,帮不了我任何忙。我叔叔也帮不了,何况他这段时间还为自己公司的事情而焦头烂额。所以……

问:所以,你出此下策,找一个人去砸自家杏林坊的灯箱广告?

答:你……你们破不了案,怎么可以这样信口乱讲?

问:你太小看我们的破案能力了,现在的各种电子侦查手段如此发达,尽管你此前勘探了各种线路,哪能逃得过天网恢恢呢?

答:口说无凭,你们要拿出证据来。

问(摊出几张图片):这个人你不会陌生吧?包括他的原籍、出生年月、深圳的居住地址。跑这一趟,砸这一下,你给了他多少钱?你都知道吧?还是需要我们来一一告诉你?

答(叹气):……除了认识他,其他的我还真不是都知道。

问:你知道他哪一些情况?

答:此人来自粤西,跟我同姓,结过婚又离了,挨边五十。原先是我公司的清洁工,他嫌工资低走人,走了找不到合适的工作,又要回来上班,我不计前嫌,照样安排他了。这小子吃喝嫖赌,手头拮据,做这么一件不大不小的事,给他三百块钱,他就很开心。到底还是蠢,这么快就被你们拿下了。

问:你报案以后,我们这边在找跟你相熟的人调查谈话,那边就在根据线索追踪了。我们只是有些奇怪,你暗地里找人砸自己店招,即使被误认为是与你有矛盾的熊家干的,又能给你带来什么好处呢?

答:以前我什么都想要,既想赚钱,又想要她。看到她跟我渐行渐远之后,我晓得她心里已经另有所属,不由得心生烦恼和怨恨。她对我而言,已经比金钱更宝贵。我毕竟也是受过教育的人,不是亡命之徒,我不会去花钱雇凶,卸掉那个一天到晚在她面前卖弄学问的胡风益的手脚,尽管我这样恨过他!我就雇人砸自家店招,让她晓得以后,吃一惊,心生愧疚。即使你们破案了——我给派出所打电话时犹豫过,晓得十有八九是会破的。转念一想,即使破了案,也是我自家受损失……我也蠢,其实就是想看看梦芳面对我受袭击,会不会有点儿怜悯之心。如果一点儿没有,我也就死心了。

问:你真认为自己蠢吧?那就对了,你砸自己店招,报假案,会面对什么样的处罚,你事先真不知道吧?

11

梦芳在得知事情的原委之后,完全原谅了小金。她陪同父亲一道去了趟派出所,请求不要对小金做任何处罚。老药工神算,坦承在杏林坊被砸店招之后,凭直觉猜到是小金意气用事,演了一出苦肉计。他觉得小金叔侄这半年对他帮助很多,他不想这件事闹大,就兜了下来,讲是自己砸的。他连说了两遍:我这一辈子为人处世,宁愿人家负我,我不负人家。警察也被他这句话感动了,说是破过这么多案子,还没有碰到过这样的老古董!梦芳挽着父亲的胳臂道,不是什么大事,我们请修理工重新去装一个新店招就是了,比他原先那个更漂亮。

正准备离开之时,小金被叫过来了。警察把情况都跟他讲了,并对他进行了一顿批评教育。

小金看着梦芳,忽然无声地哭了。他道,我希望被拘留几天,我想看看你是不是会来拘留所看看我。

警察哭笑不得道,你可真是犯傻了,你如果被拘留了,其他任何人,可是想来看你就能看到的吗?

小金道,我想,她就是不得进来,不能站在外面看看吗?或者给我发个信息:我来看你了……呜呜。

梦芳走过去,抽出两张纸巾递到他鼻子下道,你呀,你呀……

12

晚秋时分,深圳才从湿热中回过神来,早晚可以穿春秋衫了。

这天,梦芳给我发来微信:将库存的药材卖完,我们就准备回去了。此事在我意料之中,不过我还是问了一句:深圳冬天舒服,恰恰快要入冬了呀。有非回去不可的理由吗?她回复:如果我不能跟小金好,待在这里会很别扭的。当然另找一个工作地点也未尝不可,可是搬家也费事。再讲,我得带爸爸回去好好歇息了。

我追问:回去以后会跟风益好吗?

她答:现在还讲不定呢,都这个年纪了,要有一个适应阶段,凡事不勉强,我们都不年轻了。年轻才是好,做什么都不管不顾的。

我道,你的形态也很年轻,风益也是。尽管,他在写历史小说。

她回:他讲过,历史深有深的好,浅有浅的好。太深如果陷进去,被重重阴气包裹,就不好。风益讲,他是小型挖掘机,朝下的;我是大型直升机,朝上的,他只要拉着我,就不会陷进去(笑脸)。

我将与梦芳的对话，截图发给了风益。

半个小时之后，风益回复：寂寂寥寥扬子居，年年岁岁一床书。得成比目何辞死，愿作鸳鸯不羡仙。

此两句，均摘自初唐诗人卢照邻的《长安古意》。

俄而，他又追加了三个字并三个感叹号：我努力！！！